U0949108

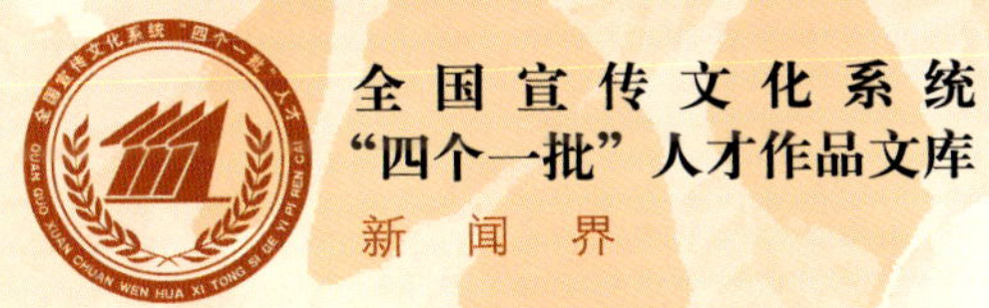

表达

尚德琪 著

中華書局

图书在版编目(CIP)数据

表达/尚德琪著. -北京:中华书局,2011.3
(全国宣传文化系统"四个一批"人才作品文库)
ISBN 978-7-101-07719-3

Ⅰ.表… Ⅱ.尚… Ⅲ.新闻-作品集-中国-当代
Ⅳ.I253

中国版本图书馆CIP数据核字(2010)第234525号

书　　名　表　达
著　　者　尚德琪
丛 书 名　全国宣传文化系统"四个一批"人才作品文库
责任编辑　高　天
装帧设计　毛　淳
出版发行　中华书局
　　　　　(北京市丰台区太平桥西里38号　100073)
　　　　　http://www.zhbc.com.cn
　　　　　E-mail:zhbc@zhbc.com.cn
印　　刷　北京瑞古冠中印刷厂
版　　次　2011年3月北京第1版
　　　　　2011年3月北京第1次印刷
规　　格　开本/700×1000毫米　1/16
　　　　　印张28¾　插页4　字数437千字
国际书号　ISBN 978-7-101-07719-3
定　　价　79.00元

出版说明

实施宣传文化系统“四个一批”人才培养工程，是党中央作出的一项重大战略决策，是推动实施人才强国战略，提高建设社会主义先进文化能力的重要举措。实施这一工程，旨在培养和造就一大批政治坚定，与党同心同德，具有广泛社会影响的一流的思想理论家、一流的记者编辑主持人、一流的出版家、一流的作家艺术家。为集中展示“四个一批”人才的优秀成果，发挥其示范引导作用，“四个一批”人才工作领导小组决定编辑出版《全国宣传文化系统“四个一批”人才作品文库》。《文库》主要收集出版“四个一批”人才的代表作，包括理论专著论文、新闻出版、文学艺术作品等。按照精益求精、分步实施的原则，《文库》将统一标识、统一版式、统一封面设计陆续出版。

全国宣传文化系统“四个一批”人才

工作领导小组办公室

2008年12月

尚德琪

1963年11月生，甘肃环县人。现任甘肃日报社文教部主任，高级编辑。从事新闻工作以来，发表专栏评论数百篇，其中《微笑，并保持微笑》获第十四届中国新闻奖一等奖，《始终想到“最低”处》获第十八届中国新闻奖二等奖，《养活自己是就业第一义》获第二十届中国新闻奖二等奖。出版专著《影响力：专栏评论写作实践与研究》、专题杂文集《酸涩水浒》（与周奉真合作）等。2007年获全国优秀新闻工作者称号。是全国宣传文化系统“四个一批”人才，享受国务院颁发的政府特殊津贴。

目 录

序 …………………………………………………………………………………… (1)

关于三农
最需要理解的地方是农村,最需要理解的人是农民

相信农民的市场觉悟 ……………………………………………………………… (3)
从最上游治欠薪 …………………………………………………………………… (5)
“公司+农户”的和是多少 ………………………………………………………… (7)
农民三题不容回避 ………………………………………………………………… (9)
把城镇户口拉下神坛 ……………………………………………………………… (11)
“农转非”的意义有多大 …………………………………………………………… (13)
廉价的劳力≠廉价的生命 ………………………………………………………… (15)
多来几个“一票否决制” …………………………………………………………… (17)
农民的影响力在哪里 ……………………………………………………………… (19)
减农民之负与减乡镇之人 ………………………………………………………… (21)
钱的问题还得用钱办 ……………………………………………………………… (23)
身体是农民的首要财产 …………………………………………………………… (25)
“村官”数量与村民利益 …………………………………………………………… (27)
粮农的账本伤人心 ………………………………………………………………… (29)
产权是一把金钥匙 ………………………………………………………………… (32)
可贵的下降与可怕的统计 ………………………………………………………… (34)
惠农政策,给穷人以信心 …………………………………………………………… (36)

用于穷人的钱,不是用来层层克扣的 …………………………………… (38)
建设新农村,让农民进入角色 ………………………………………… (40)
老家那个嘤岘为什么冷清了 …………………………………………… (42)
见过农民工,更要认识农民工 ………………………………………… (44)
给农民一个精神支点 …………………………………………………… (46)

关于就业
没工作的人应该关注所有的工作,所有的人都应该关注找工作的人

要人才的地方不要人 …………………………………………………… (51)
工作是找的不是分的 …………………………………………………… (53)
上大学应视为一种投资 ………………………………………………… (55)
北大才子可以卖肉的理由 ……………………………………………… (58)
创造个岗位去上班 ……………………………………………………… (60)
与自己签个就业的约 …………………………………………………… (62)
要工作,还得好好找工作 ……………………………………………… (65)
养活自己是就业第一义 ………………………………………………… (68)

关于电信
使用手机的人多了,对电信企业的期待也就多了

手机单向收费不该缓行 ………………………………………………… (73)
都是小灵通闯的祸 ……………………………………………………… (75)
为手机单向收费三辩 …………………………………………………… (77)
附一:我为什么反对手机单向收费 ………………………………… (79)
附二:运营商快乐,所以消费者快乐? …………………………… (83)
小灵通,再活三年也够了 ……………………………………………… (87)
兼具游戏与挑衅功能的套餐优惠 ……………………………………… (89)
重组初衷可能与消费者期待正好相反 ………………………………… (91)
运营商收费,消费者承担会计成本 …………………………………… (93)

垃圾短信是一场合谋 …………………………………………………… (95)
单向收费,何时不再羞答答 …………………………………………… (97)

关于金融

与钱有关的所有事情,人们都会保持非常谨慎的态度

私钱为何不出手 …………………………………………………… (101)
谁都操心自己的钱 …………………………………………………… (103)
给银行"松绑"的意义 ……………………………………………… (105)
银行请的律师,应该由银行付费 …………………………………… (107)
消费贷款归位了,贷款消费就归位了 ……………………………… (109)
化解风险还是生产风险 …………………………………………… (111)
民间借贷的竞争力 …………………………………………………… (113)
"论堆卖菜"与"债权打包" ………………………………………… (116)
傲慢不会带来利益最大化 ………………………………………… (119)

关于房产

房子意味着家,所以人们都很在意房子的事

无奈的团结也有力量 …………………………………………………… (123)
"房产泡沫"与"房价泡沫" ………………………………………… (125)
谁吹起的泡沫由谁吹破 …………………………………………… (128)
政府的态度与房子的价格 ………………………………………… (130)
说房子其实是说票子 …………………………………………………… (132)
抑制房价应从房地产商处着力 …………………………………… (134)

关于旅游

旅游是个人的事,但"旅游经济"就不一样了

给"假日经济"泼点冷水 ………………………………………………… (139)

"节会经济"该歇歇了 …………………………………………………… (141)
后黄金周效应与旅游幻觉 ……………………………………………… (143)
带薪休假可以,但不能由电牵着鼻子走 ……………………………… (145)
"长假"属于"旅游"吗 ………………………………………………… (148)
过春节,人人都是观察员 ……………………………………………… (150)

关于医疗

有关医疗的事,就是有关生命的事

"二号管"插在人心上 ………………………………………………… (155)
警惕看病实名制的泛化 ………………………………………………… (157)
看病的与卖药的 ………………………………………………………… (160)
"以查代治"猛于虎 ……………………………………………………… (162)

关于贫富

要懂得富人经济学,更要懂得穷人经济学

从穷人的角度出发 ……………………………………………………… (167)
别一提富人就过敏 ……………………………………………………… (169)
穷人与穷人之间的公平 ………………………………………………… (172)
富人,你为什么不快乐 ………………………………………………… (174)
保证穷人不至于每况愈下 ……………………………………………… (176)
为富人说话,未必有富人响应 ………………………………………… (178)
穷人的钱,让他留着自己用吧 ………………………………………… (180)
越富裕的地方,越要懂得穷人经济学 ………………………………… (182)
富人"抢座"挑战政府"智商" ………………………………………… (184)

关于竞争

或者像狼一样凶猛,或者像春风一样温柔

狼是进攻型的,也是智慧型的 ………………………………………… (189)

"细节经济"俘获消费者 …… (191)
公平竞争与双向选择 …… (193)
把冰卖给南极人,是生意人的"艺术" …… (195)
市场面前,谁主动谁就有意义 …… (198)
"美女经济":搭美女的车,卖自己的货 …… (200)

关于消费
消费者不是"上帝",也不是待宰的"羔羊"

过度热情,则无异于骚扰 …… (205)
"经济"背后的"消费陷阱" …… (207)
"霸王条款"后面,必然有"霸王逻辑" …… (209)
别让"第49条"丧失威力 …… (211)
"名人效应"与"问题广告" …… (213)

关于价格
没有人愿意做赔本的买卖,但价格并不是完全由商人来决定的

商业竞争:低价才是硬道理? …… (219)
卖的东西都是"货" …… (221)
让汽车价格战再猛烈些 …… (223)
车卖不动,不只是车价问题 …… (225)
谁在制造"兰市泡沫" …… (227)
竞争是低价的加工厂 …… (229)
看政府与价格掰腕子 …… (231)
拉开距离看"天价月饼" …… (233)

关于精神
一个人需要一种精神,一个民族也需要一种精神

微笑,并保持微笑 …… (237)

附:微笑的力量 …………………………………………………………… (240)
道是无情却有情 ………………………………………………………… (244)
泪在飞,是因为爱在飞 …………………………………………………… (246)
心在一起,所以力量在一起 ……………………………………………… (248)
心随“祥云”一起飞 ……………………………………………………… (250)
非典保险的营利信心 …………………………………………………… (252)

关于修养
领导干部的品质,不仅仅事关个人的形象

讲短话也是一种节约行为 ……………………………………………… (257)
总理下乡的启示 ………………………………………………………… (259)
哪些小事打动过你 ……………………………………………………… (261)
始终想到“最低”处 ……………………………………………………… (263)
做老百姓的“自己人” …………………………………………………… (265)

关于专家
最值得信任的人,就应该是最负责任的人

学术权威,守住自己的科学“良心”……………………………………… (269)
经济学家到一块,争论就是必然的 ……………………………………… (271)
教授猜中试题,值不值得公开“祝贺”…………………………………… (273)
可以保持沉默,但不可以当“思维懒汉”………………………………… (275)

关于用人
只要用在地方上,谁都可能是人才

白领泡沫与灰领紧缺 …………………………………………………… (279)
“单位人”也是“经济人” ……………………………………………… (281)
以血取人,傲慢生偏见 ………………………………………………… (283)

人才物美价廉不正常 …………………………………………………… (285)
管理就是把人用到地方上 ……………………………………………… (287)

关于管理
再细微的地方，也关乎执政的水平

请列出“其他”的清单 …………………………………………………… (291)
“本·拉丹”与“投机倒把” ……………………………………………… (293)
政策要定得实惠些 ……………………………………………………… (295)
民间文化的经济负担 …………………………………………………… (297)
公章里面的环境 ………………………………………………………… (299)
“参加重要会议”算什么待遇 ………………………………………… (301)
当停产令只是一张纸 …………………………………………………… (303)
承认私了也是一种合法选择 …………………………………………… (305)
追究于“未然”时 ……………………………………………………… (307)
翻过来，才能看到铜板的另一面 ……………………………………… (309)
以罚治痰，就得让“吐夫”心疼 ……………………………………… (311)
小偷要发票的启示 ……………………………………………………… (313)
GDP 与做家务 ………………………………………………………… (315)
“模糊”有时更准确 …………………………………………………… (317)
上游的态度 ……………………………………………………………… (319)
救助不是另一种施舍 …………………………………………………… (321)
收费脱缰与预期失控 …………………………………………………… (323)
市场不相信成本 ………………………………………………………… (325)
绿色 GDP 也是硬道理 ………………………………………………… (327)
企业人头费与政府人情费 ……………………………………………… (329)
警惕尾随在项目之后的骗局 …………………………………………… (331)
“最低工资”的动机与效果 …………………………………………… (333)
市场是敏感的，也是有力量的 ………………………………………… (335)
经营权与车份儿钱 ……………………………………………………… (337)

管得少才能管得好 ……………………………………………………………… (339)
假的太多,是因为“真的太重要”…………………………………………………… (341)
为什么谁都不说“热” ……………………………………………………………… (343)
有多少乞讨者愿意“打工” ………………………………………………………… (345)
节约是清洁的“近义词” …………………………………………………………… (347)

关于人生
生活包括很多精彩,也包括很多无奈

“杀熟”现象,挑战互信基础…………………………………………………………… (351)
“资源”的性质变了,“开发”的性质就变了 ……………………………………… (353)
“冒充”坏人,等于给坏人“扬名” ……………………………………………… (355)
“知识”是“经济”的本钱 ………………………………………………………… (357)
正因为忙,所以要闲一会儿 ………………………………………………………… (359)
“绿色”空气,不该是氧吧里生产出来的…………………………………………… (361)
让孩子像孩子 ……………………………………………………………………… (363)
让大人像大人 ……………………………………………………………………… (365)
给你待遇,可能是给你压力 ………………………………………………………… (367)
担心可能多余,但一定有其理由 …………………………………………………… (369)
新“路不拾遗”,影射社会戒备心理………………………………………………… (371)
“知道分子”与知识分子 …………………………………………………………… (373)
调侃结巴,别把刻薄当幽默 ………………………………………………………… (375)
外语再重要,也只是一种工具 ……………………………………………………… (377)
在任何现场,都没有“如果”………………………………………………………… (379)
装鸡蛋的篮子与篮子里的鸡蛋 …………………………………………………… (381)
在市场面前,要像商人一样思考 …………………………………………………… (383)

关于传媒
以公众的视角,向公众传达有价值的信息

无聊的采访,造就无聊的“新闻”…………………………………………………… (387)

虚假的眼泪,增强不了感染力 …………………………………………………………(389)
“本报讯”也是文章,写好它并不容易……………………………………………………(392)
广告面前,舆论监督应该挺直“腰杆”……………………………………………………(394)
有人说当记者好,可能是一些记者没当好 ………………………………………………(396)
甘当“万金油”,就可能常说“外行话” …………………………………………………(398)
舆论监督存在的意义,就是让社会保持“痛感”…………………………………………(400)
有些事儿该理,有些事儿不该理 …………………………………………………………(402)
“骚扰型”的记者,是生活中“多余的人” ………………………………………………(404)
记者可以暗访,但不可以成为新闻的主角 ………………………………………………(406)
亚军就是亚军,记者何必屡屡“叫屈”……………………………………………………(408)
“榜”风盛行之下,媒体要小心迷失自我…………………………………………………(410)
新闻是文字产品,新闻写作是“手艺活儿”………………………………………………(412)
“扭”不是记者的功夫,而是新闻的暴力…………………………………………………(414)
“正反新闻”不是两条新闻,而是一种新闻事故…………………………………………(416)
滥用自己的影响力,是媒体的危险游戏 …………………………………………………(418)
是“行业记者”,就得有“行业态度” ……………………………………………………(420)
真正的倾听,才是真正的采访 ……………………………………………………………(422)
越专业的记者,越有可能成为名记者 ……………………………………………………(424)
先保证数字纯粹,再设法用数字说话 ……………………………………………………(426)
放下架势,才能真正融入新闻 ……………………………………………………………(428)
没有不好的回答,只有不好的提问 ………………………………………………………(430)
媒体有自己的定位,但新闻却是给所有人看的 …………………………………………(432)
拿“非典”作乐,等于犯老百姓的忌………………………………………………………(434)
马赛克是善意的,但不能解决一切问题 …………………………………………………(436)
新闻线人不是记者,但他也吃新闻的饭 …………………………………………………(438)
时评应该有“由头”,但不应该是“制造”出来的 ………………………………………(440)
可以激动,但不要太激动了 ………………………………………………………………(442)

序

一

想起来,编一本专栏评论自选集并不是一件很难的事。但是,真正做起来的时候,却感到非常吃力。一是,我写专栏评论,前后差不多有20年时间,因为时过境迁或事过境迁,有些自己曾经用心写过的东西,回过头来再看的时候,已经没有什么感觉了;二是,我写的专栏评论,绝大多数都是自由投稿,发表于不同性质的报刊和不同性质的专栏,内容庞杂,风格不一,所以一时很难确定一个取舍标准。三是,相当一部分发表过的评论,有些只在电脑中找到了电子文档,但因为各种原因,已经不知道载于何报何刊,想找到这些篇目的出处,并不是一件容易的事。

选入集子中的评论,大致上遵循三个标准:一、除了很少的几篇之外,都是2000年以后发表的。没有别的原因,新一点而已。二、如果评论所涉及的现象仍然存在,或者所关注的问题仍然值得思考,不管观点如何,态度怎样,这一类的评论基本上都选进来了;三、最能代表自己思维特点和写作风格,或者说自己比较满意的专栏评论。

拉拉杂杂选了一大堆,编制目录又成了一件费心劳神的事。这牵扯到分类和排序的问题。开始的时候,我把所有入选的稿子一篇一篇打印出来,然后按照时间顺序,一字摆开,简单倒是简单,但有一个很明显的感觉,那就是排在一起的几篇评论之间缺乏任何逻辑联系,显然,这是一种懒汉做法。后来,又以评论发表时的专栏为依据,一个专栏一个部分,但分出十几个部分,而且大的大,小的小,非常不均匀。再后来,就有了现在这个模样:先按评论的内容分成若干部分，再按评论发表的先后时间进行排序。

这可能不是最科学的，但却是最实用的。正是因为这一点，才促使我标出了每一部分的内容，比如“关于三农”、“关于就业”等等，同时又为每一部分写了一句能概括其基本意思的话，比如为“三农”部分写的是“最需要理解的地方是农村，最需要理解的人是农民”，为“就业”部分写的是“没工作的人应该关注所有的工作，所有的人都应该关注找工作的人”。

二

我从事新闻工作，属于半路出家。写专栏评论，也完全是兴趣所在。

最初写一篇评论，差不多可以叫做废寝忘食，呕心沥血。一篇千字文，常常两三天时间，四五次修改，思来想去，思前想后，慌慌恐恐地写，慌慌恐恐地投出去，再慌慌恐恐地等待。那个时候，虽然写得十分辛苦，但乐此不疲。特别是，当我因为写专栏评论而有稿费收入，以至最后因为写专栏评论而进入新闻行业以后，写专栏评论几乎成了我全部的业余活动。

写专栏评论，是一个表达的过程。正因为如此，我才给这本集子起了个“表达”的名字。

你要说什么，你想怎么说，往往可以表明一个人的立场。我给自己的定位是，首先要有话说，然后再想怎么说话，意思是不要没话找话，为写而写；首先要想为谁说话，然后再想说给谁听，意思是不要无的放矢，对天放炮。大概在六七年前吧，我为基层通讯员讲课的时候，也曾很明确地强调过自己写专栏评论的态度：有话好好说。

2003 年“非典”时期，我写过一篇专栏评论，叫做《微笑，并保持微笑》，后来获得第十四届中国新闻奖一等奖。《新闻战线》杂志约我写一篇文章，谈谈写评论的体会和获奖的感想。在那篇《微笑的力量》的文章中，我第一次总结了写专栏评论必须具备的三个条件：

> 第一，敏感性。这包括两层意思，一是“有刺激就有反应”，思想麻木不行，感觉迟钝不行；二是“有刺激才能反应”，不能未酒先醉，不能无病呻吟。
>
> 第二，思想性。这也包括两层意思，一是“多少要有一点道理”，没有

馍馍就不要空嚼;二是"多少要有一点自己的道理",不能嚼别人嚼过的馍馍。

第三,个人性。这还包括两层意思,一是"用自己的嘴巴说话",不能拿腔拿调,不能鹦鹉学舌;二是"用自己的脑子写文章",要有自己的思维风格,体现自己的逻辑力量。

现在,我觉得还应加上一条,那就是:

第四,正义性。这同样包括两层意思,一是"在道德底线之上说公道话",不能强词夺理,不能意气用事;二是"在法律基础之上说良心话",不能图一时之快,不能泄一己之愤。

收入这本集子中的专栏评论,有些可能还很幼稚,有些甚至还有错误,但有一点可以肯定,我想写出最好的专栏评论,并一直为此努力着;为了我们的社会更文明、更和谐,我还会写下去的。

三

这本集子能够面世,首先要感谢中宣部对"四个一批"人才的重视和关心。有关部门曾多次与我联系,征求我的意见,听取我的汇报,他们使我对出版这本集子充满了信心和期待。

其次要感谢中华书局为出版这本书所付出的劳动。他们与我进行过多次交流,耐心听取了我的有关说明,并给予了重要的有建设意义的提醒和指导,保证了本书的顺利编辑与出版。

借此机会,我也要对曾经培养、鼓励我写专栏评论的所有人表示感谢。他们既包括十几年前《陇东报》的领导和编辑们,也包括十几年来《甘肃日报》的领导和编辑们;既包括《中国青年报》、《中国记者》、《东方早报》等报刊有关评论栏目的编辑们,也包括为这些报刊的评论专栏撰写评论的知名评论家们。恕我不能在此一一列举他们的名字,但在编这本集子的时候,他们的名字一直在我脑中闪现,虽然很多人我还没有机会谋面,甚至也没有在电话中有过联系。没有他们,就不会有我写专栏评论的经历,更不会在撰写专栏评论上有所进步，当然就不会有这本集子中的评论。

我转行从事新闻工作的时候，我的父母已经去世了。但是，如果他们知道我要出这本书，也一定会非常高兴、非常自豪的。感谢他们一直让我念书，并一直为我辛苦到离开人世。

我还要感谢一个人，就是我的妻子，感谢她对我默默无闻的支持和鼓励。她肯定不愿意我写这句话，因为她会觉得不好意思的。

我就把这本书献给他们吧！

尚德琪

2010 年 8 月 6 日于兰州

关于三农

最需要理解的地方是农村，

最需要理解的人是农民

相信农民的市场觉悟

当年的安徽小岗村，18 户农民为将“人民公社”的土地“据为己有”，秘密按下血手印，拉开了中国农村土地大包干的序幕。现在，我们似乎可以从很多角度去认识这一事件的意义，但是，我认为，最根本的，应该将此举看成是农民市场觉悟的一种体现。同样，安徽省赵庄村“反叛”小岗的行动——让土地从分散走向集中(《中国青年报》2002 年 10 月 30 日)，实质上也体现了农民的市场觉悟。

很多人包括一些经济学家和地方官员，总是把农村当成“未开化”的地方，把农民当成“不开窍”的群体。为强迫农民种烟，乡镇干部不惜带人毁青拔苗；为“引导”农民种果树，县乡领导甚至凭空为农民想效益。可以肯定地说，这一切，当初挂的都是市场经济的“羊头”；而最后，拍出的却是“市场政治”的“狗肉”。他们没有把农民的市场觉悟放在眼里。

很多人，不知道是因为不了解农村情况，还是对经济理论太了解，总之，对农村和农民的认识都太意识形态化。有时，我甚至偏激地认为，市场经济之所以在农村仍然处于很低的层次，与一些经济学家的自以为是有关；而一些政府官员的经济决策，又使纯朴的农民在市场经济面前屡受重创。

不论是土地进公司，还是农民变员工，不论是民企的眼光，还是村庄的前景，赵庄目前所进行的“反叛”，还不应该上升到经验，虽然这是一个不大不小的新闻。对市场上所发生的一切，我认为最好先当成一种“偶然性”去看待；况且，当事人也很不愿意被别人推广成一种示范。一方面，从创始者来说，示范即等于给自己引进对手，也等于要把一部分利益让于别人；从推广者来说，又得冒主观主义的风险，或者被怀疑为“追求政绩”。

10 月 29 日晚上，中央电视台“省部长访谈”节目中，吉林省省长洪虎在谈到吉林的“经济玉米”时，针对加入世贸组织后吉林的玉米出口不降反增的情况，说了一句很市场的话：“我认为这是一个暂时的现象。”在主持人谈到美国墨西哥湾玉米离岸价比大连港的平仓价还要高时，洪虎也说了一句类似的话：“还不能简单地做这种比较。”

我同意洪省长的说法，不是因为我消极，而是因为他冷静；不是因为他很正确，而是因为他肯承认。作为一个政府官员，在市场面前，最怕无动于衷，也最怕自以为是。经济学家温铁军在提到一些地方通过反租倒包、反租承包和土地股份合作制等形式进行土地规模经营或市场化土地流转时，对一些学者的表现也颇感遗憾：“他们对这些农村基层干部群众的伟大创造似乎兴趣不大，有的甚至批评为‘非驴非马’。”（《“市场失灵”+“政府失灵”：双重困境下的“三农”问题》，《读书》2001 年第 10 期）

说起“非驴非马”，我想起了“白猫黑猫”。对市场的敏感，可能是人的天性。只是因为受到很多客观因素的制约，所以才使农民们（看起来）在市场面前行动比较迟缓。假如赵庄村没有那个民营企业家赵世来，我想情况可能会很不一样；假如别的村子出来一个赵世来，别的村子也可能成为“赵庄村”。从普遍的意义上说，农民没有资金或者说资金很有限，他们不可能到处“交学费”，也不可能参与风险过大的投资，在一定角度上，要就地进入市场，就只能坐等机会；而要主动出击，也就只能外出打工了。这几年，批评土地撂荒的声音不绝于耳，但反过来想，如果死守着土地过穷日子，会不会又有人说农民没有市场意识？

农民很简单，不会考虑得太多，只考虑是不是有利可图。有利可图他们就干，反租倒包行，出去挖煤也行；无利可图，他们就不干，或者只是无可奈何地干。

只有相信农民的市场觉悟，才能谈得上尊重农民、理解农民；只有相信农民的市场觉悟，才能谈得上支持农民、帮助农民。

（《中国青年报》“经济时评”专栏，2002 年 10 月 31 日）

从最上游治欠薪

11月20日的《工人日报》报道，济南市针对拖欠民工工资问题，日前出台硬性措施：如果因建设单位拖欠工程款和工人工资引发纠纷，造成不良影响，竣工的工程将不予验收，新开发的工程也不予办理施工许可手续。同时规定，对故意拖欠、态度恶劣的单位，在协商无果的情况下，施工单位有权停止在建工程施工，有权根据规定与建设单位协议将工程折价，或诉请人民法院依法拍卖……

我见过很多治理欠薪的办法，这是目前为止，我感觉最得力、最实用的办法。得力之处在于：你敢欠民工的工资，我就敢断你的后路——欠薪者，不就是想少掏一些钱，叫人多干一些活吗？实用之处在于：说得到，也能做得到——已竣工的工程不验收，该开工的工程不批准，这没有什么难的，只要主管单位什么都不做就行了。

民工在哪里都是弱者，所以总会受到各方面的同情。济南出台这项制度的背景可能正在于此。我关心的问题是，在一些施工企业眼里，能收留民工打工，能给他提供一个月三四百元收入的苦力活，同样也是对他们的同情。两种同情心都让人感动。但如果两种同情心相遇，则可能出现意想不到的尴尬。

我的一个亲戚想出去挣点钱，找到一处施工工地，没想到就谈妥了，亲戚因此觉得"世上还是好人多"。但是工钱却常常拖欠，家里用钱的时候钱却到不了手，于是找到工头，找到现场办，几乎是同一个声音：钱没有来。不过他们也不赖账：要么在这里边干边等，要么回家里等着。

农村人还想挣点钱，于是就边干边等着。这是民工在工资面前最基本的处境。有些工程完了，民工也就回家了，工钱拖了很长时间以后，民工找政府，找媒体，三弯两拐，终于要回了工钱，他们也会说“世上还是好人多”。

其实，施工企业的处境，有时也和民工们有点像。没有活干，企业有时马上就得散摊子；有点活干，企业有时还得先垫上些资金，同时还得感谢业主的恩德。在业主面前，施工企业也是弱者。于是，边垫边建，边建边垫，建设单位利用施工单位的弱势心理，将之越套越牢，想撤撤不起，想干干不起。有些施工企业就被业主这样拖垮了。所有的“半拉子工程”，都渗透了施工企业的泪水。

我们不得不承认这样一个“生物链”（不是“生物圈”）：建设单位是施工企业的上帝，施工企业则是民工们的上帝。倒过来则是：民工们不敢轻易惹施工单位，施工单位则不敢轻易惹建设单位。因此，在拖欠的问题上，除非有人“豁出去了”，民工才可能与施工企业闹翻，施工企业才可能与建设单位发生纠纷。

要知道，民工是挣钱的，施工单位也是挣钱的，只有建设单位才是花钱的。我的意思是，施工企业在某些情况下，比如在拖欠民工工资的环节中，有时也可能是受害者，也是该同情的对象。

济南的政策，不一定是最妥当的，但我以为既考虑到了民工的处境，也考虑到了施工企业的处境。因此，也“硬”到了点子上：一、施工单位拖欠民工工资的根子，多半是因为建设单位拖欠了施工单位的工程款，建设单位是最上游；二、作为建设单位，要上工程，就得首先筹足资金；拖欠的工程款到不了位，就休想通过这个工程的竣工验收，就休想取得下个工程的开工指令。

但是，有一个问题，仍让我不敢多想：欠薪的不一定都是企业，被欠薪的不一定都是民工。我们能不能从济南针对拖欠民工工资问题所采取的硬性措施中汲取点什么，从根子上、从源头上、从最上游治理已经渗入各个角落的欠薪现象，为劳动者营造一个良好的劳动环境？

（《中国青年报》“经济时评”专栏，2002 年 11 月 22 日）

“公司 + 农户”的和是多少

《中国青年报》报道了南昌市奶农联合会和乳品企业之间关于“奶源是否饱和”的争论后，又发表评论说，奶农联合会要学会扮演双重角色，一是当好奶农利益的代言人，二是当好整个奶产品行业长远整体利益的代言人。我认为，这种说法过于理想化或理论化。在实际操作中，是很难实现的。

在组织方式上，南昌市奶产品行业采取的是“公司 + 农户”的模式。我觉得，这正是我们应该思考的。和其他地方农业产业化项目一样，公司和农户之间这种加法关系的建立并不完全是市场经济的产物。不可避免，这种关系一定会随着市场的变化而变化。

最初，双方可能因为一种“义务”或“友谊”（可能由政府牵线搭桥）建立了这种关系，比如，葡萄酒生产企业的背后有成百上千的葡萄种植户，玉米淀粉加工企业的背后有跨州过县的玉米种植户；而药材加工企业肯定与一大批药农密切相关，蔬菜贩运企业肯定与一大批菜农密不可分。从理论上讲，二者应该相得益彰，按流行的话说就是“双赢”。实际情况也是，在农产品卖难的背景下，这些以转化农产品“为己任”的企业，客观上成了农民致富的牵引力或推动力；而当地大量的农产品，又为企业提供了低廉的原料，使其成本控制在源头上有了保证。

但终究有一天，在真正的市场风浪面前，加法关系的性质必然要发生变化，利益在友谊面前占了上风，而义务在竞争过程中则渐渐退后。奶牛养殖户总怕奶源过剩卖不了钱，而乳品企业总怕奶源不足要多掏些钱，这种“一个防一个”的心态是一种普遍存在；牛奶贱了伤奶农，牛奶贵了伤企业，这种关系也是生产流程中上游（原料）与下游（产品）之间永远不能消除的一种矛盾。

正如消费者只关心产品的价格,不关心生产企业的成本一样,公司也只关心原料的进价,不关心农户的成本。农户给公司算成本,像生产企业给消费者算成本一样,在一定意义上,都是自找没趣。

国内目前很多的"公司+农户"组合,双方看到的市场景象并不对等,所以双方虽然是加法关系,但结果不一定是两者之和。双赢的设想,有时也会导致双输的局面。

"公司+农户"的出路在哪里?

说残酷一些,必须进入市场程序进行自由淘汰。应当承认,我们的有些想法过于简单化了,一则希望养牛的都有利可图,甚至会有"养多少牛赚多少钱"这样的平均主义念头;一则希望乳品企业与养牛户利益共享风险共担,甚至会产生"为增加社会效益做出牺牲"这样幼稚的想法。"公司+农户"的关系,在市场面前,并不能代表一切;想利用这种关系在市场竞争中事半功倍,有时可能血本无归。

说和善一些,双方必须在利益基础上建立紧密型关系。也就是说,公司可以将农户收编,作为公司的一部分,建立纯粹属于自己控制的基地,使之成为公司的利益共同体和决策直达点。很显然,"公司+农户"的运作方式,大多含有企业办社会的成分,农户在心理上有一定的依赖性,而公司的决策又不能对农户产生直接作用,结果导致双方预期同时落空。

(《中国青年报》"经济时评"专栏,2002年12月12日)

农民三题不容回避

春节回农村老家过年,体会到欢乐之外,所见所闻也让人感慨万千。择其要者,命之为三题。

一、农民收入到底有多少?

我的家乡在甘肃最偏远的干旱山区,是“纯农业”即传统农业地区。我问一位乡干部,去年全乡的农民纯收入是多少。他说不知道乡上是怎么报的。我问家里人,去年村里的农民人均纯收入是多少。回答是,这几年收成不好,村上一直沿用1999年的数字——1100元。

很显然,在很大程度上,农民纯收入只是“报”出来的。根据是什么,我不知道,农民不知道,乡干部不知道,我也不知道谁知道。但有一点谁都知道,就是今年的数字不能比去年的低。

同时,在我的感觉中,农民们并不太关心“农民纯收入”,他们看重的是“手里有没有钱花”。一方面,所谓的“农民纯收入”可能并不纯;另一方面,什么东西都算成了钱,但并不是什么东西都能当钱用。

农民是种粮食的,但并不是只需要粮食。而目前的形势是,一方面粮价低廉,另一方面粮食也不容易变成现金。粮食将农民“套牢”了。

二、农民为什么要出去打工?

老家所在的村民小组,原来组长是个年轻人,当“领导”还算过得去。去年,他给村上丢下一句话,就去内蒙古打工了。让他下定决心走出去的直接原因,是儿子考上了省城的一所中专——他要出去为儿子挣学费。

正月初六七,机关还没上班,村上很多人就起身出外打工了。家里能脱开身的,独自一人走了;家里脱不开身的,有的甚至拖家带口一起走了。村里人算的账是,一个人出去打一年工,干的活未必比家里多,拿回来的钱却比三个劳力的家庭在土地上忙活一年的全部收入还多。

政府方面和经济界人士一直认为,农民出去打工是转移农村富余劳动力的有效途径,也是增加农民收入的重要途径。其实,这是一种带有强烈的理论色彩或理想主义的想法。我的感觉是:一、好多农户,家里并不是没活干,很多情况下,都是男劳力为了出去打工,无奈才将苦重的农活推给了老人和妇女。二、在我们老家,农民们总是认为,出去打工,要比在土地上播种任何东西都更容易来钱。三、如果说这种打工有利于增加农民收入,那么,毫无疑问,这将使原本基础就不太好的农业雪上加霜。

我们经常说"无工不富",对农村而言,"工"之所指,似乎就是"打工"。

我的结论是:农民出去打工,就是为了挣钱。虽是现实的选择,但却是无奈之举。

三、农民欠了别人多少钱?

在老家,一个让人吃惊的现象,就是十之七八的家庭都负债累累。有的家庭每年可以支配的现金只有几百元,但债务却高达数千数万元,"赤字"现象十分突出。

一些亲戚见了我,先感谢我曾经帮过他,但又很难为情地说,借钱容易还钱难;一些亲戚来串门,嘴上说多年不见了,但似乎是专为借钱而来。在他们面前,你甚至不好意思催账,也不好意思拒绝。

借钱是很正常的,但值得警惕的是,很多家庭债务已超出偿还极限。一些人旧债未还,新债又添;一些人则借了新债,以还旧债。

据了解,欠债的主要原因有三个:一是供帮孩子上学,二是为孩子订婚,三是家人治病。债务问题的后果也有三个:一是高利贷盛行,二是借贷双方关系由亲趋疏,三是农民对自己的生活失去把握。可以说,农村有相当一部分恶性事件,都与债务有关。

农民无疑是最有承受力的,但债务问题已使很多家庭不堪重负。

钱不是万能的,但没钱是万万不能的。农民的收入上不去,农民的挣钱途径改变不了,农民的财政状况得不到改善,不仅会影响到农村的景气指数,也会影响到农民的生活态度和生活信心。

(《中国青年报》"经济时评"专栏,2003 年 2 月 19 日)

把城镇户口拉下神坛

今年4月1日后,北京市农业户口妇女所生的小孩,可在父母户口所在地自愿登记为非农业户口;北京市农业户口的高等职业教育学校、中专、技校及经教育部门确认的职业高中的在校生,可自愿转为非农业户口。

即将实行的新的北京农业人口转为非农业人口户籍改革政策,应该算是一个喜讯:城镇户口终于走下神坛了。

曾几何时,城镇户口作为一种待遇,在各种场合显示着它的神通。一方面,一些人为家属转为城镇户口苦苦奔波了好多年,一些人则为孩子转为城镇户口付出了多年的积蓄;另一方面,一些地方在农转非问题上充分体现了政府的权威,一些地方则因为出卖城镇户口而轻易地赚了很多钱。

俱往矣。如今的城镇户口如落架凤凰,不再有高傲的资本了。据3月5日《中国青年报》报道,北京农民对城镇户口的态度已十分漠然,一句最具代表性的评语是:"城镇户口又不能当饭吃。"统计数据也表明,北京农转非的人数年年下降。

农业人口和非农业人口意味着两种不同的为生方式,我把前者称之为"物质生活",即以土地为基础换取全部生活所需;后者为"金钱生活",即通过各种方式挣钱,然后购买全部生活所需。一般意义上,城镇居民如果没有正常的生活来源,政府就应该提供社会保障、最低生活保障等福利,或者想方设法提供就业机会。所以,从法理上讲,城镇户口本身是可以当饭吃的,尽管这碗饭的标准可能不是很高。可以说,当初农转非之所以走红,就是冲着这一点来的。

政府降低农转非的门槛,原因无非有三:一、在行政改革的大潮中,此举可以表明户籍管理上充分顺应了民意;二、在加快城镇化进程的背景下,可以算作是提高了城镇化水平;三、政府可能没有想到,或者从来没有打算过要为自愿登记为非农业户口的人承担社会保障的责任。

我有过农转非的各种经历,也是城镇户口从抢手货到烫手山芋的见证者。我的基本感觉是,群众总想得到点什么实惠,而政府从来不曾想过让你占便宜。我所知道的情况是,一些人从农业人口变成了非农业人口,随之也就变成了城镇贫困人口,其生活状况有时还不如当初。

更多的人可能想到了土地。土地是农业人口最大的后盾,虽然国家《土地承包法》规定农转非后不要求农民交土地,但实际操作过程中,交土地正好被当作农转非的交换条件。单单一个城镇户口,改变不了农民对土地的依赖心理,改变不了农民先前的那种生活方式。况且,离开土地的农民在城镇里不仅总是处于竞争劣势,而且总不像平时进城打工那样伸缩自如。

我的意思是,如果农业人口可以自愿填报非农业人口,那还不如取消户口类别呢!一则,在实际生活中,干什么活,在哪里生活,过什么日子,与户口类别并没有什么直接关系;二则,如果说户口是重要的,那可能指的是户口所在地,而不是户口类别。

农民说"城镇户口又不能当饭吃";专家说"农转非不是城镇化"。但正如目前如火如荼的地改市、县改市一样,全国各地农转非的条件都越来越宽松了。政府可能领不了人情,群众也可能不领情,但它至少可能告诉农民和农村这样一个信息:名义上的东西都是无所谓的,生活质量、发展前途等等,都只能靠别的东西了。——这些东西绝不会像"改市"、"转非"那样,经过有关程序一批就行了。

(《中国青年报》"经济时评"专栏,2003 年 3 月 11 日,
原题《城镇户口走下神坛》)

“农转非”的意义有多大

居民楼前炊烟袅袅，确实是一种让人匪夷所思的城市景观。但是，如果有一天，都市里不再有这种炊烟，而楼上的居民们依然是“住在楼上的村民”，我们就要思考一个问题了：“农转非”与“城市化”到底是什么关系？

2001 年 8 月，石家庄市户籍管理制度改革全面启动。第一年落户的 36 万人中，城中村 26 万人就地农转非。到 2003 年 2 月，城中村就地农转非人口增加到 30 万人。专家认为，在石家庄市未来几年落户人口中，城中村农转非依然是主体(《中国青年报》2003 年 3 月 31 日)。

但是，“村民”变成“市民”的时候，尴尬也随之而来。“在拥有土地的农民眼里，他们已经是市民”，这可能让他们很自豪；而“在城里人眼中，他们却还是‘村民’”，这则让他们十分无奈。问题的关键在于，他们没有享受到与城市居民同等的福利待遇。“福利”意味着什么？“博士咖啡”论坛高辉清博士提供了一组数据，可以窥斑见豹：根据国家统计局的数字，2002 年，我国农民的(人均)纯收入是 2476 元，城市居民(人均)收入中可支配的货币收入为 7703 元，差距比为1∶3.1。如果再将城镇居民所享受的各种福利考虑进去，这一差距比大概为1∶5。也就是说，城镇居民享受的“福利”两个字，差不多就是农民纯收入的两倍！

因此，高辉清博士说，“从这种经济分化态势看，在现行的经济环境之下，作为一个市民，显然要比一个农民有更多的机会成为中等收入阶层中的一员”(《南方周末》2003 年 3 月 27 日)。他要说明的问题是，“不断加速城市化步伐，迅速减少农民数量”，是进补我国中等收入阶层的一剂药方。

但是，有两个问题，包括高博士在内，很多人可能都没有考虑到：一是，如果村民变成居民以后，并没有得到与城市居民同样的福利，那又该怎么办？二是，如果农村居民也享受到城市居民同样的福利，又会是什么样的效果？

当然，这会涉及到两个敏感的问题。一个是，为什么城里人有福利，而农民就没有福利？一个是，为什么在农村总是强调少收钱（减轻农民负担），而在城市则总是多给钱（提高福利待遇）？

我不知道，有没有“城镇居民”与“农转非户口”之间收入水平的比较数据，有没有“农转非户口”与“农村户口”之间收入水平的比较？我觉得，笼统的“城市居民”收入中，很可能掩盖了像石家庄城中村农转非中存在的问题：村民变成居民了，但他们并没有被融入城市人的序列，只不过是“住在楼上的村民”。

所以，高辉清博士将“不断加速城市化步伐”与“迅速减少农民数量”连在一起说事，我有些担心。因为高辉清博士还曾说过，“三农”问题不能只在农村解决，使越来越多消费能力较弱的农民转化为消费能力相对较强的城市居民，也是应对世贸组织可能带来的冲击的最好方法。你看看，需要增加中等收入者比例的时候，就“迅速减少农民数量”，把他们转化成为“有更多的机会成为中等收入阶层中的一员”的市民；需要解决“三农问题”的时候，就“使越来越多消费能力较弱的农民转化为消费能力相对较强的城市居民”。总之，不论是提高收入，还是扩大消费，都得靠农民身份的改变。我的担心是：这是不是把一切都寄托在“农转非”上了？

在户籍管理制度改革全面深化的背景下，农民拥有一个城市户口，不再是一件很困难的事。在很多地方，比如石家庄的城中村改造，改变农民的身份已经做成“批发业务”了。但“农转非”能承担起那么多重任吗？

（《中国青年报》“经济时评”专栏，2003 年 4 月 1 日）

廉价的劳力≠廉价的生命

在国务院新闻办举行的记者招待会上,国家安全生产监督管理局副局长梁嘉琨透露了一些关于农民工的信息(《中国青年报》2003 年 10 月 24 日)。我将之分为三个层次:一、随着我国社会主义市场经济体制的逐步建立,农民大量进入城市从事劳动密集型行业工作,特别是煤矿企业,目前从业人员基本上是农民工。二、目前,煤矿每年的死亡人数接近 6000 人,基本上都是农民工。三、农民工死亡的赔偿标准因各地的经济发展、地方的财政政策和企业的经营状况的不同而有所区别,死亡赔偿一般在 1 万元到 5 万元左右。

第一点说明,农民工作为劳动力是最廉价的。第二点说明,农民工的劳动环境是最危险的。第三点说明,农民工的生命是最廉价的。

我从农村来,我的老乡有很多都在外地打工,所以,我可能会更多地站在农民工的立场上说话。我认为,首先应该把农民工当人看待,其次应该把农民工当作穷人看待。

死人的事是经常发生的,但死的意义有不同。比如记者,据说也是全球十大危险职业之一,有报道说,今年以来,已有 51 名记者以身殉职。但是,这种死,和煤矿企业每年近 6000 名农民工的死,显然具有质的不同。这几年,煤矿出的事多了,我们才知道了更多的关于煤矿的情况。可以说,一些煤矿不仅劳动环境是非人的,而且煤矿主对农民工的态度也是非人的。

不得不重复一遍,我从农村来,我的老乡有很多都在外地打工,所以,我非常理解农民工。

一、农民工的身体就是他们的"生产力"。农民工绝大多数没有专业技术,靠着一副在劳动中强壮起来的身体走南闯北。煤矿等劳动密集型行业,之所以接收农民工，很大程度上就是看准了农民的身体状况，以及农民工对自己身体不太珍惜的态度。

二、农民工愿意从事任何能挣钱的劳动。所以，在很多情况下，一旦走出家门，农民工可能会把安全生产问题放在第二位，虽然工钱可能不是很高。有些“生死协议”之所以能顺利签订，在很大程度上，就是因为农民工对钱的渴望。

三、显然，一切都是因为农民太穷了。在我的老家，家里有个人出去打工，经济状况显然都要比固守土地的家庭好一些。农民们不懂经济学，但会算经济账：在家里种地，辛辛苦苦一年所得到的“纯收入”，没有打工3个月所得到的现金收入高，那我为什么不出去打工呢？

当打工成为增加农民收入，特别是现金收入的主渠道时，农民工的很多东西就会成为钱的附属品。不要说农民工的工作环境，也不要说农民工的生活待遇，就是农民工的生命，也会被一些用工企业所蔑视。

蔑视人的生命的人，可以说是世界上最傲慢的人了。但是，这些傲慢的人，却常常被农民工当作恩人。

许多地方都把廉价的劳动力作为一种资源向外界张扬。先不说这种“资源”具不具有优势，也不说其用意是不是能够得逞。现实情况是，劳动力越廉价的地方，就越没有人来利用这些劳动力。于是，走出去打工就成为这些廉价劳动力的必然选择。

在市场条件下，谁也没有资格对打工农民说三道四。甚至，谁也没有资格对打工农民的收入高低品头论足。毕竟，市场决定需求，需求决定价格。

但是，必须清楚，人的生命不在市场“管辖”范围之内。所以，廉价的劳动力并不意味着廉价的生命。我不仅仅是针对农民工死亡赔偿而言，更多的其实是指向农民工的安全生产问题。

解决穷人的问题，是政府的责任。一个农民工死亡了，一个贫穷的家庭就会陷入更大的贫穷。所以，面对安全生产问题，政府必须伸出那只“看得见的手”。在这个问题上，不应该考虑财政收入，也不应该考虑GDP。

（《中国青年报》“经济时评”专栏，2003年10月28日）

多来几个“一票否决制”

自从温家宝总理帮民工讨工钱的消息见报以后，各地对民工欠薪问题的关注度显然不同以往。从行政角度说，这应该叫“榜样的力量”；从人文角度说，我把这叫做“从善者如流”。所以，关于民工的好消息也不断涌来。

最让我感兴趣的是北京市的“一票否决制”。北京市建委、劳动和社会保障局不久前联合发布通知，对建筑企业恶意欠付民工工资并造成社会影响的，将实行“一票否决制”，清出北京建筑市场。12 月 2 日，湖北孝昌建筑工程公司第一个被这个“一票否决制”击中，被清出了北京建筑市场，而且今后也不得在北京承接任何工程(《中国青年报》2003 年 12 月 3 日)。

北京是个大都市，也是个大建筑市场。全国甚至世界上无数个建筑企业都想在那里谋求利润。我相信，那些有欠薪企图或者有欠薪劣迹的建筑企业，一定会被这个“一票否决制”吓着——建筑市场的竞争已经白热化，一方财路断了，想在另一方补回来很难。所以，对湖北孝昌建筑工程公司来说，这个遭遇应该算是一个沉重的打击了吧——北京驱逐了它，哪个地方会欢迎它呢?

其实，在已有的各种法律法规和政策措施中，都能找到很多现成的规定，来帮助或者支持民工讨回工钱。但为什么民工欠薪仍然是个问题呢？我认为，关键是没有制裁和追究措施，或者没有落实好这些制裁和追究措施。“一票否决制”也不是什么新鲜词了，但此前还没有用到解决民工欠薪问题上。北京算是开了个先河，而且力量已初步得到体现。可能正因为如此，北京在全国率先提出了农民工工资 100% 的兑付目标——对于 2003 年当年竣工工程和正在施工工程应支付的劳务费，必须在 2004 年春节前 100% 兑付给农民工。

但是,造成民工欠薪问题的原因不止建筑企业一个环节。所以,赶走了拖欠工资的建筑企业,并不一定能从根本上解决民工欠薪问题。比如,甲方行为不规范造成的建筑工程款被长期拖欠,就是民工工资拖欠问题的根源之一。而且,甲方单位往往是施工企业拖欠民工工资的上游。据报道,北京市今年清欠工程款的目标是100亿元。但可以肯定地说,一些工程款要费很大劲才能清回来,一些工程款即使费很大劲也清不回来。这样的甲方所造成的影响,其恶劣程度并不比赖账的建筑企业小。一个重要的原因是,这样的甲方可能是一级政府,也可能是政府的有关部门。

对这样的甲方,能不能也绳之以“一票否决制”——比如,只要工程款没付清,工程就不能通过竣工验收投入使用;比如,只要这个工程款付不清,下一个工程就不准许开工建设——我想,总会有一种办法是适合于这样的赖账甲方的。

同样,一些政府部门失察失职,办事拖沓,一些执法机关不理不睬,办案拖沓,也会使民工欠薪问题雪上加霜。最近,有些地方出台了“工资支付监督管理办法”,为农民工讨工钱撑腰;有些地方要求民工工资按月发放,保障民工作为劳动者的合法权益。最高人民法院出台的《关于落实23项司法为民具体措施的指导意见》中,一个重要内容就是针对民工欠薪问题的,特别要求各级法院对农民工工资拖欠官司要依法快立案、快审判、快执行。

然而,对农民工而言,写在纸上的不过是诗歌,拿到手里的才能算是实惠。因此,在解决欠薪这个问题上,最好把事情想得复杂些。如果政府部门督而不查,查而不处,处而不果怎么办?如果执法机关理而不立,立而不办,办而不力怎么办?恕我直言,在农民工欠薪问题的各个环节,“一票否决制”都具有较好的推广延展和开发利用的价值——只要把为农民工讨工钱纳入政绩范畴,把保护农民工合法权益纳入执政为民的范畴,可以“一票否决”的东西就可以很多。

我老想,农民工连那点儿工钱都拿不上,为了那点儿工钱民工甚至都可以以命相胁,在拖欠农民工工资问题上,多来几个“一票否决制”又有何妨?

(《中国青年报》“经济时评”专栏,2003年12月9日)

农民的影响力在哪里

随着2004年的到来,2003年各种各样的年度人物评选也尘埃落定。和很多人一样,我注意到了农民在其中的"席位":

重庆市云阳县人和镇龙泉村农民熊德明,和温家宝总理聊天时实话实说,反映她丈夫的2000多元工钱被拖欠,从而引出了一段"总理讨工钱"的佳话,也引发了全社会对民工欠薪问题的广泛关注,她因此获得了央视"2003年中国经济年度人物"单项奖"社会公益奖"。

500名民工来北京打工,但连续3年,他们的工钱一直被拖欠,他们愤怒、他们无奈、他们茫然、他们四处奔走,但最终他们选择了法律,并最终拿到了胜诉判决书,讨回了本来属于他们的500万元工钱,也最终走上了央视"2003年度法治人物"的领奖台。

需要说明的是,我只挑选了两个与钱直接相关(可能是凑巧,也都与拖欠工钱直接相关)的奖项,因为我觉得农民的钱来得最不容易。

人们已经从各种角度分析了熊德明和500名民工上榜的原因,但是,我觉得,最重要的东西仍然很少有人触及,这就是:一、农民是最肯说实话的人。二、农民是最没有钱的人。所以,第一,我们应该高度关注农民已经发出的和仍然压抑的声音;第二,我们应该高度重视农民已经得到的和仍然缺少的东西。

熊德明和500名民工之成为"年度人物",并不在于他们为社会作出了多大的"贡献",而是因为他们通过不同的方式捍卫了自己的所得。所以,"年度人物"之于他们,使很多人觉得有些另类。不过,正是这种另类的方式,才让更多的人得以直面农民的现状。

我不知道这应该算是个人(获奖者)"出名",还是集体(农民群体)"亮相”,总之,将一个农民作为“人物”一次次推向前台,本身就传达了一个重要的信号:底层的东西正在吸引我们的注意力。如果说“年度人物”都是有影响力的,那么熊德明和500名民工的影响力就在于此。

我在电视上看过2003年央视经济年度人物和法治年度人物的颁奖典礼。对其他人,我的心里更多的是钦佩,因为触动我的是他们所成就的辉煌业绩。熊德明和500名民工,却勾起了我的伤感,因为触动我的是他们的悲苦经历。他们让我想起那些年年出去打工的老乡,让我想起那些专门出去打工挣钱但却不能拿着钱回家过年的老乡。——换句话说,他们是以弱者和穷人的身份,成了“年度人物”,并产生影响力的。

中国的穷人,绝大部分集中在农村。为了摆脱贫困,相当一部分家庭都有人出去打工。打工的人当中,绝大部分都是靠力气挣钱。而这些靠力气挣钱的人,有相当一部分都有过工资被拖欠的经历。

有一句经过改装的流行语,叫做“我是穷人我怕谁”。我不知道这句话是不是说农民的,但事实是,农民工经常因为被拖欠的几百元工钱爬上高塔或跳下高楼铤而走险。所以,如果能体会到熊德明向总理说实话的勇气,就应该知道民工工资被拖欠意味着什么;如果能知道民工工资被拖欠的滋味,就应该体会到500名民工通过法律途径解决问题的意义。

农民活得最不容易。农民的声音太弱小了,而且也很难有公开表达的机会。但是,不可否认,他们会以让人感动或者让人同情的方式,对社会产生影响力。关键的是,我们应该通过怎样的途径,将更多的关于农民的事情,摆到更多的人面前。

从这个角度上说,将一个农民或一群民工评为“年度人物”,就应该算是一种引导。不过,评为“年度人物”并不是最重要的,最重要的是,我们的日常注意力是不是指向广大农民和广大农村。

关注农民的经济状况、保护穷人的经济利益是一个文明社会最基本的特征,也是一个法治社会最基本的表现。

对于农民,我们应该心存尊敬,也应该心存感念。

(《甘肃日报》“兰山论语”专栏,2004年1月18日,
原题《农民的影响力》)

减农民之负与减乡镇之人

来自新华社的消息称，去年，江西省共撤并乡镇80个，撤并村委会近3000个，减少村委会干部23978人，因此减轻农民负担逾7000万元（《中国青年报》2004年2月1日）。2月4日的《甘肃日报》也报道说，甘肃省平凉市为配合农村税费改革，今年初，也撤销了26个规模小、不利于生产要素合理流动和资源合理配置的乡镇。

我马上联想到的是曾出任湖北省监利县棋盘乡党委书记、曾上书总理坦言“农民真苦，农村真穷，农业真危险”、曾著书《我向总理说实话》的李昌平。

1月31日，在央视“2004年春节特别节目”——《面孔2003》中，面对主持人的提问，李昌平说了一句话：“眼前，农村的核心问题就是小农经济基础支撑不起庞大的上层建筑。”

他的意思很明确，浮在农村上面或者说依赖于农村的机构和人员太多了。用李昌平自己的话解释，就是“八个‘大盖帽’，管着一个‘破草帽’”。李昌平是1999年12月出任棋盘乡党委书记的，到2000年6月份，棋盘乡的农民负担就由1999年的1382万元减少为589万元，村、区、乡三级的债务被一一清理，减少本、息超过1000万元。最重要的一点是，乡上撤销了村和乡之间的一级管理机构——管理区。

按照李昌平的说法，一个乡干部一年所需的开支一万元钱是不够的。而根据他的计算，农民种一亩地，一年可能挣一百元钱。也就是说，农民种一百亩地，所得到的收入才能相当于一个干部一年的开支。

一个干部一年收入一万元，可能算不上是高收入。但一百亩地和一个人之间所构成的等式，却让人难以接受。可能正是这一点，才使李昌平如此快地成了一名“农村改革者”。

1999年12月,李昌平出任棋盘乡党委书记。轰轰烈烈了几个月,到2000年9月,因各种原因主动辞职,到南方打工去了。李昌平不从政了,但对从政的人来说,他仍然有意义。在全国范围内,农村税费改革正在进行。我们不能说江西撤并乡镇、村委会的做法,是对棋盘乡撤销“管理区”的模仿或继续,但二者的方向却是完全一致的。

农村税费改革的难点在哪里?说穿了,其实只有一点,那就是“收上来钱不够花”。而在乡镇,最大的花销就是“人头费”。因此,在一些地方,乡镇干部到农户收税收费,农民就认为是干部给自己“弄光阴”。如果在收费过程中动粗使狠,农民就更是这样认为。

所有的“人头费”,都得有人埋单。而现在的问题是“花的总比赚的多”。所以,要减轻农民负担,就必须减少乡村干部。

江西一个省可以撤销80个乡镇、3000个村委会,甘肃一个地级市可以撤销26个乡镇,全国究竟有多少个乡镇和村委会可以撤销?

2002年,中央电视台做过一期监利县农村税费改革的节目,节目透露:该县有一个红城乡,而红城乡财政所就有105个人!这可能是一个极端的例子,但乡镇机构之臃肿,却由此可见一斑。

常言道,钱是个硬头货。机构人员越多,需要的钱就越多;需要的钱越多,收钱也就越困难;收钱越是困难,就越需要更多的人去收钱。这种恶性循环导致的结果就是:越穷的农村,可能养活着越多的人。

因此,农村税费改革必须与乡村机构改革同步进行。否则,给农民减轻了负担,就必然会使乡村机构陷入困境;而要使乡村机构轻松运行,国家就必然要增加巨大的开支。但国家的钱不是无源之水,更不是“取之不尽,用之不竭”。

所以,在减轻农民负担的同时,还要想着另一件事:提高政府效率。而提高政府效率的基本标准就是:用更少的人,办更多的事。

(《甘肃日报》“兰山论语”专栏,2004年2月5日,
原题《减负与减人》)

钱的问题还得用钱办

2004年，中共中央、国务院又发了一个针对穷人的一号文件——《关于促进农民增加收入若干政策的意见》。在广大农民可能还没见到文本的时候，各方面的声音都说：这是一个“高含金量”的文件。

因为有农村的生活经验，因为对农村的长期关注，我对农民的基本评价是：他们是中国的穷人。而且，在很大程度上，他们比我想象的还要穷，因为我已经生活在城里了。一个数字可以说明一点问题：上世纪80年代，城乡居民收入差距是1.8:1；最新的统计表明，这个差距已经扩大到了3.1:1。

不知道农民有多么贫困的人，就不会知道农民有多么想改变贫困。不知道农民有多么想改变贫困，就不会成为多么想改变农民贫困的人。2004年的一号文件之所以是“高含金量”的，就是因为它直接指向农民，直接指向农民的贫困，直接指向农民的生活处境。

一、提起农民，必然要提到粮食。我知道的是，即使在粮食最不值钱的时候，最贫困的农民仍然想着要靠粮食改变命运；而最富有的农户的标志之一，仍然是拥有吃不完的粮食。他们的朴素想法是：“一切都得从吃饱开始。”他们可能有些狭隘，但可以肯定，正是农民对粮食的这种朴素感情，才使中国人在一个个大灾大难面前保持了起码的镇定。

问题是，一方面，最穷的人对粮食的依赖性最大；另一方面，种粮食的人增加收入的困难也最大。所以，以一个农民的眼光看，一号文件最体贴的一点，可能就是“第一条”：调动农民的种粮积极性，让种粮的人有钱可赚。

二、农民负担过重，人们一直把矛头对准乱收费。实际上，刚性的税收也让农民不堪承受。而且，因为税收是“皇粮”，所以，往往是“缴不起也得缴”。

这也是为什么缴税的人叫苦连天而收税的人仍然理直气壮的原因，也是农村干群矛盾步步升级而乡镇干部仍然步步高升的原因。

降低农业税税率，取消除烟叶以外的所有农业特产税，目的当然是为了减轻农民负担，但其中透露出的宝贵精神是，政府开始从自身的政策和决策中寻找原因。说明白一点就是，在农民负担问题上，政府开始对自己的行为进行反省，并开始逐步校正。

三、毫不夸张地说，在农村，相当一部分人已经屈服了命运，一天一天毫无信心地活着，表现出对自身现状的“麻木”。读过书的青年一代可能是最不屈的农民，所以他们选择了进城打工。但是在城里，他们却在很大程度上放弃了尊严。他们几乎靠体力吃饭，但却常常要受到精神上的伤害。

但为什么他们能够坚持下去？一个原因可能谁都不会想到。我的一个老乡说：“在外面丢多大的人，家里人都不知道，外面的人知道了也不认识。”因为进城找工作，因为跟老板讨工钱，农民工可以说受尽了屈辱。但是，当拿到钱时，他们还是装作很体面地回家了。

所以，国务院总理也出面亲自为他们讨工钱。一号文件使总理的这种态度理论化了：“进城就业的农村劳动力已经成为产业工人的重要组成部分。”要知道，农民始终都把政府当作他们的坚强后盾。政府的明确表态，肯定会使他们在许多不公待遇中不至于完全绝望。

四、增加农民收入，说到底是一个钱的问题。一方面，农民缺钱；另一方面，要来钱先得掏钱。有些人一直说农民的市场意识不强，实际情况是，农民没有更多的钱进入市场。用农民的话说就是，“钱是钱挣来的”。

一号文件透出的一个思路就是，“钱的问题，用钱来办”。细心的人可以发现，一号文件中，在提到针对“三农”投入时，多次用到“增加”、“较大幅度增加”、“继续增加”等字眼。有专家说，文件中透露出的财政支农力度，是前所未有的。

我所知道的是，当村里决定拉电、筑路、修渠，而农户们没有接到“集资”通知时，农民们一定会说：这才算实惠！

如果政府提倡并鼓励“发家致富”，那么，穷人的问题就应该由政府负责解决。从根本上说，一号文件体现的就是政府对穷人的态度。

（《中国青年报》“经济时评”专栏，2004 年 2 月 10 日）

身体是农民的首要财产

有一句话说:“有啥千万别有病,没啥千万别没钱。”但不幸的是,有病的人往往没钱,而没钱的人则常常有病。

毫无疑问,“药价虚高”是这种恶性循环的导演之一。我从2月5日《南方周末》的报道中抄录了两段文字,似乎可以作为一个注脚。

一段是现在社会上流传的几句民谣:“小病拖,大病挨,重病才往医院抬”;“救护车一响,一头猪白养”。一段是两种药的价格情况:贵州圣济堂制药厂生产的盐酸二甲双胍片成本不足5元,政府的最高限价是46.80元;山西恒大制药有限公司生产的络血宝注射液,企业给经销商的实际供货价是2.10元,可物价部门给其定的零售价是14.50元。

提起这种恶性循环,我首先想到了农村。

在我的记忆中,上世纪70年代,农村医疗条件似乎要比现在好一些。每个行政村差不多都有卫生所,有专门的医生,有药铺,有床位。也就是说,农民有个头疼脑热,都有去处,花一点钱就能吃到对症的药。一些地方的农民之所以还很怀念当时的卫生所乃至整个医疗体系,一是因为方便,还有一点就是便宜。

便宜有两个含义,一个是药费和检查费低;一个是有啥病医生就给你看啥病,需要啥药医生才给你开啥药。现在,似乎有些变味了,一到医院,医生就哗哩哗啦开一大堆单子,让你一项一项地查。给人的感觉是,没有那些仪器,医生的判断力甚至还不如病人。要是查出个什么病来,医生就会毫不手软地开一系列高价药。

在农村,因为药价太高,所以得了小病后,人们往往就选择硬扛。因为一扛再扛，所以小病就可能变成大病。因为得了大病，所以就不得不花更多的钱。可以说，在农村，有相当一部分家庭是因病致贫的，也有为数不少的家庭是因病返贫的。

农民看不起病，就必然会有一些“替代品”应运而生。一、因为药贵，所以“假药”就会作为药的替代品出现；二、因为进不起正规医院，私医甚至巫婆神汉都会作为医生的替代品出现。毫无疑问，这些替代品的出现，会使情况变得更糟。

“对于许多穷人来说，身体是他们主要的财产；对于一些人而言，身体则是他们拥有的唯一财产。”这是《世界银行发展丛书·穷人的呼声系列》中《呼唤变革》一书里所说的。

在中国，农民的生活更多地甚至绝对依赖于自己的身体。所以，那些虚弱的和看起来身体不好的人，得到的收入常常少而又少；而一个有病人的家庭，也往往负债累累。不幸的是，越是依赖于自己身体的人，就越没有能力爱惜自己的身体，越没有能力抵御疾病对身体带来的伤害。

一个农村家庭，如果一个成员得上稍重一点的病，他们的抉择是十分痛苦的。要么得忍受疾病的折磨，要么就得花光家里的积蓄；要么得冒丧失劳动能力的危险，要么就得出售许多生产资料（比如耕牛或拖拉机）来换取医疗费；要么让一个人恢复健康，要么就得让其他家庭成员过更艰苦的日子。问题是，不论如何选择，结果都是更大的贫困尾随而至。

列宁说过：“身体是革命的本钱。”同样，身体更是务农的本钱。如果说疾病是农村人口致贫和返贫的一个重要原因，那么让农民脱贫致富的前提条件之一，就是让农民拥有最起码的健康。

怎样才能让医疗机构走进农村，让药价低下来，让农民看得起病，吃得起药，这是“三农”问题绕不过去的关口。

（《中国青年报》“经济时评”专栏，2004 年 2 月 12 日）

“村官”数量与村民利益

2004 年 2 月 8 日《甘肃日报》报道,天水市北道区结合农村基层组织建设和税费改革,一下子精简了 1603 名“村官”,减幅几近一半。

在农民眼里,村干部已经算是“官”了。不知道被减掉的“村官”心里是什么滋味,可以肯定的是,村民们一定是拍手称快的。

一个重要的原因是,减少一个“村官”,可能意味着减轻一份村民负担。北道区有个花牛镇,原有村组干部 242 人,精简 120 人后,全镇共减少村干部开支 12 万多元。也就是说,一个村组干部平均每年的开支是 1000 元。对机关干部来说,1000 元算不了什么。但是,精简 120 个村组干部,却使全镇农民人均负担减轻了 49 元。对于一个农民来说,49 元并不是个小数字。因为没有这点钱,多少农家孩子无奈地离开了课堂;为了增加这点钱,他们甚至得在土地上辛辛苦苦大半年。

另一个更重要的原因是,村官少了,村民们心里也平和了。多年来,农民增收一直乏力,但村干部却一直在“稳定增长”。所以,在农村,不难听到这样的话:“要那么多官干什么?”这句话的意思是,村干部就应该给农民带来实惠,增加一名村干部应该给农民多带来一份实惠。

一个村到底需要多少村干部?让一些人说起来,这是一个复杂的问题。让农民说,这就是一个简单的问题。村里有多少事情,需要由村干部来做?村干部为村里做事情,是不是像对待自己的庄稼那样尽心尽力?是不是每一个村干部,都是为了村民的利益?多一个村干部,会给村民带来多少收益?

毕竟,村干部是有报酬的。毕竟,村民们想获得更多的利益。在农民增收连续 7 年低速增长,粮食主产区和多数农户收入持续徘徊甚至减收的背景下,村干部作为与农民距离最近、接触最密切的一级干部,应该懂得农民的心态,也应该清楚农民对村干部的基本态度:村官增多,不仅增加了农民的直接负担,还引发了农民对村干部的抵触情绪。

各地有各地的特点,村官职数的设置不可能每个地方都一样。但不可否认,每个地方都有精简的空间。前不久,新华社的报道说,2002 年底,江西省共有村干部 88006 人,2003 年减为 64028 人,共减少 23978 人,全省农民负担因此减轻 7000 万元以上。问题是,其他省份、其他县区、其他乡镇、其他村组都有行动了吗?

人数的精简,应该以效率的提高做保障。北道区村组干部精简后,区上将村干部的工资集中到区财政统一发放,同时提高了村干部的工资,年报酬最低都在 1300 元以上,比过去增长了 60%。从经济学的角度上说,报酬是最重要的"激励"之一。工资由区财政统一发放,意味着工资更有保障了;报酬提高了,意味着村干部的价值更大了。报酬激励的结果必然是,更少的村干部,会更多地、更好地做工作。

当然,精简"村官"是一回事,谁当"村官"则是另一回事。村干部是村民的直接"领导",应该是村民利益最忠实的代表。但在一些地方,村干部与村民矛盾重重,其根本原因是,村干部与村民的利益诉求不一致,村干部得不到广大村民的基本信任。所以,在精简的前提下,还应该大力推行村干部民主选举制度,让农民信任、农民放心的人成为农民的代言人、带头人。

只有"村官"与村民的利益一致了,"村官"才能有权威;只有让村民得到利益了,"村官"才会被村民们拥护。

(《甘肃日报》"兰山论语"专栏,2004 年 2 月 13 日)

粮农的账本伤人心

2月20日,《甘肃日报》一版刊登了一个种粮户的明细账:汪生荣是甘肃省榆中县三角城乡三角城村农民。2003年,他家种了6.5亩冬小麦,种1亩小麦的具体投入包括籽种、浇水、化肥、农药、耕种、收割,加上农业税共支出385元;毛收入按单产400公斤算,每公斤按市场价1元算,收入共计400元。也就是说,种1亩冬小麦,收益只有15元,种6.5亩冬小麦也只有115元的"纯收入"。

不久前,《中国青年报》也刊登了黑龙江省双城市韩甸镇三姓村一户粮农程显亚家的收支往来账。程显亚家共有承包土地16.4亩。2003年,种地的成本共计1295元,年内收入共计6694元,全年支出则高达8712元。收入减去成本还剩5399元,应该算是纯收入吧。从表面上看起来,不算是个小数,但和支出一抵消,当年他家的"财政赤字"就有3313元之巨(新华社哈尔滨2004年2月12日电)。

西北的汪生荣家可以说是"挣得少",东北的程显亚家可以说是"花得多"。综合起来,基本上可以用来概括种粮户的经济情况,那就是"入不敷出"。

看见这个结论的同时,许多人都会产生疑问——

一、农民种粮挣不了钱,但为什么还要种粮?

答:自己吃。

农民信奉的是"民以食为天",所以,即使种粮挣不了钱,也要种粮。是谓"囤里有粮,心里不慌"。这是对土地的一种朴素感情,也是对粮食的一种朴素感情。

重要的是，农民本来就没有钱，所以，他不可能到市场上买粮吃。在粮食价格疲软的情况下，越是没有钱的人，对粮食的依赖性就越大。同样，对粮食的依赖性越大，就越没有钱。正是这种互为因果的关系，在农民和粮食之间形成了牢固的链条。

程显亚说："不种能干啥呀？总得活命吧。可是现在种粮真没啥意思。"汪生荣说："种粮挣不上钱，主要留着自家吃和接济亲戚，剩余的卖一些。"

说真的，程显亚和汪生荣家的承包地还算是能长庄稼的。在山后，一亩地能打人家的一半，还得老天帮忙。但是，那里的农民仍然在老老实实地种粮食。不是他们死脑筋，而是他们走不出那个圈。

二、农民挣不了那么多钱，为什么能花那么多钱？

答：到处借。

农村的种粮户，没有债务的可以说是凤毛麟角。但是，不欠债不等于有钱。有些家庭攒十几年钱，一旦孩子上个高中或者娶个媳妇、家里有个病人或者去世个老人，都可能一下子"归零"，并产生债务。

同样，没钱不等于不花钱。不到没办法的时候，农民绝不会想到借钱。但是，一旦到了借钱的时候，还钱也就成了问题。所以，农民谁的钱都敢借，亲戚朋友的、信用社的、放高利贷的，只要能解燃眉之急，他就借。能不能按约定还，借的时候可能还没想。

在程显亚的账本里，1295 元的种地投入中，只有 370 元是自筹的，其余都是借的；在 8712 元的支出中，有 3580 元是借的（或者是别人给的，或者还赊在账上，有些甚至是高利贷）。

可以说，农村的"债务链"，绝不亚于那几年国有企业之间的"三角债"。有时，许多人都想不通，几乎家家债务缠身，到底谁是债主呢？

三、农民种地早起晚睡，他们的劳动值多少钱？

答：没算过。

不论是农民自己，还是政府统计部门，或者媒体记者，在计算种粮户的成本时，都没有考虑农民自身的劳动力价值。

张显亚说："这点钱是我们老两口辛辛苦苦忙活一年，汗珠子掉地摔八瓣挣来的。"汪生荣说："如果把劳力投入算进去，不但没有收益，甚至还要倒贴。"

所以,身强力壮的都出去打工了,而家里种地的都是年老体弱的。出去打工是比较辛苦,但吃过喝过,还可以拿回一些现钱,那就是劳动的成果。在家里种地,累死忙活一年,收成再好(比如汪生荣和程显亚家),一算账,自己的劳动差不多是白搭进去了。

身体是务农的本钱,劳动是体力的利息。但是,一算账,利息不说,本都亏了。农民不怕吃苦,但往往因此伤心。

关于农民的事,可以问个没完,但中心思想只有一个词,那就是“缺钱”。

如果说我们离不开粮食,那么仍然坚持种地的农民就很了不起。如果说种地的农民了不起,那么就得想尽一切办法让他们有钱赚。

(《甘肃日报》“兰山论语”专栏,2004 年 2 月 24 日)

产权是一把金钥匙

在农村与农村之间,男婚女嫁可以说是人口(户口)流动的最大理由。流动的结果必然是人口有增有减。国家关于“增人不增地,减人不减地”的农村土地分配政策,不知道是不是针对于这种流动,但肯定适用于这种流动。也就是说,娶进来的不能分到地,嫁出去的不会失去地。

但这只是个大前提。国家法律还规定,农村土地属集体所有。也就是说,农民对承包地并不具有全部的处置权。比如,如果谁家的承包地被征用了,村里所有的人都会盯着那笔沉甸甸的补偿款;同样,村里也不会袖手旁观,大多都会出台一套“因地制宜”的分配办法(事关村民利益,岂能不负责任)。

周员兰及江玲(化名)的案子(《中国青年报》2004 年 2 月 26 日),就是一个有趣的现象:村里认为土地是集体的,所以补偿款村民人人都有份儿。法院也认为土地是集体的,所以补偿款村民谁都不能动。

前提是一样的,为什么会推导出相反的结论呢?

我觉得,问题的关键出在产权不清上。

国家制定土地承包经营权 30 年不变的政策,与其说是明确了农民对承包土地的经营权,还不如说是强调了土地承包经营的稳定性。

但是,因为产权不清,或者说产权混乱,农民实际上没有真正拥有土地的“使用权”。比如,在一些地方,自己的承包地自己种,谁都不会说三道四。但要转租或出让给别人,村里的人就会出面干涉。正因为如此,农民在土地上的投资积极性受到阻碍,主要表现是对土地丧失信心,要么是经营粗放,要么是行为短期。而极端的例子,则是土地撂荒。

征用土地实际上是一种“交易”行为。但因为产权不明晰,使这种交易失去了“卖方”。因此,在一些农村,只要村里出面,“买方”甚至可能无偿得到土地;而在另一些农村,比如贵溪市象山村,村里就可以很权威地处置“卖地”所得。

产权是一把金钥匙。和国有企业改革一样,要彻底解决农村土地问题,最终还得从产权入手。而最佳的选择,则是农村土地产权农户所有制。这不仅迎合了农民对土地的感情,也符合农村土地使用的实际。

如果真正实现了农村土地产权农户所有,很多问题都可以迎刃而解。

一、有了土地产权,农民才能有捍卫自己权益的前提,在30年不变(并不是30年以后一定要变)和“增人不增地,减人不减地”等政策面前,农民的态度,才可能对土地的出路起到决定的作用。在“地不转(政策不变)人转(人口流动)”的情况下,农民以及村组等各级组织才不至于束手无策。

二、产权明确了,农民的土地观才有可能市场化,而土地的使用权才有可能商品化,土地的经营、流转、出让、租赁等一系列问题,也都将顺理成章。

三、谁家的土地被征用了,补偿款就应该给谁(通常叫做一次性安置);或者说,就应该用补偿款解决谁家的问题(可以为失地农民办理社会保障)。如此,象山村的问题,也就不再成为问题。

(《中国青年报》“经济时评”专栏,2004年2月26日)

可贵的下降与可怕的统计

去年,河南省上蔡县既定的农民人均纯收入是2166元。果然,到了年底,各乡镇向县统计局上报的数字绝大多数都达到了这一既定目标。多少让人感到意外的是,不久前,上蔡县重新对外公布:2003年全县农民人均纯收入为1688元——这一新数字比去年年底统计的2166元下降了478元(《中国青年报》2004年5月25日)。

从2166元到1688元,缩水幅度高达22%。我和同事说起这一消息时,他说了一个形象的比喻:是衫子,一下子就缩成"露脐衫"了;是裤子,一下子就缩成"八分裤"了。

近年来,我国农民人均纯收入增长缓慢,已经连续7年未突破5%,而7年来的平均增幅只有4%。一下子缩掉22%,我猜想,这一次挤掉的一定是好几年的水分。

报道说,上蔡县去年农民人均纯收入统计出来以后,县委、县政府分析认为,受非典疫情和洪涝灾害的影响,这样的数字肯定有"水分",遂建议统计部门重新复核,于是才有了1688元的"最后结论"。

首先,我为这样的"下降"叫好。但是,我又为这样的"统计"担忧。

如果不是县上领导提议重新核定,已经统计出来的数字可能就会被当作最权威的数据。就上蔡县而言,农民人均纯收入一下子缩了几年的水,就说明有水分的数字在那里已经"权威"过。同样,县上领导建议统计部门重新复核,数字马上就下来了22%。我相信,这一次一定是统计部门的"权威数字"了。

前面的数字出自统计部门,后面的数字同样出自统计部门,统计数字到底有多大的弹性，谁应该对统计数字最敏感？

我一直怀疑，在有些地方，比如农民人均纯收入这样重要的数据，有时候并不是统计出来的，而是“计划”出来的，或者是“调整”出来的。“计划”虽然是在事实之前，虽然其间还存在许多变数，但多年来，统计数字表明，许多地方都达到了预期目标，甚至是“恰恰好”，比如完成了“计划”的 100.1% 等等。“调整”虽然是在事实之后，但有时并不以事实为依据，在很多情况下，都是因为“风向”变了——比如在上蔡县，这一次调低的 478 元，肯定不是 2003 年一年的水分，但为什么前几年没有感觉到“水分”，是“水分”不够大吗？

可见，出自统计部门的数字，有时却与统计无关。与什么有关呢？与政绩观有关，与用人观有关。如果数字可以出官，那么官就必然要出数字。同时，如果看一个人的“政绩”时过分看重统计数字，那么就必然有人为了“政绩”在数字里掺水——改一串数字要比干一件实事轻松得多，而得到的利益却比干一件实事丰厚得多，那何乐而不为呢？要知道，任何人都有成本意识，而利益（不仅仅是钱）又会驱动任何人。

现在的疑问是，当上蔡县农民人均纯收入没有调低的时候，上蔡县的农民是不是感觉到高了？如果农民对这个数字失去感觉，那么统计就可能沦为一种“政绩游戏”。现在，虽然说农业税税率下降了，但数字表现出来的农民收入还是向农民征税的重要依据。如果 5 年以后农业税全部取消了，那么统计出来的农民收入差不多就与农民利益没有任何关系了。到那个时候，农民人均纯收入还能真正反映农民的真实生活和真实感觉吗？

上蔡县挤掉了农民人均纯收入中的水分，但有没有人对这种掺水现象负责？总不能是掺水的人当初赢得了好评，挤水的人现在又赢得了掌声，过来过去都有人得好处吧。上蔡县挤掉了农民人均纯收入中的水分，但其他地方的农民人均纯收入有没有水分？总不能是愿意挤的就挤掉，不愿意挤的就不用挤了吧！

（《甘肃日报》“兰山论语”专栏，2004 年 6 月 10 日）

惠农政策，给穷人以信心

这个春天，一个个“农字号”的好消息接踵而来。

3月5日，甘肃省政府宣布，从2005年起，全面取消农业税和牧业税，实现农牧业生产环节“零税赋”(《甘肃日报》2005年3月6日)。

3月6日，温家宝总理在十届全国人大三次会议上作政府工作报告时说，今年592个国家扶贫开发工作重点县免征农业税，全部免征牧业税；2006年，全国全部免征农业税，彻底改变两千多年来农民缴纳“皇粮国税”的历史。同时，从今年起，免除国家扶贫开发工作重点县农村义务教育阶段贫困家庭学生书本费、杂费，并补助寄宿学生生活费；从2007年开始，这一政策将在全国农村普遍实行。

中国是一个农业大国，农民是中国最贫穷的一个阶层。而且，过去很长时期以来，他们的实际负担一直在加码。在农村，因为几百元、几十元钱而导致的恶性事件不知发生过多少，很多地方农村干群关系也曾经十分紧张。“农民真苦，农村真穷，农业真危险”的描述，并不是危言耸听，也不是个别情况。

有一句话叫做“人穷志不穷”。但是，如果一个人辛辛苦苦一年到头尝不到一点甜头，如果他的日子一年一年不见好转，他就可能放弃努力。还有一句话叫做“人得有一点精神”，但是，如果一个人不知道穷日子何时是尽头，如果他不知道他的出路在哪里，他就可能丧失勇气。在农村，因为穷，一些人实际上已经在“破罐子破摔”，还有一些人也只想着“过一天算一天”。

那不是甘心贫穷，是贫穷让他们失去了信心。

如果你看不起病，小病拖成大病，大病拖成绝症，你眼睁睁地看着自己的身体一天天垮下去，你的信心从何而来？如果你的孩子上不起学，或者好不容易上了几天学，又不得不因为交不起学费而辍学回家，你眼睁睁地看着下一代的命运断送在自己手中，你的信心从哪里来？

对“三农”问题的关注，表明社会良心正在越来越多地指向穷人。

减免农业税，减免农村义务教育收费，实行粮食直补，加大对农村地区的财政扶持，等等，等等。这一切，不仅意味着给广大农民以更直接的实惠，更重要的是，它使广大农民得到了更持久的激励。去年，在“惠农”政策的感召下，种粮农民积极性明显增强，大量撂荒地种上了粮食，全国粮食播种面积恢复到15.24亿亩，扭转了连续5年下滑的局面。

农民自称是种地的，如果农民种地的劲头足了，说明他们对自己的生活有信心了。

国家原计划5年取消农业税，但是，第一年，一些地方就开始免征农业税；今年是第二年，到目前为止，已有26个省市宣布全部免征农业税。到明年，中国农业即将进入“无税时代”。农税政策不是农村政策的全部，但在市场经济条件下，却是一个最传神的缩影。免征农业税不仅表明政府对农民的体恤，同时也表明政府对农民的信心。

很显然，政府与农民的互动构成了一个链条：农村政策给农民带来了信心，农民的态度又给政府带来了信心。

所有的人都想过上富裕的生活，但所有的人都不可能同时富裕，也不可能一样富裕。农民依然是穷人，要让他们过上富裕的生活还需要作很多艰苦的努力。从这个角度来说，“免征农业税”只是解决“三农”问题的开篇之作。但是，不论什么时候，都要让穷人有信心地生活着。这不仅是一种社会良心的要求，是建立和谐社会的应有之义，也是广大农民走上富裕之路的基本前提。

（《甘肃日报》“兰山论语”专栏，2005年3月19日）

用于穷人的钱,不是用来层层克扣的

这几年,国家对农民实行粮食直补、全面取消农业税等等,农民不仅得到了真正的实惠,也得到了巨大的安慰。但与此同时,很多地方也存在着另外一种与之格格不入的现象——一位贫困县的县长说,国家扶贫资金从中央到省里、从省里到市里,层层扣掉一点,到了县里,已经是强弩之末了。

不仅如此,我还要追问一句:扶贫资金到了县上,就一定全部用于扶贫了吗?更进一步说,扶贫资金到了乡镇,就一定全部用于扶贫了吗?甚至可以这样问:扶贫资金到了村上,就一定全部用于扶贫了吗?

这不是推理,在国家审计署网站上,在各大媒体的报道中,各级地方政府和村组织挪用、挤占扶贫资金,已经不是个别现象。

显然,扶贫资金被一些人当成了唐僧肉。换句话说,在一些人眼里,贫困反而成了一种"资源"。据说,有些贫困县虽然脱了贫,但仍然不愿摘掉"贫困县"的帽子,因为只要县前面的"贫困"两个字在,就可以获得一笔不菲的扶贫资金。而且,既然能"层层扣掉一点",那么,不仅贫困县本身不愿意摘掉穷帽子,很可能,上一级也不愿意让"贫困县"的帽子被摘掉。

生活在穷人比较集中的地方,本应该更了解穷人,更理解穷人,更同情穷人的处境。但令人遗憾的是,可能正因为与穷人长期相处,一些人却表现得更加麻木,更加陌生,更加无所谓。这不仅表现在"克扣"扶贫资金上,也表现在被克扣扶贫资金的"使用"上。

对于穷人来说,扶贫资金更多的时候并不意味着"发展",而是"救命"。所以,"克扣"扶贫资金,首先应该被看成是一个关于良心的问题,其次才应该被看成一个经济问题。

对于扶贫对象而言,国家扶贫资金几乎等于“白拿”。既然是白拿,那么自身就不敢“太贪”。给一点是一点,一点不给也没有办法。正是这种弱势心理,造就了一个没有闸门的道德缺口。掌握扶贫资金的人,就很可能会以“施主”的身份出现,以高傲的姿态对待扶贫对象;另一方面,扶贫资金没有定点到户,直接受益者并不知道扶贫资金的流转方式,也没有质疑和发言的机会,“层层扣掉一点”可以出自一个县长、一个乡长之口,但却不可能出自一个农民之口,监督终端的缺失,必然使扶贫资金的使用进一步失控。

说到这一点,另一个问题可能就浮出水面:在扶贫资金的使用上,能不能减少一些不必要的中间环节?

贫穷是可怕的,如果持续时间足够长的话,就可能毁掉一个人、一个家庭的生活信心。国家对农民免税,不间断地扶贫,最重要的目的,就是永远不要让穷人失去信心。但是,有一点值得警惕:如果杜绝不了层层“克扣”扶贫资金的现象,那么穷人则可能对政府失去信心。

这不仅是个穷人经济学的问题,也是个穷人心理学的问题。

(《中国青年报》“经济时评”专栏,2005 年 12 月 1 日,
原题《当贫穷成为一些人的资源》)

建设新农村，让农民进入角色

毫无疑问，“新农村”已经成为一个新的流行词了。

同样毫无疑问，这个词语之所以流行，体现了广大农民群众对改变农村面貌的强烈愿望，更体现了整个社会对“三农”问题的充分关注。

在今年全国“两会”上，“新农村”是代表、委员们的热门话题。在“两会”之外，“新农村”也是人们议论的焦点。

——新农村不能只见新房子，不见新生活。

——新农村不能建在债台上，也不能建在口号上。

——新农村建设不能霸王硬上弓，也不能跟着感觉走。

——新农村建设不能让农民成为政策的守望者、行动的观望者。

这所有的声音，归结起来其实只有一个意思，那就是担心把农民当成旁人。在新农村建设过程中，如果把农民当成旁人，那就一定会旁若无人；如果在农民面前旁若无人，那就一定会对新农村建设若无其事。

关于发展农村经济，过去曾有过许多有益的尝试。但一些地方，把好经念歪了，一哄而起者一哄而散，跟风而行者随风而去。为了实现“一村一品”，有些地方就曾发生过强毁麦苗栽果树的事；为了改善生活条件，有些地方就曾出现过强拆民房盖洋楼的事。初衷是顺应民心，结果却民怨沸腾。之所以出现这种现象，一个根本问题，就是没有把农民放在眼里、放在心上。

中央明确提出，建设社会主义新农村，要注重实效，不搞形式主义；要量力而行，不盲目攀比；要民主协商，不强迫命令；要突出特色，不强求一律；要引导扶持，不包办代替。这“五要五不”的核心，其实就是尊重农民的意愿，倾听农民的呼声，把农民当成主角，把农民当成主力军。

农民是主角,就要最大限度地保障农民的发言权。新农村应该建设成什么样子,应该按什么步骤来建设,农民有自己真真切切的体会,也有自己实实在在的设想。发文前,应该听听他们怎么说;讲话前,应该问问他们怎么想。谁想当然,谁想唱独角戏,谁就是无视农民,谁就是蔑视农民。

农民是主角,就要最大限度地调动农民的积极性。建设新农村是以农民的愿望为出发点的,农民有迫切的现实需求,有内在的精神动力。不论解决什么问题,农民的参与都是关键;不论成就什么事情,农民的态度都是根本。谁一味依靠财政,谁一味大包大揽,谁就是推脱责任,谁就是不负责任。

农民是主角,就要最大限度地激发农民的创造力。农民最熟悉农村,最理解农村,改变农村面貌,农民知道从哪里入手,也知道从哪里突破。任何创新,都应该想到农民的经验;任何探索,都应该尊重农民的智慧。谁认为农民无知,谁认为农民无能,谁就是自以为是,谁就是自作聪明。

建设新农村,是全社会的责任。政府提供公共产品和服务,是为了搭起一个更好的建设平台。社会各界对“三农”问题的关注,有利于营造一个良好的建设环境。而真正的建设者,还是农民自己。建设新农村,就要让农民尽快地进入角色。

尊重农民,农民就会畅所欲言;相信农民,农民就会开动脑筋;依靠农民,农民就会全力以赴。

农村是农民的家园,新农村就是农民的新家园。只有让农民真正成为主人公,真正进入新角色,“新农村”作为一个流行词才能更有内涵,更有分量,更有影响;新农村建设才能更加持久,更加生动,更加有效。

(《甘肃日报》“兰山论语”专栏,2006年3月27日,
原题《让农民进入角色》)

老家那个崾岘为什么冷清了

过年几天，老家好几个亲戚打来电话，说老家那个崾岘这几天特别热闹，叫我赶快回来，好好玩几天。其实，年前我回去过一次，但好多人都感叹崾岘已远不如从前。我一个堂哥在崾岘开了一个小卖部，原来天天人来人往，现在几天也来不了几个人。

我的老家在甘肃省环县天池乡曹李川村，村部原来在山根，后来为凑热闹，搬到了一个崾岘。崾岘在整个村子的中心位置，通了电以后，沙砾路也通了。很快，那里开起了三家小卖部、两家磨面房、一家私人诊所，还建起了漂亮的班车停靠站，设计新颖的文化站也轰轰烈烈地盖了好一阵子。村部搬来以后，崾岘的房子更多了，人气也更旺了。

但是，热闹只是暂时的。最近两三年时间，虽然崾岘还是那个崾岘，虽然什么东西都在，但只有过年的几天才有人来人往的景象，平时已经是冷冷清清了。原因非常简单，那些经常到崾岘的人，都到外面打工去了。

崾岘坐落在曹坪自然村。曹坪一共有八九个庄子，五十来户人家。在电话里，村里人一个庄子一个庄子地给我“算账”：庙沟俄家，有三个家庭带着孩子共十六人举家在外打工；前梁曹家，有两个家庭带着孩子在外打工；山河咀李家，有一个家庭带着孩子在外打工。湾里曹家有七户人家，其中五户有人在外打工；曹旮旯曹、李六户人，两户夫妻双双在外打工，其余四户一家各有一人在外打工；下咀儿韩家三户人，青年男性全部在外打工；上咀儿魏、王两家，每家都有一人在外打工……

村里人所谓“打工”，是指常年在外不回来，出去一两个月叫“打零工”，不被认为是“打工”。

老家仍然贫困,挣钱仍然没有别的办法,打工差不多是唯一的出路。但是,不论是和村子里的人当面交谈,还是在电话中听他们述说,都能感觉到他们的疑虑——

种粮不但不交税了,而且还有补贴,为什么在我们那里,种地的人越来越不愿意种地了?

国家对农村越来越关心了,对农民越来越体贴了,为什么在我们那里,农民越来越不愿意待在农村了?

曹李川村是一个比较偏僻的山区农村,也是一个纯粹的传统农村,所有的人都是种地的。虽然多年都没有听说村子里谁家缺粮吃,但那里已经连续两三年歉收了,个别家庭已经出现了“春荒”。歉收的原因,除了干旱等自然灾害以外,一个不容忽视的因素是种地的人越来越少了。出外打工的,都是年轻力壮的;留在家里的,则是老的老、小的小。种地需要体力,没有体力的人,能种好地吗?我的一个叔父问我,没有人种地了,地还能种好吗?没有人种地了,农村还能叫农村吗?

农村人的“生活”好起来了,但没有了人烟,没有了鸡犬,有的家庭院子里都长满了荒草。人走了,人与人之间的走动就没有了。村子一年比一年荒凉了。

过年了,夫妻双双在外打工的,差不多都没有回来,但单身一人在外的,差不多都回来了。同时,在外工作的,也携家带口回到了老家。那个崾岘,突然恢复了集散地的功能,有了曾经的精气神,小卖部的门常开着,有事没事,人们都喜欢到那里去。人们也从那里,感受到了农村的“意思”。

那个崾岘是那个村子的一面镜子。人来人往,代表着一种文化、一种繁荣,也代表着一种凝聚力。正月初四五,在城里人还没有上班的时候,刚刚回来几天的农民又三五成群地外出打工了。那个崾岘很快就沉寂下来了,整个村子也很快就沉寂下来了。

可是,那种沉寂,是我们理想中的农村吗?

(《中国青年报》“声音”专栏,2007年2月26日)

见过农民工,更要认识农民工

老家的亲戚中,到底有多少农民工,我并不知道。他们找我帮他们找工作时,我很少能帮他们找到工作。一方面,我并不熟悉哪里有工可打;另一方面,我对亲戚们出去打工总是顾虑重重:我害怕找到的工作工资太低,我害怕那么低的工资还拿不到手;我害怕他们因为出去打工陷到传销里面,我害怕陷到传销里面了还给家里人说他们在打工……

社会上好多人想帮助农民工,但也有好多人想谋算农民工呢!

老家的亲戚出去打工,都是自己找的工作。

有的在很远的地方,只有受了伤、出了事得不到处理的时候,才周周折折,给我打来电话,寻求支持。每一次,除了安慰之外,我的办法好像只有一个,那就是让他们找当地劳动部门或司法部门,劝他们通过正常渠道解决问题。我曾经通过新闻媒体,帮在外打工的老乡讨要过工伤补助,但最终的结果是,除了他和他的家人在那里多“赖”了一些时间之外,并没有什么“额外”的收获。

在兰州打工的,我不知道他们住在哪里,他们不知道我住在哪里,只有受了伤、出了事,才周周折折找上门来,诉说冤屈。我曾帮我的一个表弟找过媳妇。新婚不久,他就带着媳妇来兰打工,但不久,媳妇就不见了踪影,老家的人说跟别人跑了,表弟却坚持说被别人拐走了。但是,在我找了派出所,在他们踏访了一些深疑的地方之后,还是不了了之了。

农民工受到关注,似乎总是在为讨工钱扬言跳楼、为讨公道爬上塔吊之后。但是,那是些“不明智”的做法,因此而受到关注的农民工,总的来说,并不能算作农民工的“正面形象”。在一些人的想象当中,农民工就应该干最苦的活,吃最差的饭,拿最低的工资,说最少的话,因为这样才最像农民工,才具有农民工的“品质”。

正是因为人们的这种“默契”,农民工成了社会上最应该忍的人,最应该受气的人。文艺作品中,农民工甚至就是被欺骗、被愚弄的当然对象,也成为被嘲笑、被讽刺的当然选择。

走在街上,每时每刻都有农民工从我们面前走过。已经看不出来是农民工的人,我们好像不再把他当农民工看了;一眼就能看出来是农民工的人,好像才是我们心目中的农民工。农民工就这样被“风格化”了。于是,影响城市卫生的人,被认定为进城打工的人;影响城市治安的人,也被认定为进城打工的人。但是,面对这一切,有多少农民工意识到了,有多少农民工站出来了?

报纸上的言论专栏、电视上的评论节目,态度不可谓不明确,言辞不可谓不尖锐,但大多都只能是逞一时之快,引起反响的最多不过是进一步的讨论,而讨论的主人公仍然不会是农民工。我们不能说农民工被忘却了,好像应该说农民工还没有找到自己!

他们的身份没有被普遍认同,他们的地位没有被普遍认可。他们出去打工的目的是为了挣钱,这和任何一个行业的人并没有什么区别。但是,其他人都有自己的“事业”,但农民工没有。任何时候,农民出去打工,都被定位成一种“增收”途径。至于“事业”,不是被接纳农民工的人独享,就是被组织农民出去打工的人独享。农民工成就着“别人”的事业,但他们的事业就是“挣钱”吗?

农民工知道,他们虽然受到了不公正待遇,但前提是他们为了给自己挣钱,所以很容易放弃一些东西。农民工也知道,他们虽然付出了更多的劳动,但却因此有了挣钱的机会,所以很少会争取什么东西。这就是农民工为什么活跃的原因,也是农民工为什么沉默的原因。

我们见过农民工,但我们并没有认识农民工。

我们同情农民工,但我们并没有理解农民工。

(《甘肃日报》“说话”专栏,2007 年 6 月 21 日)

给农民一个精神支点

环县吴城子乡处在典型的山区和干旱区，按当地农民的说法，每一颗粮食、每一分钱，都是“刨”出来的，都是“苦”出来的。不久前，乡上组织人力对全乡农户的储粮情况做了一次调查摸底，发现了一批储粮大户。随后，又多方筹资3万多元，专门召开了一次全乡群众大会，对近百名储粮大户进行“重奖”。有的抬回了大彩电，有的抱回了毛毯，有的提回了暖水瓶。春节期间，笔者回吴城子老家过年，接触到许多农户，不论是得了奖的，还是没得奖的，当提起这件事时，都十分激动。看重了粮食，好像就是看重了他们的劳动价值；给少数储粮大户的物质奖励，好像就是给所有的农户都送去了一份精神上的关怀。

土地承包经营之后，怎样让农民感觉到他们自身的价值，感觉到他们的劳动所具有的社会意义，这已不再是一个可想可不想的问题了。因为在一些地方，基层领导和农民的关系，已经被自觉或不自觉地“浓缩”在了“催粮要款”行为之中；而由于“催粮要款”行为的简单化，在客观上却拉远了基层领导和农民群众的距离。

这是一个不容忽视的问题。

农村经济经过20年的复兴与发展，已经取得了瞩目的成果。但仍有一些地方没有脱贫，脱贫之后的返贫现象仍在一些地方存在。在这些地方，农民辛辛苦苦一年，甚至还维持不了一家人的基本生活；但这并不意味着，他们的存在和劳动，仅仅只是个人的事，仅仅只对家庭才有意义。

中国有9亿农民，是个典型的农业大国。农民的富裕程度，决定着整个国家的富裕程度；农民的精神状态，决定着全民族的精神状态。农民生活质量的好坏、精神状态的变化,都会牵动全社会的神经。如果农民感觉不到自己的生存状态与整个社会的联系,他们就无法把握社会进步与自己的联系;如果农民感觉不到社会给予他们的精神力量,他们就很难把自己的追求、自己的信念挂在整个社会的链条上。

农民同各行各业的人一样,也有自我实现的要求,都期望自己的劳动在维持生计以外,同时得到社会的认同。他们仍然渴望有更多的人关注,仍然把各级党政部门的肯定作为一种精神上的实现。应该懂得,虽然农民的劳动具有很强的独立性,但同样需要一种集体关怀;虽然体力劳动的成分仍占主流,但他们同样需要一个精神上的支点。这就意味着,如果调动不起农民的积极性,发展农业就无异于纸上谈兵;如果不能使农民时刻感到一种惦念,农村工作就必然会处于被动状态。

农民粮食多少、收入的多少、是农民个人和家庭的事,也应该是村组、乡镇的事。国家已经制定了粮食收购政策,保护农民种粮的积极性,鼓励农民靠种地致富,给农民长了精神;地方政府也应该在更具体的层面上走进农民的精神世界,给他们一个支点。当农业生产和农村经济全面发展的那一天,我们终会体会到,这个精神支点,会给农民多么强大的物质力量。

这几年,农村路通了,电通了,对外界的了解多了。但对本村本组、本乡本镇的情况却有所淡漠。原因当然很多,其中一点是"会荒"。"会荒"不仅造成了一种封闭,也使农民产生了精神上的迷失。吴城子乡的发奖大会,不仅使当地农民有了身边的榜样,而且使他们产生了一种超越于丰收之上的成就感。

开启农村市场已经成为全省、全国的主攻方向之一。钥匙在哪里?最重要的一点就是增加农民收入,提高农民的购买力。农民的购买力提高了,市场就活了,企业就活了,经济就活了。给农民精神上的支持,就是关心整个国民经济的持续增长,就是给整个社会的发展储备后劲。

(《甘肃日报》"兰山论语"专栏,1999 年 3 月 19 日)

关于就业

没工作的人应该关注所有的工作，

所有的人都应该关注找工作的人

要人才的地方不要人

每年天气最热的时候,就是大学生找工作最忙的时候。今年,对大学生们来说,西部地区可能是最具诱惑力的地方。来自各方面的信息暗示,只要你是人才,西部地区好像就是你就业的天堂。

西部地区属于欠发达地区,要快速或者跨越式发展,人才是最根本的保证,这是最基本的道理。但是,如果要谈就业问题,另一个基本的道理也不能忽视,那就是:正因为西部是欠发达地区,所以接收和容纳人才的能力也因此受到限制——我生活在西部,在那里,最让人尴尬的事情就是:一方面人才奇缺,另一方面人满为患。

比如,在农村中小学,一方面师资水平和力量严重不足,高中生教初中、初中生教小学甚至小学生教小学的情况非常普遍。其中一部分是乡镇聘请的,也有一部分是学校雇用的。据说这是一种“两全其美”的选择,既弥补了师资之不足,又不占财政供养人员编制指标,而且他们的工资非常低,有两三百元的,也有一二百元的,再困难的地方,咬咬牙也能承担得起(至于教学质量,也就不得不放在其次了)。

另一方面,中专生甚至大学生毕业多年仍赋闲在家的现象处处存在。显然,那里不是不需要人才,而是不需要“人”。“啥都不多就人多,啥都不缺就钱缺。”许多地方或单位面对求职者或为求职者当说客的人时,都会发出如此感叹。我还遇到过更难堪的事,老家一大学生托我找工作,我即向平时很熟悉的一位企业家朋友求救。他非常热情,然后以开玩笑的方式断然拒绝:“你可以要我一些钱,但我要不了你一个人。”“人”意味着什么?从行政事业单位来说,增加一个人,就等于增加了一份财政支出压力。而西部的许多地方,都是“吃饭财政”。为缓解财政困难，纷纷提出财政支出“零增长”的目标。怎样保持财政“零增长”？一个简单的办法，就是保证财政供养人口的“零增长”。稍大一点的企业也一样，为了增效，差不多都在减人，原有的人减下来一个都很难，现在要进去一个人谈何容易？所以，虽然说西部地区人才缺乏，但对求职的大学毕业生们来说，并没有感觉到自己是稀缺资源。

西部需要人才的邀请或呼唤，差不多都是政府官员们发出的。其意之诚、其心之切，都不容置疑。但是，如果没有足够的岗位空着，再好的承诺，有时就都只能算空领人情。

关于农村富余劳动力和城市下岗职工，人们都说知识是他们就业的瓶颈。面对越来越难找工作的大学生，我们又不得不承认一个事实：知识型劳力也开始过剩。

另外，我一直有这种感觉：很多地方在呼唤人才的时候，其实是希望有更多的人来投资。也就是说，是全心全意邀别人带着钱来投资。这与就业其实是两个概念。如果说与就业有关，那也是希望他们来提供就业岗位。

人们可能又会说到创业。创业与就业也不尽相同，创业是要想干一番事业，就业则是先立住脚。对于一没精神准备、二没经济储备的大学毕业生来说，要他们一下子进入“创业状态”，单打独干，真是何其难哉。

大学生是人才，但在就业问题上，他们和下岗职工甚至农民工一样，眼下的核心目的是找工作、找饭碗、找挣钱的地方，所以他们首先会想到一些实实在在的事情。所以，要谈大学生就业问题，就得直面这些实实在在的事情。转移话题不行，高谈阔论不行，光说不练也不行。

（《中国青年报》“经济时评”专栏，2003 年 6 月 23 日）

工作是找的不是分的

高校招生连着大学生毕业,“分配工作”又成了流行语。最典型的是两句牢骚话:一句是:“又分配不了工作,招那么多学生干什么?”另一句是:“又不分配工作,上大学有什么用?”

为了有个工作挤进大学,大学出来了却没有工作,不论是家长,还是大学生,都可能心有不甘。但是,无论如何,无论是谁,到了这个时候,都不应该将“工作”与“分配”这么牢固地联系在一起了。

市场面前,大学生也是一种产品。和大多数工农业产品一样,人才市场渐趋饱和。最明显的感觉是,大学生没有先前那么畅销了。不过,更重要的一点是,从就业的角度来说,上大学只是为将来的工作打基础,但并不意味着上了大学就一定会有工作,就像质量过硬的产品并不一定有好的市场行情一样。

所以,任何时候,大学生都不要幻想谁会对你包产包销。这是问题的一个方面。另一个方面,任何时候,谁都不要承诺包产包销大学生,包括最需要大学生的地方,也包括对一些最热门专业的大学生。

海南省海口市琼山区600多名师范类毕业生,在考上大学时与该市教育局签订了分配协议书或定向合同书。但毕业后,中小学教师编制满了,工作暂时不能安排,“包分配”泡了汤。而按照合同,如果他们要转行,还得付违约金几万元(《工人日报》2003年6月27日)。

值得思考的是,一两年过去了,双方还这样僵持着。只有一个原因,双方都对“分配工作”情有独钟:师范生们认为,教育局最终会给他们分配工作;教育局则认为,给师范生分配工作的大权仍然掌握在自己手中。

与其说这是一种默契，还不如说谁都不愿意戳破那张窗户纸。但是，这种羞羞答答的局面，等不了多久就会被打破。

儿子今年考大学，他只考虑自己喜欢的专业，我则考虑什么专业好找工作。最后，我还是屈服了。一个重要的原因是，我不敢保证我给他选的专业将来就容易找到工作或好一点的工作。同时，如果他选的专业将来难找工作，他对我的抱怨可能要少得多。我不是怕承担责任，只是更现实了一些，同时也让他直面现实。

不大包大揽，不等于撒手不管。在任何背景下，解决就业问题，都是政府的责任。需要人的地方（比如西部）如果没有人去，政府应当出面；需要人的地方如果提供不了相应的待遇，政府也应当出面。正在实施的“大学生志愿服务西部计划”，虽然算不上真正的就业措施，但仍能说明政府在大学生就业问题上的积极态度。正如童大焕先生所说，这个计划是国家对西部地区实施的人才“转移支付”（《中国青年报》2003 年 6 月 27 日）。

同样值得一提的是，福州有一家人才储备中心，面向全国为暂未就业的大学毕业生提供生活资助和免费住宿。3 年来，该中心先后为来自全国 207 所高等院校 2251 名毕业生提供栖身之所，发放生活补助费近 230 万元。通过中心的免费推介，已有 1662 人走上工作岗位。报道说，人们把这个人才储备中心称作“就业驿站”（《中国青年报》2003 年 6 月 30 日）。

“转移支付”也好，“就业驿站”也好，说穿了是把就业的压力往后挪。但这条路不是没有意义的。最起码可以让大学生们明白：一、政府应该做的和能做的只是帮他们找工作，而不是让他们等着分配工作。二、在就业问题上，永远都应该是人找工作，而不是工作等人。

（《中国青年报》“经济时评”专栏，2003 年 7 月 4 日）

上大学应视为一种投资

上大学的费用确实涨了不少，于是，钱成了很多人上大学的拦路虎。也因此，社会救助挺身而出。

2001 年和 2002 年，西宁市共救助符合条件的城乡低保对象和灾区贫困学生 1021 人，发放救助金 350 多万元。由于救助资金投入机制不健全，救助工作得不到有效的资金保障，资金缺口近 10 万元。今年，西宁市贫困大学生预计将达到 900 人左右，需救助资金约 315 万元(《中国青年报》2003 年 7 月 9 日)。

由于资金来源问题，救助基金本身也陷入了需要救助的尴尬境地，所以，西宁市一些政协委员提出，对贫困大学生的救助，应逐步将无偿救助转为有偿救助，受助学生参加工作后应分批偿还救助金，以实现救助基金的滚动发展。

以钱助人者，总是羞于谈钱。但救助资金不是无本之木，也不是无源之水，钱于是成了继续救助的拦路虎。将无偿救助转为有偿救助，可能是为了摆脱救助基金的窘境而设想的，但却为从根本上解决贫困大学生上学问题提供了经济学上的思路。

家长为什么要全力以赴供孩子上大学？我想，首先是为了孩子将来能找个比较好的工作，能自食其力；其次才是想让孩子事业有成，在周围人的心目中有个好形象。

在农村地区，即使那些没有文化的人，即使那些仍然生活在贫困线以下的人，为什么也愿意求亲靠友、东挪西借，供孩子上完高中上大学呢？原因更直接：首先，他们有信心，孩子将来一定能还清这些因为他上大学而欠的债务；其次，孩子大学毕业后，一定能挣回来更多的钱，改变自己的命运，也改变家庭的处境。

听起来可能有些俗，但必须承认，在人们心目中，差不多都是把上大学或供孩子上大学当作一种投资来对待的。

问题是，这种投资的主体应该是谁？

从中国教育体制来看，孩子7周岁上小学，经过小学6年、中学6年之后，上大学时应该是十八九岁的成年人了。从法律角度讲，父母对他的抚养义务已经完成。同时，上大学的直接受益者无疑是大学生本人，不论从法律上说，还是按照“谁投资，谁受益”的原则，上大学的投资主体都应该是大学生本人，而不是家长或者别人。这有两个方面的含义：一、上大学的费用应该由本人出面融资；二、投资的风险应该由本人全部承担。

这几天，我正在读诺贝尔经济学奖得主、美国经济学家加里·贝克的一本书《生活中的经济学》，其中有些观点常引起我对身边一些现象的联想和思考。多年前，加里·贝克就说过：“即使不管社会地位及知识上所能得到的好处，念大学本身已经算是相当不错的投资。”他以美国为例，算过一笔明细账：大学毕业生在工作11年到15年之后的平均工资，比具有同等资历的高中毕业生多出60%。如果把这笔收入差额拿来和接受高等教育所需的成本相比的话，则其投资报酬率差不多在10%以上。

而在微利时代，10%的回报率足以让商人们眼红了。

其实，不论在发达国家，还是在发展中国家，受过高等教育者总是处于竞争的优势地位。他们可能拥有更多的机会，而这种机会则意味着他们可能拥有更多的“利润”。为什么这几年大学连续扩招，仍然有人感到大学校门太窄？为什么大学生就业形势那么严峻，仍然有那么多人往大学里面挤？答案只有一个，就是利益驱动。

因此，对贫困大学生的救助就不应该是“免费的午餐”。

西宁有关人士提出应该将无偿援助转为有偿援助，这对捉襟见肘的救助基金来说，可能是一个好办法，但却不能从根本上满足所有大学生自主完成大学学业的需求。唯一的办法是，商业银行应该进一步扩大和完善助学贷款业务，帮助更多大学生完成人生旅途中的第一次投资。当然，为了降低银行的借贷风险，政府机构和高等院校应联合起来，建立大学生信用体系和跟踪网络，督促和监督他们在完成学业之后，及时归还银行贷款。

应该相信，总的来说，从大学毕业生比高中毕业生所多得到的额外利益中，抽去上大学时所付出的“成本”，不会存在支付上的困难。

顺便说一句，政府和社会的无偿救助资金，应该用于贫困地区的九年制义务教育，应该用在那些渴望上学却上不了学的儿童们身上。

（《中国青年报》“经济时评”专栏，2003 年 07 月 11 日，
原题《上大学是一种投资》）

北大才子可以卖肉的理由

我们可能正在犯一个无以名之的错误，姑且称之为“应该主义”：大学毕业生就应该比高中毕业生干得更好，名牌大学毕业生就应该比普通大学毕业生更扬眉吐气。或者说，文化层次低的人就应该去“做小生意”，大学生或名牌大学出来的才子就应该去“成大事业”。所以，当北大才子陆步轩街头卖肉的消息公之于众时，很多人第一反应都是：“不应该是这样啊。”

北大是多少人神往的地方，北大出来的才子谁会想到他在卖肉？但是，面对事实，仔细搜寻，仍能找出北大才子可以卖肉的N个理由来。

一、北大才子即便当肉贩子，也可以是一个成功的肉贩子。7月26日的《华商报》报道说，陆步轩开的“眼镜肉店”颇有名气，除了价格公道、质量保证外，陆步轩鼻梁上一副厚厚的眼镜也把他和别的肉贩区分了开来。有一段时间他歇业，附近不少老主顾找上门来说：“眼镜，你不卖肉我们都没地方买了！”据说，这让陆步轩很是自豪。这说明，他操刀卖肉也能成功，而且也有成就感。

二、北大才子即便学富五车，但仍然有下海从商的冲动。陆步轩大学毕业后，曾经借调到县计委机关工作，但他却自告奋勇到了企业，结果企业垮了，他就一步步失去了饭碗。不管企业垮不垮，中文系毕业的陆步轩当初下海从商并不是被迫的，而是源于一种冲动。美国前总统罗斯福说他“不当总统，就做广告人”，而对陆步轩来说，当初可能是这样：“当机关干部，还不如做生意人。”现在他说他最喜欢方言，最适合做编辑词典的工作，情况就可能是这样：“不当编辑，就做肉贩子。”不过，罗斯福是当总统时说那句话的，而陆步轩正做肉贩子呢。肉贩子也是商人啊。

三、北大才子即便光环绕身，也不一定能处处随心所欲。我不知道中国的词典编辑缺不缺，也不知道方言词典有多少人需要。我不怀疑他能编出一流的方言词典来，但我担心那种词典没有肉好卖。从市场的角度看，什么东西都一样，包括人才、产品等等，如果没有需求，再好也是闲的。

四、北大才子即便理想远大，脚下的路也不一定总是朝着理想的方向延伸。在大学生就业成为一个问题的时候，大学生的理想与我们共同的现实之间必然会有一些空格。要解决这个问题，就得首先把这个空格考虑进去——大学生应当放弃"精英心理"，以一个普通人的心态去选择岗位。毕竟，谁都得首先解决吃饭问题。挥刀剁肉即便不是北大才子的理想，但却能维持一家人稳定的日常生活。

北大才子卖肉，提高不了肉贩子的社会地位。但能在关键时候选择卖肉，却算是北大才子的过人之处——他起码没有游手好闲，起码没有破罐子破摔，起码他还承认他的处境"也许和我的性格有关，有时候没有抓住机遇"。

一个人的一生，总不会一路风光。当年考上北大的时候，陆步轩已经风光过一次了。生活让他经历了这么多曲折之后，现在，可能连他本人都不想再风光了。有人问他"你现在还有什么理想"时，他的回答是，"卖好肉就不错了"。我承认这其中有苦涩，但我并不认为这是一种消极。

理由陈述完毕，北大才子其实可以放心卖肉。当然，如果他另有选择，他一定有他自己的理由。

（《中国青年报》"经济时评"专栏，2003 年 8 月 5 日，
原题《北大才子可以卖肉的 N 个理由》）

创造个岗位去上班

7月22日，应届大学毕业生肖宇昕顺利地领到了北京酷天电子乐器商行的营业执照，并因此成为北京市享受政府对应届高校毕业生从事个体经营优惠政策的第一人(《中国青年报》2003年7月24日)。这个“第一”的诞生，还向更多的人发出一个信号：当工作岗位成为一种稀缺时，给自己创造岗位就成为寻找工作的一种重要途径。

如果说现在的就业形势可以用“严峻”来形容的话，那么，体会最深的可能还不是下岗失业人员，而是刚刚走出校门的应届大学毕业生。一则，他们对就业有着较高的期望；二则，他们从来没有经历过没有工作的滋味。

奔波在求职的路上，应该算是人生的一次煎熬。

路上的人心里急，政府也急在心里。为鼓励和支持大学生自主创业，灵活就业，国家工商总局出台了对2003年普通高等学校毕业生从事个体经营有关收费的优惠政策：凡高校毕业生(含大学专科、大学本科、研究生)从事个体经营的，除国家限制的行业(包括建筑业、娱乐业、广告业、桑拿、按摩、网吧、氧吧等)外，自工商行政管理机关批准其经营之日起，一年内免交个体工商户登记注册费、个体工商户管理费、集贸市场管理费等费用。

据介绍，因为这些优惠政策，肖宇昕可以免交个体工商户登记注册费23元、个体工商户管理费每月180元到200元，估计全年可免交的费用约2000元。我想，如果搞个体经营能挣来钱，免交的这些费用其实并不足以对大学生产生诱惑。但优惠政策传达出一个重要信号：面对大学生就业难，政府正试图引导他们重新认识和理解传统意义上关于“工作”的界定。

失去工作或没有工作，对于个人或家庭来说，可能要算最严重的经济问题了。但是,可能是约定俗成,在我们的概念中,整天忙忙碌碌的农民从来就不算是有“工作”的人,而四处奔波的个体户也很少有人认为他们是在“工作”。好像只有那些吃国家饭的人,或者有“单位”的人,才算是有工作的人。

应该说,这一观念过时了。我隐约意识到,将来所谓的“工作”,可能只包含以下几个有关联的要点:通过自己的正当劳动——获取一定的经济收入——维持有尊严的日常生活。至于工资是单位发的,还是自己发的,都是很次要的事了。

基于这样一种认识,下面的推论也就理所当然:所谓的工作岗位,除了到处寻找以外,还可以自己创造。

政府对大学应届毕业生从事个体经营给予一定的优惠政策,正是为了鼓励他们创造工作岗位,自己安置自己。优惠政策是政府为安置他们所付出的成本,这就承认了大学应届毕业生从事个体经营也算是实现了一次性就业。

对大学应届毕业生从事个体经营实行优惠,其政策取向实际上不只着眼于解决就业问题,而是与对待非公有制经济的态度一脉相承的。个体经济在非公有制经济中占有相当大的比重,而要提高个体经济的知识和科技含量,渗入一定数量的知识型、科技型的经营者,既是势在必行的,也可能是志在必得的。经济学家梁小民就曾经说过,要把该做大的企业做大,把该做小的企业做小。所谓该做小的企业,商业服务类的就是其一。而做小的方式之一,就是大力发展个体经济。

在劳务市场上,大学生虽然是最活跃、最有竞争力的群体,却无法摆脱这样一个规律:总有一些人很容易就能找到工作,也总有一些人没有工作。同时,这样一个现象也相伴而行:总有一些人不知不觉地就辞掉了工作,也总有一些人不愿意去工作。这二者之间有一个重叠的部分,那就是:总有一些人在忙忙碌碌地找工作。

在大学生就业难成为共识的背景下,将大学应届毕业生从事个体经营纳入就业范畴来考虑,其实还包含着另一个重要的信号:创造岗位是一种了不起的才能,创造岗位的人也是了不起的人,哪怕他创造的岗位仅仅是为了接纳自己。

(《中国青年报》“经济时评”专栏,2003 年 7 月 31 日)

与自己签个就业的约

高校扩招让更多的人觉得上大学不再难了，但上了大学以后，更多的人却觉得找工作难起来了。这没有什么奇怪的，“上大学易”所付出的成本就包括“找工作难”。可能因为这两者常常不体现在一个人身上（比如，通过扩招使原本上不了大学的人很容易地上了大学，但却使一些不扩招也能上大学的人很难找到工作），所以，许多人对找工作难一直不能理解。

今年是我国高校扩招本科生毕业的第二年，全国共有普通高校毕业生280万人，比去年净增68万，增幅达32%。国家权威部门日前公布的一份初步统计资料显示，截至今年6月中旬，全国普通高校毕业生就业签约率为47%。针对这一数字，有关人士分析得出的结论是：这一数字来之不易；这个数据要小于实际就业率，“47%签约率≠逾半人失业”；就业形势依然严峻（《经济日报》2004年9月2日）。

就业率是衡量经济社会协调发展的重要指标之一。所以，在就业问题上，政府可以说是“一直在努力”。但是，在市场经济条件下，让所有的人，在找工作时都一帆风顺，都如愿以偿，既是不可能的，也是不科学的。

要知道，经济越是活跃，工作的流动性就越大。这种流动性包括两个方面：一是所谓的“跳槽”，即今天在这里上班，明天就可能到那里上班了；一是所谓的“下岗”，即今天有班上，明天就可能没有班上了。

这种流动性所导致的结果是，在任何时候，总有一部分人，他的主要“工作”就是“找工作”。套用一家咖啡店的广告词说，就是：“如果我没有工作，那我就一定在找工作的路上。”“工作在哪里？”这不可能是一个人永远追问的问题，但却是一个永远有人追问的问题。

但是，在追问“工作在哪里”的时候，还应当追问一句“工作是什么”。后面的问题如果不回答，前面的问题就无法回答。

像农民工一样进城务工算不算工作，和进城务工农民挣一样多的钱算不算工作？毫无疑问，在绝大多数大学生的心里，即使承认那是工作，也绝不想做那样的工作。

我之所以举农民工的例子，其实只想说明一点，在找工作的时候，首先要把自己的欲望降下来，先想着怎样有个饭碗，而不是先想着实现自己的价值；其次，没有人给你提供岗位的时候，你就应该自己搭台自己唱戏。

如果想很容易地找到工作，那就得在待遇上向别人“妥协”——除非你是供不应求的“商品”，除非你能给别人带来更多的“财富”；如果你不满足别人提供的岗位，那就得自己去创业——除非你不想当“老板”，除非你不想承担当老板的“风险”。

我从一本经济学书上看到过一个谈就业的例子。1938 年，美国斯坦福大学的两名毕业生惠尔特和普克德，在寻找工作的过程中，看到求助他人谋生的艰辛和许多人找不到工作而走投无路的窘境，突然悟出了一个人生哲理：为什么只想着要别人给我们创造工作机会，却不想着我们给别人创造工作机会呢？于是，两个人凑了 538 美元，在加州租了一间车库，办起了自己的公司，公司以两个人姓氏的第一个字母合而为名。这就是闻名于世的美国惠普公司，它一直是世界微电子行业的旗舰。

对于找不到工作的大学生来说，举这样的例子似乎有些残忍，因为这个例子过于“成功”。不过，它却正好能说明另外一个问题：自己创造工作机会，不仅用不了多少钱，而且更能实现自己的价值。我想，大学生不会认为我是学舌成功人士，对他们“励志”吧。

许多大学生总觉得找不到工作是社会或命运的不公，所以，总是通过各种渠道，想“摆平”和“打通”一些东西。结果，就业成本飞涨，相当一些父母供孩子上大学的信心因此受到严重挫伤。

其实，市场经济所谓的公平，并不在于所有的人都会有同样的结果，而在于它可以让所有的人有同样的开始。大学生不可能都成为企业家，也不可能有同样的才华，但却可以同时进入市场竞争，在最有效率的地方使用自己的资源——如果愿意接纳你的地方对你来说缺乏效率，那么你就得自己开辟一个有效率的地方。

找工作的大学生,都喜欢用一个词,叫“推销自己”。既然说是“推销”,那就已经承认了大学生的商品性质,也承认了这种“商品”已经供过于求的性质。和一般商品不同的是,每一个人差不多都是一种不同的产品,所以产品再多也只能“零售”,绝不可能“批发”。

正因为如此,就业问题就是个很个性化的问题。而自己去创业,就是最具“零售”性质和个性化的就业途径。原来我们说“七十二行”,现在说“七百二十行”恐怕也不算过头。这多出来的新行当,其实大多数就是没有工作的人为了就业创造出来的。

没有人敢保证自己创造的工作机会就一定会是最好的,但总的说起来,再不好也比闲置要好得多。在买方市场,几乎所有的公司都有库存。这很正常。如果把失业比作库存,那么我们应该研究的问题就是,为什么有的存货出库快,有的存货出库慢?

答案是显而易见的,凡是出库慢的存货,一来可能很贵,没有价格上的比较优势;二来可能是大路货,缺乏明确的市场定位。怎样才能销出去呢?答案也显而易见,首先要低看自己一眼,大学生多了,就意味着不再是“稀缺”,要在先前给自己的定价上打个折;其次要想想别的出路,换个经营思想,为自己寻找另外的用场。

我想,有了这样的思想准备,创造一个人的工作岗位,对于每个大学生来说,决不是太难的事。更多的大学生如果能通过自主创业的方式实现就业,就等于自己与自己签了个就业的约,也算是给政府分担了忧愁,给国家作出了贡献。

(《东方早报》“早报自由谈”专栏,2004 年 9 月 9 日,署名“陇中人”)

要工作,还得好好找工作

一

上大学的目的,是为了将来能有个好的工作。但是,大学毕业以后,找工作却成了最大的问题。

于是,一些人说:“我现在的工作,就是找工作。”而另一些人则说:“大学白念了。”

但无论如何,既然大学毕业了,就不能不好好找工作。

二

好好找工作,不一定能找个好工作。

网上有大学生说,工作太难找了,他想回农村种地。谁都能感觉到,这其中有太多的无奈。

但是,从广义上说,种地也是一种工作。

种地可以养家糊口,种地可以发家致富,种地也可以实现人生价值。这就够了。

但是,以消极的态度种地,肯定种不下去。这和干其他工作一样:以消极的态度当老板,一定当不下去;以消极的态度当工程师,也一定当不下去……

三

上大学的人多了,在大学生面前,用人的人就挑剔起来了。专科生完全可以做的事情,现在开始要本科生了;本科生完全可以做的事情,现在开始要研究生了;男生女生都能做的事情,现在只要男生了;高个子低个子都能做的事情,现在只要高个子了。

如果大学生是“商品”,那么这就有点“奢侈性消费”的意思了。但千万不要忘了,还有另一层意思:如果大学生是“商品”,那么就得承认“消费者偏好”。

四

上大学的时候,很难知道用人单位要什么样的人;刚刚知道用人单位要什么样的人的时候,已经大学毕业了。

就这样,大学生们一脚踏进了社会。于是,有人感叹,毕业之际,就是失业之时。

当然,一些人选择了读研。但是,有人感叹,读研其实是“就业缓期两年执行”。

大学刚刚毕业,是一个人工作冲动最大的时候。不论什么工作,只要干起来,都不会干得太差。

读研可能是因为上大学的惯性,但不应该是对找工作的回避。如果因为找不到工作而选择回避,那么另一个惯性就可能形成:那就是眼越来越高。

五

工作,首先是个人生存的需要。说通俗一些,就是“为稻粱谋”。如果一个人的思想认识“低”不到这一点,那么,找工作就会更难。

不能说所有的大学生眼太高,但是,许多大学生在找工作时,都会不自觉地想到自己的价值。在大学生不那么稀缺的时候,大学生的市场价格就会低于价值。所以,如果按照去年的市场行情给自己定价,那就可能让自己“滞销”。

从这个角度上说,“低价”就是硬道理。

六

如果你能发现一件能挣钱的事,你其实就可以拥有一份工作。如果需要更多的人给你帮忙,很多人就可以从你那里找到工作。

对刚刚毕业的大学生来说,这可能过于“理论”,但绝对是一个好的思路。

工作多年的人,有时会掉过头来,自己给自己干。一年两年找不到工作的人,其生活经历差不多有工作十年的人那么丰富,只要脑筋一转弯,说不定就会打开另一番天地。

七

大学毕业工作难找,可能会成为一个普遍现象。

我们应该翻过来想这个问题:连大学生都找不到工作,没有上过大学的人就更找不到工作了。

所以,大学还是要考的,大学毕业以后工作还是要找的。

(《甘肃日报》“十字街”专栏,2006 年 12 月 29 日,
原题《工作还是要找的》)

养活自己是就业第一义

大学生就业问题,已经成为一个相当严峻的问题了。西北师范大学2009年应届毕业生谢绍东很了解这一点,所以,他把找工作的过程叫做“进攻”。

谢绍东是学教育专业的,但他的“进攻”是全方位的。上大学期间,他在校外英语辅导班做过兼职教师,在一家杂志社当过临时编辑,在北京奥运会期间当过志愿者……因为一次次的主动出击,快毕业时,很多同伴还在到处送求职书,他就已经与北京一家公司签约,实现了自己“进500强,进北京”的愿望。虽然找到了一份理想的工作,但他找工作的态度却非常现实:“如果找不到一份理想的职业,就先找一份挣钱的工作。”他的意思是:无论你要做什么,首先要做的,就是自己养活自己。或许正因为这种“现实”的就业态度,才使他比较顺利地找到了一份“理想”的工作。

不可否认,上大学的一个重要目的,就是为了将来能找个“好工作”。但是,当就业越来越难的时候,作为一个受过高等教育的人,就应该自觉修正找工作的心态。现在,很多大学生就业时,思想深处仍然钟情于“一步到位”:要上班,就要到足够热闹的单位去上班;要工作,就要到足够稳定的岗位去工作;要挣钱,就要到足够体面的行业去挣钱。结果是,越卖力地“推销”自己,越觉得自己是“滞销商品”。

“后果”似乎很严重,但“前提”其实很简单。那就是,他们没有真正理解就业的含义,也没有真正理解工作的含义。

就业,首先是生存需要。所谓生存需要,首先是养活自己。可以说,养活自己,才是就业的第一义。有了这样的认识,才可能有“退而求其次”的就业观念。省城不行,转而向县城;白领不行,转而向灰领;大单位不行,转而向小单位；高工资不行，转而向低工资。只要愿意一次次地自己给自己降低门槛，也就不难找到一只“饭碗”——铁饭碗不行，转而向一次性饭盒。

作出这个判断的背景是：一些人没事做，一些事没人做；一些人到处找事做，一些人到处找人做事。

工作的过程，是显示自己能力和水平的过程，也是显示自己增值潜力和增值空间的过程。在市场经济条件下，除非无可奈何，任何一个岗位，都不太愿意使用未经“检验”的人才；任何一家企业，也不太愿意给未经“检验”的人才出高价。从低处就业，就是让自己尽快进入检验的过程。在这个过程中，你的能量、你的价值才能体现出来，才能被市场发现，甚至才能被自己发现。到了那个时候，事情就会从另外的方向上向前发展：以前是你向别人“低价营销”，以后就可能是别人对你“高价采购”；以前是你到别人那里找工作，以后就可能是别人到你那里找工作。

无数事实也证明，成长青睐于那些正视低处的人，成功钟情于那些愿意卑微的人。

越是贫穷的家庭，越希望自己的孩子早一点自食其力；再富裕的家庭，也会以自己的孩子能早一点自食其力而感到自豪。这意味着，“工作不好”是次要的，“有个工作”才是重要的。这同时也意味着，为了上岗，为了自己养活自己，大学生的一些“架子”就应该先放下来。

只有先养活了自己，而后才能谈得上回报别人；只有先解决了自我生存问题，而后才能谈得上自我发展问题。

（《甘肃日报》“兰山论语”专栏，2009年10月30日，
获第二十届中国新闻奖二等奖）

关于电信

使用手机的人多了,对电信企业的期待也就多了

手机单向收费不该缓行

这几年,关于手机单向收费问题的讨论,一次次成为媒体的焦点。而来自权威部门的声音,则让人的情绪一次次大起大落。

2000年11月15日,信息产业部政策法规司司长在新浪聊天室宣布,手机单向收费已由数个部门达成共识,并报国务院批准。但刚刚过了半个月,11月30日,信息产业部部长吴基传就出马"收话",称手机双向收费"两年内不会更改"(《财经时报》2000年1月1日)。

两年后,有趣的一幕再次重演。2003年1月10日,国家信息产业部科技司一位处长在昆明参加诺基亚2003年售后服务会议时表示,手机用户期盼多年的单向收费有望在今年内实施。可能有些人还没有看到这个消息时,1月11日,信息产业部新闻处处长就出面澄清,称有关手机单向收费将在年内出台的消息仅是一些人士的个人看法,信息产业部近期并没有讨论这方面的问题(新华网2003年1月11日)。

市场需要"看不见的手",也需要"看得见的手"。政府对价格进行干预和宏观把握,是政府在市场中发挥作用的重要内容。在手机单向收费问题上,监管部门的态度肯定有着更多更缜密的考虑。

但是,谁都注意到了,这几年中国移动和中国联通之间为争夺用户所采取的策略,始终都在围绕"单向收费"进行。今天送手机,明天送话费,今天降费,明天包月,绕来绕去都是以"降费为中心",或者说,是在寻求"单向收费"的另一种实现方式。

这是其一。其二,在运营商围绕单向收费做各种小动作的时候,监管部门一直处于疲于应付的状态。一方面,头疼医头脚疼医脚,哪里有火哪里救险;另一方面,又坚持原则维护权威,一口咬定双向收费不放松。

我的观察和理解是,运营商为了活得更好,不得不在刀尖上跳舞,这说明有些行业规定和政策已经滞后于市场形势。而同时,运营商们无奈之中实行的降费方案和变相单向收费措施,已经为单向收费政策的出台做了必要的探索。

能不能由此作出判断:中国手机单向收费的环境和条件已经成熟。手机用户其实是不便作这样的判断的,因为他们最容易被认为是"从自身利益出发"。运营商肯定也不愿意作这样的判断,但是他们又无法找到更好的切入点争取用户。但事实则是,消费者开始以"单向收费"向运营商叫板,运营商也开始拿"单向收费"向消费者示好。

谁都不知道单向收费何时实行,但谁都知道迟早要实行。移动通信已经不再存在"市场失灵"问题了,但是,在"市场失灵"不再成为问题的情况下,如果过度使用政府权威,那就会出现另一个问题,那就是"政府失灵"。

现在的形势是,不管是用户,还是运营商,好像都等着政府权威部门说一句话。

如前文引述,国家信息产业部部长吴基传两年前说过手机双向收费"两年内不会更改",那么两年过去了,我们是不是可以这样说了:手机单向收费不该再缓行了。

(《中国青年报》"经济时评"专栏,2003 年 1 月 15 日)

都是小灵通闯的祸

正当“小灵通”在全国高歌猛进的时候,兰州市电信市场又被“大灵通”和“超灵通”撩拨得“欲火中烧”。

2月25日,甘肃省移动通信公司兰州营销中心在《兰州晨报》登出移动“大灵通”广告:每月付25元可享有125分钟的通话时间,付30元可享有150分钟的通话时间,每分钟话费0.2元。如果当月的通话时间超出了规定时长,则每天22时30分至次日8时每分钟只收0.1元,其余时间每分钟收0.4元。更诱人的是,“大灵通”没有月租费,还能全省漫游。

2月26日,中国联通兰州分公司紧随其后,也在同一媒体打出130“超灵通”广告,在无月租、可省内漫游的基础上,资费标准再创新低:25元包130分钟,每分钟0.19元多一点;30元包165分钟,每分钟0.18元多一点;超出限定时长,每天22时至次日8时每分钟收0.1元,其余时间每分钟收0.32元。

明眼人一看就知道,这都是“小灵通”惹的祸:“大灵通”是向“小灵通”叫板,而“超灵通”则是向“大灵通”挑战。

“小灵通”刚刚进入兰州的时候,当地媒体上就有它是“淘汰技术”的说法,就是现在,仍然说它有“随时被停掉的危险”。不管这种声音是不是竞争对手的“恶意炒作”或者“善意提醒”,现实是,在全国,“小灵通”实际上比技术更先进、前途更远大的电信技术更有力、更实质性地触及了电信市场的神经。

消费者并不关心电信行业内部的恩恩怨怨,也不关心各个运营商的市场份额和利润。消费者是自私的,这是任何一个经营者都必须预设的前提。对于电信运营商来说,如果排除其他硬性条件,消费者所关心的就只有一件事:

能不能少花钱多通话?

事实证明,电信运营商们并没有联合起来对付消费者。相反,他们想了很多办法,甚至不惜违反有关行业政策,不惜冒犯各级行业主管部门。这厢打擦边球,那厢钻空子;这边羞羞答答地降话费,那边偷偷摸摸地“双改单”。总之,宁肯互相混战一场,也不肯与消费者硬撑;宁肯自己少挣一点,也不能让对手挣得更多。

价格战可能是最低层次的竞争策略,但是,如果不从价格战开始,我还想不出有更好的办法,可以向老百姓证明电信行业真的打破了垄断。

可是,电信主管部门恰恰把遏制“价格战”,当成了规范电信市场的主要措施。

“小灵通”是个小精灵。在南京,引发了联通的单向收费;在石家庄,逼出了移动的“百姓通”;在重庆,催生了移动的“都市通”和联通的“新年通”;在兰州,促成了移动的“大灵通”和联通的“超灵通”……

实在不是小灵通神通广大,而是电信市场上太缺少竞争的借口了。

“小灵通”是一个悲剧性的角色。中国电信市场被它一次次激活,而它的前途好像只能听天由命。不过我想,即使有一天小灵通在电信市场上消失了,也应该记住,它是中国电信市场的功臣。

有一点仍让人不明白,为什么这样一个角色是由小灵通扮演的?是谁在故意缺位,还是谁选择了故意沉默?

但有一点可以肯定,从电信“小灵通”,到移动“大灵通”,再到联通“超灵通”,在兰州演绎的这场电信游戏,最终会成为中国电信市场走向“全灵通”的一个标本。

(《中国青年报》“经济时评”专栏,2003 年 2 月 28 日)

为手机单向收费三辩

北京邮电大学阚凯力教授是最近一段时间颇受关注的电信专家之一，他关于电信改革的观点屡屡成为争论焦点。2 月 27 日，他又在《南方周末》发表了一篇态度十分明朗的文章——《支持移动降价 反对单向收费》。第一眼看到这个标题时，我还以为是电信主管部门的声音呢。

关于手机单向收费，我已写过不止一篇文章。现在仍想以一个手机用户的角色，为单向收费而与专家三辩。

一、资费下调与单向收费并不矛盾。

阚先生预设了两种资费方案，让用户去选择。一种是，移动的主叫方和被叫方都由目前的每分钟 4 角降为 2 角；一种是主叫方每分钟 8 角（替被叫手机出了 4 角），而被叫方不付费。然后说，几乎所有人都会选择第一种方案。他的结论是，在呼吁手机单向收费的背后，实际是要求移动通话费下降，而不是仅仅把双向收费改为单向收费。

我想说的是，首先，阚先生的两个假设是矛盾的，或者说是个圈套。既然双向收费时每分钟的通话费可以降到 2 角，为什么单向收费时每分钟就应该是 8 角而不是 4 角？

其次，资费下降与单向收费并不是二者必居其一的关系，人们希望双改单，最终目的之一是资费下降。如果与消费者顶牛，以收费翻番为条件来实施双改单，那就失去了最起码的诚意。

二、主叫方应该被视作消费行为的责任人。

阚先生认为，对于绝大多数用户来说，有的情况下更愿意打电话，有的情况下更愿意接电话，甚至在很多情况下双方对通话的需求相近；更何况，被叫方在看到显示的主叫号码之后,也完全有权选择接电话或不接电话。他因此得出结论:从总体平均的统计学角度看,唯一合理的就是认为主叫方和被叫方的使用价值相同,即“移动通信的双向收费方式天然合理”。

我相信,手机用户之间的正常通话,实现了双方的共同方便。但是消费者之间的共同方便,并不是运营商双向收费的理由。一方面,接电话的时候,人们不会首先想到费用问题,而是会有什么事情;另一方面,被叫方虽然有接或不接的权利,但如果他记不住所有熟人的电话,或者坚信生人不会给他打电话,他就不能根据来电显示做出选择。

其实,不管使用价值是不是相同,主叫方总是需求的主动者,应该被视作消费行为的当然责任人。就像朋友之间请吃一样,双方都满足了,但商家并没有权利要求他们共同付费。

三、双向收费不应成为消化重复建设成本的途径。

市话为什么能单向收费?阚先生说,一是资费水平比较低,二是基本上都是垄断经营。因为移动通信是高度竞争业务,不具备这两个基本条件,所以他说,一旦实行单向收费,就会导致两个结果:首先,大量用户不愿意打电话,而只等着接电话;第二,运营商之间的互联互通关系,将进一步恶化。

我的第一感觉是,看你把消费者想成啥了。第二感觉是,原来运营商之间的关系不好。我所知道的是,光是一个河西走廊,就埋了 6 条干线光缆(《中国青年报》2003 年 3 月 3 日)。重复建设的唯一目的,只能想象为图谋独往独来。独往独来而不能的时候,就是你收你的,我收我的,双向收费遂成为“天然合理”。这个推理过程就是,市场竞争导致了重复建设,重复建设选择了双向收费。如果是这样的话,消费者就可以做出判断:竞争还不如垄断。

作为手机的忠实用户,我想声明一下:不管是双向收费还是单向收费,一、我都不会停掉我的手机;二、也不会只等着接电话而不打电话。但是,这种心理也决不能被当作“双向收费”的赌注而一押到底。

(《中国青年报》“经济时评”专栏,2003 年 3 月 5 日)

附一：

我为什么反对手机单向收费

阚凯力

两周前我发表了《支持移动降价 反对单向收费》(《南方周末》2003 年 2 月 25 日)一文,之后有不少读者提出质疑。尤其是尚德琪先生在文章《为手机单向收费三辩》(《中国青年报》2003 年 3 月 5 日)里,提出“以一个手机用户的角色,为单向收费而与专家三辩”。如此看来,有必要进一步说明我为什么反对单向收费。

首先,我在《支持移动降价 反对单向收费》的文章中比较了两个资费方案:一个是降价而双向,另一个是单向而不降价。尚德琪先生认为这种比较是一个“圈套”,是人为地把降价与单向收费对立起来。这其实是一种误解,因为我不过是要以此说明,消费者呼吁单向收费的实质是要求降价,而不是单向收费的收费方式。

第二,尚德琪先生认为“主叫方应该被视为消费行为的责任人”,因为这“就像朋友之间请吃一样,双方都满足了,但商家并没有权利要求他们共同付费”。但是对于打电话来说,请客吃饭并不是一个恰当的比喻,因为如果客人不吃,主人照样可以自己吃上一顿。更恰当的比喻应该是谈恋爱,因为即使一方求婚,如果另一方不同意,他们仍然不能结婚。但是,如果另一方接受了求婚,双方就要共同承担婚姻的责任。因此,虽然主叫方确实在建立通话中处于主动,但是并不意味着不应该双方共同承担费用。

第三,尚德琪先生认为“双向收费不应成为消化重复建设成本的途径”。但是,双向收费与重复建设没有任何必然的联系。只要打电话,就必须有一个主叫方和一个被叫方,二者缺一不可。所以,运营商就总是可能向双方各收取一部分费用(双向收费),也可能向主叫方收取全部费用(单向收费)。所以,双向收费和单向收费,都不过是运营商向服务对象收取费用的方式而已,无论电信是垄断还是竞争,无论运营商有没有重复建设,这两种方式都存在。这与重复建设完全是风马牛不相及,扯不到一起。

那么,我为什么不同意单向收费呢?因为单向收费会打破主被叫双方的利益均衡,从而影响手机的使用;同时,在主被叫双方是不同的运营商时,单向收费会使运营商之间的利益关系复杂化,并进而影响到他们之间的互联互通,而这两个原因都会直接损害消费者的利益。

这个道理可以用下面的例子说明:假设一个手机给另一个手机打电话的合理资费水平是每分钟 4 角(成本加合理利润)。这时,在双向收费下,主被叫双方各付 2 角;而在单向收费下,主叫方付 4 角,被叫方免费(这两种方案的资费水平相同)。同时,我们假设市话资费仍然是目前的水平,简化地认为是主叫方每分钟 1 角,被叫方免费。那么,在移动通信单向收费下就会出现以下问题:

首先,主叫方的每分钟 4 角与被叫方的完全免费,是一个比较大的反差。所以,总会有一些消费水平比较低的用户会尽力避免主动打电话。这样,即使被叫方希望接电话,甚至愿意为此付费也无济于事。这样,打电话的人少了,手机的使用价值也就下降了。如此看来,在双向收费中由双方分摊费用,更容易被双方所共同接受。

第二,在手机与市话的通话中,如果是手机主叫,机主是付 4 角还是付 2 角?如果是单向收费,就应该付 4 角。但是,这时移动运营商只提供了全程的一半服务,只应该拿 2 角,因为另一半服务是市话提供的,而且市话是单向收费,所以被叫不收钱。所以,移动等于白白多赚了 2 角。同时,主叫方的费用未免太高,搞得机主不愿意打。因此,合情合理的结论是机主只应该付 2 角,但这实际上又变成了双向收费,即主被叫各付自己的费用,对于手机来讲是 2 角。

第三,在手机与市话的通话中,如果是市话主叫,每分钟应该付多少?在这里,我们要注意到移动运营商提供了服务而且付出了成本,理应得到 2 角的收入。那么,这 2 角由谁付?如果由市话公司付,他的收入总共只有每分钟 1 角,肯定付不起;如果由市话用户付给市话公司,再由市话公司付给移动,用户的费用由每分钟 1 角一下就提高到 3 角,他打电话的积极性肯定会受到影响。这样,不但手机接到移动打来的电话少了,由市话打来的也少了。由此看来,还不如继续双向收费更容易被双方接受,即市话用户照旧付市话资费,而接电话的手机用户照旧付每分钟 2 角的移动资费。

第四,假设我们硬性规定:在单向收费下,市话打移动时收市话资费(每分钟1角),而且市话不用向移动交钱;在移动打市话时仍按照每分钟4角。如果市话打给手机与手机打给市话的分钟数相同,因为业务量均衡,所以从理论上这也是可行的。但是在实际中,如果手机要给市话打电话,因为移动主叫的费用是市话主叫的四倍,所以机主会在拨通市话以后让市话用户给自己打回来。这样,不但自己"白坐车",而且双方的总费用也降到了四分之一。但是,大量的电话会由市话打给移动(每分钟只有1角),而几乎没有手机打给市话(因为每分钟要4角)。这样,不但单向收费下移动运营商的每分钟4角得不到,连为提供自己这部分服务应得的2角也得不到了。换句话说,在单向收费下由于资费不平衡引起的"回叫"现象将不可避免,所以移动与市话之间的业务量不可能均衡,而实行单向收费的前提也就不存在了。因此,解决这一问题的唯一办法还是实行双向收费,即无论手机是主叫还是被叫,一律付2角。

第五,上面假设的资费是经过简化的。在实际中,移动和联通的资费并不完全相同,而且各种"套餐"、"优惠"层出不穷。例如,假设在单向收费下,主叫方是联通用户而被叫方是移动用户,而且联通在一定时间内搞了半价优惠。这时,如果联通依然按照每分钟2角交给移动,自己就等于白干了。但是,如果同样也少给移动钱,移动肯定不同意:"你搞优惠是为了给自己吸引用户,为什么要我承担损失?"这样,移动既然得不到自己认为应得的2角钱,就必然不愿意接通联通用户打过来的电话,使双方在互联互通上产生障碍,从而损害了消费者的利益。但是在双向收费的情况下,即使你搞你的"优惠"、我搞我的"套餐",双方仍然"井水不犯河水",不会由此产生互联互通的障碍。不仅如此,移动还会欢迎联通用户给自己的用户拨打电话,因为这样就为自己向用户收费创造了机会,联通在实际上充当了移动最好的"销售代理"。反过来,移动也是联通的销售代理,二者在这个问题上是真正的"竞合"关系。

综上所述,虽然单向收费说起来简单,但是在实际执行中会带来许多困难和问题。我们看到,近年来所呼吁的单向收费,无一例外的前提是不把被叫方的费用转移给主叫方,所以"单向收费"的实质是要求移动资费减半。因此,问题的实质并不是收费方式,而是资费水平。所以,我在《支持移动降价反对单向收费》中敦促移动资费引入更多的市场机制，把全国“一刀切”的政府定价改变为政府指导价下的地方资费，并向完全的市场调节价过渡。与此同时，只要把移动资费降下来，消费者要求单向收费的问题也就自然解决了。

最后，感谢尚德琪先生等人提出了自己的不同观点，我真诚地希望通过这种讨论共同为促进我国电信事业的发展、保障消费者的长远根本利益作出贡献。

（《中国青年报》2003 年 3 月 12 日）

附二：

运营商快乐，所以消费者快乐？

——为手机单向收费再辩

阚凯力教授洋洋洒洒数千言，阐述其反对手机单向收费的理由（《中国青年报》2003 年 3 月 12 日）。我把阚教授的想法概括为简单的一句话：运营商快乐，所以消费者快乐。

毫无疑问，正如李方先生所言，阚教授是代表电信方利益说话的（《中国青年报》2003 年 3 月 13 日）。

作为一个手机用户，我之所以反对双向收费，有一半理由是从消费者或者我自己的角度出发的，有一半理由则是从市场角度出发的。对此，我想再说几句。

一、双向收费体现不了消费权责的统一，也不符合中国老百姓的支付习惯。

消费行为最终必须通过支付体现出来。虽然打手机需要被叫方的配合才能完成消费，但通话需求则完全是主叫方的；同时，双向收费就像 AA 制，从最低层次来说，绝大多数中国老百姓没有这样的支付习惯。因此，我坚持“主叫方是消费行为责任人”的立场。

在《为手机单向收费三辩》（《中国青年报》2003 年 3 月 5 日）里，我举了请朋友吃饭的例子来说明，一则表明打电话是一种消费行为，二则表明谁买单不应是商家说了算，三则表明请客者买单是情理之中的事。阚教授认为结婚的例子更恰当，但最不恰当的一点是：婚姻责任是法定义务，是强制性的。显然，电信运营商之于消费者，没有这样的权利。

这一点，可以用一个极端的例子来反证。比如骚扰电话，如果承认双向收费“天然合理”，那么为接听骚扰电话付费就成为理所应当。显然，这是违背被叫方意愿的。

所以，如果单向收费与资费下调并不矛盾，那么就应该清楚，事情其实并不像阚教授说的那样，“消费者呼吁单向收费的实质是要求降价，而不是单向收费的收费方式”。这样表述可能才恰当：消费者呼吁单向收费的同时，还希望资费下降。

二、如果手机双向收费是因为移动通信业务的高度竞争，那么，在资费下不来、单向行不通的背景下，手机用户就会想到重复建设。

我之所以会说到重复建设，实际上是因为阚教授的提示。他在《支持移动降价 反对单向收费》中说，“与天然垄断的市话不同，移动通信是一个高度竞争的业务”，从而得出结论：单向收费将使运营商之间的互联互通问题进一步恶化。

从大的方面来说，中国移动与中国联通属于同类企业，因为要展开竞争，因为想在竞争中处于垄断地位（经济学上叫做“垄断竞争”），所以各自铺设了一套完全属于自己的网。如果说市话单向收费得以实现是由于天然垄断，那么天然垄断的前提就是市话只有一个网。如果说高度竞争的移动通信业务双向收费是天然合理的，而且居高不下，那么就应该认为中国移动与中国联通各自建网有重复建设的嫌疑。正如我们所看到的，在同一个村镇，中国移动刚刚竖起了一个塔，中国联通就跟着竖起了一个塔。

所有的基础设施都将打入各自的经营成本，这是毫无疑问的。双向收费从客观上，或者说在消费者的感觉上，正好迎合了运营商各自的如意算盘。所以，我才说“双向收费不应该成为消化重复建设成本的途径”。阚教授认为双向收费与重复建设风马牛不相及，自然有他的道理。我不过是想提出一个问题，如果运营商之间真的是“竞合关系”，那么他们之间就可以互租对方的网络；或者，能不能把所有的移动通信网络归为国有资源，由另外一个机构统一管理，然后向各个运营商（包括以后新诞生的）开放，让他们根据需要自由租用。这样，就不存在重复建设了，单向收费也就变得非常简单了，也不会有人将收费与重复建设拉到一起了。

当然，这会牵扯到另一个更重要的问题，就是“电信全业务执照”。这就是专家们的事了。消费者只想着，怎么能够双改单。否则，再出现一个移动通信企业，再建设一套自己的网络，问题就更复杂了，单向收费就更加困难了。

这里，我有一个预设的前提：单向收费是大势所趋。不知道这与阚教授所说的“双向收费天然合理”是不是对立的。

三、单向收费不是挑拨运营商利益关系的祸首,双向收费也不是处理运营商利益关系的法宝。

为了表明是用事实说话,阚教授设想了一连串很琐屑的例子,用来证明单向收费之行不通。李方先生说他看不懂,其实可能是看不下去。我的基本感觉是,阚教授的全部用意只有一点,就是为了运营商之间结算方便,为了刺激消费者多打手机。对此,我认为:

第一,运营商之间的利益分配关系再复杂,也不应转嫁到手机用户身上。

从移动通信业务来看,世界上差不多一半国家实行双向收费,一半国家实行单向收费。我不知道实行单向收费的国家,运营商之间是如何结算的。

但是,从道理上来说,双向收费不应成为结算方便的理由。按阚教授的说法,在两个运营商之间完成一次消费行为,就应该向两个运营商分别付费(双向收费)。一个很简单的例子就可以说明这并不是那么有理:我从兰州坐飞机到北京,其间会涉及到不同的运营商,难道我应该在兰州出发时交一些钱,然后再到北京交一些钱吗?

运营商之间的利益分配,与消费者完全无关。我有两个感觉,一、阚教授总是认为电信运营商之间互联互通的关系不太好,单向收费会使这种关系进一步恶化;二、单向收费后,运营商之间的结算存在难以解决的技术性问题,所以就只能劳驾消费者双向交费了。其实,这些问题正是电信专家们研究的课题。

第二,双向收费再合理,也不应该看成是刺激手机使用的灵丹妙药。

阚教授说了,"单向收费会打破主被叫双方的利益均衡,从而影响手机的使用"。我觉得前半句还有点替消费者考虑,而后半句则突然成了运营商的代言人。所以,我认为,他的"均衡说",实际上是"醉翁之意不在酒"——想通过对主被叫双方的利益均衡,刺激手机用户更多地打电话。

阚教授的假设是:如果实行单向收费,手机用户就会在主叫还是被叫的问题上互相算计。他设计了那么多不同的情境,但想说明的问题只有一个,就是:大家都不愿意主动打电话,都愿意等着接电话。这样,就影响了手机的使用。

首先,这种设想是建立在主观臆断基础上的,或者,是将少数人甚至个人的心态扩大到了不适当的程度。打不打电话,打多少电话,一方面是消费者自己的事,另一方面也是需要决定的。不管是双向收费还是单向收费,这一点都不能怀疑。因为不用付费,难道我们有事需要打电话的时候,会等着别人打电话给我们吗?难道我们没事的时候,就会专门等着接别人的电话吗?

看看,固定电话前,有多少人耗在那里专门等别人打电话?

我的结论是:一、通过双向收费强行维持的主被叫双方的利益均衡,其实十分不合理;二、以维持这种均衡为借口来刺激电信消费,其实也不怎么合理。

第三,如果因为牵扯到不同的运营商,手机就必须实行双向收费的话,是不是固定电话也应该因此实行双向收费?

阚教授算了那么多种账,有一点似乎没有挑明:照他的思路,固定电话也应该双向收费!原因有二:一、中国电信与中国网通已在固定电话领域形成竞争格局;二、手机用户打固话用户同样需要固话网络与服务的支持。这是阚教授双向收费“天然合理论”最基本的根据。

我不知道这种推理是否符合阚教授的逻辑。但是,我知道,如果谁宣扬这样一个主张,必然会激起众怒。当然,发脾气的一定是消费者。

第四,单向收费是消费者的意向,同时也成为运营商们向消费者示好时最得力的措施。

这个我已经在其他文章里说过。在很多地方,“变相”的甚至“变味”的手机单向收费纷纷涌现,起码能说明两个问题:一是“双向收费”把运营商也逼急了;二是运营商宁愿受处罚,也不能不顾及消费者。

阚教授为什么要反对呢?我因为不理解,才写了“三辩”。特此说明。

(《中国青年报》2003 年 3 月 18 日)

小灵通,再活三年也够了

电信专家阚凯力先生预言,不出三年,小灵通必将逐步退出历史舞台(《中国青年报》2003年6月12日)。如果是真的,小灵通的命运也够得上悲壮,毕竟,它走上中国电信历史舞台才仅仅六年。

六年的行程,我不知道该用跌跌撞撞,还是用疯疯癫癫形容好。《中国青年报》的报道中,“戴着镣铐跳舞”一句,可能是最形象的概括。

说是“戴着镣铐”一点不虚。从在中国的土地上落户的那一天起,小灵通就一直受到种种制约。说“跳舞”也是实话实说,作为电信家族中的一员,小灵通表现出了超常的繁殖能力,从星星之火,迅速形成燎原之势,完全可以说是一个奇迹。

从技术层次说,小灵通可能不具有竞争力。所以,电信专家和权威人士总是对小灵通没有多少好感。小灵通之所以有市场,靠的一句实在话:低价才是硬道理。

不知道小灵通是不是为打价格战而来,但可以肯定的是,小灵通引起了一场场价格战。中国移动和中国联通这几年推出了许许多多花哨的产品,不论是“买机送费”还是“打进包月”,不论是合法的竞争手段,还是所谓的违规操作,事实上都是为了应对小灵通挑起的价格战。

有一个说法是,双向收费的“大哥大”绞尽脑汁贴近“小灵通”(收费上的),单向收费的“小灵通”挖空心思靠拢“大哥大”(功能上的)。这之间似乎有点不尴不尬,或者不伦不类。但有一点得承认,小灵通和大哥大之间只会形成竞争,但不会促成价格联盟。或许正因为这一点,人们对小灵通给予了更多的欢呼和支持。

消费者只管自己能不能少花钱,从来用不着为经营者是不是亏损操心。所以,商家之间的价格战,永远都是争取消费者的利器。

我不是电信专家,但我相信,如果手机实现了单向收费,如果收费标准欲与小灵通"试比低",小灵通肯定会被抛弃(但人们会记住小灵通的)。

"人们都说小灵通技术落后过时,可就是这样的技术,也能在目前的电信市场中赢利并发展壮大。这不是很有意思的现象吗?"这是周其仁先生的话。我理解,他说的"有意思",其中一定有一点"不正常"的含义。阚凯力先生所谓"不出3年,小灵通必将逐步退出历史舞台"的论断,或许是想尽早终结这种"不正常"。

当然,如果手机收费价位和政策还维持目前这个现状,而要小灵通消失,就可能意味着某种谋杀,那就会制造出更大的"不正常"。

电信监管层多年来采取的"不鼓励,不干涉"态度,可能给了小灵通一个错误的信号。电信专家和经济学家的观点,只能算是对这种信号的私人解读。

关于经济学,有一个不失幽默却不算夸张的说法:经济学是唯一一门两位观点针锋相对的经济学家可以同时获得诺贝尔奖的学科。在小灵通的态度上,知名电信专家阚凯力教授对小灵通一直主张封杀,因而一再成为舆论焦点;而著名经济学家周其仁教授,则一直对小灵通保持温和态度,同样也一次次成为风云人物。

正因为如此,谁的话都不能算作权威。

小灵通风风火火上北京、下上海,据说没有出现人们想象中的热闹场面。这不能说是哪一个人言中了,也不能说是哪一个人说错了。任何一种产品,都有自己的生存范围和畅销周期,没有长生不老、长久不衰的东西。

如果三年或者稍长一段时间之后,小灵通真的从电信市场上消失了,它也应该是满足的,因为它曾经潇洒过、风光过。如果人们认为小灵通在中国电信市场竞争中发挥了某种作用的话,那么小灵通的消失,简直可以说是死而无憾。如果中国电信市场各种产品都像小灵通一样具有挑战性,那么,对小灵通来说,能再活三年,就已经足够了。

(《中国青年报》"经济时评"专栏,2003年6月19日,
原题《再活三年也够了》)

兼具游戏与挑衅功能的套餐优惠

其实,在北京移动用户因为刚刚上市的被叫套餐而高兴的时候,其他地区的手机用户早就因此“盲目乐观”过很多次了。

没有免费的午餐,更没有免费的套餐。正像北京的移动用户如果参与了去年的“话费换手机活动”,就没有资格享受今年的套餐优惠一样,在其他地区,要享受五花八门的套餐服务,或者必须新开手机户头,或者必须每月话费达到一个最低消费标准——享受了上一次的优惠,就意味着被套住了,所以没有必要再给你第二次优惠;给你任何一种优惠,都有预定的企图,你想得到这种优惠,就得承诺相应的回报。

这几年,运营商们一直在搞“活动”,但总的思路都是在资费上做文章,而最终指向差不多都是“单向收费”。可能正因为如此,消费者与运营商达成了某种默契。

但有一些奇怪的现象,似乎值得思考。一是,北京的步伐一直比其他地方“落后”。北京地区刚刚批复的移动资费方案,虽然费了很多口舌,好像马上就要捅破单向收费那层纸了,但最终还是咽了回去。而在兰州,正在媒体做广告的资费套餐中,已经光明正大地出现“单向收费”——虽然少不了各种各样的限制条件。北京所以落后,大概是在信息产业部眼皮底下的缘故吧。

二是,运营商好像一直比民间行为“落后”。其实最早标出手机“单向收费”来吸引消费者的,不是移动通信运营商,而是为其代理业务的小商小贩。他们常常夸张地把“单向收费”四个字立在门口或铺在地上。我想,他们一定是受了运营商暗示的。

为什么运营商总是以“单向收费”吸引消费者,而主管部门和专家总是担心“单向收费”会损害运营商的利益,或者会打破运营商之间的利益均衡呢?这是一个有趣的问题。

《中国青年报》的报道说,套餐下的手机话费下调成了消费者的“智力游戏”,其实这只挑明了一层意思。另一层意思是,这种“智力游戏”其实也是在挑衅主管部门在资费管理上的态度。各种套餐层出不穷,不仅意味着消费者一次次被戏耍,也意味着主管者的管理一次次被突破。

可以想象,一旦实行单向收费,一切都会变得异常简单。运营商想打价格战时,用不着花心思设计什么套餐方案了;消费者用不着像防圈套一样思考套餐条款了;主管者也用不着一边“坚持原则”,一边“放弃原则”了。

但是,双向收费差不多已经名存实亡了,而单向收费却仍然坚冰难破。这还是一个有趣的问题。重要的是,人们不知道,这种局面到底要撑多久,能撑多久,甚至不知道为谁而撑,是谁在撑?

(《中国青年报》“经济时评”专栏,2006 年 5 月 10 日)

重组初衷可能与消费者期待正好相反

2008年1月10日，中国联通股价上扬超过7%，中国电信股价上涨超过6%，中国卫通股价也有不俗表现，而中国移动股价却下跌了1.1%。敏感的记者们把原因归结为传说中的"3+1"电信重组新方案，即中国移动、中国联通、中国电信三个主导运营商，加上前景未知的中国卫通。报道说，中国移动股价下跌，原因是中国移动不能从重组中获益（《上海证券报》2008年1月11日）。

有关电信重组的报道一直不断，虽然都是"传言"，但说得一个比一个像真的。同时，情况差不多都是，报道前脚出，辟谣后脚来。但是，所有"传言"中，有两个信息仍然值得关注。一、重组的结果，都是运营商变得更少了。"3+1"方案中，运营商由6个变成了4个：铁通并入移动，联通网通合并。二、中国移动、中国联通、中国电信三个主导运营商，都将拥有固定电话和移动通信牌照。

对于电信改革，消费者始终抱有一个期待：电话费能降下来吗？

但是，这样的期待，可能与电信重组的初衷正好相反。

当初，由于中国电信小灵通的"搅局"，移动资费一降再降；而最终，因为移动资费的一降再降，又使固话客户大量流失，将固话运营商逼入死角。从某个角度上说，电信重组的目的，可能包含了"挽救"固话运营商的企图。

这与手机漫游费问题有异曲同工之妙。其实，无论从技术手段上说，还是从利润空间上说，取消漫游费对于移动电话运营商来说，都不是什么困难的事。但是，电信专家和行业主管担心的却是，取消漫游费以后，手机通话费与固定电话通话费基本相当甚至更低。毫无疑问，这将对固定电话运营商造成致命的“伤害”。

有了这样的前提，重组的细节就无关紧要了。不论是此前传说的“6合3”，还是现在流行的“3+1”，其思路都是“穷傍富”，或者“富帮穷”。而最终要达到的目的，就是几个运营商的实力基本相当，业务基本相同，服务基本相似。因为几个运营商各自掌握着基本均衡的议价能力，所以谁都不敢轻举妄动，从而有效避免相互之间的“价格战”。讲“大道理”就是，使电信行业健康发展，使国有资产保值增值。

如果说电信重组的目的是建立有效的市场竞争格局，那么类似的重组方案很可能形成这样的印象：最有效的市场竞争格局，就是竞争最少的市场格局。

谁都知道，在竞争市场上，参与者越多，竞争就越激烈。如果市场上只有3个竞争者，那么每个竞争者只要打两个电话就可以实现“全面沟通”。一些可能的竞争将因此避免，从而用不着通过降价或提高服务质量来赢得客户。而且还可能形成某种合力，对利益相关方（比如政府）进行“要挟”。

既然竞争主体先天类似，那么后天的努力首先就是维持这种类似。如果电信重组的初衷是“三足鼎立”，那么为了维持各自的地位，新一轮电信基础设施建设竞赛将不可避免。这是竞争的前提，也是避免竞争的前提。但是，基础设施建设所产生的成本，必然会以各种各样的方式进行转嫁，而最直接的转嫁对象就是消费者——如果说现在的资费水平仍然足够高，那么重组可能使“足够高”更有理由；如果说现在的资费水平还有下降的空间，那么重组就可能使这个空间变得更小。

所以，消费者如果期待从电信重组中得到什么好处，请记住，那决不会是少掏电话费。

但是，也不能说没有好处——起码，如果你家里要装固定电话，同时，你的家人还要使用手机，那么就再也用不着请两家运营商来为你服务了。

（《中国青年报》“数字评论”专栏，2008年1月14日）

运营商收费,消费者承担会计成本

因为移动运营商的巨额利润,手机漫游费被推到了前台;因为手机漫游费的去降问题,长话费被拉进了争论圈——既然要取消漫游费,长话费也应该取消;既然要降低漫游费,长话费也应该降低。

这可能是意料中的事。第一,从资费水平上说,不论是手机漫游费,还是长话费,消费者都觉着掏得有点冤;第二,从技术层面上说,手机漫游费和长话费性质差不多,不应该厚此薄彼。

但是,从这两点出发,却可以推导出完全不同的“结论”:如果只涉及漫游费,决策部门可能会更多地从消费者的角度考虑问题;如果把手机漫游费和长话费扯到一块儿,决策部门可能会更多地从运营商的角度考虑问题。

投资人得对自己的投资负责,行业主管得为自己的行业说话。如果消费者要求“过高”,投资人(国资委)和行业主管(信产部)就会被置于“两难境地”——首先,漫游费和长话费是移动运营商的利润支柱,谁都不忍心放弃。其次,消费者是赢利的根本基础,谁都不敢过分得罪。而处理“两难”的最佳方案,则是回避——一个也不取消,一个也不降低。

我们可以回过头来讨论漫游费和长话费问题。第一,为什么要有漫游费和长话费?第二,漫游费和长话费的成本是多少?如果不能回答这两个问题,取消或降低漫游费和长话费,就失去了最起码的根据。

说到国内漫游费,总会提到国际漫游费。其实,这是两个完全不同的概念。国际漫游费是不同国家的运营商之间的市场行为,是在两个市场主体之间发生的交易。但是,国内漫游费在同一个运营商之间也存在,可以说是一种企业内部交易,应该属于企业管理范畴,而不是真正的市场行为。也就是说，同一个运营商之间的国内漫游费和长话费，是人为设置的“技术障碍”，而不是客观存在的“技术困难”，其目的是为了更方便地核算省级公司之间或市级公司之间的经营业绩，只不过是消费者承担了运营商的会计成本而已。

如果不设置这样的“障碍”，内蒙古的移动网络完全可以覆盖周边省份的很多地区，但是，正因为有了这样的技术“障碍”，处在内蒙古的手机用户一旦拨通区外的电话，通话马上就会进入长途状态；一旦跨出内蒙古地区，通话马上就会进入漫游状态。要知道，通信信号覆盖区域永远都是圆形的，它不会自动识别行政区划界线而扭曲自己的形状！

许多人都会说，手机漫游是一种“低科技”，所以应该取消。手机长话通话更是如此。

既然是“低科技”，也就意味着“低成本”。但到底是多少，任何人在任何时候都没有说过，包括前不久举行的听证会。消费者埋怨一种商品的价格高，根本上并不是因为市场售价太高，而是因为商业利润太厚。所以，如果不提成本，就无从知道利润是多少，那么，任何关于价格高低的言论都没有权威，任何关于调整价格的主张都经不起推敲。

值得庆幸的是，行政行为永远都滞后于市场行为。在人们等待关于漫游费和长话费的调整政策出台的时候，许多地区的移动运营商为了争取用户，已经打出广告，以各种优惠方式降低漫游费和长话费。消费者应该相信，不该存在的漫游费和长话费，最终会因为悄悄进行着的市场竞争而烟消云散。

这是一种盲目乐观，还是一种自我安慰，可能谁都说不清楚。

（《中国青年报》“经济时评”专栏，2008 年 2 月 11 日，
原题《漫游费和长话费消费者承担会计成本》）

垃圾短信是一场合谋

作为一个手机用户,我不知道已经收到过多少条垃圾短信。我也曾有过激烈的反应,那就是拨打110报警。但是,报警不仅没起作用,收到垃圾短信的频率反而越来越高,品种也越来越多。卖文凭的,卖发票的,卖枪支的,卖特价汽车的,帮忙贷款的,通知领奖的,替你报仇的,介绍情人的,可谓“你想什么,他就能想到什么;你不想什么,他就让你想什么”。大家可能都一样,频率越高,品种越多,我们的反应也就越来越平静了;同样,我们的反应越来越平静,垃圾短信就越来越肆无忌惮了。

我们为什么能平静下来呢?因为我们相信了移动运营商的说法:阻止垃圾短信存在技术难题。我们也担心:在阻止了垃圾短信的同时,也阻止了非垃圾短信!于是,我们只得遵从各种各样的“道德家”的忠告:不要心存贪念,不要心存不轨……

不正常的东西,通过正常的渠道,传播到了正常人那里,反而要以不正常的方式去应对,这是为什么呢?

今年的央视“3·15”晚会曝光了分众传媒等7家公司大规模制造垃圾短信的真相。随后,技术问题也不再成为问题,被曝光的7家公司的短信业务端口很快被移动运营商关闭。

原来,发垃圾短信并不全是个人行为,也有专门从事这一“业务”的企业;原来,专门从事这一业务并不能由“企业”独立完成,还得有人为其开设“专门”的端口!这种垃圾短信实际上应该视为“分众传媒”们与移动运营商共同经营的“产品”。如果移动运营商不能精准掌握此类短信的具体内容,不能有效监控此类短信的目标人群,这种共同经营就是一种失败的合谋。其责任,就不仅仅是出了问题之后关闭什么端口,而是主动承担一部分相应的责任。

原来,我们以为垃圾短信是随意发的,不巧撞着了自己的手机号码;原来,我们以为只要自己不去上当,就没有人会从中获利。但是,我们错了:分众传媒称,他们不仅掌握全国两亿多用户的姓名、手机号码,甚至还知道手机用户的职业、住址、收入、消费偏好等等,可以轻松地做到"指哪打哪";移动运营商透露,垃圾信息发送号的日平均发送量达927条,最高可达10851条,分众传媒则被指日发送垃圾短信数亿条,短信如此多"销",难怪移动运营商们竞折腰。

手机用户在办理入网手续时,都要求提供自己的身份证件,这意味着手机用户已经买断了自己的手机号码,独享该号码的"所有权",独享手机屏幕的"经营权"。很显然,谁都没有资格把用户的手机号码提供给别人,不管是有偿的还是无偿的;谁都没有资格利用用户的手机屏幕做广告,不管是垃圾的还是非垃圾的!手机用户如果愿意从经营的角度思考问题,那么谁销售了用户的手机号码谁就得分一些"销售额"给用户,谁利用用户的手机屏幕做广告就得付一些"广告费"给用户。

毫无疑问,从形式上说,这样做广告完全是一种强迫服务;从内容上说,这样的广告完全是一种非法业务。"经营"垃圾短信会将手机用户逼入一种尴尬境地:与"短信经营商"或"移动运营商"任何一方合作,都不是正当的,要么违心,要么违法。

(《中国青年报》"数字评论"专栏,2008年3月24日)

单向收费,何时不再羞答答

以"小灵通"为武器打破中国移动通信市场资费坚冰的中国电信集团,在获得全业务经营资质之后,似乎仍在自觉不自觉地担任着某种"不安分"的角色。来自中国电信集团的消息称,从10月1日起,新加入中国电信"我的e家"、"商务领航"和"天翼商旅"套餐的用户,在31个省市区范围内实现接听免费;同时承诺,所有老用户也将从11月1日起实现接听免费。

对这个消息,人们显然都有点激动,因为他们从中读出了"单向收费"4个字。但是,从中国电信方面的权威表述中,我们确实没有看到"单向收费"4个字。原因可能是多方面的,但有两个因素不能忽视:第一,从移动通信业务的角度上说,中国电信还没有一名"老用户",但他们不能没有用户。面对中国移动和中国联通两个竞争对手,亦步亦趋可能会被慢慢拖死,突出重围才可能有立足之地。所以,在如此短的时间内,敢明确提出"接听免费"的概念,算是一种基于求生本能之上的明智之举。第二,单向收费虽然说了多少年,但一直都像"地下活动"。我不知道,电信主管部门是否知道电信运营商为实行单向收费所做的各种各样的"小动作",是否知道电信运营商已经开始变相实行单向收费的事实,但他们仍然不愿意捅破那层窗户纸。

关于移动通信资费问题的争论,一直伴随着移动通信业发展壮大的全过程。作为一个消费者,我可以表明我的态度:我们不仅希望降低话费,而且还希望单向收费。有人认为这是解决一个问题的两个途径,其实这是完全不同的两个问题。前者是关于资费水平的,后者是关于缴费义务的。也就是,降低话费是应该收多少的问题,单向收费是应该由谁交的问题。前者事关运营商的贪婪度,后者事关消费者的责任感。

"免费接听"的推出,可能会引来一片欢呼声,同时也可能引来一片责问声。此次手机"接听免费"和当初小灵通"低价搅局"一样,中国电信的动作,可能完全是出于自身利益的考虑,而且很可能没有考虑电信行业的"整体利益"。应当承认,挑起商业战的一方,多半是处于竞争弱势的一方;也应当承认,只有这样,才最能触动处于竞争强势一方的神经。

消费者从来不管服务商之间的竞争会给行业整体利益带来什么损害,他们只在乎能从整个行业的竞争中得到什么实惠。当初电信行业重组的时候,我曾经担心,电信运营商的减少,可能更容易使他们之间联合起来,从而形成某种一致的经营方式和收费体系,以共同对付"得寸进尺"的消费者。这种现象之所以还没有出现,我想并不是他们不想这样,而是因为他们之间的力量太悬殊。如果是这样的话,消费者就非常欢迎一个行业中,经常有一些弱者横空出世。

谁都知道,"接听免费"炒作的是"单向收费"的概念,但谁能知道,消费者盼望的是单向收费,运营商炒作的是单向收费,但单向收费走向前台时为什么还要如此羞羞答答?

(《中国青年报》"经济时评"专栏,2009 年 9 月 24 日)

关于金融

与钱有关的所有事情，
人们都会保持非常谨慎的态度

私钱为何不出手

一直关注中国财富状况的著名经济学家樊纲，最近公布了他的研究成果：截至2000年底，中国资产性财产总量已达到38万亿元，而在资本所有权结构比例中，国内居民个人拥有57%的份额（《中国青年报》2003年1月16日）。来自新华社的消息则称，目前中国城乡居民储蓄存款余额已超过8万亿元，加上居民手中持有的现金、国债等，民间金融资本存量已超过11万亿元。

中国的民间资本已经有了相当的规模，这应该是个好消息。但这只能说明一个问题：渐渐富起来的中国人仍然是善于积累的。但对资本而言，积累其实并不是最积极的态度。

所以，人们一直在谈论启动个人消费，以及谈论启动民间投资。

对于有钱人来说，减少投资，就意味着减少“收益”。从社会的角度来说，缺少了民间资本的刺激和拉动，则使人觉得经济增长的潜力还没有完全发挥出来。

似乎是两全其美的事情，可为什么总觉得是理论家一厢情愿？

美国普林斯顿大学教授卡尼曼，因为“把心理学研究和经济学研究有效地结合，从而解释了在不确定条件下如何决策”的问题，获得了2002年诺贝尔经济学奖。他的研究表明，人在不确定条件下的决策，不是取决于结果本身，而取决于结果与设想之间的差距。

卡尼曼认为，在可以计算的大多数情况下，人们对所损失的东西的价值估计，高出得到相同东西的价值的两倍。经济学家易宪容对此有一个简单的比喻：丢掉10元钱所带来的不愉快感受，要比捡到10元钱所带来的愉悦感受强烈得多。

拿到手的钱,等于煮熟的鸭子;如果投资血本无归,就等于煮熟的鸭子飞了。存在银行里的钱等于放在保险柜里,如果投资结果与当初设想之间差距过大(比如收益率没有储蓄利率高),人们就觉得投资划不来;即使投资结果与当初设想之间的差距不大(比如收益率比储蓄利率高出一倍),人们也觉得承担那么多的投资风险划不来。

但是,"以钱易钱"毕竟是一种诱人的方式,而保护正当的"非劳动收入"也成为社会共识。我觉得,现在的唯一问题是,怎样减少卡尼曼所说的"不确定条件"。

不确定性是市场的普遍特征,我们也习惯上说"市场风云变幻"。所以,我想把问题缩小到道德方面。一句俗话叫做"不怕狼吃人,就怕人吃人"。"人吃人"就是一种道德不确定性,平常我们也能听到民间投资者说到的"人吃人"现象,比如:说好要一路绿灯,结果却处处设障;说好要一视同仁,结果却处处有偏见……

大家可能已经感觉到了,我更多地把话题引向了有关部门。因为政府出面鼓动私人投资,肯定是着眼于公共利益。如果政府成了最大的"不确定性",那么个人的生意就没办法做;特别是,如果私人资本进入公共设施和基本建设领域,私人就会担心自己成为社会利益甚至政府权威的牺牲品。

私人可能不会去想"公共利益",实际上经济学家也是这么想的。亚当·斯密说过:"确实,他通常既不打算促进公共的利益,也不知道自己在什么程度促进那种利益……"但是,他又说:"追求自己的利益往往使他能比在真正出于本意的情况下更有效地促进社会的利益。"

这就是为什么我们要促进私人投资、保护私人投资、服务私人投资的根本原因。但是,如果这些方面做得不好,"私钱"就不会轻易出手!

(《中国青年报》"经济时评"专栏,2003 年 1 月 23 日)

谁都操心自己的钱

银行是经营钱的地方。所以,有关银行的事,总让人有点敏感。

12 月 1 日,银监会主席刘明康透露了一个关于银行的消息:四大国有商业银行将面临全面改革,试点工作的具体步骤已经确定。

人们可能都要问:银行怎么了?回答可以很简单:不良贷款太多了。统计资料表明,截至今年 9 月末,四大国有商业银行境内机构不良贷款比年初减少 888 亿元,但余额仍有 19992 亿元之巨,不良贷款率高达 21.38%(《中国青年报》2003 年 12 月 2 日)。也因此,改革首先要做的事,就是要以各种方式处置国有商业银行的不良资产。改革的目的当然不是处置不良资产,但只有不良资产下来了,才能说得起后面的事。比如引进战略投资者,比如上市等等。

银行是企业。四大国有商业银行,一定能算得上是大企业。

企业是赚钱的,银行是拿着别人的钱赚钱的。四大国有商业银行不良贷款这么多,人们不可能不对他们的利润产生怀疑。

所以,“管银行”的刘明康曾表扬过一家利润下降的银行——11 月初,刘明康讲了一件事:“南京市商业银行是一个小银行,与国际金融公司合资后,当年利润就下降了,但我表扬了他们。为什么利润下降还要受表扬呢?这表明他们不再做假账了。”——这条花絮也一度成为媒体报道的一个小热点。

不久前,一家国有银行的县级机构请我去讲课。我讲的第一个问题就是钱,再由钱讲到了信用。我给“钱”下的定义是:钱是链接一切经济活动的关节。定义或许不太准确,但却很方便地引出了一个结论:如果银行出一个小问题,那么经济就可能要出一个大问题了。

银行的问题会从哪里来呢？毫无疑问，不良贷款是潜伏已久的隐患。

企业向银行借了钱，如果还不上利息，或者连本金也还不上了，这应该怎么办？一个最绝的办法就是再向银行借钱。银行给企业贷了款，收不回本金，甚至连利息都收不回来，这又应该怎么办？一个最绝的办法就是再给企业贷款。这些“技术”不仅仅在电视剧里出现过，现实生活中也不乏其例。知道这是为什么吗？从银行方面说，一则可以“救活”一笔不良贷款，二则可以“核算”出一定的商业利润。

我们痛恨向人借钱的人不讲信用，同样痛恨借钱给人的人不讲信用。企业骗银行，银行却因此骗存款户，这个逻辑让人不能接受。另一个衍生出的顺序同样让人不能接受——存款户相信银行，银行却因此相信自己。于是，在这样一种让自己都心虚的利润支撑下，银行仍然自得其乐，过得比谁都好。

这样的日子肯定不会很长了。就在宣布对四大国有商业银行即将进行全面改革的同时，刘明康还透露了另一个重要的信息：从12月1日起，允许外资银行将经营人民币业务的地域从此前已经开放的上海、深圳、天津、大连、广州、珠海、青岛、南京、武汉，再次扩大到济南、福州、成都、重庆，使开放人民币业务的城市增加到13个。这意味着什么呢？正如国家开发银行金融研究局局长王大用所说：“一旦有较强的对手开始竞争，国内银行的存款就会转移，四大银行的流动风险马上就会出现。”

老百姓存点钱不容易，而且存进银行的钱差不多都提前安排好了用处。所以，一则，每一个人都对自己的钱十分操心；二则，他们对银行的选择，不会过多地考虑国有不国有，只会考虑可靠不可靠。这只是最起码的一种经济理性。

而且，老百姓操心自己的钱，其实也是操心银行的前途，都希望银行不良贷款越来越少，利润越来越好。这正合了经济学鼻祖亚当·斯密的逻辑：当人们为各自的利益着想时，最终将共同使社会受益。

只是不知道，我们的银行珍惜储户的激励吗？清楚自己的社会角色吗？

（《中国青年报》“经济时评”专栏，2003年12月4日）

给银行“松绑”的意义

从广义上讲，银行和大商场、小商贩一样，也属于服务行业。不同的是，银行经营的是钱；相同的是，他们都是靠服务挣钱。靠服务挣钱，就有个服务价格问题。但是，长期以来，和其他服务行业相比，银行业的服务价格一直控制得比较死。

就银行贷款而言，利率就是服务价格的体现。最近央行发布通知，从2004年1月1日起，在金融机构贷款利率浮动区间下限保持贷款基准利率0.9倍不变的基础上，商业银行、城市信用社最多可以将贷款利率上浮到贷款基准利率的1.7倍，农村信用社则可以将贷款利率上浮到贷款基准利率的两倍。

以一年期贷款为例，央行制定的现行基准利率为5.31%，扩大贷款利率浮动区间后，商业银行、城市信用社可在4.78%至9.03%的区间内，农村信用社则可以在4.78%和10.62%的区间内，按市场原则自主确定贷款利率。

人们总是喜欢在“市场”两个字前边，加上“自由”两个字。原因很简单：既然是“市场”，就应该是“自由”的。同时，也衍生出更重要的一点：如果没有更多的“自由”，就可能与“市场”格格不入。

对银行来说，扩大贷款利率浮动区间，就是在服务价格上给了更多的自由。这也意味着，我国的贷款利率调整正在把银行业推入更自由的市场。

为什么中小企业和个人贷款比较难？大概可以归为两个原因，一个是信用问题，一个是规模问题。而这两个问题，都会牵扯到服务价格问题。一般来说，中小企业和个人缺乏历史信用记录，银行对他们的信用评估相应也比较低，以此为理由提高对他们的服务价格，带有防御风险的性质——你要为自己可能存在的安全隐患支付额外的“费用”。同时,中小企业或个人贷款额度小,频率高,银行工作量较大但收益较小,以此为理由提高对他们的服务价格,则体现了经营的成本意识——你要对银行以后所付出的劳动做出额外的“补偿”。贷款利率浮动区间的扩大,不但为银行确定服务价格提供了更大的自由,也可以使那些以前不太容易获得贷款的中小企业和个人,可以通过多支付一些利息的方式从银行获得贷款。

因其规模小而提高价格,听起来好像有点歧视的性质,实际上也算是一种正常的和常见的经营策略。在其他服务领域,为什么批发价总是比零售价便宜一些,因为批发是以一定的购买规模为基础的;在价格谈判上,为什么大买主总比小买主有优势,因为大买主可以降低整个销售过程的成本。

差不多每一天,我们都会听到街头小贩的叫卖声。有一种声音,就体现了这种意识:“苹果苹果,一斤一块,三斤两块。”除去信用问题,现在,银行似乎也可以这样促销了——对于大企业大项目,银行可以通过贷款利率的进一步下浮向其示好。而贷款利率浮动区间的扩大,不但为这种下浮提供了更大的空间,而且也使过去在这方面存在的暗箱操作趋于公开透明。

我们仍然得提到世贸组织。因为加入世贸组织,一方面,外国银行进来了,我们得积极应对,而不是被动应付;另一方面,我们得顺应国际惯例,而不是等人家入乡随俗。

扩大贷款利率浮动区间,等于给银行服务业进一步放松了价格束缚。这也意味着,银行同业之间的竞争,会因为价格这个敏感的神经而变得更加微妙、更加活跃、更加激烈。

同时,在更加激烈的竞争面前,银行之间的个性和差距也将进一步显示出来,人们对银行的选择也将更加容易。因此,虽然是贷款利率的调整,但最终也会影响到广大储户。

只有经得住贷款户和存款户的共同考验,我们的银行业才能得到真正的成长。

(《中国青年报》“经济时评”专栏,2003年12月16日,
原题《银行松绑的意义》)

银行请的律师,应该由银行付费

由银行指定的律师,为维护银行的利益而努力,但是律师费却记在了消费者的头上。稍有点常识的人,都觉得这是不可能的事。但是,家住北京市天通苑6区的一位住户,在清理自己按揭购房的票据时,就发现了这样一笔律师费(《中国青年报》2004年3月31日)。

通过按揭方式购房的消费者,赶快回去翻翻吧,说不定你也掏过这样的冤枉钱。因"204条购房合同"而闻名的房地产维权律师秦兵称:"全世界都没有的情况,在中国不但有,而且大规模普及。"

为什么会发生这种事情?我想到了购房者的地位。消费者要买房子,但是没有那么多钱,于是就得向银行贷款。银行借钱给买房子的人,自我感觉就成了买房者的"救星"。不论是谁,一旦把自己放在这种有利的地位上,很自然地就会理直气壮起来。

为什么不该发生这种事情?我想到了银行的利润来源。人们习惯上认为银行是有钱的地方,不过,大多数情况下,指的都是存款。虽然存款不是银行的,但银行可以拿着这些钱去赚钱。赚钱的渠道就是借钱给需要钱的人,然后收取利息。因此,借银行钱的人,其实是银行的"上帝",他们是银行资金的消费者,是为银行带来利润的人。

但是,借给什么人得银行说了算。银行请律师审查房贷户的资信等,就是为了把好这一关。把这一关的目的,不是看借钱的人需不需要钱,而是看银行的利润会不会受到影响。

谁请的律师,律师就为谁说话。同样,谁请的律师,谁就该付费,这是当事人的应尽之责。所以,银行请律师维护银行的利益,那是天经地义的,但是,让消费者付费就有些不合理了。

从另一个角度说,如果律师是银行请的,他就应该收银行的钱。否则,就一定“另有所图”。据说,银行审核购房者资信状况的业务,已经造就了一大批的“富翁律师”。同样,如果律师拿了消费者的钱,就应该替消费者服务。否则,就是“吃里爬外”,背叛自己的当事人。

银行方面有一种解释是这样的:因为银行的审贷员不够,所以聘请了律师;因为银行承担不起请律师的费用,所以就推给了购房者。

这里的荒唐是显而易见的,而唯一能让人理解的一点就是“人多力量大”。消费者确实存在着这种心理:相对于房款来说,律师费几乎可以忽略,所以没有几个人真正在乎。但是,却很少有人算这笔账:每个人的律师费集中起来,却是一个相当可观的数字。

如果说按揭购房者请律师是必要的,那么也应该由消费者自己来请。银行方面说,他们担心消费者与律师勾连,出示虚假资信证明。但是,消费者为什么就一定要相信银行请的律师呢?

我的推测是,银行给律师提供了赚钱的机会,律师就不好意思再向银行伸手要钱。于是,在银行与律师的合谋下,消费者就成了真正的冤大头——作为银行,这笔钱你不应该让消费者出;作为律师,你不应该从消费者那里拿这笔钱。

这种建立在“资金霸权”基础上的“双赢”,到底还有多少生存空间,到底还能走多远,确实是一个问题。

(《中国青年报》“经济时评”专栏,2004年4月5日,
原题《银行与律师的合谋》)

消费贷款归位了,贷款消费就归位了

五六年前,当汽车贷款消费在兰州刚刚起步的时候,面对启而不动、动而不进的消费贷款业务,各家商业银行都抱怨当地人的消费观念如何如何滞后等等。但是,当人们的观念转变过来的时候,新的问题又出现了。5 月中旬,工、农、中、建等 6 家商业银行的部分分支机构就在《兰州晨报》登出整整两个版的“欠款催收公告”,对 120 多名“个人汽车贷款欠款人”发出最后通牒:限期内还不清全部欠款,将依据合同约定及《民法》、《刑法》有关条款采取措施依法收贷。

借钱是要还的,还钱还涉及到人的偿还能力与信用状况。所以,贷款消费其实不只是观念问题。等到借出的钱收不回来的时候,或许才能想到:钱借不出去的时候并不能太急,借钱给人的时候也不需要鼓励。

另外,汽车消费贷款出现呆坏账,在一定程度上其实还存在着更深的必然性——至少在开始的时候,汽车消费贷款并不完全是出于银行的赢利本意,汽车贷款消费也不完全是消费者的需求意愿。

当初,开办汽车消费贷款的银行口口声声都说,要通过“刺激消费”来“拉动经济”,从银行业务本身来说,这起码应该叫做“过于崇高”;而相当一部分人正是受了银行的鼓动和挑逗,才决定贷款买车的,所以当时有一个说法是“消费就是作贡献”。

如果说汽车消费信贷发展速度还算快的话,那么由此产生的呆坏账增加得也不算慢了。据报道,目前,在北京市,已有近 4000 人被银行业协会列入车贷“黑名单”。而分析人士认为,未来两年,“问题车贷”的后果才会集中显现出来。

在推销消费贷款业务的时候，银行都习惯说一句话“花明天的钱，圆今天的梦”。一夜之间，很多人靠贷款成了“有车族”，过上了“准富人”的生活。也因此，媒体上有了一个叫做“负人”的新名词。

如果能把握住自己的负债水平，把握好自己的偿还能力，“负人”其实无可非议。中央电视台曾经做过一期经济节目，请来了三个嘉宾，一个是清华大学社会学专家李强，一个是著名经济学家樊纲，一个是年轻的金融专家钟伟。主持人问了他们同一个问题：一年挣的钱是怎么花的？李强说他的钱全部存在银行里了，樊纲说他的钱一半存在银行一半用于投资，钟伟说他没有银行存款而且负债。但是，谁都知道，他们都过着很质量、很体面的生活。

但是，相当一部分汽车贷款消费者的生活，不仅没有了质量，而且也没有了尊严。欠钱不还即为赖账，登报催收即为曝光。到了这个时候，借钱买的汽车或许就成了一种痛。而银行的感觉也并没有多好，曝光了欠账的，也就等于曝光了自己的经营缺陷。所以，如果不到万不得已，如果还能承受，银行并不情愿公开自己的呆坏账。

不论是公布“黑名单”，还是发布欠款催收公告，说明银行已经意识到车贷问题到了“撕开”的时候了。它提醒或警告贷款消费的人，“花明天的钱，圆今天的梦”是要承担很多风险的。这可能只是第一步。下一步，就是提高车贷门槛了。这意味着，“花别人的钱，圆自己的梦”将不再是一件很容易的事了。

这不是什么特别手段，不过是一种“归位”罢了。银行是企业，不同的只是以钱挣钱，如果能一直想着自己的这种角色，不要企图刺激什么、拉动什么，车贷或许就不会出现现在的局面，同样，降低车贷风险也并没有多么复杂。

消费贷款“归位”了，贷款消费也就“归位”了：贷款消费也是消费，虽然是花明天的钱，但完全适用于“量入为出”的原则，如果不盲目超前，不盲目超标，“今天的梦”可能一下子圆不了，但却不会失去今天的平静生活。

（《甘肃日报》“经济杂谈”专栏，2004 年 6 月 1 日，
原题《消费贷款与贷款消费》）

化解风险还是生产风险

为了核销所谓的“呆坏账”，银行竟然可以搞虚假诉讼；为了从中牟取“诉讼费”，法院也竟然可以枉法裁定。在河南省内黄县，县建行与县法院之间就开展了一系列这样的“合作”，结果使890多万元国有资产“顺利”流失(《中国青年报》2004年9月2日)。

商业银行是企业，挂在嘴上的话是“利润最大化”。面对呆坏账，出于本能，首先就应该倾尽全力去追偿；实在没有办法的时候，才应该找法院，但目的仍然是为了把借出去的钱追回来。

如果诉讼事实成立，法院就应该主张借款方想尽一切办法偿还银行债务，必要的时候还要强制执行；只有当借款人实在无力还债的情况下，法院才能据实下达企业无资产可执行的终结执行裁定书，银行才能以此为据上报核销呆坏账。

首先得承认，即使是通过合法程序，核销呆坏账对银行来说，无疑都是一种损失。因此所造成的窟窿，最终得由银行自己的利润去填补。这跟私人之间的借贷关系一模一样，如果说有所不同，那只能说是银行借贷程序更复杂、手续更严密罢了。

显然，内黄县建行是把核销呆坏账当成减轻包袱的一种捷径了。我猜想，他们之所以要走法律程序，只是因为单方面“走捷径而不能”，或者说单方面走了捷径无法得到有关方面的承认而已。如果不是这样，为什么在一些调解案中，法院不等调解结果执行就要自行宣告执行终结；为什么借款方同意还款给建行但未还一分钱的时候，法院就可以下达终结执行裁定书；为什么在审理建行起诉的案件中，审判环节的判决书、调解书以及终结执行裁定书，民事审判庭庭长一个人就可以成功伪造?

县法院共受理了县建行的52起案件,经过判决、调解,到了执行环节,均以被告“资不抵债,无执行能力”为由,宣告案件终结执行。如果银行没有提出这样的要求,没有表达这样的主观愿望,如果法院没有与银行达成这样的“共识”,法院怎么敢如此轻率、如此整齐划一地处理不同的案件?

我能想象得来,银行方面拿到法院52起终结执行裁定后,肯定是长长地松了一口气。这一口气太值钱了,890多万元的国有资产因此一风吹散了。

债权人主动放弃了自己的权利,债务人偷着乐都来不及,他们还会不服吗;原告的主观愿望得到了满足,该甩的包袱都甩了,他还能不感谢法院吗;法院接了52个案子,不开庭就宣判了,在没有执行的时候就终结执行了,这么轻松、这么低成本地办案子,而且办得原告心满意足,法院哪里能找到这么好的原告?

我们要问的是:是谁施了什么魔法,能有如此美好的结局?

从经济学的角度看,没有任何一个“私人”愿意放弃自己的债权。所以,这样的傻事可能只会在我们国有商业银行发生。内黄县建行知道,放弃了那么多债权,绝对不会影响员工“私人”的收入,也不会增加“私人”的风险。而所有的损失、所有的风险都会转嫁给“国家”。

银行要防范和化解风险,最关键的一点就是降低不良贷款。但是,如果把核销呆坏账当成降低不良贷款的灵丹妙药,那么,这样的违法操作也就不足为怪了。同样,从这样的流水线上下来的,只能是更大的风险。

由此可见,国有银行业的改革必须是伤筋动骨的。而改革的最终目的,则是在任何时候、任何情况下发生的任何事情,都能找到具体的“责任人”。

(《东方早报》“早报短评”专栏,2004年9月7日)

民间借贷的竞争力

每一个人的心目中,都有他自己的获利原则。所以,不同的人,对自己所拥有的资金,也有不同的处置方案。有些人喜欢稳稳当当挣点钱,所以就可能选择银行储蓄;有些人天生喜欢带点刺激的,所以就可能选择炒股。有些人钱到手了就不愿意放手,所以就可能把钱压自己的箱子底下;有些人不喜欢直接做贸易生意,所以就可能选择放贷。

不同的处置方案,获利多少也不同。但对于钱的主人来说,他们都实现了对自有财富的控制。所以,在这一点上,大家的"成就感"却几乎相同——自己的钱,都流向了他认为最能保值、增值的地方。

储蓄存款连续多年增长,已经积聚成了一个相当庞大的数字,经济界人士几年前就将此比作"关在笼子中的老虎"。多年过去了,这些钱开始慢慢地"出笼"了,但并没有人认为是"老虎"来了。

报道说,自今年2月以来,温州市银行机构的存款余额以每月20亿元左右的速度递减,至7月份,累计减少总数超过100亿元。9月7日《中国青年报》的报道说,这已经打破了连续10年来温州地区存款余额月月上升的纪录。

这些钱哪里去了?分析认为,从银行流出的100亿元资金,绝大部分进入了温州民间借贷市场。而据人行温州支行的调查,自今年年初开始,温州民间借贷不仅发生额连续上涨,利率上涨速度也相当惊人,7月份最高利率突破20厘,平均利率也超过了12厘。其实不光是温州,全国各地都发生了类似的情况。

毫无疑问,钱跑出银行挣钱去了。

为什么民间借贷持续上涨,一个最直接的原因是金融机构的贷款供应量减少了。需要借钱的个人或企业还是那么多,靠给个人或企业借钱获利的银行手却紧起来了,这之间就出现了一个"空白"。谁来填补这个空白呢?民间借贷就挺身而出了。

民间借贷在我国任何一个地区都有。但是,因为操作上的半地下状态和监管上的半放任状态,相当一些借贷行为存在着比较严重的问题(比如高利贷,比如收贷难或暴力收贷等等)。和银行贷款比起来,民间借贷双方,往往都存在着更大的风险。

民间借贷的升温,我们不仅能体会到需求的吸引力,也能体会到利益的诱惑力——不良贷款已经把国有商业银行拖得精疲力竭了,以至于"双降"(降低不良贷款总额,降低不良贷款比例)被列为他们的主要经营目标之一,但民间资金仍然会在这个时候"乘虚而入";许多企业一直埋怨银行贷款利率过高,但面对高出银行贷款利率数倍的民间借贷,许多企业依然会在这个时候"义无反顾"。

利益与风险总是匹配的。对于拥有资金的人来说,不想冒险,就只能挣点小钱,比如吃利息;要想挣大钱,那就得冒险,比如放"高利贷"。对于需要资金的企业来说,不想冒险就得从银行贷款,从银行贷不来款,企业就可能被钱困死;不想被钱困死,又想挣钱,就得冒一定的风险,从民间渠道贷款。

人往好活人的地方走,钱往能挣钱的地方走,理所当然。但是,银行储蓄存款持续下降,民间借贷迅速升温,仍然引起了金融、经济界的普遍关注。许多银行又开始给员工下达存款任务了,经济界人士也呼吁必须打通银行信贷瓶颈……

我想到的则是如何抓住机遇,规范民间金融活动。民间借贷虽然长期存在,但更多的仍然属于个人对个人的范畴,而且相当一部分只限于亲朋乡邻之间和非经营活动,和规范的金融行为相比,人们甚至都可以忽略它在金融流程中的地位。但是,这一次,民间资金已开始大量进入企业,并涉及房地产等"敏感"区域;而且,更多的人是有意识地把储蓄存款从银行里抽出来,投放到资金市场上的。

可以说,民间借贷已经从情感上的"帮忙心理",逐步转化成了利益上的"经营行为"。既然在商业银行收紧信贷的情况下,民间借贷反而敞开了门户，不自觉地形成了一种互补关系，那为什么不顺势在民间借贷和银行信贷之间，架通一座桥梁，搭建一座平台，让双方形成一种更加协调、更加平等、更加长效的竞争关系呢？

现在，我们好像只谈论银行之间的竞争，但事实上，民间资金已经开始向银行叫板了；我们也好像只谈论如何改善银行的信贷行为，但事实上，民间借贷可能在某些方面已经走在了银行的前面。如果采取“压”的办法，只能使民间借贷行为更加地下化；如果采取“挤”的办法，也只能说承认了民间借贷的竞争力。

我想，一些企业能通过民间渠道借来钱，也一定心存感激。同时，也应该认识到，不论是个人与个人之间，还是个人与企业之间，在我们的经济生活中，民间借贷已经不可或缺。所以，与其说银行存款流向民间借贷是“乘虚而入”，还不如说民间资金是在企业困难的时候“两肋插刀”。

这个时候，我们就应该想一个问题，如何将民间借贷纳入金融行业之内，给它“国民待遇”，让它在正常的环境下得到正常的发育和成长。

（《东方早报》“早报自由谈”专栏，2004年9月15日）

“论堆卖菜”与“债权打包”

我所住的家属院门前，有一个菜市场，菜贩子一直把菜摊摆到了大门口。下午下班的时候，经常能碰到这样的情况：菜贩子把剩下的菜堆成一堆，摊在地上，一个劲地吆喝：“一堆一块，一堆一块。”或者分成几堆：“一堆五毛，三堆一块。”

菜贩子做的是小生意，但所有的招数差不多都包含着大智慧。菜之所以要论堆卖，起码有这样两个前提：首先，剩下的菜不太好了，是比较难以出手的；其次，快收摊了，菜贩子想快一点出手。而论堆卖的优势在于，它更容易给人造成一种很便宜的感觉，而且也可以省去许多交易时间。事实上，到了论堆卖的时候，菜贩子也只想着“挣一分是一分”，从来没有想过要“大捞一把”。

可见，这是菜贩子的一种策略：世界上哪个“卖”的人不想让自己的东西显得更便宜一些呢，哪个“买”的人不想着花更少的钱买更多的东西呢？所以，在城市，很多老太太都选择菜贩子撤摊的时候去买菜。这也正应了流行于农村的一句俗话：“集散的时候，再去捉猪娃。”

近日，中国长城资产管理公司宣布，将把目前剩余的1500多亿元不良资产整体打包，面向国内外投资者一次性转让出售。1500亿元不良资产，这是一个什么包啊，这是多大的一个包啊！

但是，打包出售不良资产，和论堆卖菜一样，并没有什么神秘的地方。一、1999年长城资产管理公司成立之初，接收了来自中国农业银行3400多亿元的不良资产，5年来累计处置资产原值1800多亿元。毫无疑问，余下的1500多亿元不良资产，正像菜摊上被买主挑三拣四后剩下的菜一样，质量肯定是最差的了，可以说是“不良资产中的不良资产”。也因此，这也是最难出手的一部分“货”。二、今年年初，国务院正式批准资产管理公司在完成政策性资产处置之后向商业化转型，允许其使用资本金进行国债投资、开展商业性委托和商业化收购处置不良资产以及证券业务等投资银行的业务，但前提是2006年年底前，必须将所有的债权资产处置完毕。和快要收摊回家的菜贩子一样，长城资产管理公司也急于将剩下的不良资产“清除”干净，然后迎接明天。

对于长城资产管理公司的“打包出售”构想，业内有人担心可能会导致资产价格被低估。其实，从卖主方面考虑，之所以要打包出让，可能就没有想卖多高的价格。根据长城资产管理公司的说法，整体收购这笔资产需要超过200亿人民币的现金(《21世纪经济报道》2004年10月20日)。200亿当然不是一个小数，但对于1500亿来说，其实还不到它的七分之一。而且，这只是卖方的一厢情愿，经过讨价还价，可能比这还要低。

我们得承认这是一个两难选择：如果以单笔不良资产为单位，通过公开拍卖的方式进行处置，回收率可能要高一些，但一则处置成本过高，二则时间不等人；如果整体打包转让，有可能一次性出手，能赢得更多的时间，但一则少有那么大的买主，二则也难卖个好价钱。

我由“论堆卖菜”又想起了“论斤卖书”。不久前，西安市南郊一家书店，打出了一幅别具一格的售书广告：“‘知识’的分量到底有多少？7.8元一斤。”原来，在这家书店，摆在柜台上的上百种图书不是按本卖，而是论斤卖。顾客进了书店，挑好了书，然后店主用秤一称，按每斤7.8元的价格收费。《中国青年报》的报道说，这家书店自9月份开业以来，生意颇为兴隆，每天能卖出400多本书。而据购书者估算，论斤买书，相当于打了三四折。

知识分子特别是这些书的作者，如果偏激一点，可能会认为“论斤卖书”有辱斯文。但书店老板是做生意的，他的想法是，能卖出去的办法就是好办法。假设他卖的是过时滞销书(现在的书，刚出来也没有几本是畅销的)，那他的办法就对处置“不良资产中的不良资产”有借鉴意义。

长城资产管理公司考虑到了“包”太大的因素，因此也表示了可以打成多个资产包出售的意向，就像菜贩子把剩下的菜分成几堆一样。但是，不管一个包多个包，包都是自己打的，买方并没有打包的权利。所以，我设想，能不能像“论斤卖书”一样，先定好每亿元不良资产的价格(即“打折率”)，允许有意者自由挑选。我们可以把这叫做“自由打包”。不管“包”里是比较好的，还是比较差的，资产管理公司所要做的，就是论“率”收钱。对于这样一堆急于出手的“烂货”，永远都不要想着在有人想买的时候，或者有人挑定之后再抬升价格。要知道，买菜的人，始终都想挑，因为他们的原则是“不挑不好”；所以，精明的菜贩子从来不怕人挑，他们给自己定的信条是“挑完卖完”。

电子表刚出来的时候，售价甚至超过机械表，但很快风光不再。有一个传说是，到了后来，西北地区的表贩子到南方去批发电子表，对方都懒得数了，让表贩子自己装袋，然后论斤收钱，而且，为了赢得更多的生意，还一定要让秤杆高高地翘起来。

不良资产不像电子表，从来就没有被人当成是好东西。我之所以支持长城资产管理公司的“打包贱卖”，一个重要的原因是对“不良资产中的不良资产”失去了信心。

而我内心的真实想法是，曾经的“不良资产”已经到“打包出售”的地步了，为什么还能有那么多不良资产从银行中产生？

(《东方早报》“早报自由谈”专栏，2004年10月22日)

傲慢不会带来利益最大化

《外资银行管理条例》将于12月11日起施行。这意味着几个月以后，在中国本地注册的外资银行就可以在国内全面开办个人人民币业务。

刚刚加入WTO的时候，国内银行业就开始谈论“狼来了”，好像要“痛改前非”的样子。现在，狼真的来了，他们却出奇地镇定，说法也几乎异口同声：我们不怕。

一家国有商业银行的负责人说，中资银行有自己的优势和特色，外资银行也有短处，中资银行的服务网络和在国内的人脉是外资银行无法比拟的。另一家国有商业银行的新闻官则说，要想享受到外资银行的优质服务，消费者可能要付出一定的代价（即收费），不过这也许能改变人们以往对服务收费的看法（《中国青年报》2006年11月17日）。

前者的说法，暴露了国有商业银行的“地主姿态”和“熟人思维”；而后者则体现了国有商业银行的“被告意识”和“举证心理”。

中国消费者之于国内银行虽然是“自己人”，但长期以来关系紧张。霸道的服务条款、僵硬的服务态度，已经让广大客户忍无可忍。虽然业务网点遍地开花，储蓄存款连续增长，但这并不等于所有的客户都是被“人脉”吸引来的。来是因为没有选择。

国内银行好多收费之所以收得理直气壮，最权威的解释就是“与国际接轨”。现在，外国银行就要来了，国内银行想的不是如何改进服务使其与收费相对称，而是急着要向人们证明自己的收费确实符合“国际惯例”。同样的收费，并不等于同样的服务，想靠外资银行给自己的收费作证，大概也不是那么容易。

据报道,条例公布以后,英资渣打银行在第一时间已向中国银监会提交了筹建本地法人银行的申请。他们表示,在拿到牌照之后,普通居民只要有1元就可以到该行开户(《东方早报》2006 年 11 月 17 日)。单是这一点,就可以让国内许多银行汗颜。近一两年来,以有效利用银行资源为名,许多银行纷纷清理小额储蓄账户,或者对小额储蓄账户实行收费管理。这种傲慢的态度,使很多穷人不得不告别银行。和"一元钱可开户"的外资银行相比,谁更有"人脉"呢?

不久前,笔者急用5万元,急匆匆到兰州一银行网点取款。但银行工作人员说,取5万元以上必须提前一天告知,提前告知的目的是准备足够的资金。让人想不到的是,当笔者提出要取4万元的时候,他们虽很生气但一声不吭地办理了。事后,银行自己人说,在这种情况下,取4.99万元都行,取5万元就是不行。如果说国内银行是傲慢的,那么,这样的经历告诉笔者,他们总是在不适当的地方傲慢。

外资银行的进入,可能会产生一种"搅局"效果。首先,外资银行与国内银行之间的竞争,可能在各个领域展开,从而打破原有的利益格局;更重要的是,外资银行将冲击到国有商业银行之间的某种"默契",使这个庞大的群体产生"分裂","真竞争"可能会在它们之间就此开始。

普通消费者期待外资银行的进入,其实并不是想得到什么直接的实惠。在很大程度上,他们只是想改变国内银行特别是国有商业银行的傲慢姿态。

(《中国青年报》"经济时评"专栏,2006 年 11 月 23 日)

关于房产

房子意味着家，所以人们都很在意房子的事

无奈的团结也有力量

2002年12月22日，北京76户购房者和枫丹丽舍房地产开发有限公司签订了集体购房合同。开发商一次性卖出76套房子，不是一件容易的事。而联合起来的76名业主，也都以他们满意的价格和质量保证买到了房子。所以有评论说，这是一次“双赢”的买卖，是北京房地产界的一个“亮点”(《中国青年报》2003年1月7日)。

我不太关心开发商的胜利，因为在我的印象中，他们好像从来没有输过。就一般情况而言，购房者总是处于弱势地位，他们的胜利才值得欢呼。

正如他们自己所总结的那样，团结就是力量。据报道，为了能在与开发商的谈判中取得主动，他们曾经达成共识：“团结一致，集体签约，同进共退。”在此后7轮艰苦的谈判中，尽管开发商有软有硬，但终于没有瓦解这个“集体”。因此，我想，还得在“团结就是力量”的基础上，再加上一句话：“坚持就是胜利。”

其实，我也不太关心“最后的胜利”，因为最大的启示在过程。“集体签约”算不上智慧，也许还有一些无奈，但是“集体不签约”却有一种无形的力量。

人多力量大，人多生意也大。所以，当消费者团结起来的时候，商人们就要估量一下自己所处的形势了。任何一个消费者在单独面对商人的时候都是弱者，这个时候，再客气的商人也只与你讲平等。但是，在众多的消费者面前，任何一个商人都不会是强者，这个时候，再不客气的商人也知道说你是“上帝”。

消费者最有威胁的权利是“不消费”，对商人最有诱惑力的消费者则是

“大买主”。在各个领域,“大户”总能得到很多优待,比如有些场所就有“大户室”,比如有些行业就配备有“大户经理”。因为“大户”有谈判的资本。

去年,在兰州,由于一家报纸的主张与“链接”,当地曾兴起过一股不大不小的“团购风”。不但老百姓相约而至,全国家电领域许多大企业也态度积极。何也?老百姓图了个“人多势众”,商家则图了个“薄利多销”。

俗话说“买的没有卖的精”。消费者如果单独行动,商家就可能各个击破。这是北京76户业主集体购房行动的防御主题,而此次签约最得意的地方正在于粉碎了这一假想中的“阴谋”。

但是,消费者“团结起来”并“坚持到底”是件很难的事。一则,不是大件划不来费那么多事;二则,七零八落凑不够那么多人数;三则,你急我缓等不到那个时候。所以,“团结起来,一致对外”之于一般消费者,虽然容易达成共识,但仍是一种理想中的境界。

作为一般消费者(单个的,或者买小件的),并不会处处与“大户”比实惠。他们的要求绝不是很高:只要商家不成心坑人,不预设圈套,大多数人还是喜欢独来独往。“团结就是力量”,或者加上“坚持就是胜利”,尽管有“笑到最后”的意思,但确实也包含着一种别无选择——如此兴师动众,如此劳筋伤神,消费者如果弄得这样辛苦,商家如果被人这样对付,还能谈得上“双赢”吗?

(《中国青年报》“经济时评”专栏,2003年1月9日)

"房产泡沫"与"房价泡沫"

现在是不是存在"房产泡沫",经济学家打了好长时间的"口水仗"。公说公有理,婆说婆有理,都有理论支持,都有数据作证,高下难分,是非难辨,好像还没有结论。但在很多准备买房的人因此犹豫不决、举棋不定的时候,房价却毫不迟疑地节节攀高。资料表明,今年1至9月份,全国商品住宅平均售价提高了10.9%,其中东部地区上涨14.3%,中部地区上涨15.7%,西部地区上涨9%,部分城市房价上涨幅度甚至超过20%。中国人民银行也发布报告:前三季度我国房地产价格持续上涨,警示要注意防范房地产金融风险,促进房地产业持续稳定健康发展。

我生活在西部一个省会城市,可能因为与当地GDP增长速度相当,也可能因为我有一套不大不小的二手房,所以,对于9%的涨幅并没有太在意。但是,如果让我生活在房价上涨幅度超过20%的"部分城市",如果我还没有一套自己的房子,我想"20%"肯定超出了我的承受极限。

房价上涨是有原因的。但从经济学上说,只有一个原因,那就是"需求增加"。储蓄利率虽然提高了,但对于物价涨幅,仍然是杯水车薪。所以,没房子也没钱的人,如果原先还在为买房而存钱,那么现在就改变主意,开始借钱买房了,不然就更买不起房子了(银行控制房贷的原因也正在于此);有房子也有钱的人,原来并不准备买房,现在也蠢蠢欲动,将用在别处的钱撤回来用于买房,不然就会错过一次赚钱的机会("温州购房团"打的就是这个主意)。需求旺盛,必然价格上涨,这是谁都无法阻止的市场规律。

从另一个角度上说,房价上涨的原因也可以归结为"供给不足"。明明有很多房子卖不出去(这是"房产泡沫论"的主要根据),为什么还存在"供给不足”？我认为，这就是“预期惹的祸”。民间有一句话，叫做“降价的时候没人买，涨价的时候抢着买”。为什么，怕继续涨啊。但房子不是袜子，谁想买就可以买一两套攒下来。越买不起越想买，越想买价格越涨，价格越涨越想买，这就是预期与价格的关系。于是，想象中的事情真的发生了：房子还是那个房子，但价格不是那个价格了。同时，民间还有另一句话，叫做“降价的时候没人买，涨价的时候没人卖”。房价在涨，房产老板的欲望也在涨。房价涨势越猛的时候，房产老板越不愿意出手。于是，想象中的事情跟真的差不多了：房子还是那么多，但给人的感觉已经是“供不应求”了。

所以，面对目前的房产市场，我的基本判断是，如果不存在“房产泡沫”，那就一定存在“房价泡沫”！

房价如果存在“泡沫”，房产就一定存在暴利。我有一个印象：不管是多大的房地产商，给人的感觉都是一样的，那就是赚钱很容易。根据“2004 福布斯大陆富豪榜”统计，在 200 位中国最富有的人中，有 64 人的主要财富就源自房地产业。在市场经济环境里，忌妒富人是不理智的，也不会有任何效果。因此，我们仍然应该对房产界的富豪们表示足够的钦佩。即使你仍然没有房子，仍然买不起房子。

我还有一个印象：不管多大的房地产企业，给人的感觉也是一样的，那就是“成长”得非常快。用一句流行的话说，差不多都是“跨越式发展”。从各地的统计数据中可以看出，房地产投资对经济增长的拉动作用也越来越大了。在一些地方，只要可以拉动经济增长，就一律被认为是在为当地发展作“贡献”。

这使我想起了郎咸平教授的一句话。11 月 13 日，这位经济学界的风云人物在“成长企业 100 强”揭晓现场发表演讲时说：“企业高速成长一般是企业失败的开始。”郎教授的话不是诅咒，而且他的判断也不是针对房产而言的，但我觉得，将它用在目前的房产行业上，或许要更恰当一些。

俗话说，安居才能乐业。再没钱的人，都想有一套房子。但是，如果房价这么疯涨下去，没有房子的人就会失望。从这个角度上说，在房子问题上，靠完全彻底的市场途径，可能会使房子问题更成为问题。也是从这个角度上说，一些地方政府出台措施，对“温州购房团”等专业炒房军进行狙击以稳定当地房价，不仅是符合民意的，也是对房产市场负责任的表现。

一些人之所以不肯承认“房产泡沫”，一定是想还有很多人需要房子。但是，即使不承认“房产泡沫”的人，也一定不愿意看到“房产泡沫”带来的后果。我想说的是，即使“房产泡沫”没有出现，但如果不能有效遏制房价上涨的势头，“房产泡沫”就一定会出现，然后也一定会破灭。到那个时候，即使所有的经济学家都异口同声地承认“房产泡沫”，也不会有任何意义；到那个时候，房产所牵动的就不仅仅是无房户的情绪了，整个中国经济的神经都会因此紧绷起来。

（《第一财经日报》2004 年 11 月 19 日）

谁吹起的泡沫由谁吹破

如果说提高按揭贷款首付比例、提高房贷利率是想从需求角度抑制房价的话,那么由建设部、国家发改委、财政部等七部委联合出台,即将从6月1日开始实施的《关于做好稳定住房价格工作的意见》,则更多的是想从供给角度解决问题——加强经济适用房建设、完善城镇廉租房制度、严查房地产违规行为针对的是卖方;期房转让、住房转手等等也可以看作是供给行为,禁止转让期房、对住房转手交易进行税收调控等等针对的自然是卖方。

关于房产泡沫,经济学家和房地产商各执一词,争论一度白热化,也常有火药味,但公理婆理,难有定论。所以,在一篇文章中,我曾以“房价泡沫”代替“房产泡沫”,绕过学者和商人的争论,从老百姓的角度,谈论过房地产市场存在的现实问题。我的观点是,不管有没有“房产泡沫”(有些貌似闲置的商品房,也许是商人们在“待价而沽”),但“房价泡沫”的存在却是不争的事实。官方的统计资料和老百姓的感觉,在这一点上也是空前的一致。

去年,全国房价平均上涨14.4%。今年一季度,房价同比又上升了12.5%。尤其在大中城市,房价上涨的水平,一再突破市民的“忍受”程度。常言道“居者有其屋”,又说“安居乐业”,意思是,房子是生活必需品,谁都不能没有。尽管房价让人难以“忍受”,但没有房子的人还得咬牙切齿买房子。而且,房价上升得越快,人们越不敢等,他们害怕房价涨得更快,所以总是在房价上涨的时候跟进,是所谓“买涨不买跌”。

住房是一种特殊商品,即使在完全市场化的条件下,住房消费仍然不会是充分的选择。海南的房子再便宜,兰州人不可能都到海南去买住房吧;县城的房子再便宜,省城的人不可能都到县城去买住房吧。而且,即使在一个城市，为了方便，人们也很少工作在东房子买在西，工作在南房子买在北。所以，房产界（特别是住宅商品房）存在着一种天然的“区域垄断”。也因此，如果完全依靠市场的力量来维持和稳定住房价格，恐怕只能是一厢情愿。7部委此次出台的“稳价方案”，就是基于这样一个基本判断：政府应该有所作为。

住房是“生活必需品”，开发商要“利润最大化”，这是房价高涨的基本背景。但是，穷人买不起房子的时候，却只能向政府要说法。一方面，房地产行业确实存在着“超额利润”；另一方面，政府在房价面前并非无可奈何。住房建设用地（土地使用权）政府可以控制，什么地方盖什么样的房子（商品房结构）政府可以控制，什么样的房子卖什么样的价格（政府指导价）政府也可以控制。在市场面前，政府发挥作用的一大途径，就是政策激励（或负激励）。开发商获得了土地使用权，但一年两年不动工开发，就应受到制裁；开发商能从穷人的角度出发，积极建设经济适用房，则可以享受到一定优惠。

房价上涨虽然不同程度地表明需求旺盛，但供给环节存在的操纵和投机现象，不仅是房价虚高的祸首，也不同程度地为供求关系覆上了一层薄膜。如果市场规则无法禁止住房买卖中存在的投机行为，那么起码就要让投机者付出一定的“代价”。禁止转让期房、对住房转手交易进行税收调控等等，都是基于这样一个基本前提。同时，住房不仅是必需品，也是“高档品”，开发商已经赚了一笔，中介就不能再赚一笔了；“出厂价”已经够高了，中间就不能再插一个“批发价”了。

其实，有没有泡沫是一回事，谁制造了泡沫是另一回事。此次推出的房产新政，其用意则十分明了，那就是：谁吹出来的泡沫，就应该让谁吹破。

政府有政府的“利益”，开发商有开发商的“利益”。只要房地产开发商建设更多的市场上最需要的房子，最需要房子的人能以最低的价格买到最需要的房子，那么政府与开发商之间的“利益”就会达到均衡。这也是市场经济条件下，“两只手”都发挥作用的最高境界。

（《甘肃日报》“经济杂谈”栏目，2005年5月25日）

政府的态度与房子的价格

6月1日,被许多房地产开发商称为“楼市大限”。从这一天起,国家七部委出台的《关于做好稳定住房价格工作的意见》正式实施。毫无疑问,政策效应已经在不同层面上开始显现。在许多消费者的心理预期中,房子的价格似乎已经或必将出现一个“拐点”,从节节攀升转向节节“败退”。

这种想法可以理解,但未免过于乐观。第一,所谓稳定住房价格,并不是要降低住房的原始价格,而是降低住房价格的增长幅度。因此,在很多地方出台的配套措施中,甚至还提出了“房价增幅低于 GDP 增幅”这样的目标。第二,在面对政府这只“看得见的手”时,房地产开发商并不会言听计从,在很多情况下,都要进行一番博弈。

七部委意见公布以后,中小开发商、中小中介机构以及短期投资者,特别是投机者反应最为敏感。比如所谓的炒房团,就有割肉出手的。而有足够实力的房地产商仍然稳坐钓鱼台,或等待观望,或以静制动,丝毫没有大惊失色。有些大开发商甚至表示,能挺过今年第四季度的“低谷”,房市仍然会“柳暗花明”。可见,他们已经有了充分的准备。

不论从供求关系的角度上说,还是从响应政策的角度上说,影响住房价格走向的其实正是这些实力强、规模大的房地产开发商。但是,现在看来,政策好像只撼动了中小商人的“信心”。而一旦中小开发商纷纷抛售,或者纷纷退出,最终留给大开发商的空间和机会将会更多。买房子的人最终得买房子,你可以等半年,但能等一年吗,能等两年吗,这就是所谓的刚性需求。只要有这部分需求在,能撑下去的开发商就敢撑下去。

另一方面,可能是最重要的一个方面,许多地方政府其实并不希望当地的房价降下来,甚至不认为当地的房价过高。

现在,许多地方都在提“经营城市”。“经营城市”的一个核心内容,就是让土地增值。土地增值最快捷的实现方式,就是出让土地。如果地方政府想在土地上赚更多的钱,那就必须让房市保持一定的热度,让房价保持在较高水平并处在不断上涨的状态。对房地产开发商而言,这可能要算最大的“精神支持”了。因此,房地产行业才有了一种说法:“做小生意的看市场风向,做大生意的看政府脸色。”

这种“精神支持”很快就能被转化为物质力量。有钱的人,都看准了房地产开发这块肥肉;在房地产行业做大做强的人,都有坚持到最后的信心。结果自然是,房地产投资成了地方经济增长的新生力量和骨干分子。商人赚了钱,地方政府有了政绩,这就是“双赢”。

能把利润做到最大化,那是商人的本领。但是,不考虑老百姓的承受力,却是政府的失职。从地方政府的角度说,要想控制房价,首先就得承认当地的房价确实有些高了(即使不高,也不能趁机抬高);其次,要清楚相当一部分开发商赚取了超额利润(不能为了税收,对此有所纵容);第三,地方政府的态度和房子的价格密切相关(稳定房价,也得从政府做起)。

商人最懂得攻关,也最会算账。在稳定住房价格的过程中,他们可能会采取一切手段维持利润率。有报道说,开发商创造高额利润的手法一般有三种,一是在楼盘容积率上做文章,二是在账目上做文章,三是在土地上做文章。而要做好这些“文章”,要么得打通有关部门,要么就得绕过有关部门。这其中,相当一部分是暗箱操作,不为外人所知,也不为外人道也。但有一个基本的前提,那就是都需要不菲的“投入”。

商人的基本准则是,任何形式的投入,都会计入成本;任何形式的成本,都是为了利润。主管部门或其有关人员的手一松,开发商就可以轻而易举地获得高额利润。房地产开发行业还有句话,叫做“对干部要舍得,对百姓要哭穷”。对干部舍得,就是挑战政府的态度;对百姓哭穷,就是调戏百姓的感情。

人人都想有房住,人人都嫌房子贵。没有房子的人,再傻也不会找商人理论。但任何时候,他们都能想起政府。在住房价格问题上,特别是地方政府,必须态度明朗,必须有打持久战的思想准备,必须在实际操作中步步为营。

(《甘肃日报》“经济杂谈”专栏,2005年6月12日)

说房子其实是说票子

之所以要如此详尽地对一个不太有名的住宅小区进行解剖,可能基于三个原因:一、所有的人都关心房价,但知道房价内情的人并不多;二、遇到一个愿意如此具体地谈自己的楼盘,特别是谈楼盘价格问题的房地产开发商也不容易;三、我们想通过这样的解剖,引来更多的人,包括政府主管部门、房地产老板、有房子的和没有房子的人对房价的实质性关注。

很可能,在解剖过程中遗漏了什么,也很可能,被采访者故意隐瞒了什么。但是,作为一个记者,所能做到的可能就只能是这些。尽管在采访中,记者提到了一些尖锐的问题,但一切都是在友好的气氛中进行的:一、没有翻看人家的账本,好多数字都是对方当场运算的;二、所见到的所有"证据",都是对方主动提供的。

但是,在这一过程中,仍然获得了许多值得思考的信息。

一、谁愿意建中低价位普通商品住房和经济适用住房。国家提出,对居住用地和住房价格上涨过快的地方,适当提高居住用地在土地供应中的比例,着重增加中低价位普通商品住房和经济适用住房建设用地供应量。显然,政府是想激励开发商多盖点便宜一点的房子。但有两个问题仍然让开发商产生顾虑:中低价位普通住房和经济适用住房的价位由谁确定,开发商建设中低价位普通住房和经济适用住房的利益由谁保证?这两个问题如果不能明确回答,那么,就很可能出现另外两个问题:为了降低住房价格,开发商必然会降低住房建设标准;为了获得更多的利益,开发商必然会提高住房价格。

问题的核心实际上是,有谁敢说某个开发商获得了暴利?所以,几乎所有的房地产开发商都对暴利一说不屑一顾。我想,这是有深层背景的。一方面,他们自己不会承认暴利的存在;另一方面,他们也很清楚,除了他们自己,没有人真正掌握他们是不是有暴利。这就牵扯到一个“利润率”的问题。如果政府主管部门能掌握和控制开发商的总利润率,那么一切问题就可能迎刃而解。但是,在这方面,兰州是个空白,全国绝大多数地方都是个空白。

二、商品房和经济适用房的建设比例由谁来控制。国家之所以对房价特别关注,实质问题在于一部分特别需要房子的人买不起房子。这是个“穷人经济学”的问题,或者说是“穷人经济学”在房子问题上的体现。

想靠房地产开发商的积极性解决穷人的住房问题,显然是不现实的。那么,政府如何承担起这方面的责任呢?有房地产开发商建议,首先必须将廉租房、经济适用住房的土地供应和商品房开发的土地供应区别开来,采取不同的出让方式。

确实,如果土地供应方式全部采取“招、拍、挂”等市场方式运作,所谓的经济适用房和商品房也就没有了区别,提高经济适用住房建设比例就只能是一句空话。

三、住房子的利益和盖房子的利益如何均衡。很显然,从政府的角度来说,总想两全齐美。一方面想让“居者有其屋”,另一方面也想让房地产业成为经济支柱。如果要让房子便宜一点,就得让房地产商少赚点利润;要想让房地产商有足够的利润,就得允许人家的房子卖个好价钱。二者之间没有调和的余地。但并不是说,问题就无法解决。

国家对种粮农民的补助措施,可能是一个好一点的思路。原来,这一笔补助资金是给粮食企业的,后来则直接补给了农民,结果深受欢迎,效果良好。如何解决困难群体的住房问题,有开发商建议,政府应该以优惠价给开发商批一些地。其实,更好的办法可能是,政府应该给买房子的穷人补助一点钱。当然,操作应该非常规范。

说房子,其实是说票子。或者说,房子问题其实是票子问题。但穷人既没有房子,也没有票子。如果政府想在经济适用住房上体现一点福利性质,那么,最好把这点福利直接给穷人。至于商品房(不管是普通的,还是高档的),房地产开发商就会很主动地去发挥调节作用。

(《甘肃日报》“说话”专栏,2005 年 11 月 24 日,
可参见《甘肃日报》当日长篇报道《房价的来历》)

抑制房价应从房地产商处着力

10月16日,“2006胡润房地产富豪榜”揭晓,上榜的50位房地产富豪总财富达到2010亿元,人均财富高达40.2亿元。而且,据说此次房地产富豪榜上榜门槛为15亿元,是所有行业榜单中最高的。

从这个榜单中可以看出,富豪们的财富水平与当地的房价水平总是保持着某种微妙的关系。在50位上榜富豪中,企业总部在上海的有14家,在广东的有10家,在北京的有9家;在前10名中,企业总部在上海的占了4家,在广东的占了4家,在北京的占了2家。这个比例,基本上和上述3个城市的房价水平相当。

显然,房价高的地方,最能造就房地产富豪。同时,另一个现象——房地产老板最容易登上富豪榜,也一直被人们所关注。在10月11日发布的“胡润百富榜”中,前10位富豪中有6位主营房地产,还有2位主业中也包括房地产。

两个现象加起来,证实了房地产富豪是由房地产暴利造就的。所以富豪榜给我们的基本提示应该是,抑制房价应该从盖房子的人那里下工夫。

近几年,政府屡出重拳抑制房价,又是收紧土地供应,又是调整房贷规模,又是监控购房动机,尽管最近上海房价已有明显回落,北京等地房价增幅也有下降,但总体效果还不尽如人意。一个最重要的原因就是,这一切都没有触及房地产行业的利润空间,都没有撼动房地产行业的暴利基础。

这个基础就是房屋成本。

不久前,有人呼吁房地产商公开房屋成本,但除了消费者振臂而呼以外,其他各方都态度暧昧。房地产商大多表示不可思议,因为这事关商业秘密;

个别经济学家也出来说话，认为这违背了市场经济的游戏规则；一些地方政府表示时机未到，而且担忧会影响公平竞争环境，不利于房地产行业的健康发展。但是，没有成本价作参考，政府部门怎么拿捏调控的尺度？

如果房价完全由房地产开发商单方面说了算，那么所有调控手段都可能成为涨价的理由。这就是为什么我们一直在抑制房价，而我们的房价却一直在涨的原因。

消费者一直说房地产行业存在暴利，但房地产行业一直否认暴利的存在。如果政府不出面查清房屋成本，那么双方的争论就永远没有结果。结果就是，所有的统计数据都显示房价增幅降低了，似乎调控手段起了作用，但实际上房地产开发商仍然享受暴利！

很多人买不起房子，但房子却是必需品。暴利的存在，从一个方面说，是对公众利益的伤害；从另一个方面说，就是对房屋成本监控不力。

（《中国青年报》“经济时评”专栏，2006年10月23日）

关于旅游

旅游是个人的事,但“旅游经济”就不一样了

给“假日经济”泼点冷水

春节放了几天假，“假日经济”一说再次热销各种媒体。市场因为假日确实红火了一阵子，但由此产生并树立一个经济概念，我猜想，更多的原因，可能还是疲软的大众消费把关注经济的人们逼急了。

中国人逢年过节，喜欢集中花钱。比如吃，就喜欢把未来几天的东西一次性买回家，然后坐在家里消消停停地享受。所以，平均起来统计，消费水平并不能算高，这种消费现象也并没有形成消费热点。我们看到的只是一种“假象”，类于将十亩地里的粮食堆到一亩地里冒充高产量。历史的教训是，不要单产要总产可能得吹牛皮，只要单产不顾总产基本上也得放空炮。同样，如果一个家庭或一个人，平时的消费水平不怎么样，假日进几次酒店，穿一件新衣服，也不能算作“高消费”（在新的背景下，“高消费”不能算是贬义词）；一个平时不像死不像活的企业，死不了活不旺的商场，在假日几天时间，机器全速开动，顾客全场爆满，也不能算作摆脱困境，起死回生。

消费作为拉动经济增长的一架马车，是任何一种车辆都无法替代的。目前情况下，一些人对“假日经济”的乐观态度，实际上正表现了他们对经济增长后劲的悲观。好多企业出现生存危机，好多工人因此饭碗不保，这是有目共睹的。于是，一些人便从另外一些角度，给另外一些人增强信心。悲观本来就没有必要，盲目乐观就显得更有些急躁。得承认，“假日经济”的“出笼”，不只是为了仅仅描述一种现象（因为那种现象早就存在着，相对于当时的消费水平，甚至还要更突出一些），而是要把它作为一种强性针注入那些泄气的人们（假日消费对一些企业来说，也无异于一种强性针）。一句话，要在舆论上营造一种气氛，刺激大众的消费。

我同意一位普通人的观点:“不增加我的收入,就别想着刺激我的消费;我的收入不增加,就别指望靠我的消费拉动经济。”事实上,假日消费的强劲势头,并不表示大众手里的钱多了,也不表示大众的每一个分子手里的钱多了,更不表示大众的每一个分子在每一个平均时段可支配的收入水平得到了提高。比如春节期间的消费场面,实际上是在包括年底兑现拖欠工资(包括退休、下岗人员的生活保障金)等非常尴尬的“收入”促动下,才启动起来的。同时,商场的热闹场面,也与这个时候商场的各种让利活动和炒作行为密不可分。

“假日经济”的意义并没有人们所说的、所想的那么大,如果说有什么值得特别关注的话,那么引导它、规范它,则更受消费者的欢迎。因为我注意到,坑害消费者的行为在这个时候也最常见。比如假日旅游,有些简直就是花钱找气受;一些打折行为,也于街头骗术相差无几。——一些人在想办法刺激大众的消费,一些人却在有意破坏顾客的消费情绪,这肯定不行。

(《中国经济时报》“视点”专栏,2001 年 5 月 8 日,
原题《冷语“假日经济”》)

“节会经济”该歇歇了

突如其来的“非典”,成了我们共同的敌人。

为防止疫情扩散和蔓延,国务院取消了今年的“五一”长假,今年“五一”将不再是旅游业的黄金周了。国家旅游局也发布禁令,各地旅游部门不得组织到中西部地区和农村旅游,防止疫情通过游客向农村和边远地区扩散。笔者所在的甘肃省也明确表示,“五一”期间不提倡去外地旅游,各旅行社不向疫区组织旅游团。

毫无疑问,旅游经济将因此遭受惨重损失。与此相关,交通运输、酒店服务业也将受到严重影响。但是,政府的决定无疑是一种理性和负责任的选择。“非典”是一种可以通过呼吸道传染的疾病,旅游会形成人口大范围跨区域流动,旅游与疫情关系非常。

由旅游我想到了节会。首先,节会组织者要邀请各方面、各地区的嘉宾为节会添彩;各地客商也要赶来参会参展,以捕捉商机。因此,和旅游一样,一定范围跨区域的人口流动将不可避免。其次,和旅游一样,不论是哪一级的节会,都是少则三五天,多则七八天,因此必然会形成大量人口的长时间聚集。就目前对“非典”的认识,这两种途径都是造成疫情扩散蔓延的“主渠道”。

因此,国家旅游局决定,原计划近日举办的中国国内旅游交易会,将延至明年举行(《中国青年报》2003 年 4 月 23 日);甘肃省省委书记宋照肃在全省非典型肺炎防治工作会议上也提出要求,疫情没有解除前,一般不要举行大型节会,确实要举行的,要经省委省政府批准,并搞好医疗保障工作(《甘肃日报》2003 年 4 月 23 日)。

成功的节会经济,可以提升一个地方的对外形象,可以扩大一个地方的社会影响,当然还可以促进一个地方的经济发展。节会经济逐渐走热,肯定是亚当·斯密那只“看不见的手”的作用。但是,“非典”作为一种没有被认识的疾病,在老百姓的脑海里,也像一只“看不见的手”。“非典”的扩散,已经给中国经济和群众生活造成了明显影响。如果不采取非常措施,一旦“非典”蔓延开来,后果更不堪设想。

但是,近期,一些地方仍然在按部就班地操办一年一度的传统节会,一些地方仍然在想方设法设立新的节会。到了春暖花开的季节,按往年来说,也到了办节办会的季节。翻开报纸,打开电视,有关节会的广告宣传随处可见。在“非典”防控形势十分严峻的情况下,人们不得不为此多一分担忧:一方面,节会能不能像往年一样形成预想中的“人流物流资金流”,也就是说,办会的经费能不能得到想象中的回报?另一方面,节会会不会造成“非典”的扩散与蔓延,或者说,组织者能不能万无一失地防止疫情的扩散与蔓延?

步履匆匆的节会经济,能不能在非常时期歇歇脚?这是很多人关心的问题。

防控“非典”,真正能用得上“人人有责”那句话了。保护自己就是保护别人,保护别人才能保护自己。靠人海战术支持的节会经济,在这个紧要关头,更应该保持清醒头脑,想想,多想想。

一句老话说得好,人命关天。我想,即使节会经济因此受到重创,即使一些地方的“节会拉动”预想大打折扣,负责任的人仍然能做出理智的和恰当的选择。

况且,节会经济过热,已经受到社会各界的强烈质疑。近年来,很多省份已经取消了举办多年的节会,因而受到了群众的称颂。但是,不知道什么原因,另一些地方仍对节会乐此不疲。我想,如果能以防“非典”为契机,永久性地砍掉那些劳民伤财的节会,也不失为明智之举。

(《中国青年报》“经济时评”专栏,2003 年 4 月 28 日,
原题《节会经济该歇了》)

后黄金周效应与旅游幻觉

对于甘肃的大部分地区而言，今年的“十一”黄金周可谓天公不作美。一是连续几天下雨；二是因为连续几天下雨，天气有点凉了，所以，很多人在这7天时间里，过的都是“吃了睡，睡了吃”的“幸福生活”。在所谓的黄金周里，我总感觉到“热闹的是他们”，而更多的人只是更孤独（不是清静）了些而已。

媒体上的消息，给人的却是另一番感觉。10月8日一上班，当天的各种报纸上描述的差不多都是大丰收的景象。这个景点来了多少人，同比增长了不少；那个省出去了多少人，同比上升了很多。这个地方旅游收入达到了多少，又创下历史新高；那个地方的商品销售额达到了多少，比正常时间大幅度增长……

我不怀疑这些数字本身的真实性。我的疑问是：黄金周里，所有坐车、坐飞机的人都是旅游的人吗？所有餐馆、饭店的收入都是旅游收入吗？所有文化、娱乐活动都是旅游拉动起来的吗？所有商场、集市的销售额都是因为旅游才发生的吗？

这不是给旅游热泼冷水，只是给人们提个醒——确实有必要在旅游热面前保持冷静，认真思考一下长假、黄金周、旅游之间到底存在着什么关系。

一、不要以为放了长假人们就会出去旅游。“五一”、“十一”放长假的初衷不是为了让人们休息，而是为了诱导人们去旅游。应该说，这是在消费疲软的背景下，政府出手刺激需求的得意之作。但是，现在看来，黄金周的诱惑已经不如从前了——有钱的人可以在任何时候去旅游，没钱的人什么时候都不会去旅游。

可以肯定地说，人们对长假正在渐渐失去热情，为了度过长假而去旅游的人也越来越少。这就是所谓的“后黄金周效应”。

二、不要以为所有的旅游都是一种休闲方式。放长假，其实也是一种福利制度。毕竟，假期里我们可以不上班，但工资可以照拿；而上班的人，虽然工作量不是很大，却可以拿到双倍甚至三倍的工资。

但是，不得不承认，长假以后，人们的精神状态并不是特别好，相当一部分人可以说是带着一脸疲惫来上班的。而且，聪明的人们已经意识到了，所谓的7天长假，仍然不过是占用了两个双休日才形成的。正常的节奏被打乱以后，要再一次正常起来，必须得紊乱几天才行。这就是所谓的“长假代价”。

三、不要以为所有的旅游景点都能刺激经济。因为有了黄金周，许多地方(包括很多县乡一级的)都开始做旅游文章，提出要把旅游当作支柱产业来对待。于是，旅游景点如雨后春笋。景点的背后是投入，投入的目的是赚钱。但是，好多景点大部分时间都是“寂寞开无主”。而黄金周里，因为软硬件不到位，虽然人来人往，也常常让人心凉。

对于很多早产的旅游景点，我们不得不担心投资什么时候才能收回来，什么时候才能真正让人留恋。而且，正因为是催生的，很多旅游景点都有过度开发和破坏生态的嫌疑。在一定意义上，这与滥采乱挖没有什么两样。这就是所谓的“旅游幻觉”。

10月9日的《中国青年报》有一篇文章说得好：“全国人民一起在规定时间内放大假带有深深的计划经济烙印。”所以，能不能错开时间放长假，能不能谁申请给谁放长假？能不能让旅游休闲和旅游经济完全脱钩？能不能让旅游市场和旅游需求直接见面？所有这些，都是黄金周不可绕过的课题。

(《中国青年报》“经济时评”专栏，2003年10月10日)

带薪休假可以,但不能由电牵着鼻子走

电突然紧张起来了,全国各地到处都在拉闸限电。到了这个时候,我们才能感觉到,电对人的生活有多么大的影响。有时,甚至会觉得,电正在牵着人的鼻子走。

今年夏天,上海首次安排了3000家企业分批轮休一周,几十万名企业职工因此享受到了"高温带薪假"。有评价说,上海今夏执行的"让电轮休"制度,既是对用电的削峰填谷,也是对3个旅游黄金周的削峰填谷,具有一举两得的效果(《中国青年报》2004年8月4日)。

"带薪休假"制度嚷了多少年了,好像是几次下决心,又几次掉回了头。问题出在哪里?有些人始终认为,带薪休假是对劳动力资源的一种"人为闲置",或者是对企业利润或财政资金的无效消耗。因此,政府方面一直没有勇气让"带薪休假"制度付诸实施。

可以说,迫于电的巨大"压力","带薪休假"才在上海以"让电轮休"的方式走到了前台(虽然两者之间有着本质的不同:"带薪休假"是额外给你一定的假期,"让电轮休"则是把你的零散假期集中起来)。

工作是为了生活,休闲则是生活的一部分,也是为更好的工作作准备。从"单休日"到"双休日",从"短假"到"长假",一步一步地演进,正顺应了人的天性,也遵循着生活的规律。在一些地方,还将早上的上班时间从8点改到了8点半,下午的上班时间从14点改到了14点半。这其中的一个理念,就是"错峰",比如车流高峰;还有一个理念,就是人性化,比如父母要送孩子上学等等。但是,炒了好长时间的"早九晚五"工作制,仍然几次提起几次放下。

我们总是到了没有办法的时候,才想起那些简单的办法;同样,也总是刚刚渡过难关，就开始给自己“创造困难”。所以，我仍然心存疑虑：如果明年电力相对宽松了，或者天气没有今年热了，上海的“让电轮休”制度会不会自动终止；今年秋后，当天气凉下来的时候，安排轮休的3000家企业中，一些企业会不会安排一些加班，以便捞回因为“让电轮休”所造成的“损失”？

因为电力紧张，一些人享受到了一次“长假”；如果电力宽裕，一些人则可能牺牲一些假日。电就这样轻松地主宰着我们。同样，因为有电，我们可能会连续几个小时地看电视；而如果停电，我们就可能撇开电视到户外享受新鲜空气。也同样，在电力充足的时候，许多城市纷纷上马了所谓的“亮化工程”；而在电力不足的时候，这些“亮化工程”本身也就暗淡了下来。

有意思的是，多休一周的假其实并没有影响什么事，相反，职工还会觉得单位很会体贴人；少看几个小时的电视同样没有什么了不起，而且还可能因此感觉到，离开电视反而会得到更真实的快乐；街道没有那么多闪烁的灯光也没有多么丑陋，甚至我们会突然体会到街道其实并不需要那么花里胡哨。

电给人带来的方便何止千万，带来的文明又何止万千。但是，在很多方面，我们的行为以至思想，又越来越被电所控制。我们的许多决策，从根本上说，其实都在看电的脸色行事。

如果说上海的“让电轮休”激发了“带薪休假”的话，那么何不顺水推舟，让“带薪休假”替代“让电轮休”，并在全国实施！

从一个具体的单位来说，多放几天假，可能会造成一些“损失”。但从整体上看，又可能创造许多经济增长的机会。比如旅游，全国十几亿人安排三个“黄金周”显然有些挤了，而且也不是所有的人都会选择在这个时间旅游。同样，要发展旅游经济，也不能只靠三个“黄金周”来搞突击，而要靠相对均衡、基本稳定、尽可能持续的旅游需求来拉动。

在一些国家，缩短工作时间或带薪轮休也被当作增加就业机会的一种措施——每个人工作的时间短了，就需要更多的人去工作；需要工作的人多了，大家就只好轮着去工作。当然，他们不是因为电力紧张。我国就业形势日趋严重，政府想方设法缓解就业压力。我不知道，外国的做法有没有借鉴之处，我们有没有人注意到这种的做法。

从初衷来说，上海的“让电轮休”算是没有办法的办法。但事实证明，这正是一个好办法。从这个由电逼出来的办法中，我们可以得到一点关于人与电的启示：一方面，我们要控制对电的欲望，降低对电的依赖。电力紧张的背后，一定有一个强大的电力需求在蠢蠢欲动。另一方面，我们要争取主动，不要让电逼上梁山。如果我们觉得正在被电牵着鼻子走，那么在电面前我们就是失败者的角色。

由此推出：上海的“让电轮休”，给人的最初感觉，就是我们屈服了电；如果是正常的“带薪休假”，给人的第一印象则是，电并没有把我们怎么样。

（《东方早报》“早报自由谈”专栏，2004 年 8 月 20 日，
原题《不能由电牵着鼻子走》）

“长假”属于“旅游”吗

“黄金周”一开始就是属于“旅游”的。但到了现在，一提起“黄金周”，很多人马上就会产生一种“旅游疲劳”。幸好“旅游”常常与“休闲”连在一起，所以，在所谓的“旅游黄金周”里，没有旅游的人，只要能得到几分休闲，也就很满足了，没有人太在乎有关旅游黄金周的统计数据中到底算他的份儿了没有。

我的经历可能和许多人一样。“五一”长假，我在公园或类似公园的地方喝了 7 天野茶，虽然创造的旅游收入并不可观，但自我感觉还是比较好的。“十一”就有些不一样了。野外有些凉了，公园的茶摊子大多已经收工。要出家门，只有两条路，一是走进另外的室内，二是真的来一次旅游。说实话，这是坐办公室的人最不愿意的。多亏这个长假结婚的人比较多，今天这个酒楼，明天那个饭店，倒也没有几天闲着。否则，相当一部分人可能会奉行“一张床主义”——以睡为主，兼搞别样。

想想，这与放长假的初衷是多么地格格不入啊！现在的长假，全年一共三个：“五一”、“十一”、春节。多年的实践表明，放几个长假，并不会耽误什么事情，反而会省却了许多事情。但是，人们在享受了一个个长假以后，对长假的拷问也越来越多。

一、一年只能三个长假吗？从“五一”到“十一”之间，跨度有 5 个月之久。如此间歇，不知道是没有适合放长假的节日，还是没有再放长假的必要。但很多人都觉得，如果在此期间增加一个长假，一定会大大增加长假机制的整体效应。

二、能不能放得灵活一些？大体上说来，“五一”时天气还没有完全热起来，“十一”时天气已经开始凉下来了，而在此之间，全国范围差不多都是酷热难当。大概是惯例吧，各个单位都会为此发一点点钱，名曰消暑费，以示人文关怀。其实，如果能在最热的时候放一个长假，效果可能要远远超过那点钱。在沿海一些地方，已经有过“消暑假”的先例，虽然名义是为缓解用电紧张局面，但人们普遍都是当作一个机动的长假来看待的，其社会反应也相当地好。

三、放长假为什么？从一开始，我们就把长假定位成了“旅游黄金周”。坦率地说，这种定位，很快就撑开了许多地方发展旅游业的胃口，而实际上他们并没有做好发展旅游业的准备，有些地方也并不具备发展旅游业的条件。于是，一方面各地旅游收入不断上升（不知道那些数据是怎么来的，而且出来得那么快），另一方面，人们对旅游的意愿和热情却在不断下降。可以说，正是因为一个个“黄金周”，才使相当一部分人对旅游产生了恐惧。

“长假”应该是一种社会福利。放长假一定是在能力允许的条件下，而且不能图谋任何意义上的经济回报。如果靠“长假”刺激什么或拉动什么，那就可能变成一个政绩圈套。不自觉地，有些人就开始骗人，而另外一些人则开始上当。

当长假变成一种常态时，我们更应该密切注意长假的动向。

（《甘肃日报》“都市”版，2006 年 10 月 13 日）

过春节，人人都是观察员

春节过后，不论是亲戚朋友，还是同学同事，谈论的话题大多都是春节期间的所见所闻。谈论虽然海阔天空，毫无章法，但能感觉到，其中都充满着发现和思考。这说明一个道理：人人都是观察员。

所谓调查，所谓访问，所谓考察，所谓体验，都是以一个陌生人的角色，去发现新情况，思考新问题。

“陌生感”，从一定意义上说，就是新鲜感。这是调动人们观察兴趣的首要因素。

旅游之所以成为时尚，之所以成为产业，就是因为“陌生感”。因为“陌生”，农村人兴致勃勃到城里看高楼大厦，城里人前呼后拥到乡里看田园景色；也因为“陌生”，甘肃人辛辛苦苦到海南看大海景象，海南人长途跋涉到甘肃看大漠风光。什么是旅游，旅游就是换个地方看看。换个地方，人的立足点不同了，视角不同了，心理不同了，心情也不同了，所以能从当地人司空见惯的东西中看到新奇，能从当地人觉得很正常的事情中看到不寻常。

观察是认识事物、了解社会的重要途径。任何一个旅游者的所见所闻都是有意义的。这也正是《春节十记》(《甘肃日报》2007 年 3 月 5 日、3 月 22 日)所要彰显的理念。

一年一度的春节，是中国社会最大的一次迁徙。每一个人都可能接触到许多“陌生”的人、“陌生”的事、“陌生”的地方，也都可能触动许多神经，产生许多感慨，引发许多思考。从信息的角度上说，这是一种巨大的资源，应该得到足够重视和充分开发。

世界银行曾经组织出版过一套“穷人的呼声系列三部曲”，我读过其中的一本《呼唤变革》。那本书反映的是23个国家两万多穷人的心声。而所有这些穷人的观点,都来自于实地考察。可以想象,那本35万字的书是多么地来之不易。所以,在书的最后,编者为了表示感谢,特意列举出了23个国家的研究队伍,包括领导者和成员。那是一个非常长的名单。同时,还特别指出:"对于那些牺牲自己的时间,向我们讲述经历、吐露心声的成千上万的贫苦人民,任何语言都无法表达我们对他们的感谢之情。"从那本书中,我们可以看到穷人们最原始的表达和最真切的感受。那些不加修饰的声音,最能反映他们自己的真实状况,就是这些声音震撼了研究者,也震撼了读者。

其实,这样的调查,完全可以借助民间的力量来完成。按照中国的传统,春节期间,好多人都要回老家。而所谓的老家,也大多都在农村深处。农村是中国的最基层,那里是中国穷人最多的地方。和老家人交流,他们不会伪装,也不会设防,他们谈的就是他们最想谈的,他们说的就是他们最想说的。也就是说,我们用不着什么策划,也用不着什么技巧,就能了解到他们的真实境遇,了解到他们的真实意愿。任何意义上的访问,任何意义上的观察,目的不就是如此吗?

你告诉我一个信息,我告诉你一个信息,两个人就会各有两个信息。大家告诉大家,大家就会有对等的信息。这正是《春节十记》所追求的最初级的目标。

人人都是观察员,同时也意味着时时处处都适宜于观察。春节到了老家,周末到了郊外,探亲到了乡下,看病到了城里,你肯定能看到什么,如果看不到什么肯定能听到什么,如果听不到什么肯定能想到什么,把这些记录下来,综合起来,就是认识社会的资料,就是从事创作的素材,就是政府决策的依据。

一些看起来完全私人的行为,其实具有广泛的社会用途。在公众调查机构不甚活跃,政府调查成本居高不下,专职调查人员严重不足的情况下,民间观察成果更应该得到更多的关注。民间——民情——民意——民生,这样的思路和线索,或许更符合现状,更贴近实际。

(《甘肃日报》"说话"专栏,2007年3月15日,
原题《人人都是观察员》)

关于医疗

有关医疗的事，就是有关生命的事

“二号管”插在人心上

12月22日央视《焦点访谈》关于“二号管”的报道，让人触目惊心。人们很难相信，被称为“白衣天使”的医生中，会有如此高明的“黑腕商人”。

我不得不先说出这家医院的大名：北京市酒仙桥医院。然后再说“二号管”：有一种治疗冠心病的手术，叫心脏介入手术，手术过程中需要一种导管。由于这种导管是直接用在人的血管里和心脏部位，为了避免交叉感染，国家有关部门规定，导管必须是一次性的，严禁再次使用。但是，北京市酒仙桥医院没有这样做。可能是为了便于区分，在他们的“行(黑)话”中，把第一次使用的叫“一号管”，把重复使用的叫做“二号管”。

为什么要用“二号管”呢？他们的说法是：“因为国外进口的管子价格比较昂贵，这边的病人承受能力有限。我们为了照顾病人，而且能达到治疗的效果，所以采用了二次管子。在收费上是减半收费。”

你看，多有人情味。既救死扶伤，又让病人少花钱，多好的心肠。但是，一则这根管已经用过了，二则这根管不能再用了，而你不仅重复用了，而且还重复收了费。我想问：你是为了给病人免那一半钱，还是为了自己挣那一半钱？

这有他们的话为证：“这样做一是减低病人的收费，另外也可以带来一些病员，因为我们收费低，比较便宜，病人就比较多。”一位了解内情的医院工作人员还“补充”了一点：使用二号管的另一个目的是为了顶替从医院仓库中领出来的一号管，而那些从未使用过的一号管，实际上被少数医务人员贩卖到医院外面去了。

由于这种导管大部分是从国外进口的，有的一根就要近两万元，这样重复使用,再加上倒卖,其"利润"可想而知。同时,重复使用可以"拉"来更多的病人,有更多的病人就可以倒卖更多的"一号管",由此构成一个"良性循环"。

原来,在病人们一心一意到医院求医的时候,医生们却七上八下地在病人身上打算盘。

现在正流行一句恭维人的话,叫"天使面孔,魔鬼身材",一般用于女性。其实改两个字,变成"天使面孔,魔鬼手段",用在某些医生身上也挺合适。

在医生面前,病人的心理是什么?一则言听计从,二则即使有疑虑也不敢轻易表示出来,不要说医生报复,就是他情绪不好都会让人十分害怕。起码,在牵扯到动手术的时候,所有的病人以及他们的家属亲友,甚至不管三七二十一,都会把医生看成天使。其诚其信,可以感天动地。

如果没有对人的最基本的尊重做支撑,在面对最恳切的人或在人最恳切的时候,其实是最好"下毒手"的。"二号管"事件,正是利用医生的有利地形,利用病人的弱势心理,进行的一次次商业黑箱操作。

我们不能把一切都归罪于市场经济,也不能把一切都归罪于转型期。有些很严重的事情,其实只与人的良心有关。如果没有最起码的同情心,没有最起码的感情对等心理,医患之间就不会有真正的对话,而每一个患者都会成为医生们待宰的羔羊。

医院要营利,医生要增加收入,这很正常。但是,在我们这个社会中,在人人都会有病、人人都会求医问药的常识面前,我想,"医德"总不该成为一个太奢侈的话题吧。

(《中国青年报》"经济时评"专栏,2002 年 12 月 25 日)

警惕看病实名制的泛化

6月以来,北京市各家医院陆续开始实行的看病实名制,成了各媒体争论的焦点。

为什么要实行看病实名制呢?此前,各媒体在报道北京市卫生局出台《关于医院看病实行实名制的紧急通知》的消息时,不约而同地插入了两个背景事件。一是,北京市通州区一家医院曾收治过一名打工者,怀疑是非典疑似患者,但当卫生局工作人员按照打工者提供的地址进行消毒和隔离时才发现,他填写的都是虚假信息,姓名和地址都是公司老板的。二是,北京市一家非典定点医院一天之内曾出现过两个同名同姓的确诊病例,统计时差点以为是重复记录,按一个病例上报。

鉴于非典疫情的特殊性,有关医学专家曾建议,非典时期应实行就诊实名制,以保证疫情信息统计的准确性,同时为流行病学调查提供方便。

很显然,引出上面两个背景,就是为了引出专家的建议。

也很显然,北京市卫生局的《紧急通知》是对非典时期专家意见做出的快速反应。但是,需要提醒的是,不知道是有意的还是无意的,《紧急通知》要将这一应对非典的非常措施推而广之。《紧急通知》要求患者在就诊挂号时,必须凭有效身份证明(身份证、户口本、驾驶执照、单位介绍信)实行实名挂号;负责挂号的人员必须在门诊首页上认真填写就诊者的身份证号和联系方式;医院的接诊医生要认真填写门诊病案中的有关项目,诊疗之后由接诊医院按照病历管理的有关规定统一保存。《突发公共卫生事件应急条例》规定:“任何单位和个人对突发事件,不得隐瞒、缓报、谎报或者授意他人隐瞒、缓报、谎报。”有人认为,这是实行看病实名制的法律后盾。但同样,其背后仍然是一套大而化之的理解:把突发事件当成事件了,把应急条例当成条例了。

从全国性的储蓄实名制到辽宁、江苏等地的上网实名制,从普遍实行的买机票实名制到沈阳等地的买火车票实名制,实名制正在越来越多地进入我们的生活。实名制的实施,有些是为了防止犯罪,有些是为了公众利益,有些是为了方便日常管理,有些只是特殊情况下的应急措施。总之,目的不一样,涉及的范围、实施的时限就应该不一样,具体的操作方式也应该不一样。

任何实名制的实施,都意味着部分个人隐私的放弃。所以,如果要求放弃个人隐私,就必须从社会和公众的整体利益出发。

同姓同名患者的出现,即使造成了医院统计的困难,也与是否实行实名制关系不大,而是与医院的管理密不可分。同样,只有流行病患者的信息,才对流行病学调查有意义,对非流行病患者实行实名制,对医院来说也只是一种摆设。北京市的看病实名制,就有将局部制度扩大化、应急手段日常化、暂时措施永久化的取向。

更重要的是,如此无节制地实行看病实名制,还可能会引发一些新的问题。一、因为一些难言之隐,比如性病、未婚先孕等等,许多患者就可能流向游医。对正规医院来说,这是一种患者资源的流失;对患者来说,则意味着更大的医疗风险。二、如果医院对患者隐私资料保护意识不强,措施不严格,患者资源就不可避免地会被非法利用或落入某些个人(包括医生)手中,社会上已经存在的"倒卖患者"现象将更加普遍,一系列社会问题也会随之而来。

有业内人士说,从长远来看,实行看病实名制,对改变医院重治轻管的积弊、加强门诊病人档案管理具有积极意义(《中国青年报》2003 年 6 月 3 日)。但我仍然不知道这种积极意义会在哪些方面体现出来。

我猜想,将非典时期的看病实名制扩大化,可能另有隐情。我所知道的是,在很多医院都出现过患者逃费现象,医院绞尽脑汁仍不得其解。显然,不管是有意还是无意,实行看病实名制将会有效杜绝、遏制或处理患者逃费事件。但人们也会担心,对于那些不肯公开自己隐私的患者来说,是否会面临拒诊或中断治疗的危险?

非常时期采取非常措施是必要的。但是,当我们的生活恢复常态之后,一些非常措施也将随之失去效力。正如我们不能将对待浮肿的态度用在肥胖者身上一样，适用于非典时期的看病实名制，也不应该因为别的原因延伸到后非典时期。

（《中国青年报》“经济时评”专栏，2003年6月12日）

看病的与卖药的

兰州有一家平价药店——甘肃众友医药连锁店，最近，其麾下的52家连锁店统一打出横幅："凭医院处方或医保证(卡)购药优惠10%！"患者自然欢欣鼓舞，但医院却态度"暧昧"。一家大医院的态度是，如果患者都拿着医生所开的处方到外面的药店去买药，医院的收入肯定会受到影响(《兰州晨报》2003年11月24日)。

我觉得，如果和上海的一则消息对照起来看，才更有意思。

上海有一家小医院——虹口区海江医院，最近向当地主管部门提交了一份请示报告，要求与一家平价药店——开心人大药房合作。合作方式是，将开心人大药房请进医院，医院停办药房，不再负责药品的进货和销售，患者就诊后可以拿着处方，直接到平价药店买药。开心人大药房表示，他们对这种合作形式"非常欢迎"。11月27日《中国青年报》在刊发消息时发表的评论称，这是"小医院的大改革"。

对前者，《兰州晨报》的说法是药店"叫板医院药房"；对后者，《中国青年报》的说法则是医院"挑战现行规定"。不管媒体报道的角度是什么，我想把人们的注意力引到药店和医院的关系上。

我相信米卢的那句话："态度决定一切。"在上海，海江医院是主动者，它与"开心人"联手，目的可能是借对方之力，与当地一些大医院争夺患者。其背景是，"开心人"的平价药抢走了医院的很多生意。海江医院的态度，使我想起一句名言："如果你无力和他抗争，最好的办法就是和他联合。"

在兰州，众友药店是主动者。它的主观意向很明显，就是想把到医院看了病，又嫌医院药价太高的那部分患者拉过来。本来，"众友"的药价对兰州部分大医院的虚高药价就有威胁,再出此招,不但威胁更大,而且矛头指向也更加明确。这使我想起商场上的另一句名言:“如果你想从他口里夺食,那么你最好把你的想法告诉他。”

把脉看病是个技术活,但许多医院都是当作力气活去干的。在开药层面,表现在两个方面,一是开很贵的药,二是开很多的药。我知道,有相当一部分病人,在看到药价以后,都采取了迂回战术,要么去找小药房,要么放弃治疗。于是,有人戏称,医院都备着两把刀,一把手术刀,一把“宰人刀”。

大医院确实有一笔巨大的无形资产,而且这笔无形资产一直在发挥作用,所以大医院一年四季都是患者盈门,大医院的收益好一点也就理所当然。但是,无形资产应该有其恰当的实现方式。应该说,医院卖高价药只能算是对这种无形资产的过度开发。没有平价药店时,高价药搭乘的是医院的便车;有了平价药店,高价药就成了医院的软肋。

医生是看病的,我们说一个医生医术高明,一个是指诊断得准,一个是指药用得对,一个是指手术做得好。从来没有人认为,一个好医院是因为很会卖药,或者药卖得很贵。因为,从无形资产的角度来说,医药生产企业的无形资产更应该附着在药品上,而医院的无形资产则应该附着在医术上。

这就可以解释,为什么医院的挂号费拉开了档次,患者还是倾向于选择挂号费高的医生看病。这也可以解释,为什么看病必须得吃药,而“以药养医”的现象却越来越受到人们的指责。

医院外面的药店也是为了营利的,之所以称为平价,其实是针对医院的高价药而言的。同样的药,人家平价能挣钱,医院为什么不能呢?

而且,我相信,只要医院的药是平价的,或者不是高得太离谱,医院在平价药店面前,仍然具有天然的竞争优势。看病和卖药是一对互补品,来看病的人多了,来买药的人也就多了。除非医院对自己的技术实力不那么自信,除非医院对医药暴利还那么留恋。

看病的挣的是病人的钱,卖药的挣的也是病人的钱,但是挣钱的途径不一样。只有车走车路,马走马路,整盘棋才能玩下去,也才能活起来。

(《中国青年报》“经济时评”专栏,2003 年 12 月 2 日)

“以查代治”猛于虎

提到看不起病，人们马上会想到“以药养医”。其实，事情并不是如此单纯。

哈尔滨一位6岁女童在杭州某医院做了阑尾切除手术，住院7天，花去6860多元。听医生说过，阑尾切除是个很小的手术。那么，钱究竟花到了哪里？出院时的清单显示，仅术前术后所做的各种化验，就有104项之多，其中有甲肝、乙肝、丙肝、丁肝、戊肝系列检查，lg全套检查（和很多人一样，我不知道lg是什么，更不知道阑尾切除手术与lg的关系），尿常规、粪便常规、凝血谱分析全套检查，生化全套检查等等。甚至在术后，医院还对她进行了艾滋病检测（新华社杭州2004年2月15日电）。

完全可以说，这种“以查代治”现象，甚至要比“以药养医”更可怕：它不但会给病人带来更大的负担，而且会使病人失去起码的警觉。

一般人进了医院，几乎都会无条件地听从于医生。从医生的角度上说，这可能叫做“配合检查”或“配合治疗”，但毫无疑问，这会使心存邪念的医生对自己的行为更加放任。一个阑尾切除手术之所以会化验104项，其中一些项目就是放任的结果：不是病人对医生的放任，而是医生对自己的放任。在病人面前，医生是权威；当权威丧失良心以后，必然会发生许多可怕的事情。

更何况，病人并不能确切地知道自己得的什么病，或者病情到了什么程度。因此，也就不知道哪些检查和检验是必需的，哪些检查和检验是可有可无的，哪些检查和检验是完全不必要的。因此，在医生面前，病人是不设防的，有时也希望检查得更仔细一些，更全面一些。所以，一个朋友说过，如果医生要钻病人的空子，那么当他杀病人的时候，病人还会感谢他的认真呢。

更何况，医院买了先进的仪器，总想着要在最短时间内收回成本，在最大程度上创造利润。所以，医院可能对检验、化检等等提出了收入目标，而这种目标往往与医生个人的收入直接挂钩。从某种角度上说，医生对医疗设备的过分依赖，其深层原因正在于利益驱动。而且，和直接收取病人“红包”比起来，这种方式不仅数量可观，而且正大光明。

更何况，医生会有一整套办法让病人一步步陷入他设计的圈套。我住过院，也陪家里人住过院。那个时候，我曾产生过这样的感觉：只要住进了医院，医院就会像稳住了“敌人”一样，慢慢地将你收拾干净。“干净”的意思是：出院的时候，你所交的押金（包括补交的押金），差不多都会接近于零。医生的一个办法是，增加足够多的检查和化验：先说明需要检查的项目，当你迟疑时，他会说可能出现的危险，当你再迟疑时，他会说出了问题他不负责——于是，你就得硬着头皮听他的。人们担心：如果不听他的，他会不会故意给你弄点什么病或后遗症出来？

我并不反对医生有较高的收入，对医生的高收入也不眼红。毕竟，在市场经济条件下，有知识、有技术的人，应该在财富上得到体现。

但是，我们不得不承认，有些财富完全是在黑幕后面积累起来的。

针对药价畸高，人们想到了“医药分家”。但是，面对“以查代治”，我们又会想到什么呢？总不会是“查病”与“治病”分家吧。

关于这个6岁小孩阑尾切除手术的104项检查，有人质疑：医院为什么不事先征求病人家属的意见？我想说的是：应不应该检查，应当由医生来决定；愿不愿意检查，才应该问问病人或者家属。现在的问题是，只要你有足够的钱，医生就会没完没了地开各种各样的化验单。

从道德上来说，这等于趁火打劫，或者乘人之危。但是，光从道德上寻求解决问题的途径，恐怕也有些吃力。我想到的是，不知道有没有或者能不能制定一套行医规范，比如阑尾炎切除手术应该做哪些检查，胆囊摘除手术应该做哪些检查。

要相信，如果没有必要的制约，在病人面前，医生的权力可能会无限膨胀。

（《甘肃日报》“经济杂谈”专栏，2004年2月27日）

关于贫富

要懂得富人经济学,更要懂得穷人经济学

从穷人的角度出发

如果整个社会的思考方式能一直考虑到穷人的存在,这个社会就一定是非常人文的。我的这种认识大概基于以下背景:一、任何一个地方,相对而言,都不会没有穷人;二、任何一个正常的人,都不会以穷为乐;三、买贵东西的人,有时候也是穷人。

我之所以想起说这些话,是因为看了1月6日《中国青年报》一篇关于住房的报道:在哈尔滨,开发商卖的商品房,到了买主手里,却摇身一变成了经济适用房。国家对经济适用房建设有一定的扶持政策,比如免交土地出让金、享受配套费减半等等,所以开发商们也愿意开发经济适用住房。但同时,国家对经济适用住房要进行限价,并对购房人进行必要的限定,所以开发商们都愿意把经济适用房当商品房卖。在这种思维的支持下,这家开发商就成了最大的赢家:既占了国家的便宜,又占了老百姓的便宜。

房子甚至是一个人的归宿,再穷的人也想有个"家"。所以,买房子的人,不能一律当作富人对待。国家关于经济适用住房的扶持政策,最根本的一点就是想到了穷人的处境。各家银行相继推出的住房信贷业务,从客观上讲也是考虑到了穷人的难处。

在市场经济的大背景下,要商人从穷人的角度出发,虽不能说是个悖论,但确实不那么容易。所以,政府义不容辞地承担起了这个责任。在黑龙江,一方面,经济适用住房建设用地实行行政划拨,目的是让中低收入的老百姓得到实惠。另一方面,购买经济适用住房实行申请、审批制度,也不能让富人们钻了空子。即使如此,开发商们还是有利可图的,他们仍可以在物价部门核定的成本价的基础上,加价3%的利润和2%的管理费。

不亏待商人,是文明社会的标志之一。问题是,享受了政府的优惠政策,然后代表政府开发经济适用住房的商人们,如何才能不辜负政府?我觉得,关键在于,开发商们要想到他们是为穷人盖房子。

——你可以不盖这样的房子,但既然盖了你就得有这样的思想准备。

去年,《南方周末》发表过一篇言论,叫做《谁是受人尊敬的富豪》,其中说:"在公平竞争基础之上产生的富翁就是受人尊敬的富翁,否则,我们就没有理由反击大众层面的所谓'仇富心理'。"同时又说:"事实上,大众层面甚至从来不存在所谓的'仇富心理'……大众所仇恨的,其实是富人赖以致富的非法的不公平的手段。"如果承认发生在哈尔滨的"经济适用房与商品房"案例是一种欺诈行为的话,那么就得承认那是一种"双重欺诈",既欺诈了消费者,也欺诈了政府。如果承认住房开发商属于富人之列,那么这类有"双重欺诈"行为者就绝不属于受人尊敬的富人之列。

——不挣昧心钱,也是文明社会的标志之一。

有两个词不能随便使用,一个是"为商则奸",一个是"为富不仁"。但是,一个人如果真的沾上了这两个词,那他的"钱途"也就有些不妙了。因为,所谓的"仇富心理"正从此而生。而"仇富心理"之于富人来说,绝不是一个宽松的"发财环境"。

挣富人的钱可能要容易些,但作为一个商人,如果能从穷人的角度出发,他或许能意外得到一些尊敬。在一定意义上,受到尊敬比玩弄手腕更容易"混在商海",也更容易"财源茂盛"。

同时,对于一个社会来说,如果大家都能坚持从穷人的角度出发,就一定能更快一些走向最广泛的富裕。

(《中国青年报》"经济时评"专栏,2003 年 1 月 7 日)

别一提富人就过敏

上海举行的福布斯论坛,将中国人的注意力又一次吸引到了富人们身上。牟其中、刘晓庆、仰融、吴志剑、陈顺利、周正毅、杨斌、乔金岭等曾进入福布斯富豪榜,而后由于各种原因出事的富豪们被一再提起;曾上过福布斯富豪榜并出席此次福布斯论坛的许荣茂、刘永好、刘永行、郭广昌、徐明、陶新康、张跃、黄巧灵、吴鹰、杨澜等富豪们,也受到了特别关注。

在中国,似乎存在着一种"集体无意识":一提富人就过敏。人们对富豪的关注,无非集中于两个方面:一、为什么那么多富豪纷纷落马?二、有多少富豪还能撑得下去?

福布斯杂志总编辑史提夫·福布斯就不是这样。提起纷纷落马的中国富豪,他一点也不尴尬。他表示,福布斯今后将继续发布"中国大陆富豪榜"。

福布斯这种处乱不惊的气度,应该对我们有所启示:尽管我们没有福布斯的影响力,但也应该对富人保持平和的态度。

一、不要把富人想象得完美无缺。

其实,正如史提夫·福布斯所说,无论是在中国,还是在美国,都会有公司发生各种各样的问题,有人进来,有人被淘汰(《中国青年报》2003 年 9 月 19 日)。仔细一想,假如有一个穷人排行榜,情况不也是一样吗?

不久前,《中国税务》杂志发布了 2002 年度中国纳税排行榜。细心人发现,《福布斯》2002 年内地 100 名富豪只有 4 人及其企业进入私企纳税 50 强(《北京青年报》2003 年 9 月 15 日)。分析人士认为,这一方面说明了我们的税制还不完善,还存在着可以钻营的空子;另一方面说明依法纳税观念还没有深入人心。因为有空子可钻,于是就去钻空子,这在穷人那里同样能够找到无数的例证。

所以,与其把富人想象成完人,还不如把富人想象成常人。

二、不能对富人提出额外要求。

谁都承认,富豪们创办的企业不仅给社会创造了大量财富,还提供了大量就业机会。比如吴鹰的 UT 斯达康公司,就是排行榜中 2002 年纳税最多的企业,年纳税金额达 1.5 亿美元。

但是,也应该清楚,他们之所以创办企业,其目的并不是为了解决就业问题,也不是为了增加财政收入,而是为了获取更多的利润。这是考察一个经济人的根本出发点。我们的态度应该是:正因为他们提供了大量的就业机会,创造了更多的税收,所以,就不应该对他们再提出其他额外的要求。

2002 年福布斯中国大陆 100 富豪排行榜第 9 名的复星高科技集团郭广昌说,大部分民营企业家的财富积累都是合法的,但民营企业应该对这个社会有更多的回报,有更多的责任意识(《中国青年报》2003 年 9 月 19 日)。

我不知道郭所说的“回报”和“责任”是指什么,而且为什么要加一个“更多的”。但是,我十分清楚,在我们身边,一个富人如果不经常地、更多地捐款、献爱心,那么,就很容易被人指为“为富不仁”。实际上,因为一些富人们对种种额外要求的拒绝,或者所表现出的不情愿态度,甚至得罪过很多方面。这是富人们活得不那么轻松的一个重要因素。

穷人的事,应该由政府去考虑。如果富人们的积累是合法的,那么拥有这些财富同样也是合法的。

我的意思是:劝富人行善是没有理由的,向富人们提出额外的要求也不合于行善的原则。

三、不应给富人设置成功的底线。

据报道,2000 年福布斯“中国大陆富豪榜”前 50 位的富豪还有 29 位留在 2002 年的排行榜上,而 1999 年的前 50 位富豪中,只有 9 位在 2002 年的排行榜上。

一些富豪出事了,一些富豪落选了。对此,史提夫·福布斯的一个观点值得我们思考:今天成功了,不代表明天还是成功的。

有点意外的是,正是这种心态,却把富人们逼上了“绝路”。一旦止步不前,一旦不慎落马,一旦被人超越,都会受到来自各方面的压力。所以,富人们总是惴惴不安——谁都怕失败,谁都不自信会坚持到底。所以,在中国,很多人其实是不想当富人的,富了也不想让人知道,正像一些人不想当先进一样。用一句流行过的话说,他们不知道“永远有多远”。

(《中国青年报》“经济时评”专栏,2003 年 9 月 23 日)

穷人与穷人之间的公平

俗话说“一个萝卜一个坑”。钱也一样,是什么钱就应该用在什么地方上,既不能东挪西借,也不能胡支乱花。

城市最低生活保障制度,是解决城市贫困人口生活的一道防线。但实际上,并不是所有符合条件的城市穷人都能吃得上低保,所以国家一再强调要“应保尽保”。更让人尴尬的是,一面是“应保的人保不了”,另一面却是“不应保的人保了”。也就是说,低保的一部分钱没有用在低保上。

骗吃低保现象的大量存在,不仅伤害了城市穷人,也伤害了政府部门。11 月 4 日《工人日报》报道,为避免骗吃低保情况的发生,从去年开始,重庆市在坚持“应保尽保”的同时,还明确提出了“不应保不予保”的原则,并推行了有劳动能力的低保对象参加公益劳动的制度。结果,在重庆合川市民政局,约有一半的低保申请人员被取消了低保资格;因不参加公益劳动而被取消低保资格者,也有相当比例。

天津市也注意到了这个现象,并开始实行就业联动机制:凡在法定就业年龄内具有劳动能力,申请、享受失业保险或城镇低保待遇的人员,均应到户籍所在地街道劳动保障中心进行求职登记,街道劳动保障中心在登记后 15 个工作日内,对其进行一对一的职业指导,并根据个人具体情况推荐工作。对于无正当理由拒绝接受就业培训、推荐就业的,属于享受失业保险的人员,停发失业保险;属于享受最低生活保障的人员,取消低保资格(新华社天津 2003 年 11 月 3 日电)。

有一句俗话,叫做“不要白不要,要了白要”。但是,重庆和天津的做法,可能要让骗吃低保或者坐吃低保的人失望。在天津,不要工作,就意味着放弃了到手的低保;在重庆,要了低保,就意味着参加必要的劳动。

在市场经济条件下,有两个重要的规则是必须遵守的。一是,每一分钱都应该有自己的来历;二是,每一分钱都应该有自己的效率。吃低保的人一定是穷人,但并不意味着穷人可以不劳而获;解决穷人的生活问题是政府的事,但并不意味着政府的钱可以不讲效率。

我相信,骗吃低保的人也一定是穷人,并且也可能是很本分的人;否则,也不至于会盯上低保,也不至于为低保那几个钱而设局骗人。但是,必须知道,越是穷人,越在意公平。贫富悬殊已经成为一个问题了,穷人之间就更不应该再成为问题了。

相对于农村,城市的福利水平已经很不错了,起码绝大多数农村就没有低保。但是,农村人为了解决自己的贫困问题,一直在自力更生。他们进城务工,干最苦的活,拿最低的报酬,还要遭白眼,受冷遇。但是,他们都坚持着,目的很简单,就是为了使自己或自己的家庭摆脱贫困。可以说,他们为此所做出的努力,已经超过了人们的想象。

正是因为这一点,我佩服农村人,尤其是农村的穷人!

城市的穷人,有时比农村的穷人更穷。因为没有土地,所以他们没有自产的东西。也就是说,一切生活和生命所需,都要现钱。可能正因为如此,才有了城市最低生活保障制度。

但一部分城市人常常表现出对这个制度的不尊重。一部分人把低保当成了“加班费”,实际收入超过了低保线,却仍然不肯从低保中退出;一部分人把低保当成了“安乐窝”,一旦吃上了低保,就什么也不想干了。

低保不是让谁占便宜的,也不是把谁当懒汉养的。它的目的是帮助穷人度过最艰难的时期。而它的前提是:任何一个人都不会甘于贫穷,任何一个人都不会满足于吃低保。

如果说“应保尽保”体现了低保制度的公平性,那么“不应保不予保”则体现了低保制度的原则性。在低保资金的使用问题上,最大的公平就是把低保的钱用在低保上,最大的原则就是不能让不符合低保条件的人分享低保的钱。

(《中国青年报》“经济时评”专栏,2003 年 11 月 7 日)

富人，你为什么不快乐

据报道，不久前，在广东省民营企业家的一次聚会上，面对200多位“富人”，主持人请“认为自己解决了财富问题的人”举手时，所有的人都举起了手；但当主持人请“感到内心愉快的人”举手时，举手的人却只剩下了一个(《中国青年报》2004年1月7日)。

什么叫“解决了财富问题”，什么叫“感到内心愉快”，其实都没有必要去细究。值得细究的是，为什么富人们都认为自己解决了财富问题，却很少有人感到内心愉快？

人们马上可能会想到近年来发生的一系列富人遇害的案件，所以也很可能将富人的不愉快与富人的不安全联系起来。其实，这可能是一个假象。我觉得，让富人不愉快的根源，不在于富人本身，而在于社会对财富特别是私人财富的日常态度。

人都是社会的人。社会对财富的态度，必然会影响到财富拥有者的心态，进而影响到财富拥有者的行为。

恕我直言，我觉得，中国大多数富人在谈论财富问题时，其主题和口气与政府官员更加接近。为什么会这样呢？在关于钱的问题上，社会对富人的要求或期望，在相当大的意义上，是按照政府的标准来衡量的。比如，在我们身边，很多人都希望富人能像财政拨款一样，经常慷慨解囊。

以“财富与责任”作为“2004中国新视角”搜狐高峰论坛的主题，好像就是为了迎合这种“大众口味”。《中国企业家》社长刘东华的态度更加直白——“在座的各位企业领袖，大家都以为你们是富人，但在我看来你们不是富人，你们是一群自愿为社会驱使的驴子。而且你拉磨挣的钱越多，跟自己的财富关系越少。百万富翁的财富属于自己,亿万富翁的财富属于社会。”

我不知道,刘先生的话是不是引起了企业家们的共鸣,但有一点很清楚,这话说得有点过于自信了。如果企业家特别是民营企业家们是一群“被社会驱使的驴子”,那么这个社会就会因为缺乏激励而缺少富人——如果人们没有富起来的内在欲望,那么不但不能产出富人,更不会在产出富人的同时产出快乐。

为什么“你拉磨挣的钱越多,跟自己的财富关系越少”?为什么“百万富翁的财富属于自己,亿万富翁的财富属于社会”?这种表达方法,可能适合于煽情,但绝不适合于论坛。首先,这不符合经济学原理,也有悖于私人财产保护法规。其次,作为一个专业媒体人士,这种说法,透露出的不是理性和权威,更多地则是一种“话语霸权”。

一个人通过努力(怕有人钻空子,我不得不特别强调一下,这个努力过程必须是合法的,甚至也必须是道德的)而成为富人,本身就意味着成功,也意味着自我实现。在我们这个还不很富裕的国度,有一种观念值得提倡,这就是:挣钱是一种本领。

但是,如果对自己挣来的钱进行处置时,还要受到种种“盯梢”,钱就会转化成为一种负担或者忌讳。当钱成为富人的一种负担或者忌讳时,愉快就会灰飞烟灭。

特别富的人肯定是少数,但他们的生存状态却是很多想富的人的参照系。如果富人的生存空间没有穷人想象得那么广大,生存方式也没有穷人想象得那么潇洒,如果富人的生活不是那么轻松,生活中没有足够的愉快,那么,就很可能使想富的人失去努力的方向。

为什么在我们这个社会中,富人们仍然感到缺少愉快?说严重一点,那一定是在一些方面出了什么问题,或者说,那一定是在一些方面没有成功。

穷人的精神状态需要改变,富人的精神状态也需要改变。如果说人人都想成为富人的话,那么后者的改变也许更为迫切一些。

如果富人们缺少愉快,那我们为什么要成为富人呢?

(《中国青年报》“经济时评”专栏,2004 年 1 月 8 日,
原题《你为什么不快乐》)

保证穷人不至于每况愈下

新华网与《经济参考报》近日联合推出的"今年'两会'上,你最关注的热点问题"调查活动显示:"反腐败"位居第一,"区域经济发展的不平衡和收入差距问题"排在第二。

据新华社报道,由中国社科院经济研究所做出的一份全国性调查报告也显示,近年来,中国城乡收入差距在不断拉大。如果把医疗、教育、失业保障等非货币因素考虑进去,中国的城乡收入差距是世界上最高的。

一提起贫富差距,人们马上会把目光投向政府,因为政府掌握着税收,还因为政府对这些钱的使用可以说了算。但是,要真正缩小贫富差距,政府手里的钱是远远不够的。而且,即使有那么多钱,政府也不可能全部用在消除贫富差距上。

政府有责任负责最穷的人的生活,比如建立最低生活保障制度,也可以通过一系列调控政策,让每个人都能更富一些。也就是说,政府可以消除绝对贫困,却无法消除相对贫困。

不管是哪个国家,要完全依靠政府的力量(财政资金和财政政策)无限缩小贫富差距,都是不可能的。

现在似乎有一个错误的认识,一提贫富差距拉大,马上就有人想到"马太效应",即"穷者越来越穷,富者越来越富"。事实上,贫富差距拉大的只是富人和穷人的相对距离,但并不表示富人的生活水平提高时,穷人的生活水平在下降。这个差距主要体现在,穷人的财富增长速度比富人慢。

去年,全国城镇居民人均可支配收入 8472 元,实际增长 9.0%;农村居民人均纯收入 2622 元,实际只增长 4.3%。在甘肃,去年全省城镇居民人均可支配收入6657元,增长8.2%;农民人均纯收入1673元,增长5.2%。

很显然,城镇居民和农村居民的收入都在增长,但是速度很不一样。

其实,增速只是一个方面。同时,由于城镇居民和农村居民收入基数的悬殊(全国平均水平,城镇居民收入是农村居民的3.23倍;甘肃平均水平,前者是后者的3.98倍),差距拉大的感觉更加强烈。

这一现状告诉我们,城乡居民的贫富差距不可能一下子有所改观:如果农村居民收入增速赶不上城镇居民,城乡居民收入差距只会越来越大;如果城乡居民收入保持同样的增速,农村居民的收入也永远赶不上城里人。

而最大的现实是,农村人口缺少增收途径。也就是说,要让农村居民收入增长速度超过城镇居民,在最近几年内几乎是不可能的。

穷人们对贫富问题的关注,或者政府对贫富问题的态度,代表了社会公平。但是,解决这个问题,并不会立竿见影。而且,还必须承认,贫富差距差不多会永远存在。

同时,贫富差距到底保持在什么区间算是正常的,也不是一个简单的问题。多大算大,多小算小,这不仅与收入差距本身有关,也与人文环境、历史背景等有关。

我们应该想的问题是,怎样在不挫伤富人积极性或者在不指望富人的情况下,保证穷人的生活不至于每况愈下。这也是解决贫富差距问题最起码的心理准备。

(《中国青年报》“经济时评”专栏,2004年3月2日,
原题《做好最起码的心理准备》)

为富人说话，未必有富人响应

全国政协委员喻军等准备在“两会”提交一份提案，建议将个人所得税和个人社会保险福利挂起钩来。他们设想通过这一举措，鼓励人们在年轻时多交一些税，在年老时就可以得到更多的养老金。

我注意到，这一设想的出发点并不在于解决社会福利问题，而是解决个人所得税流失问题。但是，缴纳个人所得税是法定义务。所以，必须得承认，通过利益诱惑让人们去履行法定义务，本身就是一种悖论。

一、交纳个人所得税有非常严格的规定，首先有一个起征点问题，其次还有一个税率问题，所以叫做“依法纳税”。也就是说，收入到了一定程度的人，才承担这个义务。再简单一点说，只有相对富裕的人，才应该缴纳个人所得税。可见，税收政策中也体现着一种公平理念——通过适当的税收政策，调节贫富悬殊。所以，有钱的人可以通过慈善机构表达自己的爱心，但没有必要通过交税来表达这种感情。这就意味着，鼓励人们多交税，并不符合法治精神。

二、这也不符合道德精神。该不该交税和愿不愿交税，是两个完全不同的概念。让交得起税的人或税交得多的人占有更多的福利资源，就意味着让更穷的人享受更少的社会福利。显然，这不符合社会福利原则，也违背传统道德取向。

三、征收个人所得税和征缴社会保障资金是两种不同的途径，各有不同的强制性。如果把享受社会保险福利当成缴纳个人所得税后应得的权利，那么一些人就可能因为放弃那个权利而拒绝履行这个义务。毕竟，不可能交多少税就能享受多少福利。

也就是说,靠“养老金激励”,不可能使人们更愿意缴纳个人所得税。说到这个提议,喻军委员充满信心。他说:“这样子就连街上捡垃圾的都要主动缴纳个税了。”其实,我不这么认为,如果这个捡垃圾的一分不缴,比如存在银行里面或揣在身上,他在任何时候都可以全部而且自由地享用这一笔钱,为什么非要先交给别人,再去享用呢?

四、况且,愿意而且应该更多缴纳个税的人,通常也不担心自己的养老问题,因此也不指望通过这种渠道会给自己筹措更多的养老资金。所以,这种带有“预期回扣”性质的措施,很可能会适得其反:不仅刺激不了人们缴纳个税的积极性,而且会破坏社会保险福利的非功利性质。

个人所得税流失,确实是一个问题。但社会保障资金的征收,也是一个问题啊。如果用未来可以享用的养老金来刺激人们缴纳个人所得税,那么又有什么办法可以刺激人们(或单位)直接缴纳社会保障资金呢?

所以,我认为,最好的办法是“车走车路,马走马路”。个人所得税征收有法可依,之所以流失严重,有纳税意识问题,也有执法不严问题。如果以更多的养老金为诱惑,鼓励人们缴纳个人所得税,我担心多给富人的养老金,只会成为征缴个税而多付出的成本。

也就是说,这一措施的最终效应,很可能是牺牲了弱势群体的福利,而使富人得到奖励,从而造就真正的“赢家通吃”。

总而言之,我认为,这种“捆绑”,首先是站在富人的立场上说话;其次,也不一定会得到富人的响应。

(《中国青年报》“经济时评”专栏,2004 年 3 月 4 日)

穷人的钱,让他留着自己用吧

在刚刚结束的“两会”上,温总理承诺的“五年内取消农业税”,和一个关于“调高个人所得税起征点”的提案,同时成为社会各界的热门话题。

为什么要取消农业税?不仅是因为农民负担沉重,还因为农民增收困难。

为什么要调高个税起征点呢?一个重要原因是,我国人均 GDP 已超过 1000 美元,800 元已算不上什么高收入了。

表面上看,取消农业税和提高个税起征点好像是相悖的——农民收入上不去,所以才要取消农业税;但个人收入上去了,为什么还要提高个税起征点?

其实,这一免一提之间,有着一个共同的目标,就是提高中等收入者的比例——我国全面建设小康社会的重要目标之一。

征收个税的目的,是调节贫富差距。作为个税政策,就应该坚持一个原则,那就是高收入者纳税。在个税政策上,不仅要体现社会公平(一部分人不能太穷),还要体现社会激励(一部分人应该先富)。

贫富是相对的,不同的时期有着不同的贫富标准。可以想象,如果每个人的收入都达到了现行的个税起征点,那么个税就失去了意义。同样,起征点定多高算是恰当的,首先要看是不是满足“富人纳税”的条件。

现行的个税起征点,是 1994 年制定的标准。我的经历证明,这个起征点确实有点过时了。1994 年的时候,我刚刚从县城一所中学调到地区一家报社。在中学的工资每月不足 400 元,在报社的工资每月刚过 400 元。显然,我用不着缴纳个税。而且周围的人和我差不多,有“资格”缴个税的人也没有几个。

现在,情况有些不同了。到省城以后,国家几次调工资,我所在的单位虽不是财政供养的,但也比照国家政策几次加薪,工资比 10 年前翻了两倍多。我理所当然地成了个人所得税缴纳者。而且,周围的人和我也差不多,几乎都有“资格”缴纳个税了。和几年前不同的是,有些人的收入只有八九百元,有些人的收入则是一千八九百元。

我的意思是,不应缴纳个税的人,自然都是“穷人”;但是,应该缴纳个税的人,并不见得都是富人。我发现,一些人的生活即使很艰难,也要缴纳个人所得税。比如,一个家庭只有一个人工作,他的工资如果达到 800 元,那么手头再紧张,按规定,他也得缴纳个税。

我相信,我的假设绝不是挖空心思想出来的。应该承认的是,实际操作中,可能收入更高的人不一定缴纳了个税。这就是工薪阶层为什么会成为个税主体的原因。但是,让工薪阶层充当个税主体,实际上并不正常:已经缴了的当然一定是应该缴的,但是应该多缴的却不一定缴了。

娃哈哈集团董事长宗庆后建议将个税起征点调高到 1600 元,在今年“两会”上得到了很多呼应。

不过,也有很多人担心,提高个税起征点以后,国家在个税上的收入会大幅下降。首先,这个担心是从财政收入的角度看问题的,而个人所得税的主要目的是调节贫富差距。其次,如果完善个税征缴措施,查补漏洞,这个担心或许就是多余的。

不论是取消农业税,还是提高个税起征点,道理其实是一样的,那就是让低收入者挣来的钱,有更多留在自己手里,供他们自由支配。

(《中国青年报》“经济时评”专栏,2004 年 3 月 18 日,
原题《让穷人把钱留着自己用》)

越富裕的地方,越要懂得穷人经济学

广东省自行车行业协会急了。11 月 28 日,他们带了一份有万人签名的意见书来到北京,为广州市电动自行车寻求生路(《南方都市报》2006 年 11 月 29 日)。

这一举动缘于广州市此前发布的一条公告:从 11 月 15 日起,全市范围内已禁止电动自行车上路行驶,政府对市民因购买电动自行车而造成的损失也概不负责;从 12 月 1 日起,交警方面将对上路行驶的电动自行车车主采取罚款、没收车辆、行政拘留等处罚手段。

据广东省自行车行业协会统计,目前广州的电动自行车已达 30 万辆左右,使用者主要是小商品批发商、接送小孩的老年人和低收入的工薪阶层。也就是说,在广州这样的城市里,使用电动自行车的人,都属于穷人。

和普通自行车相比,电动自行车显然上了一个层次。做小生意的,可以轻轻松松地捎些货;接送小孩的老人,也不至于累得上气不接下气。

禁止电动自行车上路的主要理由是"造成道路负荷增加"。其实说穿了,就是要电动自行车为汽车腾路。

这使我突然想起了《新约·马太福音》里一个国王说的话:"凡是有的,还要给他,使他更富足;但凡没有的,连他所有的,也要夺去。"穷人买不起汽车,他们的电动自行车也不许上路;富人的汽车已经占有了绝大部分城市道路资源,但还要让电动自行车为他们让路。

前一个时期,一些城市禁止小排量汽车上路,思路和禁止电动自行车差不多。好在沾了节约能源和绿色环保的光,小排量汽车已经全面放行。和小排量汽车比起来,电动自行车更节约能源,也更符合绿色环保的要求。据测算,电动自行车每100公里的运营成本只有1.4元左右,而99%的电动自行车使用的都是可以回收的铅酸电池。

广州容不得电动自行车的深层次原因,可能在于那里是中国富人最多的城市之一。一方面,富人多了,小汽车也多了,处于弱势地位的电动自行车只能给处于强势地位的小汽车让路;另一方面,富人多了,话语权就可能掌握在富人手里,或者富人就更容易操纵话语权。

我相信,对一个穷人来说,从普通自行车换成电动自行车时的心情,并不亚于富人换上一辆豪华小汽车。骑一辆电动自行车,也许能算得上穷人的一种潇洒。因此,禁止电动自行车上路,可能会损伤他们的自信心。

越是富裕的地方,穷人的自尊心和自信心越是脆弱。所以,越是富裕的地方,越要懂得穷人经济学,也越要懂得穷人社会学。

(《中国青年报》“经济时评”专栏,2006年11月30日)

富人“抢座”挑战政府“智商”

汤敏先生“谨防富人搭穷人的便车”的提醒(《中国青年报》2007 年 3 月 14 日),使我想到了很早以前就接触过的一个概念:富人之所以富,是因为赚走了穷人的钱。

赚穷人的钱,并不等于搭穷人的便车。如果说有搭便车的现象,那便车一定是政府的便车。正如汤敏先生所说,穷人没有车。穷人坐的车,都是政府开的,只是富人钻了空子,抢上了座位!

粮油涨价对农民来说是一个好消息,但对于城市穷人来说却是个坏消息。种粮的人基本上属于穷人,他们很希望粮食价格涨起来。但是消费粮食最多的人,其实都是穷人。所以,从市场的角度来看,农村的穷人要靠粮食赚钱,还得靠城市里的穷人。要解决这个矛盾,市场是无能为力的,只能依靠政府。在农村,政府免除了农民的各种税费,还发放了适当的补贴;在城市,则普遍实行了最低生活保障制度。稳定粮价是以穷人的名义,享受成果的也是穷人,所以这可能是最好的关于穷人的政策。

但是,关于穷人的政策,更多的是以间接的形式体现的。政府福利要到达穷人那里,必须要经过一个中转站。正是在这个中转站,富人们乘机上了车。

以汽油涨价为例。其实,人们反对提高油价,也很少是以穷人的名义,只是无法忍受石油企业垄断经营的高利润。但每次汽油涨价时,政府都会想到穷人。在城市交通服务方面,总会提到两类车,一类是出租车,一类是公交车。所以,在批准提高汽油价格的同时,也会给的哥的姐们发一份补助,好叫他们不要提高服务价格。但乘坐出租车的人,并不能算是真正的穷人,这意味着,这部分福利直接被“转”到了“富人”手里。

真正的穷人,都在公交车上。为了稳定公交服务价格,政府也会以穷人的名义,给公交公司一份补贴。公交公司是垄断企业,而且不断以成本太高、亏损太大为借口,一而再、再而三地提出涨价,可以想象,这份补贴到了他们手里,能完完全全地体现在穷人身上吗?想借助商人或者垄断企业的力量,来解决社会公平问题,或者说解决穷人问题,那只能是一厢情愿。

很显然,在出租车方面,政府看错了穷人;在公交车方面,政府看错了企业。

在穷人与富人的政策上,更严重的问题,其实不是富人搭穷人的便车,而是政策对穷人的忽视。

在基础设施建设方面,前几年,很多乡村都在集资修路拉电,从而使农民和乡村机构背上了沉重的债务。许多人都把问题的症结一概归于“政绩”,但却忽略了乡村基础设施建设长期滞后的现状。这种情况显然还没有得到根本改观。政府还在大量贷款修建高速公路,有些甚至是毁了刚刚修好的一级公路修高速。但乡村道路建设,仍然在依靠民间的力量,筹集三五万元,铺一段砂砾路,不知要克服多少困难。

同样,在城市,集中了更多的公办医院,而且竞相攀比,结果是越办越大,越办越豪奢;而在农村,人们看病的地方,一个个都是私人诊所,一个个也都奄奄一息。乡村是穷人聚集区,而恰恰是在乡村,穷人们不得不给自己提供基础设施,不得不为自己提供公共服务。

近几年,经济适用房差不多都成了流行语。从政府的角度看,经济适用房是为解决穷人住房问题提出的一个重要概念。但是,能买得起经济适用房的人,其实已经算不上真正的穷人了。穷人急需的并不是有产权的房子,而是有房住就行。所以,真正适合穷人的房子是廉租房,但廉租房建设进展缓慢。而经济适用房的所有优惠政策,都被房地产富豪和买房子的“富人”全部瓜分。

所以,在关注富人搭穷人便车的同时,更应该关注的是,什么时候,政府才能为穷人开通更多的“专车”,像粮食直补一样,把钱直接发到穷人手中。这更多的钱从哪里来呢,毫无疑问,应该运用税收杠杆,从最富的人那里调节。买拖拉机的农民可以不缴税,但买小汽车的人应该缴税;买普通住房的可以不缴税,但买豪宅的人应该缴更高的税。

穷人是弱者,整个群体很难形成强势声音。更多的情况下,他们的声音也要通过代言人才能得到反映。但代言人和中转站一样,有时并不能得到完整的传达。比如公交涨价,基本上都是公交公司以成本太高为由提出,由政府组织听证,但听证会上,代表中有时连一个坐公交车的都没有。而且,一些本来可以作为公共代言人的经济学家,也鬼使神差,经常站在富人的立场上,向政府建言献策。同样,他们也常常是以穷人的名义。

但是,事实很多人都知道:农村比城市有更多的穷人,但农村的电费更贵,水费更高;城乡结合部比市中心有更多的穷人,但城乡结合部所享受到的公共服务,却只有市中心的一小部分。于是,就形成这样一个悖论:因为你是穷人,所以在很多方面,需要付出得更多。

有报道说,农村人的幸福指数要比城里人高。这只能说明,乡里人比城里人知足。一般来说,知足的人,"声音"就少。政策的制定,往往会受到声音的影响。这是穷人曾经被忽视的原因,也是穷人现在应该得到重视的原因。

以何种方式消除富人搭穷人便车的现象,是富人对政府"智商"的挑战。对穷人的忽视,只会使事情变得更糟。

(《中国青年报》"经济时评"专栏,2007 年 3 月 14 日)

关于竞争

或者像狼一样凶猛，或者像春风一样温柔

狼是进攻型的,也是智慧型的

深圳华为集团总裁任正非先生有一段论述,证明他对狼情有独钟:“企业就是要发展一批狼。狼有三大特性:一是敏锐的嗅觉,二是不屈不挠、奋不顾身的进取精神,三是群体奋斗。企业要扩张,必须要有这三要素。我努力构筑这样一个宽松环境,让大家去努力奋斗,新机会点出现时,自然会有一批领袖出来争夺市场先机。”他还说:“每个部门都应该有一个狼狈组织计划,既要有进攻性的狼,又要有精于算计的狈。”

不久前买到一本书,叫《野兽之美》,是美国著名科普作家纳塔莉·安吉尔写的,其中有一段对狼的评价,好像正可以支持任正非先生的“狼论”。她说,研究发现,狼实际上是一种“非常美丽的动物”:“这个物种跟另一个食肉物种狮子比起来同样雄壮而勇猛。它咖啡色的脸色既温柔又强劲,既熟悉又陌生,里面有熊的成分,有雪豹的一部分,甚至还有一些海狮的气息。它的后腿看上去比前腿稍短些,这种不太令人信服的体形设计使它能奔跑很长的距离去追赶猎物,而它的前胸和后颈是啮合得紧紧的肌肉,这可以使体形比牧羊犬大不了多少的动物能够压破一只体形大如水牛的角马的头颅。”安吉尔的表达很散文化,但她所说的“美丽”,其实正是指任正非先生所说的“进攻性”。

越来越激烈的竞争是动物界和企业界面临的共同问题。安吉尔是这样描述一种土狼的,它“从雄性激素充溢的子宫中”刚一出来,立即就成为所有哺乳动物中最为好战的新生儿。它们急于作战,立即开始彼此攻击,经常直到其中一只幼崽被咬死为止。但她说,其进攻性“并非完全是过量的雄性激素的问题”,上了年岁的雌性土狼和雄性土狼一样,还是那么好斗,全都像“不可一世的王妃”。

可见,狼是从竞争中成长起来的,可以说是活到老,竞争到老。加入 WTO 后,中国企业面临更多更强大的竞争对手,怎么办?海尔集团总裁张瑞敏先生在上海企业家活动日上演讲时说:“我认为必须成为狼。”他进一步分析说,“所有到中国市场来的外国企业,不是慈善机构,他们的竞争原则非常简单,就是‘赢家通吃’,不给中国企业留一点余地,通通吃掉。中国企业对此不能没有认识,如果不成为狼,把自己摆在羊的位置,你就会被吃掉;如果成为狼,就有条件和他们竞争。”他认为一个企业成为狼的标准有两条,一是必须熟悉和了解国际市场竞争的游戏规则,二是必须勇于、敢于和善于参与这个竞争,否则就没有成为狼的可能(《总裁的声音》,中国戏剧出版社,2001 年 11 月版,第 191 页)。

我看过一个关于狼与富翁的故事。在一条丁字路上,一只狼被富翁和他的向导夹在中间,他们是专门去狩猎的。一般人认为狼会从岔路逃脱,但狼却迎着向导的枪口扑了过去,最终狼的屁股中了弹。当地的向导说,狼之所以如此,是因为它坚信一个道理:唯有夺路成功,才有生还的希望;而选择没有猎枪的岔道,必定死路一条,因为那条看似平坦的路上必有陷阱。这是狼在长期与猎手的周旋中悟出来的。那只狼被捕获了,它被那个富翁救治后送入禁猎公园。富翁感激这匹狼告诉他一个重要的道理:在相互竞争的社会里,真正的陷阱会伪装成机会,而真正的机会也会伪装成陷阱。我们一直说“中国加入 WTO,机遇与挑战并存”,而事实往往如张瑞敏所说,只有面对挑战,才可能有机遇。这一点,和那只迎着枪口而上的狼的逻辑不谋而合。可见,狼不仅是进攻型的,也是智慧型的。

要想生存,就得豁出命去争夺市场。

要想发展,就得在不断“进攻”中拓展自己的生存空间。

这就是被我们一贯认为比较凶狠和丑陋的狼给我们的启示。

(《甘肃日报》“经济杂谈”专栏,2002 年 5 月 25 日,原题《狼论》)

“细节经济”俘获消费者

著名的瑞典企业宜家家居在中国销售的思纳迪毛绒玩具熊因为存在质量隐患，可能对儿童造成危害，因而决定召回。

不管召回的具体进展如何，召回制度本身使我突然想到一个词：“细节经济”。

宜家家居关于玩具熊的召回启事说：“该产品含有小塑料珠，出于安全考虑，内加内胆。但部分产品由于缝合不够紧密，小塑料珠仍有可能露出来。”应当承认，尽管这不算是小问题，但也只是细节上的问题。三菱帕杰罗事件也一样，由于一个细节上的瑕疵，导致一场不大不小的跨国质量风波。这一切透露出一个重要信息：“细节经济”正在向我们迎面走来！

中国消费者对外国产品不再盲目崇拜，具体表现就是对细节上的问题已经很少容忍。但同样得承认，中国的生产厂家在细节问题上仍然处在比较麻木的阶段。一方面，我国目前还没有一个比较权威的召回制度；另一方面，中国的生产企业大多数对召回制度态度暧昧。同时，中国的消费者在国货面前，还保持着比较宽容的心态。

科技进步速度越来越快，各种技术交流更加频繁，国际国内合作日益密切，一项新的技术在很短的时间内就能在全球落地生根。这意味着，同类产品在性能等大的方面很容易同时达到国际水平。但只要注意一下各个品牌的广告，就会发现，精明的厂家已不再一味地宣传那些“通用部分”，而是更加突出地张扬那些属于自己的“细节”。

只有那些细节，才能更加清晰地表明产品的档次。我接触到的一些女性在区别服装是不是名牌时，有一个最简单的方法，就是看“针脚”——“针脚”

匀不匀、细不细、直不直，成为她们判断一件衣服做工甚至质量是否过硬的最基本的标准。在她们的心目中，这一点都过不了关，其他的也就只能免谈了。

我也有同类的经验。一次坐一家单位的面包车去采访，司机说是刚刚买的日本进口车。我只扫了一眼，就说最多不过是国内组装的。我其实不懂车，只是看见车门旁边有一个露在外面的螺丝头。结果被我不幸言中。应该承认的是，正宗的日本产品在细节上确实比国货要好得多；更重要的是，在对待产品的细节问题上，我们也总是粗枝大叶。2001 年，我去过一次日本，住在一家很普通的宾馆里，卫生间不算大，但内装修十分“严密”，不论多小的拐角、多小的旮旯儿，装修材料都裁得一丝不苟，贴得严丝合缝，没有半点将就的地方。我敢说，就是这一点，国内的五星级宾馆都没法比。

《读者》杂志登过一篇文章，列举了现代社会的 50 个细节，包括为女士们设计的无痕内衣、袋装物品留出的易撕口、舒肤佳香皂的收腰外形和洗发水的泵口设计、招商银行为取钱者准备的信封等。作者说：“通过这些细节，我们看见了文明一步步的苏醒和萌芽。”

其实，一件商品不论值多少钱，也不论体积有多大，常常是一些细节打动了消费者。任何一个厂家，如果对细节上出现的问题没有积极正确的态度，就会失去消费者的信任。或许，宜家家居决定召回玩具熊的真正原因正在于此。

成熟的消费者，其实就是挑剔的消费者。文明的社会，其实就是处处充满人性化、个性化细节的社会。

让“细节经济”来得更快些吧！

（《中国青年报》“经济时评”专栏，2002 年 11 月 12 日）

公平竞争与双向选择

机动车保险条款和费率改革成了这个冬天的一个热点。之所以成为热点，背景大概是这样的：一、原来的条款和费率在名义上是统一的，但在实际操作中，因为各种各样的因素，这种统一也仅仅只是一种名义。也就是说，在一种“公平”的名义下，一种不公平在客户中间存活了很多年。二、虽然原来的费率是统一的，但不同的人开不同的车在不同的路上跑，出险率就大不一样。也就是说，在一种公平的名义下，另一种不公平在保险公司之间存活了很多年。

明年，各保险公司自主制定的机动车保险条款和费率将全面实施。这项改革的意义在于，保险公司有了选择客户的余地，客户也有了选择保险公司的余地。从大处说，这肯定是保险业对中国入世做出的反应；从小处说，这也是中国保险业走向成熟的必然出路。

竞争是向自由无限趋近的（所以有“自由竞争”一说），但长期以来，保险业都自缚于某种“统一”的框子之内。在保险市场竞争日益激烈，保险市场日渐开放的情况下，谁甘愿自我束缚，谁就等于束手就擒。这是每个保险公司都不情愿的，于是只得“戴着脚镣跳舞”，一些非正常手段便在竞争的幌子下大行其道。在机动车保险领域，给代理商的“高返点”就是一个公开的秘密（因为车险代理商的手中掌握着大量的客户资源）。“高返点”虽然争夺来了代理商，但代理商并不为保险公司承担任何保险责任；保险公司虽然因此付出了一部分保费，但车主们并没有得到其中的任何优惠。保险公司的员工也承认，他们常常有不知道“谁是上帝”的迷惘。

同时，因为“车祸猛于虎”的观念深入人心，不管是个人客户还是集团客户,机动车保险差不多已成为一个"关于生命"的严肃话题。机动车保险也可能是所有险种里,社会接受程度最高的一种。所以,保不保已不再成为问题。但是,在哪家保险公司保,却成了客户特别是大客户手中的一张"王牌"。而保险公司所谓的"展业",在一定程度上,差不多就成了"返点谈判"。保险公司是商业行为,而一些机关单位则可能在此过程中出现腐败。

经济学家普遍认为,价格战是市场经济中最低层次的竞争方式。但是,在保险行业,甚至连"价格战"都没有公开打过,或者都不敢公开去打。因此,对于终端客户来说,保险行业仍然是一个虚拟的垄断行业,因为你别无选择。如果说此前保险行业存在着"低层次的价格竞争",也可能只有代理商们才能感觉得到。

已被保监会批准的人保机动车保险改革方案,根据不同的客户群体、不同的用途、不同车型种类和不同地区的风险程度,设计了不同的保费标准。也就是说,保费的高低不再根据车型(甚至车价)一个因素来决定,而要受到很多车外因素的影响。同样,其他保险公司也将在竞争的激发下,推出富有自己特色的改革方案。

这意味着,一方面,不同的保险公司提供的服务和保费将具有一定的差异性,而这种差异性就成为保险公司选择客户的标准;另一方面,客户包括代理商在选择保险公司时,如果只考虑保费一个因素,就可能因为"走眼"而进入某种误区。

"公平竞争"是同行竞争的基本条件,而"双向选择"则是选择的最高境界。可以想象,保险行业的竞争将会更加激烈,保险客户的选择也将更加自由。公平竞争使双向选择成为可能,并有了意义;双向选择使公平竞争走向透明,并逐渐成熟。

(《甘肃日报》"经济杂谈"专栏,2002 年 12 月 28 日)

把冰卖给南极人,是生意人的"艺术"

前几天逛书店,看到一本书,书名叫《把冰卖给南极人》。毫无疑问,这是一本关于推销艺术的书。这使我突然想起一句俗话:在生意人眼里,什么东西都可以弄成钱,什么人的钱都可以弄到手。

我不知道这是称赞生意人,还是嘲讽生意人,但在很多时候,对生意人,我们都得有点幽默感。

一

丹麦哲学家索伦·克尔恺郭尔在他的著作《非此即彼》中讲过一个寓言:一个女人许诺卖给塔昆一批书籍,当塔昆不愿支付她索要的价款时,这个女人就将书的三分之一烧掉,并索要同样数额的款项;当塔昆再次拒绝给付时,这个女人又烧掉那批书籍的三分之一,仍旧索要同样的价款。最后,塔昆只好付出原来的代价,买下了剩余三分之一的书籍。

那女人是一个好生了得的生意人。我想,如果塔昆不尽快买下那三分之一的书籍,那女人就可能又要烧掉那三分之一的三分之一,并索要同样的价钱,直至塔昆掏那么多钱买下为止。

过去,我们只知道,资本家宁肯把牛奶倒进海里,也不愿意送给穷人们去喝。但是并不知道,如果一味送下去,资本家也很快会变成穷人的。在市场社会里,供求关系决定着商人的地位。当供大于求时,消费者才是商人的上帝;当供不应求时,商人就可能成为消费者的上帝。

商人是不可能低于成本做买卖的,面对消费者的讨价还价,能够采取的策略大概只有一条,那就是控制市场上的商品量。塔昆笔下的女人烧掉了很多书籍，表面上看是社会财富的损失，但实际上，却成功地制造出了市场稀缺。对那女人来说，既守住了自己的利润，也保住了自己的地位。

可以想象，当稀缺至于极端时，比如那批书烧得剩下最后一本时，那女人说不上还会提高一倍的价格。同样，街头小商贩们惯用的“最后一天跳楼价”、“最初 10 台大放血”的伎俩，也是想利用自制的稀缺引诱消费者快掏腰包。

二

美国福特公司 CEO 雅克·A. 纳瑟入选 1998 年度全美杰出企业家后，在为他入选而举行的酒会上发表即兴演讲时，讲了一个关于沙丁鱼的故事——

一个做期货生意的意大利商人，他购买沙丁鱼然后再出售。一次，他把沙丁鱼以每吨 200 美元的价格卖给了一个黎巴嫩人，这个黎巴嫩人又把沙丁鱼以每吨 250 美元的价格卖给了另一个黎巴嫩人，之后，沙丁鱼又被卖给了希腊商人。这种交易如此进行着，而沙丁鱼还没有离开葡萄牙。因为交易一直是以书面形式进行的，最后沙丁鱼又以每吨 1000 美元的价格卖到了纽约。之后，纽约商人又把它卖给了一个批发商。这时，沙丁鱼才被分散到美国各地，人们终于吃到沙丁鱼了。

当他们吃到沙丁鱼的时候，沙丁鱼的味道真是糟糕透了，于是消费者就开始报怨。从批发商开始，这种报怨一直传到这项贸易的发起人，那个意大利商人。他听到这些怨言时非常气愤，他来回走动着说：“这怎么可能呢？这些沙丁鱼不是用来吃的，而是用来做交易的。”

纳瑟是以反面事例来讲这个故事的。他的意思是，商人不能为交易而交易，而应该为消费者着想。作为一个消费者，当然喜欢听这样的话，也希望商人们这么做。但是，也应该相信，不论商人们如何为消费者着想，他们的眼中始终盯的都是利润。

所以，经济学家在分析商人的时候，都不会忽略这样一个假设：在创造利润和提供服务之间，商人们总是对前者更感兴趣。或者说，商人们之所以要提供更多的服务，是为了创造更多的利润。

沙丁鱼不好吃，但在商人们的一系列运作下，消费者的预期却达到了相当的高度。从始作俑者那个意大利商人的口气中，我们能感觉到，沙丁鱼的价格似乎还可以提高。也就是说,只要沙丁鱼不落到消费者手里,许多下线商人其实还可以从它身上赚到许多钱。

但是,最后的结果必然是,如果出不了手,最后一个商人就成了受害者;如果出了手,所有消费者都是受害者。

三

从推销的角度看赵本山表演的小品《卖拐》和《卖车》,似乎更有意思。“把冰卖给南极人”可以成为一种生意经,那么“把拐杖卖给腿好的人”、“把轮椅卖给体壮的人”也可以是一种生意经。

什么是生意?经济学家的解释可能是:将你拥有的东西,卖给需要它的人。但是古老的犹太人并不这么看。一则犹太格言说:把自己的猎枪,卖给需要猎枪的爱斯基摩人,并不是真的生意,这种生意是很简单的,谁都会做;真正的生意,就是把并非自己拥有的制冰机,卖给完全不需要制冰机的爱斯基摩人。

“赵本山”的推销术之所以得逞,据有关专家分析,主要是心理暗示术在“范伟”身上起了作用。如果“把你拥有的东西,卖给需要它的人”是做生意的第一境界,那么“把你没有的东西,卖给不需要它的人”就是做生意的第三境界。因此,“赵本山”只能算是达到了第二境界:“把你拥有的东西,卖给不需要它的人。”

推销术是一种综合能力,所以,生意人的日常表演有时比小品还要好看。可惜的是,消费者并不时时处处都是观众。能勉强算得上观众的,只有经济学家。不幸的是,并不懂得经济学原理的生意人,其所作所为常常让经济学家一脸茫然,一筹莫展。

毫无疑问,是生意人培养了经济学家,而不是经济学家培养了生意人。

(《东方早报》“早报自由谈”栏目,2003 年 9 月 4 日,
原题《生意人的“境界”》)

市场面前,谁主动谁就有意义

德国《经济周刊》上曾有过这样一段“幽默”文字:著名物理学家爱因斯坦在天国大门前排队时,问三个男人的智商各为多少。第一个男人回答说:“190。”“好极了。”爱因斯坦说:“我们可以讨论我的相对论。”第二个回答说:“150。”这位科学家说:“很好,我很高兴能同您一块讨论世界和平问题。”第三个人说:“50。”爱因斯坦沉默了片刻,然后说:“您对明年的经济增长是怎么预测的?”

显然,这是冲着经济学家来的。好在经济学家历来宽宏大量,所以有关经济学家的笑话也被经济学家一再提起。我之所以想起这则幽默,不是因为经济学家,而是因为对经济现象的一种预测心理。

不久前开张的上海思考乐书局第三家门店——浦东店,打出的服务牌是“阅读零时差,全天不打烊”,即 24 小时全天候营业。这意味着,从开门的那一刻起,书店的大门将永远向消费者敞开(《中国青年报》2003 年 9 月 10 日)。不过,从开门的那一天起,很多人就开始关心它什么时候“关门”了。

上海的一位同行说,他不希望推出 24 小时服务后,书城出现 70 个营业员,却只有 3 个读者的局面。浙江的一位同行说,几年前,席殊书屋在上海也曾经 24 小时营业,但最终因为运营成本太高,没有坚持下去。言内之意是他们并不准备开办 24 小时书店,言外之意是 24 小时书店的寿命长不了。

对于同行、媒体甚至读者对书店 24 小时营业的质疑,思考乐图书有限公司总经理何根祥却充满自信:“根据供给创造需求的原理,我们实行 24 小时营业,自然会培养一批晚上出来逛书店的人。”

我不敢预测思考乐浦东店的寿命,但他们在需求面前所表现出的主动精神，却让人感奋。

这些年来，由于受到市场经济的熏陶，人们对供给与需求的关系越来越重视了。但是，另一个倾向却悄悄出现了——只知道根据需求组织供给，却不太懂得通过供给创造需求。前者自然会少许多风险，但也不排除盲目跟进（许多企业就倒在了同行的手里）；后者虽是摸着石头过河，但诱惑却是全新的彼岸（许多企业因此赢得了市场）。

正如人们所知道的那样，在中国，所谓的夜生活，无非就是泡吧蹦迪唱卡拉 OK。晚上出来逛书店，不要说形成需求，连听说过的人也不是很多。

根据加入世贸组织的承诺，我国已经允许外资涉足图书、报刊领域，国外一些图书发行巨头跃跃欲试，觑视中国图书发行市场。在国外已经相当成熟的充满人性化的 24 小时书店对中国书店已构成潜在威胁。从形式上说，思考乐并不是第一个吃螃蟹的人；但从时间上说，它也能算得上先行一步。

为什么人们会感到市场竞争越来越激烈，一个重要原因就是同行越来越多。同行太多了，竞争就可能恶化。聪明的商人，总是想着怎样才能和同行不一样。如果产品是一样的，我就降低价格；如果价格是一样的，我就提高服务。在图书零售行业，从价格和服务上，同行们可能很难拉开距离，所以思考乐开设了 24 小时书店。这不仅只是延长开门时间的问题，同时需要一种全新的服务理念来支撑。

我不知道思考乐 24 小时的供给能否创造出 24 小时的需求，但是，有一点我们应该清楚，8 小时的供给最多只能赢得 8 小时的需求！

关于经济问题，不论是宏观的还是微观的，经济学家很难提供准确预测，所以才有人编笑话来讽刺。而且，就算预测准了，也没有多大意义。我的态度是，在市场面前，谁是主动的，谁就是有意义的。如果自己不能得益，后来者就一定会得益。

（《中国青年报》“经济时评”专栏，2003 年 9 月 17 日，
原题《谁主动谁就有意义》）

“美女经济”:搭美女的车,卖自己的货

“性爱床”从东南沿海城市一路炒作,现在可能在各大城市都有现货供应了。不知道是销路不好,还是想让销路更好,各种“床秀”一直不离左右。

3 月 28 日,“性爱床”搬到了兰州市繁华路段,“床秀”随即展开。在主持人的解说声中,两位妙龄女模特轮流坐上“性爱床”,促销小姐不失时机按动电钮,随着悠扬的乐曲,托架自由升降,床面开始有节奏地起伏,女模特也在床上不停地变换姿势和造型,向围观者展示该床的突出功能……

很显然,商家的预谋是要挑起人们的性幻想。而他们使用的道具,除了“性爱床”,最关键的其实是年轻漂亮的女模特。

当地媒体的报道称,当日,商家还请来一位性学专家进行咨询,不少市民也乘机向他请教。但是,商人就是商人,他们的目的,并不在于普及性学常识,也不在于开展性爱指导,而是想尽一切办法卖床。

所以,在这里,美女的力量要远远超过性学专家的力量——美女为推销“性爱床”而努力,而性学专家则为推销“性爱”而努力。所以,美女展示的是“性爱床”的功能,而性学专家讲解的则是性爱的功能。

因此,我认为,尽管卖的是“性爱床”,尽管有性学专家在场,但这仍然不过是一场美女秀而已!

汽车展上的美女秀是想通过美女将人们的目光引向汽车,服装城的美女秀是想通过美女将人们的目光引向服装。性爱床边的美女秀,就是想通过美女将人们的目光引向性爱床。商家就是这么单纯,事情就是这么简单。

对商家来说,能通过某种“秀”达到促销的目的,其实也是一种本领。而从古到今,从中到外,美女也总是受到商家的青睐。看看吧,户外广告、电视

广告、报纸广告,哪一样少得了美女?有时,人们不免感叹:电视广告要比电视节目好看。我想,一个重要原因,就是广告里面美女多。

美女到了商家手里,就形成了一种战略。这是一种分"两步走"的战略:第一步,借用"美女的功能",吸引人们的眼球(因为"爱美之心,人皆有之");第二步,利用"人性的弱点",搭美女的车卖自己的货(因为"爱屋及乌")。这就是所谓的"美女经济"。而且,对于"美女经济",我觉得绝大多数人也能够接受。问题是,事情到了借"美女秀"卖"性爱床"这种地步,还算不算"美女经济"?

谈色而色变的情况已经不多了,但这并不是商家放肆的理由,也不是制造低级趣味的借口。任何东西都有个场合,场合变了性质就可能变了;任何事情也都有个分寸,分寸过了味道就可能变了。好多人对"借美销床"现象不能接受,但却找不出合适的理由,或者找出的理由连自己都说服不了。其实,简单地说,就是太过分了。

具体地说有两点:一、"性爱床"的全名叫全电脑多功能豪华床,也就是说,它是床,而不是性爱工具。但显然,整个促销活动中,性爱都被处理成最大的卖点。二、以性爱为卖点的功能床,摆在大街上展示其功能,显然没有摆对地方(从大的方面来说,也不适合国情)。因此,此美女秀也就不是彼美女秀了。虽然人们还不至于将作秀的美女和床上的性爱直接挂起钩来,但确实让人们产生了一些不利于美女形象的联想。因为,她们是那么单纯,那么简单。

如果把这也叫"美女经济",那就只能说是变味儿的或变质的"美女经济"了。在变味儿的"美女经济"中,美女成了异常的美女,经济也不再是正常的经济了。

(《中国青年报》"求实篇"专栏,2004 年 4 月 2 日,
原题《美女秀与"性爱床"》)

关于消费

消费者不是“上帝”，也不是待宰的“羔羊”

过度热情,则无异于骚扰

两年前,我写过一篇小文《"干扰型"服务》,痛陈文明服务过程中的种种不文明行为。两年来,"干扰"非但没有收敛,反而得寸进尺,迅速发展,一跃而成为"骚扰",让人不胜唏嘘。

那一天,我正在一单位采访,传呼机突然剧烈"振动"起来。看呼号是一个陌生的号码,怀疑是不是有人呼错了,就没有理睬。但是,5分钟之后,呼机又一次"发作"。我害怕耽误了什么紧要的事,只得中断采访,向采访对象表示歉意后,在他的办公室认真地回起了电话。

对方称是我曾经教过的一名学生。他说他目前是一家保险公司的业务代办员,通过几番周折才打听到我的传呼。然后,就很熟练地向我推销起他们的产品。说现在城市人对孩子都挺重视的,有些家庭给孩子买了好几种保险;没等我说话,他又一个一个介绍他们的新险种。我只得打断了他,但他又抓住最后的机会,说如果要给孩子买保险的话就找他,然后又急着要给我留他的传呼,我很不礼貌地对他说了"再见"。第三天,我就到外地出差去了。一周后,刚回到单位不久,又有一个陌生传呼打来,又是那位学生的声音。他说,这几天,他给我打了好几个传呼,我都不在。我说我出差去了,于是,他又是上一次的老方法。我实在无法忍受了,只好借口我现在正忙,才打住了他的"业务"。他问我家里的具体地址,我没敢告诉他;问我家里的电话,也没敢告诉他;问我明天在不在家里,我说可能不在。

你说,被"服务"折腾到这份上,你还能有什么心情?

这大概就是所谓的"电话预约服务"吧,如果他知道了我家里的地址,那就很可能要亲自"上门服务"了。

其实,我接受“上门服务”已经有好几十次了。上门服务的人都很聪明,一般选择的都是中午或下午下班的时间,那时候,他的“服务对象”基本上都在家里。这大概已是许多人的经验了:你吃完午饭准备休息一会儿,一阵紧似一阵的敲门声,来人不是手提新推出的拖把,就是怀抱正热销的喝水杯,你当然可以不买,也可以让他到别处去卖,但他或她态度那么好,嘴那么甜,出于起码的礼貌,你也得忍受他们的“骚扰”。其实,你不在的时候也不妨碍他们的“服务”。有时候,你下班回来,就发现保险门缝里塞着一个折得很美丽的纸卷,抽出来一看,不是介绍治性病的药,就是推荐治阳痿的药,其语言之放肆之下流,绝对是孩子们看不得的。“服务”这个词流行多年了,各行各业都在这两个字上翻新花样,以便重新树立自己的社会形象,赢得丰厚的经济效益。为此,消费者好像还真的当过几年“上帝”。随着“竞争”的升级,“服务”也越来越“强硬”,当初无缘无故的“微笑”,后来没头没脑的“热情”,到现在可以说是不伦不类的“主动”了。开始是“脸上水平”,后来是“嘴上功夫”,到现在,可以说是“综合本领”了。服务的人不厌其烦,但被服务者却忍无可忍了。

我住的楼上,楼道两侧曾经被各种服务信息弄得像街上的广告墙,无奈,单位请来刷墙师傅,又涂了一层白粉。可没有多长时间,花花绿绿的服务信息又开始“夹道欢迎”了。那么多的东西能写或贴在楼道,肯定是有相当多的闲杂人员进过大门、上过楼道,想到这一点,不免使我担心起来:不知道有多少人在暗中窥视着我们。

我们是消费者,没有过多的脾气可发,只能求求这种种服务人员了:别再来找我了,如果我需要您的服务,我一定会找你的!

这句话说了之后,又产生了另一种担心:到我们找他们的时候,该不会找不到吧,该不会请不来吧,该不会请来之后不好伺候吧?

(《中国青年报》“求实篇”专栏,1999 年 1 月 11 日,
原题《骚扰型服务》)

“经济”背后的“消费陷阱”

今年高考期间，特别是大中城市，有相当一部分考生住在宾馆，吃在酒店，来回“打的”、考前“吸氧”现象也一时成为时尚。参加高考的学生是黑压压一茬人，他们的背后还站着黑压压一茬人，毫无疑问，他们的任何倾向都可能形成某种“气候”。你住我住，你吃他吃，尽管只有短短三天时间，但还是掀起了一股消费热潮，一些服务行业因此生意兴隆，一些敏锐的生意人因此财源滚滚。

有媒体将此现象命为“高考经济”，并称“黑色七月，商机无限”，大有振臂欢呼之意。

内需不足，消费疲软，是有目共睹的事实，很多人也因此开始急躁。每出现一点新的消费趋向，马上就会有相应的概念尾随。或者说，为了炒作一个消费热点，马上就可以推出一个响亮的概念。“打折经济”有过，但后来慢慢成了干吆喝，“跳楼”、“放血”等等标志性的表述方式，在一些“打折”销售活动中，成了骗局的开始，也成了骗局的结束。“礼品经济”有过，有些产品的外包装都标有“高级礼品”等字样，某补品的广告词甚至就是“今年过节不收礼，收礼只收某某某”。但是，目前满街道的“礼品收购店”，又会使人想起这种“经济”中的“非正常”因素。我是指：一、其主张实际上是对“关系学”的物化；二、从“收”（收礼）到“收”（收购）的过程，其实是在破坏一种正常的消费程序。有理由说，这种利用人的某些“弱点”所倡导的“经济行为”，大多都是反生活的，一是不会长久，二是也不能让其长久。

这个意思的正面表达是，一种“经济”概念的出现，总的说来，首先应该与生活追求密切相关。今年“五一”放长假，“假日经济”走俏。启动旅游消费，不仅是扩大内需的新战术，对提升百姓生活观念也有特别意义。正因为如此，政府部门正在投资改善各个旅游景点的条件，银行也纷纷推出了旅游消费贷款业务。我并不是盲目地为“假日经济”喝彩，只是希望对它百般呵护。老百姓挣几个辛苦钱不容易，愿意花在“休闲”上就更不容易。况且，在目前，旅游确实还可以算一个比较有前途的消费热点。但即使如此，我们也应该保持冷静态度。毕竟，发生在旅行社里和旅游线上的坑蒙拐骗行为，多多少少都与“假日经济”的走红有关。而任何时候，我们都不能允许这种行为在“假日经济”的大旗下逍遥。

再回到所谓的“高考经济”。“高考经济”实际上就是为考生服务的“经济”。考生也是消费者，为他们提供高水平的服务理所应当，但同时要知道服务内容的关键意义。毫无疑问，今年出现的“高考经济”，在一定意义上，其实是在怂恿一种不健康的消费心理，我的感觉好像是在提供“最后的晚餐”。这又要涉及到经济学家们争论的“经济的道德责任”问题。考大学，对考生和家长，都是一种“神圣”的事情；也正因为神圣，所以双方在面对时都很容易“脆弱”。“高考经济”挑起的正是一种建立在脆弱心理基础上的“攀比现象”，比来比去，结果就是所谓的“商机”。

如果说仅仅从“商机”的角度看高考，有些事会让人吓一跳。据报道，在某地，为了给考生提供作弊工具，传呼机改频和租赁生意就十分火爆。单说“经济”，这可能还算有“科技含量”的，但这实在离我们启动消费的初衷相距太远了。对“高考经济”的欢呼如果是必须的，那么因此也应该谨慎一些。

经济与道德虽有各自的“游戏规则”，但也有其共同的目标。最起码，不能为了让“经济”热起来，而把“道德”当作柴火塞进炉膛。

（《甘肃日报》“经济杂谈”专栏，2000年8月5日，
原题《“经济”杂谈》）

"霸王条款"后面,必然有"霸王逻辑"

"霸王条款"见得多了,也领教得多了,比如酒店所谓的"开瓶服务费"。不过,10月28日《中国青年报》的一则报道仍让我大开眼界:最近,河南省安阳市一些酒店贴出"店堂告示",对自带酒水开瓶费作出规定:"依照《消费者权益保护法》,按安阳市餐饮商会通知,从10月16日起,凡自带酒水的顾客,收取酒店(该商品)售价的35%为开瓶服务费。对酒店未销售的酒水,收费标准如下:白酒50元/瓶、啤酒5元/瓶、饮料5元/瓶、色酒30元/瓶、洋酒300元/瓶。"对此,酒店还加了一个小"注":"酒店保留选择顾客的权利;解释(权)归安阳市餐饮商会。"

之所以说大开眼界,是因为两点:

一、酒店太"黑"了一些。我不知道安阳人的消费水平如何,也不知道安阳人喝酒的档次如何,同样不知道为什么安阳的酒店竟敢下如此黑手。我所在的兰州市是个省会城市,在大多数中档以上酒店里,卖得最火的白酒大概是每瓶百元以内的,五六十元的销售情况最好。据此,我可以大致判断出白酒消费者的承受能力。也就是说,在兰州,如果酒店也订出开瓶费标准,大多数自带酒水的人就得付出酒价50%至100%甚至更多的开瓶费。同样,以我的经验,如果自带色酒,开瓶费就可以买一瓶色酒;如果自带啤酒,开瓶费就可以买两瓶啤酒。

消费者进酒店自带酒水,大概有两个原因,一个是怕酒店的酒贵,一个是怕酒店的酒假,所以应该算是无奈之举,并没有和酒店分享利润的意思。而且,自带酒水的人,起码要多点几个下酒菜,和不喝酒的人比起来,也算是一种额外消费吧。但是,酒店如此手狠,则完全是一种对付竞争对手的心态。

二、酒店太“牛”了一些。我不知道安阳酒店的经营情况如何,也不知道安阳酒店老板与餐饮商会的关系如何。我的感觉是,他们确实有些太牛了。什么叫“保留选择顾客的权利”,什么叫“解释(权)归餐饮商会”?行会存在的理由,一是维护行业利益,一是规范行业行为。像安阳餐饮商会和安阳酒店这样联合起来共同应对消费者的情况,除了说明他们“牛”,还能说明什么?

“霸王条款”如果少了“霸王逻辑”,就寸步难行。在安阳,酒店甚至还搬出了《消法》为开瓶费做后盾。但是,无论如何,谁也无法超越市场法则,比如“消费者是上帝”的理念。作为商家,你可以有你的经营定位,但你没有权利对你认为不合格的消费者进行惩罚性服务。

这种“霸王条款”可以说是最不成熟的“市场行为”,因为在商家眼里,消费者仍然可以任其宰割。同时,我也意识到,酒店限制自带酒水或对自带酒水收取高额开瓶费的行为,明显地含有歧视穷人的态度——如果你是富人,你就喝我的高价酒;如果你是提着便宜酒来喝的穷人,我就让你为此付出必要的代价。

用经济学术语来说,安阳酒店行业为开瓶费统一定价,已经构成了事实上的“勾结”,目的是形成价格联盟,实行价格控制。正如亚当·斯密所说,同一行业的人即使是为了娱乐和消遣而聚在一起,他们的聚会也会以对付公众的阴谋或抬高价格的计划而结束。但是,在一般情况下,这种关系都不会长久。一个重要的原因是,酒店面对的是市场,只要商家之间还存在竞争关系,只要消费者还有选择余地,这种勾结都会不攻自破。

我所在的城市,许多酒店也在显著位置设有“谢绝自带酒水”之类的告示牌,但我和我的很多朋友经常自带酒水去那里吃饭,却从来没有人强行收取过开瓶费。不知道这样的牌子是不是给同行看的,但很明显,他们不敢因此和顾客硬碰硬。

这种不攻自破是需要时间的,中消协已经认定安阳酒店业“开瓶服务费”统一订价违法,那么《消法》就不应该还维持现状。而且,从消费者的感情出发,这种霸道的条款也不应该等它自生自灭。

(《中国青年报》“经济时评”专栏,2003 年 11 月 3 日,
原题《见过黑的,没见过这么黑的》)

别让"第49条"丧失威力

上海市高院宣布不支持"知假买假"或"诱假买假"行为以后,引来各方争议。争议其实集中在一点:"知假买假"或"诱假买假"到底有什么错? 或者说,经营者对故意购假的消费者构不构成欺诈?

3月17日《中国青年报》在报道上海高院的规定时,提到了法院对欺诈行为的界定:"欺诈行为的构成,除有经营者的欺诈故意外,还要求经营者的欺诈与消费者做出错误意思表示之间存在因果关系。"这句话虽然专业得有点拗口,但意思却很明白,那就是:如果经营者故意售假,但消费者在无意中上了当(不知假买了假),就算是欺诈;如果经营者故意售假,但消费者是有意上当的(知假买假),就不算是欺诈。

到了这一步,人们很快就想到了王海,一家报纸讨论这一问题时,甚至用了这样的标题:王海们打假没赚头了?

我认为,这对王海们是不公的,对广大消费者来说也没有什么益处。在假货充斥市场,消费者防不胜防的情况下,如果王海们的行为不值得提倡,起码也不应该成为扼制的对象。

从打假者的意识上说,王海们的存在,构成了"职业打假"与"业余打假"的结合。"职业打假"的一个标志是有意买假再打假,"业余打假"的标志是无意中买到了假再去打假。

但是,实际生活中,无意中买到假货的人,也一定是在无意中才能发现买了假货。事实证明,发现很难,而且效率很低:一是他没有相应的专业知识;二是等发现买了假货时,可能已经破坏了经营者售假的证据;三是他没有那么多精力去索赔。

如果说“打击假货,人人有责”,那么“职业打假”正好弥补了“业余打假”的缺陷,也可以说是形成了一种有效的配置。

从打假者的性质上说,王海们的存在,构成了“民间打假”与“政府打假”的结合。虽然工商部门是政府打假的主要力量,但实际上,政府力量远远不够。政府打假力度一直在加大,但假货依然泛滥成灾就是明证。

王海们的“自觉”行动,不仅是对政府打假的一种补充,也是对政府打假的一种创新。其实,政府打假在有些时候,也用“知假买假”或“诱假买假”这一招,不然很难知道经营者有假货、有多少假货。

从打假者的企图上说,王海们的存在,构成了“利益打假”与“良心打假”的结合。我们经常说,消费者要有勇气维护自己的合法权益。而且还说,如果消费者忍气吞声,就是对制假售假者的纵容。但事实证明,虽然生活中不乏仅仅为自己或消费者争一口气而不计利益得失打假的人,但利益驱动还是最有效的。同时,让制假售假者在利益上付出代价,也最起作用,因为制假售假的目的就是为了获取暴利。

更重要的是,从上海高院的规定中,我们还可以读出另一种意思:如果经营者不知道自己出售的是假货,那么不管消费者是无意中买到了假货,还是有意买到了假货,经营者都不构成欺诈,因为他不是故意的。但是,谁能证明一个售假的经营者其实并不知道自己出售的是假货?一个经营者不能判断自己出售的东西是真是假,是否正常?

和消费者比起来,经营者首先应该能判断真货假货。也就是说,经营者即使不知道自己出售的是假货,也应该对他出售的假货付出代价——为他的无知负责。

和经营者比起来,消费者很难证明经营者的售假行为是一种故意。常言说,买的没有卖的精。从客观事实上说,经营者如果有意售假,那么必然会提前准备一套应对办法(类似于“反侦查能力”),所以他很容易证明自己不是故意的。

《消法》第49条为什么会让一些售假经营者胆寒,原因就在于“退一赔一”。如果对“知假买假”或者“诱假买假”行为说不,这一条也许很快就会失去威力。

(《中国青年报》“经济时评”专栏,2004年3月22日)

"名人效应"与"问题广告"

"影星"唐国强和"歌星"解小东给北京新兴医院做了虚假广告,因而受到了社会各界的广泛责难。一般人觉得,这等于闯下了天大的祸。但是,对明星们而言,"责难"其实算不了什么?银子已经进了腰包,那是劳动报酬;再尖锐的批评,他们也听不到多少!

虚假广告的受害者,也不可能"把生气坚持到底"。我等一般人骂几天,咒几句,发泄发泄,也就算完了。有执著者,或到消协投诉,或到商家索赔,结果可能是再生些气,再碰些壁,最后多半是自己累了,就不了了之了。再者,现在是法治社会,情绪激动有时反而于事无补。折腾来倒腾去,说不上还会因此落下"人身攻击"、"侵犯名誉权"等罪名。

找名人做广告,利用的是"名人效应"。只要能请得起,哪个商家不想请。名人做广告,是名人对自身比较优势的充分利用,只要有人请,哪个明星不想做?

所以,名人经常成为广告的主角。也因此,名人广告的演员阵容、艺术效果就不亚于一流二流的电视剧,而三流以下的电视剧则只能望其项背。名人纷纷做广告,好处是广告好看了,不好处是消费者上当受骗的机会多起来了。

我始终认为,只要有人上当受骗,就得有人承担责任。但对于名人广告,情况就有些不妙。商家说,我的广告是经过审查批准的。做广告的名人说,我做广告是合法的,比如唐国强和解小东就表示,他们是在看了新兴医院的合法手续后,才去做广告的(《中国青年报》2004 年 8 月 24 日)。审查单位说,我们按规定对商家的广告进行过审查。主管部门也有说法,比如关于北京新兴医院,北京海淀区卫生局就说,他们先后对其进行过 4 次调查,均没发现大的问题(《中国青年报》2004 年 8 月 12 日)。

整个过程好像一点问题都没有,但却出来了一个很有问题的结果。为什么?

有这样几个问题,不得不问。一、商家报批的广告,和实际播出的广告应不应该完全一样?二、合法企业所做的广告,是不是一定合法?三、广告中的人物对他所做的广告,应不应该承担连带责任?四、经营主管部门和广告审批单位之间,是怎样一种关系?

在这些问题含糊不清的时候,就很容易给虚假广告以可乘之机。

在名人广告中,名人们差不多都是以第一人称、以消费者(使用者)的身份,对某种产品或服务进行推介,说什么怎么说,做什么怎么做,都是经过再三再四推敲的,其表演的技术水平,也足以让人信以为真。所以,有些人就将上当受骗的责任,归之于消费者对名人广告的盲目轻信。

名人广告与街头骗术不一样。在街头骗术中,骗子既是骗术的载体,也是骗术的操作者,所以很多情况下,它是游离于监管之外的。名人广告则不同。名人广告差不多都是在有影响的媒体上刊播的,不信名人起码得相信媒体吧?既然是在有影响的媒体上刊播的,想来也进入了主管单位、审查部门以及各级领导的视线,不相信名人起码得相信他们吧。再者,名人是公众人物,他们比一般人更注重形象,而且广告中说得有鼻子有眼,做得满脸都是真诚,我们有什么理由不相信人家?

再者,如果让消费者在名人广告的真实性上“把关”,那就构成一个悖论:虚假的名人广告为什么能够出笼?

中国人讲究“抓赃抓现行”。所以,让名人为名人广告承担责任,也在情理之中。起码,抓住名人,也就等于抓住了名人“问题广告”的一条重要“破案”线索。

不是使用者,能以使用者的身份说话吗?不是受益者,能以受益者的身份说话吗?不是专家,能以专家的身份说话吗?名人之所以是名人,就在于他的公众身份很难“隐瞒”起来。你无论以谁的口气说话,观众都会把你所说的话记在你个人的头上。更何况,在一些名人广告中,商家害怕受众认不出他请的名人,还要在屏幕上打出名人的名字,有些甚至还是名人的亲笔签名。

所以,名人广告一旦出现问题,受害者都会指名人为骗子,而名人都觉得他是在替人受过；受害者找名人“报仇”的时候，名人觉得他比受害者还“冤枉”。

得承认，在很多情况下，法律对名人广告是无可奈何的。所以，针对新兴医院的问题广告，北京市消费者协会向社会名人和明星发了一封“拒绝虚假广告”的公开信，呼吁公众人物拒绝重金聘请的虚假广告和其他活动。法律界人士也说，我国《广告法》中关于虚假广告的惩罚措施中，并没有针对参与制作广告的公众人物的相关条款，所以只能对明星们进行“劝诫”。

法律永远都是有空子的。但是，并不是所有的人都在钻法律的空子。同样，劝诫永远都是一种教育方法，但也并不是所有的人都会把“劝诫”当一回事儿。再者，名人又不是神仙，他们怎么知道哪些广告是虚假的，哪些广告是真实的？

名人做虚假广告，名人不可能是唯一的实施者，广告本身也不一定是第一现场。破案的真正思路是从名人“溯流而上”，一步一步寻找真正的责任人。我始终相信，走不了几步，症结就会出现，真相就会大白，责任就会落在有关行政主管部门和广告审查机构的头上。

法律不完善、制度不健全可以使一些人有伤天害理、唯利是图的“机会”，但绝不能成为行政主管部门推脱责任的借口。也就是说，即使是“劝诫”对名人能够产生百分之百的效果，行政执法单位的“监管”也不能在须臾间退居二线！

（《东方早报》“早报自由谈”专栏，2004 年 9 月 3 日，
原题《名人与广告》）

关于价格

没有人愿意做赔本的买卖，

但价格并不是完全由商人来决定的

商业竞争:低价才是硬道理?

由“兰新”与“华联”两家超市引起的鸡蛋价格战,着实让兰州市民“惊心动魄”了一回。在三两天内,超市鸡蛋从每市斤 1.68 元的低价,一路直下,迅速落至 0.50 元。和每公斤 3 元多的成本价相比,真可谓“跌破了蛋壳”。“一斤鸡蛋五毛钱?”这不是疑问,而是惊呼。

就鸡蛋本身来说,这样的价格可能要算“跳楼价”了。“赔本的买卖谁做?”但两家商场各有理由。4 月 8 日兰新超市开业,他们称鸡蛋降价是为了增加“人气”;4 月 10 日是华联超市开业百日,他们说降鸡蛋价是一次“酬宾”策划。而且,对于鸡蛋的“成本”,也有各自的说法,“华联”说有合作伙伴“鼎力相助”,“兰新”则称鸡蛋“全部自产”。两家超市都否认是互唱“对台戏”,但消费者都能感受到这是两家超市“竞争”的结果。

没有竞争,市场就会如一潭死水。所以,搞“行业保护主义”不行。同样,没有规则,就没办法“游戏”。所以,过度竞争、恶意竞争也不行。还有,竞争不仅仅只是价格上的较量。所以,“低价才是硬道理”(这是其中一家超市的广告词)实际上并不一定有道理。

所以,一位市民在评说这次鸡蛋大战时,用“扯蛋”两个字做了概括。虽然这不一定有贬义,但起码认为“鸡蛋贱如洋芋蛋”是一种不正常现象。鸡蛋大战似乎已经降温:兰新只赠不卖(当然是有条件的,购物百元以上赠 5 斤),华联价格回升(现在每斤 1.5 元,并表示一月后根据行情再做调整),但人们对这场商战的关注却正在形成一个热点。

从商业竞争方面讲,单纯的价格竞争其实属于层次最低的一种竞争。层次低,反而难取胜。“价格大战无赢家”,很多次价格大战,包括国内几家著名彩电企业之间的几轮价格战在内,都不约而同证明了这一点。因为竞争是为了赢利,而不是为了亏损。为了赌一口气,为了争一点面子,而不考虑如何收场,往往就会陷入骑虎难下的境地。兰州两家超市的停战方式,是不是多少都有点尴尬?

作为一个消费者,作为生活在社会链条中的一员,对"价格战"都有自己的理解。首先,两家超市在纷纷降价的同时,都有一个"限购"的附加条件,这是不是有悖于"超市"的概念;靠"价格优势"把消费者吸引来,然后又以"限量采购"对消费者进行"拒绝",我觉得,这不应该是超市的风格。其次,"白送"5 斤鸡蛋,听起来挺诱人的,但要求挺高,必须先买我 100 元以上的东西,而且 100 元以上不再分档,一律赠蛋 5 斤。消费者因此有被"商用语言"玩弄的感觉;毕竟,看起来是"白送",实际上玩的不过是"最低消费"的游戏,我想,要么是"放长线钓大鱼",要么就是"东墙拆了西墙补",绝不会是无缘无故的爱。当然,这也让消费者懂了一个道理:"如果有免费的午餐,那就得为此付出足够的代价。"

更重要的是低价倾销不仅只是"参战"各方能不能支撑下来的问题,而且会引起同类市场供求关系的失调,也会引起生产领域不安。鸡蛋大战中,很多卖鸡蛋的超市被迫停止了鸡蛋交易,这起码给一部分消费者带来了不便。因为,大多数人其实并不愿意为了买几斤便宜鸡蛋而跑那么远的路。同时,在消费者排队抢购鸡蛋的过程中,养鸡户却发出了"砸蛋等于杀鸡"的感叹。表述是朴素的,却提示商家一定要记住:价格得围绕价值转,上下浮动完全可以,背离价值规律却完全不可以。生产—销售—消费是一个有机联结的链条,必须得保持一定的对称关系,否则,就会导致经济运行的失衡。毕竟,我们都想过正常的生活,消费者当然希望物价低一点,但也不想经受物价大起大落的"刺激",更不想在刚刚吃过便宜鸡蛋之后,又过买不到鸡蛋的日子。

幸亏兰州的鸡蛋价格战没有继续升级。我想,与这次价格战有关的和无关的商场、超市,都在举一反三,都在一日三省吧?

(《甘肃日报》"经济杂谈"栏目,2000 年 4 月 16 日)

卖的东西都是“货”

一段时间以来,关于“一折书”的报道和议论一浪高过一浪。但总提不起我的兴趣,因为我们单位门口,这种书已经摆了很长时间了。原来,还凑过去翻翻,顺便还能享受一下热情的服务。现在,即使卖书的人眼巴巴地看着我,我也毫不动心。

非但如此,我还常常想起街头小商贩惯用的“换季大降价”、“拆迁大甩卖”、“偿债大出血”等小伎俩,想起大商场先涨价5倍再降价一半的“倾情回报消费者”等大伎俩,也终于使我想起了一句农村土话:卖的东西都是“货”(商品)。

有点文化的人,对书多少都有一点敬畏。但是,在市场面前,任何人都无法改变书的商品属性。书是商品,售书的方式也就不免要商业化一些。兰州市东方红广场东西两个“促销平台”,一直被一些知名品牌占据,但前不久,突然转了一回风向,不知是一家分两摊,还是一家各一摊,两个台子上都在举办特价书展销活动。其中一边还打出“文化中国”的口号,一招一式像个公益活动似的。但和平日一样,台下人山人海,台上又歌又舞,明眼人一看就知道,那是在推销商品。

促销现场,一堆一堆的书,胡乱地放在地上,给人的感觉首先是很不值钱,让人生出“凤凰落架不如鸡”的感叹;搞促销的人,拿着小喇叭一声接一声猛喊,其情其景,又使人想起“无可奈何花落去”。

书是知识的一种载体,但最多也不过是商品中的一类。知识是神圣的,但任何书都得受到市场的制约。“一折书”是些什么“货”呢?一、是一种“礼品”,包装精美,如八月十五的盒装月饼;二、是一种“集装箱”,里面的东西或集锦或汇编,没什么新鲜的;三、是一种“标准件”,如唐诗宋词元曲之类,不注不解,一个模子谁都用;四、是一种“耐用品”,或者叫做“传世经典”,保质期很长,保鲜期却很短。五、是一种“仿真品”,多出自“江湖”上没有多少名气的出版社,有些书因为差错多,还让人一次又一次想起“盗版书”。

得承认,那些精装甚至豪华的“一折书”,也曾经“高贵”过,但其中的原因肯定是一些人钻了“书是人类进步的阶梯”的空子;也曾经“畅销”过,其中的原因也肯定是有些人误会了“书籍是全世界的营养品”的意思。

书就是书,它本身是印刷品,而不是知识;是商品,而不是文化。就像穿一件名牌服装一样,桌头上摆一摞经典名著,也可以显示一个人的身份,但并不能表明一个人有多高的素质。现在人都聪明了,所有表面的东西,都能一眼看个八九不离十。但有一种现象仍然存在,就是迷信书,具体表现就是把书不当书对待。这是书之所以成为礼品的原因,也是礼品书之所以成为弃儿的原因。

出书的人叫书商,其实一直在像商品一样运作一本书或一套书。只是消费者们有时不太清醒,一次次上了他们的商业圈套。曾几何时,就有人买这样的书当作“精神礼品”送给领导,也有人买这样的书当生日礼物送给孩子。当然,这不仅是“礼品书”走红的原因,同样也是“礼品书”背运的原因。

把书当商品对待,不是俗,而是现实。

“商品书”的时代已经来临了,“礼品书”的时代也快过去了吧。

(《甘肃日报》“五泉随感”专栏,2003 年 1 月 13 日)

让汽车价格战再猛烈些

对消费者而言,一切降价的消息都是好消息,尽管商家可能要放弃一部分利润。1月9日《中国青年报》报道,长安铃木将全面大幅下调旗下的羚羊、奥拓系列全部各款轿车价格,其中最高降价金额达1.2万元。而近几天内,红旗明仕、昌河北斗星、广州奥德赛、奇瑞、猎豹、一汽幸福使者等也纷纷宣布降价。

厂家降价,总是被逼的。据说,此次降价有内外两方面的原因,一是从今年1月1日起,我国再次下调进口车关税,一是今年全国还将有30多款新车上市。所以业界人士预言,今年的车市价格战刚刚拉开帷幕。

一汽轿车股份有限公司总经理张磊在谈到小康社会时,曾说过“小康社会就是小车社会”。我认为,不管小康社会是不是小车社会,小车进入寻常百姓家总不是坏事,而真正的问题是怎样才能进入小车社会。通过几年的鼓动,民众买车的欲望基本上已经被调动起来了,一个时期以来,考驾照几乎跟考职称外语一样热闹,而唯一的缺憾则是“买不起”,用经济学家的话说,就是“需要”变不成“需求”。

稍微转一下弯子,问题其实很简单:小车的价格能不能便宜一些?在收入水平不会突然提高的情况下,大幅降价则无异于收入水平突然提高。所以,商家无奈降车价,而百姓只是偷着乐。

但同时,我也想到了另外一个问题:如果此次大降价后,车商仍有利可图,那么降价以前,他们赚取了多少钱?

没有加入WTO以前,中国的汽车产业作为“民族工业”的一分子,受到过很多“保护”。或许正因为如此,我们的汽车产业才得到了如此迅速的发展。

你看,厂家多得都可以打起价格战了。打价格战需要“价格资本”,也就是说,此前,我们的车商是习惯于赚取高额利润的。

美国人乔·卡尔博被称为“直销大王”,他写了一本书,叫做《懒人赚钱术》。作者宣称:“要牢记,如果你继续照老路走下去,那将来也不会有什么新的收获。有时只需要简单地停下,不再重复那些不会为你带来任何益处的事情,就可以轻而易举地使自己得到发展。”他说的话,并非仅仅指价格上的策略,但对我们仍有启发:如果总想着赚取高额利润,那么很可能被排挤出局,一分钱也赚不上。相反,在价格上做一个很简单的动作,适当刹一下车,在单位商品上放弃一点,也许就能赚到更多的钱。

一般来说,价格战除了让消费者得到实惠以外,也有利于企业提高效率,有利于企业间的优胜劣汰。当然,也有可能导致全行业亏损,但这种亏损绝不会持久。

正如消费者个人总是在追求效用最大化一样,在经济学家那里,企业总是被假定为始终追求利润最大化。企业要在竞争中生存和发展下去,总是要一直处于赚钱的压力之下。然而,在市场竞争越来越充分的大趋势下,靠“独此一家别无分店”的垄断经营显然行不通了。于是,我们就得承认:中国轿车降价的真正意义并不是放弃了一部分利润,而是为了赚取更多的利润,尽管可能实现不了利润最大化。

既然现在汽车降价是为了赚取更多的利润,那我希望这种利人又利己的价格战再猛烈些。

(《中国青年报》“经济时评”专栏,2003 年 1 月 13 日)

车卖不动,不只是车价问题

轿车消费肯定是继家电之后的另一个消费热点,不然,轿车市场也不至于要打价格战,媒体也不至于如此关注轿车的价格问题。

新华社2月12日一篇电稿给准车族提供了3个价格参照系,比如说"车价年年都会降,该出手时就出手",比如说"新车降价此起彼伏,但价格战不会全线打响",比如说"借鉴海外成熟市场价格,重在'品牌价格比'"。

价格的确是轿车进入更多中国家庭的一个门槛,但我不同意这是车市的"当务之急",准车族其实还有更多的担心或期待。

一是行车环境问题。不久前,一位大学教授因一句"堵车是繁荣的表现"遭到来自各方面的强烈反驳。不过得承认两点:一、中国的轿车时代还远远没有到来;二、中国城市的堵车现象已相当严重。很多人都没有属于自己的车,但也没有人希望有更多的车堵在那里;同样,没有人不想拥有自己的轿车,但也没有人愿意让自己的车堵在那里。

二是停车场地问题。不要说中小城市,就是省会城市,大多数公共场所都没有专门的停车场。机关单位的那点小空地,能让领导们的车开得进去、停得安稳,已相当不错了。大型商场、酒店好像只关心来多少客人,却没有能力关心能来多少车。门前那块闲地方,或者就像大多数商场、酒店一样,即使占用了不属于自己的那一截人行道,也车满为患。我们常见到的情况是,消费者刚刚进入状态,服务人员就开始喊话,让××牌号的司机挪车让道。

三是售后服务问题。在家电行业,竞争已经从产品本身(包括价格),延展到了售后服务。消费者也逐渐认识到,耐用商品的寿命应与它的售后服务挂起钩来。目前,中国的汽车经销商,有相当一部分只充当了一个优秀售货员的角色，车能卖得出去，但没有能力维修，也没有能力提供高水平的售后服务。一些很小的问题，就可能给消费者带来很大的麻烦。海尔产品之所以越走越远，一个重要的因素就是其售后服务与消费者越来越近。这一点汽车行业相距甚远，一些品牌甚至还没有起步。

四是养车费用问题。消耗性开支与使用有关，暂且不论。一些开支则属于固定性的，比如车船使用费、养路费、保险费、固定停车费、年检费等等，不论车辆是否使用、使用多少，都得交。据估计，这几项开支加起来，一年将近两万元。从心理上说，消费者觉着有些霸道；从能力上说，很多人会望而生畏。

有数据预测，中国有 3 亿潜在的购车人群，而目前，中国汽车保有量仅为 2100 万辆(《中国经营报》2003 年 2 月 10 日)。也因此，权威媒体报道一直说中国的汽车市场仍然是“卖方市场”，汽车在市场上仍然“供不应求”。但是，为什么汽车消费还需要政府、银行联合起来，一次又一次地启动呢？而且，为什么实际上还是久启不动呢？

价格能传递最关键的市场信息，但必须是在供给和需求能够自由发挥作用的背景之下。消费者都希望价格再低一些，但消费者于价格之外的诸多忧虑，有时也会影响到价格的调节作用。

(《中国青年报》“经济时评”专栏，2003 年 2 月 14 日，
原题《不只是车价问题》)

谁在制造“兰市泡沫”

1月19日,云南首次兰花拍卖会在昆明举槌。参与拍卖的150盆兰花均为兰花博览会中获奖的珍稀兰花,最低起拍价为5000元,最高起拍价30万元。可惜,一个半小时的拍卖,竟无一苗成交。分析此次没有成交的原因,拍卖师认为,一个重要因素是卖家定价过高(《中国青年报》2003年1月23日)。

一盆兰花30万元,可以说是天价了。但天价并不等于“泡沫”。我之所以说“兰市泡沫”在眼前,是基于以下两个事实:一、有关专家称,我国兰市投资性群体大于观赏性群体,使兰价一再上扬,很多人对兰花的认识和资金的投入非常盲目。二、大理兰友俱乐部副秘书长说,真正稳定的兰市,应该是一个正金字塔结构,即大量的人购买普通兰花,少量的人收藏兰花品种形成第二级的兰花欣赏者,更少的人玩精品,但在国内,低档兰花消费市场远远落后于高档兰花交易市场,是个倒金字塔结构。

同时,有两种说法也让人十分担心:一是拍卖师的观点:与房产、艺术品相比,兰花拍卖更容易成交,因为“兰花与老百姓的生活更接近”;二是一位专家的观点:兰市发展的最终结果,是“让兰花进入千家万户”。

对此,我想申明两个意思:

第一个意思是,有些事情本来就是富人的游戏。因此,对于兰市,与其说投资性群体大于观赏性群体,还不如说投资性群体就应该是观赏性群体;与其说我们的兰市是倒金字塔结构,还不如说进入兰市就图了个不稳定中求刺激。我担心的只是,玩花的也玩了花农。花农们恨不得盆盆卖出天价,只是生意不容易做成。

第二个意思是，有些东西其实并没有多重要。兰花不是生活必需品，虽与老百姓不远，但与他们的生活确实不是很近，尤其是眼下，天价高高在上，老百姓就只能仰望了。如果说“兰花与老百姓的生活更接近”，那可能是指，更多的花农们为了赚富人的钱；如果说要“让兰花进入千家万户”，那可能是指，目前的兰市买的没有卖的多，有人急了。

我不知道兰花是不是稀缺资源，但能感觉到，有人在试图制造人们对兰花的“无限欲望”。相对于无限的欲望，任何资源都有些稀缺。于是，机灵的人又会去制造稀缺。“天价兰花”可能就是这么诞生的，“兰市泡沫”也可能因此成为事实，就像“豪宅别墅热”引发房市泡沫一样。

为什么要给兰花定那么高的价格？说穿了，是想制造一种虚幻的行情。

为什么要提出让兰花走进千家万户？说破了，是想制造一种虚幻的预期。

这就是所谓的“商业炒作”，其真正用意是把冷的东西炒热，把热的东西炒爆。如果达不到这样的效果，不甘心的人就会弄出貌似这样的效果。

市场这东西，总是有个周期。兰市持续几年高涨，无论如何都应该有个相对平静的时期了；要不，我们就得稍事休整，抽空进行一番冷静的思考了。

——如果说兰市泡沫还没有形成，那么就得承认，构成泡沫的基本要素或主要条件已经具备。

——如果说泡沫是由海浪激起的，那么就得承认，它终归是海的女儿。

我的结论是：一方面，目前的兰市存在着“非理性繁荣”的因素；另一方面，要想让其恢复常态，还得采取“软着陆”。

（《中国青年报》“经济时评”专栏，2003 年 1 月 30 日）

竞争是低价的加工厂

垄断企业在市场上有一个最基本的标志,那就是对价格的操纵。从消费者的角度出发,可以因此推导出两个结论:一、垄断往往与暴利联系在一起。二、要打破价格垄断很不容易。所以,在市场观念深入人心的背景下,垄断企业越来越成为众矢之的,政府常要想一些办法对付垄断。刚刚走近我们的价格听证会,就是其中比较温和的一种。

今年,全国城镇供热体制改革试点工作启动。全国12个城市被确定为首批试点城市,我所在的兰州市也在其中。这次改革的中心内容是停止福利供热,实行谁采暖谁缴费,用多少热交多少费。一句话,供热越来越像商品了,供热部门越来越像商人了。换个说法,就是供热企业和市民之间,越来越像生意关系了。

商人是以赚取利润为目的的。两个多月前,兰州城市供热部门提出申请,要求把供热价格从原来每月每平方米2.5元提高到3.7元,涨幅高达48%,理由自然是成本过高。但市民不相信企业算出来的成本。果然,兰州市工农业产品成本调查队的调查数据表明,兰州市供热成本应为每月每平方米2.84元。随后举行的价格听证会上,经营者代表和消费者代表为此展开激烈辩论。10月9日,甘肃省物价部门正式批复兰州市供热价格按套内面积计算,每月每平方米2.9元。10月31日,正式供热的前一天下午,兰州市政府决定,供热价格仍按以往的建筑面积计算,价格调整为每月每平方米2.8元,比原来提高12%。《人民日报》11月6日的报道称:"至此,兰州市民成功地否决了供热价格垄断。"

大多数人认为,这一价格兼顾了市民的经济承受能力和供热企业的运营成本。但我认为,这其实算不上什么胜利。这个判断来自两点:一、供热头10天,当地媒体一直报道,很多居民家庭室内温度在18摄氏度以下;二、取得这一价格的整个过程和结果,都不是竞争的产物。如果有竞争存在,经营者就会首先采取降价的方式对付对手,心甘情愿地在低价位上运行。相反,在没有竞争的情况下,通过有形的手对市场价格实行控制,可能会让消费者得到好处,但企业即使仍有许多利润空间,也可能会心有不服。

要说胜利,就得满足两个条件:一、在交易之初,消费者和经营者要表现出同样的自愿;二、对交易结果,消费者和经营者要表现出同样的兴奋。显然,兰州的个案,只满足了第一个条件,并没有满足第二个。原因并不在于最后的价格太低了,而是确定这个价格的方式缺乏市场竞争。

此次供热体制改革的另一个重要内容,就是引入竞争机制。据央视报道,今年,大庆市开始在供热行业推行特许经营制度。经过激烈竞争,一家民营企业获得了一个小区为期一年的供热特许经营权。根据供热特许经营协议,这家民营企业和另一家民营企业从大庆市热力公司接管了208万平方米的供热面积,8个供热站和300平方公里的供热管线。竞争显然是有效的。根据市民需求,这两家企业比规定日期提前一周开始供热,居民室内温度也始终保持在18摄氏度以上。

这种引入竞争的方式,有点像电信的"南北拆分",只是规模悬殊了一些。而在兰州市,还没有出现大庆的情况。因此,我的判断是,如果价格不能满足供热企业的要求,企业就永远不会轻易放弃。重复一遍,实现利润最大化是企业的目的;而同时,供热体制改革的目的也不是让供热企业亏损(国家的提法是"保本微利"),而是激活他们赢利的能动性。

垄断企业在消费者面前,都有点趾高气扬。所以,一般来说,消费者对垄断企业都有点敌对态度。一个具体的体现是,消费者永远会埋怨垄断企业提供的商品价格高,而垄断企业永远会对消费者说他们的生产成本高。

如果说低价可以从某个工厂中加工出来,那么这个工厂就一定是"竞争"。所以,我们在渴望热价降低的同时,一定还要有另一个渴望——渴望这种低价从市场竞争中来。

(《中国青年报》"经济时评"专栏,2003年11月14日)

看政府与价格掰腕子

吉林是玉米大省,但今年的玉米收购“保护价”还没有定。1月12日,吉林省省长洪虎作为特邀嘉宾,做客中央电视台经济频道《对话》栏目。一名同时应邀来到现场的玉米种植大户对省长说,他对今年玉米销售和价格心里没底。

洪省长说,目前粮价看涨,你可以拿到市场上卖,增加你的收成。意思是,没有必要等“保护价”。

那位玉米种植大户马上就问:“谁贵就卖谁?”洪省长点头称是。

在市场面前,玉米种植户是敏感的,奶牛养殖户也是敏感的。黑龙江省双城市有一家鲜奶加工企业——双城雀巢有限公司。1990年,双城市与雀巢公司签订协议:雀巢公司收购该市奶源基地,双城地区所产鲜奶全部销给雀巢公司。但进入2003年,外县市乳品企业纷纷到双城争抢奶源。可能是外地企业奶价更高,部分奶农就把鲜奶卖给了外地企业。正如村民们所说,“谁的价格合理、公道,我们就卖给谁”(《中国青年报》2004年1月13日)。

以前,可能是没有能与雀巢公司竞争的企业,所以奶农与政府相安无事。也可能正是这一点,给政府造成了一种错觉,以为市场会听命于政府。协议是政府与企业签的,而政府无法约束农民,所以,“政府失灵”是迟早的事。但当地政府认为奶源外流是外地企业不正当竞争的结果,双城市畜牧局于是对部分村民下发了行政处罚书,认定他们私设收奶点;双城市法院甚至以“黑收购奶户”的名义,拘留了部分村民。

奶牛养殖户和鲜奶加工企业都是市场主体,政府出面与企业签订协议,不管是为谁着想,都是越位行使权力。如果因为企业是纳税大户,政府就出面保护,那就走得更远了,因为这可以被认定为政府为自己“谋利”。

“牛是俺们自己的,俺们想把奶卖给谁就卖给谁!”农民的话其实包含着最朴素的市场敏感,也包含着最本质的市场观念。作为市场主体,在市场面前,如果没有这种主动和自由,就谈不上什么市场经济。同样,如果政府连这点主动和自由都不能容忍,也就谈不上尊重市场规律。顺便说一句,奶农为什么不愿意将奶卖给雀巢公司?肯定是因为它不愿意出更高的价格。为什么雀巢公司不愿意出更高的价格?很可能是因为还靠着政府这棵大树。

在关于玉米收购价格的那段对话中,吉林省省长洪虎说了两层意思:一是“今年的保护价和去年是基本一样的”;二是“粮食收储企业今后也按市场价收”。第一层意思透露出的信息是,在粮价看涨的情况下,保护价没有任何意义;第二层意思透露出的信息是,在不远的将来,也就没有什么保护价了。因为,即使政府插手价格,农民也会通过某种方式对市场做出反应;在竞争领域,政府与价格掰腕子,最终取胜的必然是价格。

所以,在价格或市场问题上,政府也应该是很敏感的。这意味着,在市场面前,政府既要保持理性的态度,也要很节制地行使权力。黑龙江省双城市十几年前的政府行为如果是形势使然,那么现在就应该纠正过来了。否则,只能两头不讨好,因为奶农不靠你了,而企业也觉得你靠不住了;而且纠正得越迟越被动,因为企业可能要你赔偿损失,而你却不可能从农民那里得到补偿。

记住美国一本经济学书上的一段话吧:“政府像外科医生的手术刀。这是可用于做坏事也可用于做好事的强制工具。通过小心和正确的使用,它可以提高身体的恢复能力。如果使用不当,或者即使出于好心而过于热心地使用,它也会产生巨大的危害。”

我始终相信,如果因为好心和热心而造成什么危害,那是最让人难以接受的。同样,如果在有些情况下,什么都不干就可以收到更好的效果,那又何乐而不为呢?

(《中国青年报》“经济时评”专栏,2004 年 1 月 16 日)

拉开距离看“天价月饼”

每年中秋节前后，一方面是“天价月饼”满街招摇，另一方面是对“天价月饼”的声讨不绝于耳。

最近，兰州媒体对“穿金戴银”的月饼进行了大量的追踪报道，从“天价月饼”、“豪华月饼”，到“公关月饼”、“腐败月饼”，各种贬称在媒体上竞相亮相。我的第一感觉是“说了也白说”，因为商场里这种种月饼仍然与日俱增。

“天价月饼”是不是问题月饼？9月15日，兰州的《西部商报》关于“天价月饼”的报道说，对于这种礼品，工商不好查，因为它不涉及不正当竞争；质监、卫监不好查，因为它质量没问题；消协管不着，因为它没有违反消法的有关规定；纪检部门也难管，因为送礼是人之常情，送者收者都坦然。

难道“天价月饼”真的无法无天了吗？我想从一个旁观者的角度，针对“天价月饼”问几个问题。

第一，“天价月饼”算不算真正的月饼？一盒月饼，动辄几百、几千，甚至几万元，是什么皮，什么馅，什么工艺，什么功能？“天价月饼”中，有“披金戴银”的，甚至有“真金实银”的；有“以酒为伴”的，甚至有“以币为伴”的。如果我们承认这仍然是月饼，那么，这就应该按照月饼来定价，其他东西再值钱，都只能当作包装或随赠品来对待；如果包装或随赠品的价格高于月饼自身的价格，但仍然以月饼的名义出售，那就是挂羊头卖狗肉，那就是价格欺诈。

第二，“天价月饼”有没有侵权行为？在很多“天价月饼”中，包装盒内所“夹带”的名烟、名酒、工艺品，都是品牌产品。但是外包装上，只有月饼生产厂家的名字，没有其他产品和厂家的任何信息。而且，在价格上，“夹带”的产品还远远超过月饼产品。如果月饼生产厂家没有与其他厂家达成某种协议，这种行为就应该算是侵权行为,是非法获利。原因是:一、如果月饼本身存在质量问题,就会连累“夹带”产品;二、这种销售方式,显然是借“夹带”产品促销月饼,人们对“天价月饼”的声讨,也会影响“夹带”产品的形象。

第三,“天价月饼”是不是合格产品?谁都知道,月饼是一种有馅儿的面点食品。但是,“天价月饼”盒中,有的包含着非面点类食品,比如西洋参、葡萄酒等等;有的包含着大量的非食品,比如打火机、古钱币等等。在生产、销售环节,有关部门只是就月饼本身进行相关监督、检查。所以,所谓的卫生达标,只是月饼本身卫生达标了;所谓的质量合格,只是月饼本身质量合格了。其他产品卫生是否达标,质量是否合格,则是一本糊涂账。所以,在对“天价月饼”的态度上,应该坚持整体的观念,其中的西洋参不合格,“天价月饼”就不能算是合格产品,其中的古钱币是假的,“天价月饼”就不能算是真的。否则,月饼生产厂家就有空子可钻,通过“捆绑”销售所打造的“天价月饼”就不会绝迹。

如此看来,“天价月饼”之所以如此自在,并不是无法可治,在大多数情况下,只是执法部门对“天价月饼”的制造者想得太简单了而已。稍微转个弯子,跳开月饼管月饼,或许就能看清“天价月饼”的真面目,治理它也就游刃有余了。

(《中国青年报》“经济时评”专栏,2004 年 9 月 27 日)

关于精神

一个人需要一种精神，一个民族也需要一种精神

微笑，并保持微笑

不久前，一位朋友发来一条手机短信，用4个英语单词对“SARS”进行了全新的解释：Smile And Retain Smile。并注明它的意思：“微笑，并保持微笑。”无独有偶，5月8日《南方周末》上的一则公益广告，其主题内容正是这4个英语单词和这一行简单的汉字。

在非典肆虐的紧要关头，这种不乏幽默的“另类释词”，不仅表现了一种智慧，也传达出老百姓在抗击非典过程中的生活态度和精神状态。

非典是一场突如其来的灾难，微笑是一种司空见惯的表情。非典不是微笑的唯一理由，却使微笑更具魅力。

医生的微笑是一种坚定

著名摄影家解海龙曾为希望工程捕捉了一双充满渴望的“大眼睛”，在“非典时期”，他又“捕捉”了一双饱含微笑的大眼睛。《北京青年报》5月10日发表了解海龙拍摄的北京佑安医院传染科主任孟庆华在抗非典前线的特写照片。孟庆华戴着大口罩，戴着护士帽，能看到的只有一双大眼睛。但眼睛中所流露出的微笑，是那么地不经意，又是那么地深情；是那么地从容，又是那么地坚毅。

解放军302医院9位护士姐妹经过一个多月的艰苦鏖战，于5月初走下了抗非典第一线。24岁的段艳蕊在回顾这一段经历时说：“虽然隔着口罩，病人看不清我的脸，可我相信，从我的眼神中，病人能感受到微笑。”（《人民日报》2003年5月12日）

广东省中医院二沙分院急诊科护士长叶欣，在抗非典第一线以身殉职。

但是,她在护理过程中那天使般的微笑,却永远留在了患者的心中。今年护士节落成的叶欣雕像,使她的笑容变成了永恒:叶欣依然身穿护士服,依然面带微笑。那微笑曾经给许多患者以希望,也必将给更多的患者以希望。

法国哲学家阿兰在他最著名的著作《幸福散论》中说过:“在医生的药箱里,没有别的药品比微笑更能带来迅速、和谐的疗效。”在抗击非典第一线,医护人员充满坚定的微笑,传送的正是病人最需要的感染力。

患者的微笑是一种信心

在电视荧屏上,在各种报刊上,几乎每天都能看到非典病房里的画面。和医生一样,病人也都戴着大口罩。但是,不用语言,病人们同样能表达他们的情感。在对医护工作表示满意时,他们会微笑着竖起大拇指;在向外面的世界传达他们的状态时,会微笑着伸出两根指头,做出必胜的手势。

住院的人,谁都会觉得外面的世界很精彩。但从患者的微笑中,我们也知道里面的世界也并非很无奈。一位患者说过,非典可能夺去人的生命,但却无法夺走人的信心。如果说非典病魔终被战胜,那么首先就不能在精神上输掉。从病人的微笑中,我们能读出迎战非典的乐观,也能读出战胜非典的信心。

大家的微笑是一种平静

《北京日报》4 月 30 日刊发了一组反映非典时期北京人寻常生活的图片。微笑可以说是这组图片的主题。一位女孩的特写照片特别引人注目,大大的口罩遮住了她的大半个脸,“严防死守”4 个字则占据了整个口罩。但大大的口罩更加突出了那双满含微笑的大眼睛,“严防死守”4 个字则使她的微笑更加生动感人。

突如其来的非典改变了我们的生活,但非典时期的日常生活中,仍然处处荡漾着微笑;非典时期的内心世界中,仍然需要一片宁静的天空。

“赠人玫瑰,手有余香。”微笑的感染力是互相的,也是无限的。不吝微笑的人,必将从微笑中得到的更多。

我们应该多问问别人,也多问问自己:“你的心情,现在好吗? 你的脸上,还有微笑吗?”(一首流行歌曲的歌词)

我们应该多提醒自己，也多提醒别人："让我们把手洗干净，然后握得更紧；让我在十八层口罩后面，看看你微笑的眼睛……"（一则正在流行的"民谣"）

微笑，并保持微笑。

我们一定会笑到最后。

（《甘肃日报》"兰山论语"专栏，2003年5月22日，
获第十四届中国新闻奖一等奖）

附：

微笑的力量

我写的言论《微笑，并保持微笑》(《甘肃日报》2003年5月22日)能获得中国新闻奖一等奖，对我来说，确实是一个意外"事件"。我没有什么经验可谈，只能谈谈自己的经历。

一、关于言论

我在陇东老区一所农村中学工作过十二年，其中有六年时间从事高中语文教学。高中语文老师的一项"重大"任务，就是要提高学生的高考成绩。那个时候，高考语文总分120分，其中作文50分，可谓举足轻重。而高考作文中，绝大多数属于"供料作文"，即提供相关素材，要求写一篇800字左右的议论文。

中学生写作文，普遍感觉是摸不着头脑，没地方下手。说实话，我虽然教学生如何写作文，一说起来总是头头是道，夸夸其谈。但实际操作能力，从来没有人检验过，自己也常常觉得心虚气短。时间长了，还一直担心学生有一天会强烈要求我写一篇给他们看看。

为了证明什么，或者澄清什么，1990年的时候，我开始写文章。那时候，我判断文章写得好坏的一个标准，就是看它能不能在报纸上发表。于是，我就给当地一家报纸《陇东报》投稿。自己定的要求跟高考作文差不多：用一段材料，800字左右，议论文。可能是这个标准正好适用于小报的"专栏"，第一篇稿子投出去以后，很快就发了。编辑来信说，我的稿子写得不错，于是就一直写。报纸上的文章发得多了，不但觉得教作文有了底气，而且写文章的感觉也轻松多了。

中学里所谓"议论文"正是新闻上所说的"言论"。可以说，正是因为写了许多言论，1994年才调到了《陇东报》。还是因为写了许多言论，1996年又调入了《甘肃日报》。"写言论"不是我获奖的原因，但却是我获奖的"线索"。

算起来，我写言论已经有十几年的历史了，差不多写了几百篇各种各样的言论。我的经历告诉我，如果要写言论，就必须做好三个准备：

第一,敏感性。这包括两层意思:一是"有刺激就有反应",思想麻木不行,感觉迟钝不行;二是"有刺激才能反应",不能未酒先醉,不能无病呻吟。

第二,思想性。这也包括两层意思:一是"多少要有一点道理",没有馍馍就不要空嚼;二是"多少要有一点自己的道理",不能嚼别人嚼过的馍馍。

第三,个人性。这还包括两层意思:一是"用自己的嘴巴说话",不能拿腔拿调,不能鹦鹉学舌;二是"用自己的脑子写文章",要有自己的思维风格,体现自己的逻辑力量。

二、关于"非典"

对于大多数人来说,2003年春夏之交的"非典",可以说是一场突如其来的灾难。所有的人,差不多同时感觉到了一点:事情比我们想象的要严重得多。

因为谎报疫情,北京几名高官一夜之间丢了乌纱帽。因为擅离职守,各地都有大大小小的官员落马。因为临阵脱逃,许多医疗工作者受到了严肃处理。有感于当时的气氛,我还写过一篇言论《追究于"未然"时》。

因为"非典",人们突然对环境卫生有了高度的敏感。一个典型的例子是,各地"痰价"飞涨,高者如上海、长沙、深圳等地,一口痰可以罚到200元;中者如北京、广州、兰州等地,要罚到50元;低者如天津、南京等地,也要罚到10元。有感于此,我也写过一篇言论《让"吐夫"心疼》。

因为"非典",我们部里给每个记者买了一条新毛巾,为办公室买了好几瓶洗手液。

因为"非典",家里可以说是"森严壁垒"。进门三洗手,几乎成为一项必修课;为了通风透气,窗户差不多是"虽设而常开"。

只要有两个人在一起,就没有人敢放肆地咳嗽,没有人敢痛痛快快地打喷嚏,大家都怕一种东西,它叫"飞沫"。人们开始提防握手(有人甚至建议自此之后做古人状,见面"作揖"),拒绝交头接耳(我曾经因此引用哲人的话,总结为"距离产生美")。

给我影响最深的是口罩。我们单位发了,人手一块。老婆费尽周折,买了一大堆。说实话,我是第一次知道还有那种隆起的壳状口罩,第一次那么认真地了解口罩的层数与它的功能,也是第一次见到那么多人那么一致地戴着口罩。

经历着“非典”,大家都有各自的人生感想。但要战胜“非典”,大家的认识却是一致的,那就是“万众一心,众志成城”:所有的人都知道“非典”来了,才可能编织起一道坚固的心理防线;大家都知道“非典”可治,才可能构筑起一道必胜的精神长城。

所以,“非典”时期,尽管我给省内外报刊写了很多与“非典”有关的文章,但一直想着要写一篇言论,与“非典”有关,也要与“精神”和“心理”有关。

三、关于《微笑,并保持微笑》

非典期间,我没有戴过一次口罩,不是因为我不怕,也不是因为我对别人不负责,而是我从另一个侧面进行预防,那就是严格控制自己的接触面。但我却坚决主张老婆孩子、亲戚朋友都戴口罩。说真的,在那个时候,我对所有戴口罩的人都心存敬意。

有一天,在兰州市大街上,我见到一位穿着时尚的女孩,同样是一个大大的口罩遮住她的大半个脸。但在雪白的口罩上面,却画了一条向上弯曲的弧线,那是一张微笑的嘴。那个大口罩没有遮住她的美丽,而那张微笑的“嘴”却使她更加动人。我不知道她是谁,与她也只是擦肩而过,但她以及她所构成的画面却给我留下了深刻的印象。我的脑子里曾经闪出过两个言论主题,一个是“任何时候,都是时尚生长的季节”,一个是“美丽的,总能让很多东西美丽起来”。

但这两个主题都没有成文。

突然有一天,我收到一条手机短信,内容是“SARS:Smile And Retain Smile(微笑,并保持微笑)”。“SARS”是非典型肺炎的英文缩写,这种充满智慧的“释词”,让我眼前突然一亮。

我重新想起了我见过的那个女孩,以及她戴的那个大口罩,但却将我注意力从“时尚”和“美丽”转移到了“微笑”上。稍后,《南方周末》上一则同样内容的公益广告,最终使我产生了写《微笑,并保持微笑》的冲动,这就是微笑的力量——关于那个女孩的一幕,最终并没有写入文章之中;但我要特别感谢她,是她那特殊的“微笑”最初打动了我。

写《微笑,并保持微笑》其实十分顺利。当我从报纸上搜集“非典”时期有关“微笑”的资料时,没想到竟是那么丰富、那么容易、那么生动;当我回想一个时期以来有关“非典”的电视报道时,一个个有关微笑的镜头,也那么清晰地闪现了出来。

把这些资料罗列出来,就已经很有说服力了。我所做的,其实只有两点:

一、谁先笑谁后笑?毫无疑问,“非典”也是病,而在病人眼中,医生是最大的权威。政府的信心,百姓的信心,最终得通过医生来体现。所以医生的笑,是最先出场的。有了医生的笑,病人才能笑出来;病人都笑了,我们大家为什么不笑呢?

二、写软一点还是写硬一点?那个时候,不论是中央报刊,还是地方媒体,毫无疑问,有关“非典”的评论员文章都是经过精心策划的,并以其强烈的政治色彩和理论色彩产生了巨大的影响。显然,作为“个人行为”的署名言论是很难达到这个高度的。我之所以最后采取了散文化的表达方式,其实是一种“投机行为”,只是为了找一个“空档”进去。但是,进去以后才发现,这种轻松的方式,正适于表达“微笑”这种轻松的表情,也正适于缓解“非典”时期人们绷紧了的神经。

随着时间的流逝,人们对2003年春夏之交的“非典”劫难可能已经淡忘,但是,我们的生活中,仍然时时处处需要微笑。

我的英语水平很差,但我要再写一遍那句英语:Smile and retain smile!

(《新闻战线》2004年第12期)

道是无情却有情

10月25日晚,我省山丹、民乐县相继发生强烈地震,造成重大人员伤亡和财产损失。这是一场突如其来的灾难。夜幕下,人们或者在非常休闲地看电视,或者在非常轻松地和亲朋交谈,瞬间发生的事情,却使很多人亲历了一次生死之旅。

在省城兰州,更多的人可能只感觉到了一阵异常的摇晃。在首都北京,所有的人可能都没有感觉到任何的异常。借助于媒体和通信,发生在民乐、山丹的地震灾害,一瞬间传向大江南北、大河上下。与此同时,一份份真情漂洋过海,翻山越岭,也迅速汇聚起来,像一股暖流注入灾区。

温家宝总理从首都捎来了他最深情的问候,省上领导以最快速度从省城赶到了灾区……地震专家赶来了,医疗队伍赶来了……

各级政府紧急调运的一批批救灾物资运来了,广大干部群众自愿捐献的一笔笔善款善物送来了……

《兰州晨报》迅速开通了捐助热线,《西部商报》及时开通了救援直通车……

在地震灾区,慰问演出在连续不断的余震中拉开帷幕;在省城兰州,赈灾义演在震后的第一个周末隆重开演……

靖远煤业公司的一车车优质煤似“雪中送炭”,兰州东部市场个体户们的一份份捐赠如“爱的奉献”……

民乐县民联乡翟寨村的张兰花,在临时搭建的防震帐篷里生下了一名男婴,家住兰州市双城门的韩慧英老人,花了整整一夜时间,为小宝宝赶制了一套小棉衣;地震灾害使很多人突然间无家可归,家住兰州市西固区的牛朝霞女士动员所有亲戚朋友向灾区捐款捐物，传递“家的温暖”……

企业伸援手，百姓献爱心。媒体上不断延长的“爱心榜”，让所有的人感动，也让所有的人振奋。

灾情是一种考验。在没有任何防备的情况下，地震灾害从天而降。我们能体会到随之而来的恐惧与惊慌。但是，人与人之间的感情积蓄，党与人民群众之间的血肉联系，似乎在一瞬间形成了合力。同样，我们能体会到随之而来的信念与力量。

灾情是一种命令。灾情发生后，省、市、县各级党政机关迅速成立了救灾机构，省上立即启动了一般破坏性地震应急预案；在震情最严重的地方，有各级领导干部的身影，他们和震区群众一起，共同经历接二连三的余震；社会各界、各个方面迅速组织力量奔赴救灾一线，和震区群众一起，共度最艰难的时期。

灾情面前，党和政府成了灾区群众的主心骨，人与人之间真情汇聚成了灾区群众的力量之源。

天摇地动之后，灾区很快恢复了平静。农民走进田地，学生走进课堂，人们在非常的环境里，开始了正常的生活。这是一种有深度的秩序，也是一种有厚度的自信。

地震摧毁了很多家庭的房屋，却没有摧垮灾区人民的精神。在残垣断壁前，仍然有一张张笑脸；在帐篷家庭中，仍然有一阵阵笑声。

在地震灾害发生的一瞬间，我们体会到了人在自然面前的渺小与无助。但是，地震灾害发生之后，我们却感受到了人在自然面前的伟大与不屈。

冬天快到了，河西走廊已经寒气逼人。来自四面八方的关怀与挂念，如冬日暖阳，洒在灾区的每一寸土地上，暖在灾区每一个人的心里。

天是无情的，有些天灾无法避免，也无法阻止。但是，人间真情却可以超越一切，也可以改变一切。

请相信一位灾民的话：“天大的困难，我们也能克服！”因为在灾区和灾民的身后，有一种感情在蔓延，有一种力量在成长。

（《甘肃日报》“兰山论语”专栏，2003 年 11 月 3 日）

泪在飞，是因为爱在飞

2008 年 5 月 12 日 14 时 28 分，发生在四川省汶川县的强烈地震，撼动了大半个中国。顷刻之间，一栋栋楼房变成了一堆堆瓦砾；瞬息之间，一座座小城变成了一片片废墟。

灾难突然降临，眼泪立即成为一个具有特殊意义的符号。

都江堰市向峨乡中学 420 多名学生被埋入废墟之中，当我们从现场拍摄的照片中看到一长排学生遗体时，谁能不潸然泪下？

坐落在山水之间的汶川县映秀镇，几乎没有留下一座完整的建筑，当我们通过电视画面看到死寂的残垣断壁时，谁能不泪花闪闪？

生命是最值得敬重的，悄悄流淌的泪水则是表示敬重的最高形式。

在都江堰市新建小学，温家宝总理看到抢险人员正在解救两名被困在废墟下的孩子时，透过楼板的缝隙，流着眼泪向孩子们喊话："我是温家宝爷爷，孩子们一定要挺住，一定会得救！"

在汶川县映秀小学，当唐永忠老师发现坍塌的废墟里有一名幸存的孩子时，就一直守在现场，通过空隙给孩子送水、送火腿肠，含着眼泪鼓励孩子："千万别睡！老师陪着你。"

或许你不在灾区，或许你不在救援现场，但你一定在看电视，一定在读报纸。只要是抗震救灾的报道，看着看着就会流泪，读着读着就会流泪。

"救人要紧！"这是灾区的和非灾区的每一个人都默念的口头禅！在甘肃文县口头坝乡，正在锄地的村民董勤全被震落的山石砸伤了头部，危及生命。20 多名村民把老董绑在担架上，在老董充满感激的哭声中上路了。经过 6 个多小时的艰难跋涉，走了 20 多里山路，终于把他抬到了公路上，送到了县医院。

“只要有一线希望，就要尽百倍努力。”这是温总理在救援现场说得最多的一句话！在四川省什邡市，年过半百的刘德云老人，在被困100个小时之后，经过数十名消防官兵20多个小时的努力，在不得不截掉一只脚之后成功救出，让救援现场成百上千双注视的眼睛噙满泪水。

眼泪是世界上最纯净的液体，是人类最容易理解的语言，是感情最直接的传递方式。更多的时候，我们并不知道流泪的人是谁，也不知道泪为谁而流，但我们知道，所有的眼泪，都是最真的表达。为不幸遇难的人而流，是最真的悲伤；为从灾难中幸存的人而流，是最真的祝福；为那些为了抢救别人生命而不懈努力的人而流，是最真的致敬；为那些为了灾区发生的一切而动容的人而流，是最真的感动……

落泪无声，但却是最好的沟通信号、最好的交流信号。一些人落泪了，更多的人会因此而落泪；你为他落泪了，他因此会为你而落泪。这样的动人场面，这样的传递关系，几乎伴随着抗震救灾的全过程，几乎伴随着每一个关注抗震救灾的人。

央视主持人赵普在关于抗震救灾的一次直播节目中，刚刚提出了问题“为什么我们总是被这样的画面，被这样的声音感动，为什么我们总是看着看着就会眼含热泪”，就热泪盈眶，哽咽无语。停顿片刻之后，他才给出了答案：“因为我们爱这个土地，这个土地上的人们懂得相互关怀。”

是的——泪水在飞，那是因为爱在飞。

同样——因为爱在飞，所以希望在飞。

（《甘肃日报》“兰山论语”专栏，2008年5月19日）

心在一起，所以力量在一起

瞬间发生的汶川大地震，将所有中国人的心瞬间引向了祖国的西南方向。

于是，灾区人民的伤心，成了我们共同的伤心；灾区人民的煎熬，成了我们共同的煎熬。

于是，所有的人，为所有的死难者而流泪；所有的人，为所有的幸存者而欣慰。

于是，有了这样两行诗句："每一个中国人的心里都成了震中，960万平方公里的土地都在疼痛。"

三分钟默哀，所有走着的人停下了脚步，所有行进的车辆停下了脚步；所有的车辆在呜咽，所有的轮船在呜咽……

三天哀悼，所有的人都在起誓：逝者安息，生者将毅然前行；所有的人都在祝福：灾难过后，中国将更加坚强！

这所有的镜头，其实都是为了向灾区人民说一句话：我们和你们是一家人，你们是我们共同的亲人。

我们也许离灾区很远，我们也许不认识灾区的任何人，但我们的心在灾区，我们的心和灾区人民的心在一起。

心在一起，所以力量在一起。

每一个人都在行动，每一个人的行动都让人感动：在山东，退伍军人王翥自费飞往四川灾区，"百分之百"地参与救援；在南京，一位靠乞讨为生的老人一天内先后两次捐款105元，被网民称为"最大的一笔捐款"；在抗震救灾第一线，来自祖国四面八方的志愿者已经超过了十万……

每一个人都有一种默契,所有的事几乎都是一呼百应:在兰州,一家医院刚接到派医疗队到灾区的任务,几千名医护人员就抢着在倡议书上按下了红手印;在成都,当电台发出灾区伤员急需抢运的号召时,数百辆出租车打着应急灯直奔都江堰;在全国各地,只要有采血车停靠的地方,都会有献血者排起的长队……

这所有的片断,其实都传递了一个共同的信号:中国人只有一条心,中国人可以拧成一股劲。

心在一起,温暖就会相互传递,每一个人的温暖将温暖每一个人;力量在一起,信念就会相互传递,每一个人的信念将坚定每一个人的信念。

在如此巨大的灾难面前,一个人的感情可能是脆弱的,千万个人的感情必然坚毅;一个人的声音可能是微弱的,千万个人的声音必然响亮;一个人的泪水可能很快流干,千万个人的泪水必然成为浇灌生命之花的雨露;一个人的力量可能很快耗尽,千万个人的力量必然创造出一个个人间奇迹。

灾难已经过去,生活将继续,事业将继续,一切都将继续。

心在一起,勇气就会相互传递,所有人的勇气将使每一个人都成为"不怕"的人;力量在一起,精神就会相互传递,所有人的精神将使每一个人都成为"不屈"的人。

新的家园,将从废墟上诞生;新的人生,将从灾难后开始;一切的一切,将从噩梦中醒来。

(《甘肃日报》"兰山论语"专栏,2008 年 5 月 27 日)

心随“祥云”一起飞

北京奥运圣火翻山越岭，跨江过河，以最温柔的力量，一次次拨动中国人的心弦；以最轻快的方式，一次次点燃中国人的激情。所有的人都感觉到了：不论火炬在哪里传递，其实都是在中国人的心中传递；不论“祥云”飘到哪里，其实都飘在中国人的心里。

“祥云”飘过，笑脸飞扬。

不论是火炬手，还是火炬传递现场的观众；不论是体育运动员、体育爱好者，还是从来不曾与体育打过交道的人，似乎都形成了一种默契：用真诚的笑脸，迎接神圣的火焰。

奥运圣火登上珠穆朗玛的时候，也把人们的笑脸引向了世界之巅。

奥运圣火踏上河西走廊的时候，也把人们的笑脸引向了丝绸之路。

即使是从地震灾区来的火炬手，仍然笑容满面；即使是在救灾帐篷里观看火炬传递的人，仍然一脸笑容……或许他们刚刚擦干眼泪，或许灾难给他们心中造成的创伤还需要抚平。

所有的笑容，其实都不是刻意准备的。只不过，奥运火炬的到来，使你的、我的和他的，所有人的笑脸集体释放。

一张张笑脸，寄托着人们对北京奥运的期待，透露出人们对北京奥运的自信。

一张张笑脸，构成了中国表情，也构成了中国心情。

人们很容易想起温家宝总理说过的一句话：“我相信，13 亿人民微笑着面对世界，全世界人民也会微笑着对待中国。”

“祥云”飘过，爱心飞扬。

汶川地震,旷世天灾;北京奥运,百年盛会。这注定了,北京奥运火炬传递,必然是一次爱心奔涌的旅程。

灾难让我们心怀感伤,但灾难也让爱心空前涌动。在每一个传递城市,几乎都能看到"抗震救灾,你我同行"的标语,都能感受到"传递圣火,奉献关爱"的气氛……

中华民族是重感情的民族,奥运火炬熊熊燃起,这种浓烈的情感也在顷刻间迸发。抗震救灾英雄人物很快被增补为火炬手,为灾区奉献爱心也迅速成为火炬接力的主题。

火炬走到哪里,温暖就会在哪里蔓延;"祥云"飘到哪里,爱心就会在哪里集结。

每一个城市的传递,都是一曲爱的乐章;每一棒火炬的传递,都是一次爱的接力。

因为承载了更多的爱,奥运火炬传递也更加庄严和神圣。

"祥云"飘过,梦想飞扬。

"更快、更高、更强"的奥运精神,其实也是每一个人的精神追求,每一个民族的精神追求。奥运火炬手中,有体育健儿,有抗震救灾英雄,有各行各业的优秀分子;奥运火炬的传递,传递的是力量,传递的是信心,传递的是希望。

体育健儿矫健的步伐,让我们感觉到了竞赛场上永不放弃的拼搏精神;抗震救灾英雄坚定的步伐,让我们感觉到了灾区人民永不言败的大无畏精神;所有火炬手共同的步伐,让我们感觉到了中国人共同信守的民族精神。

我们欢呼,是因为与我们有关;我们兴奋,是因为与我们的心相连。

你可能是弱者,但你一定梦想坚强;你可能气喘吁吁,但你一定梦想更有力量。你可能遭遇挫折,但你一定相信阴云遮不住阳光;你可能踉踉跄跄,但你一定相信只有挺起脊梁才能继续走在前进的路上……

我们欢呼,是因为我们有梦想;我们兴奋,是因为我们需要梦想。

你可能不是火炬手,但你的心一定和火炬手一起奔跑!

(《甘肃日报》"兰山论语"专栏,2008年7月8日)

非典保险的营利信心

在抗击非典的关键时刻,全国11家保险公司推出的17项针对非典的保险产品获准上市(《中国青年报》2003年5月8日)。

正如所有报道强调的那样,推出非典保险的一个重要理由是为了应对非典。但是,另一个更重要的理由却没有人提到,那就是保险公司对抗击非典形势的乐观估计。前一个理由,说明保险公司在紧要关头勇敢地承担起了自己的社会保障责任;后一个理由,则说明保险公司在比较严峻的疫情面前,仍对自身的经济效益有充分的信心。

针对一种陌生的疾病推出一种专门的产品,可能是保险公司"第一次吃螃蟹"。比如泰康人寿保险股份有限公司的非典保险,被保险人签单10天后患上非典,保险公司就要承担赔付责任,而以前只对签单30天后患病的被保险人赔付;而且,从非典病人住院的第一天起,公司就开始给付住院津贴,而在过去,给付金是从第4天开始计算的。无疑,非典保险的推出及细节上传达出的信息表明,保险公司有明确的让利主观。

政府在对待非典疫情上,表现出了非常坚决的态度。在资金问题上,国家明确要求,绝不能因为钱的问题而影响非典防治,而且提出了一系列具体的免费防治措施。但是,防治非典确实需要钱,在疫情发展趋势仍不明朗的情况下,到底需要多少钱也是难以预测的。

北京大学权威研究机构认为,国家财政的直接投入应用在战胜非典亟须的4个方面:科研费用、硬件设备、治疗费用和医护支持。但是,非典疫情对经济的影响日渐显露,对民航、旅游、餐饮、商贸、出租车等行业,国家还提出将采取减免行政事业性收费和适当财税优惠政策等措施给予必要扶持。一个萝卜两头切,国家财力自然无力大包大揽。所以,专家们建议国家发行公共卫生国债,以弥补抗击非典资金之不足。

但政府直接投入也好,发行专项国债也好,负担都压在了财政肩上。我们应该思考的是,这种压力有没有其他转嫁的途径?除了社会捐赠这一块儿,我认为,保险公司在这个时候推出非典保险,正是通过市场调节作用缓解财政压力的一种方式。起码,对非典保险的推出,我们就可以这样说:政府承担了责任,百姓尽到了义务,社会献出了爱心,市场发挥了作用——这就是众志成城。

同时,应该把保险公司当成一个商人看待。也就是说,不论他的行为多么高尚,营利的企图始终是其行为的背景和支持。我们不应该将保险公司当成一个慈善机构。我们的注意力应该集中在这一点上:保险公司营利的信心从哪里来?

非典对经济的影响程度到底有多大,目前还很不确定。其决定因素一是时间问题,二是面积问题。疫情最终能扩展到什么程度,能在什么时候得到有效控制,都是未知数。但有一点很明确,政府和广大老百姓在非典问题上,沟通越来越频繁,共识也越来越多;在抗击非典的过程中,决心越来越大,信心也越来越足。

商人是最敏感的。或许正是根据这些,保险公司就可以断定他们首先不会被非典保险套牢。而且,保险公司也可能意识到,正是因为这些,在经过一段时间以后,必然会对经济产生实际的鼓舞,支持人们对经济的预期。也就是说,保险公司可以断定,他们肯定不会成为经济大环境的牺牲品。

非典保险就这样诞生了。应该说,它是勇气的产物,也是理智的产物。

(《中国青年报》“经济时评”专栏,2003 年 5 月 16 日)

关于修养

领导干部的品质，不仅仅事关个人的形象

讲短话也是一种节约行为

不久前,江苏省吴江市出台了一个文件,在当地引起了不小的震动。这个文件的全称是《关于进一步精简会议、文件和改进市领导公务活动的意见》。其中有这样的规定:领导讲话、文件和简报要杜绝空话、套话,印发的讲话材料一般不超过5000字,文件不超过3000字,简报不超过1500字。同时规定,每次会议只安排一位领导同志讲话,讲话一般不超过40分钟。

这个文件的初衷其实无涉"节约",但当地一位官员说:"没想到后来和中央建设'节约型社会'的精神也吻合了。"因为"文印室纸用少了,会议开支也省了"。

吴江市出台这个文件,有两个小背景,说出来或许更能触动领导干部们。一个是,今年年初,为了创建国家生态城市和国家生态园林城市,吴江市计划召开两个动员大会。因为一个隶属环保系统,一个由建设部门管理,按照惯例,市环保局和建设局都准备了材料,开始筹备会议。新上任的市长徐明发现,这两个会议主题相同,两个创建活动有很多指标相通,为什么要开两次会呢?于是当场拍板,两个会合并,两个讲话材料也整合成了一篇讲话。另一个是,今年4月的一天,按照事先安排,徐明上、下午要到辖区的两个镇各参加一个会议。参加完上午的会议,徐明马不停蹄赶往下午的会场。他坐在主席台上一看,参加下午会议的,还是上午那些人。徐明因此感慨:都泡在会议上了,大家还有什么精力抓工作?

其实,对很多领导干部来说,开内容差不多的会、赶场子开会的情况并不鲜见,有些甚至认为这是职责所在。而且,在很多人心目中,特别是在会议组织者的眼里,开一个会,如果来的领导多,就意味着对这项工作重视;如果到会领导的讲话很长,就意味着对这项工作特别重视。

所以,在一些部门或行业会议上,我们经常会见到这样的场面:除了分管领导以外,还有好几位领导坐在主席台上陪会;主要领导的讲话稿已经很长了,但是中间还要撇开稿子发挥一大串;一个领导讲完话以后,另外的领导还要"再强调几点"。

为什么会议那么多,一个重要原因就是有些部门或行业想请领导来讲个话;领导的讲话为什么那么长,就是要表示领导对这个会议很重视。但是,事情往往是这样,讲话稿越长,大话、空话越多;讲话越频繁,套话、废话越多。这可能不是领导的本意,但写材料的秘书最清楚这一点。

通过讲话的字数、时间、人数限制领导讲话,可能并不是最好的办法,但这种尝试却发出了一个明确的信号:领导讲长话、常讲话不但不受群众欢迎,其实也不为领导干部所喜欢。同时,限制领导干部讲长话、常讲话,其实还暗含着一个要求,那就是要讲就要讲出水平,讲出力度。

说到这里,还得提起各种会议上的另一个场面:领导讲话的时候,相当一部分会议代表并不是在听,而是在埋头翻看讲话材料;会议结束以后,所有的会议代表都会提着一大袋讲话材料回去。

可以这样说,如果领导少讲话、讲短话,那么可开可不开的会就可以不开,可开两天的会一天就可以开完。很显然,领导讲话少了、短了,首先可以为很多人包括领导本人节约很多时间,其次可以节约很多会务和出差费用,再次还可以节约很多纸张——殊不知,有些会议,发给代表的各种讲话材料甚至要以公斤计。

建设节约型社会,领导干部应该以身作则。最起码的,应该先把话讲得短一些,再短一些。

(《甘肃日报》"兰山论语"专栏,2000年11月13日)

总理下乡的启示

3 月 11 日，温家宝总理在十届全国人大二次会议江苏代表团全体会议上作开场白时，讲了他两次下乡的故事（《江苏日报》、《厦门晚报》2004 年 3 月 12 日）。

第一次。2001 年 7 月，时任国务院副总理的温家宝到江苏宿迁考察，他没有直接去市政府，而是随意走到一块农田和农民打起了招呼。但是，并不认识温家宝的村民，显然不欢迎前来考察的“干部”。总理回忆说：“那些村民明显不高兴。”“一个妇女扯着嗓门喊道，记者不要给他们拍照，他们解决不了问题！”温家宝把那个妇女叫到跟前，让她说说有什么事。她一股脑儿地讲了很多负担重的问题。“这位妇女直到我走的时候气还没有消”，温家宝说，“当时我一点也没有不高兴，我的心里只有难过”。

第二次。前不久，温总理到安徽去检查禽流感防治工作，当他检查完以后，陪同他的当地官员催他赶紧走，但总理坚持要到村子里再转一转，“结果这一转就转出事来”。这一次，因为农民都认识了温总理，于是把他团团围住，有反映路的，有反映占地的，有反映拆迁的。其中有一个农民反映附近的厂子把水都污染了，连井水都不能喝。听到这个情况，陪同的干部说：“交给我们，我们去解决。”温家宝说：“我心想我要不来，你们怎么没去解决？”

下乡的目的是什么？相信每一个政府官员都会说，是为了了解民情，了解民意，了解民愿。但是，实际上，很多官员下乡考察，都被一个一个虚假场面所包围：看到的是想让他看的，而不是他想看的；听到的是想让他听的，而不是他想听的。结果，本来是去了解真实情况的，事实上却成了弄虚作假的道具。

温总理这两次下乡，可以说都有额外成果。而其中最重要的一个原因是，他没有完全按事先安排好的路线图走，而是临时动议，又“开通”了一条线路。在宿迁，他“随意走到一块农田和农民打起了招呼”；在安徽，他“坚持要到村子里再转一转”。这随意一走，随便一转，就看到了村民们不高兴的面孔，听到了村民们不满意的声音。

讲第一个故事时，温总理说：“农民不作假，除非预先叫他做好准备，否则他们总是把感情如实地暴露出来。”这就提醒我们，如果政府官员下乡视察，看到的都是不太自然的笑脸，听到的都是过于流畅的溢美之词，那就得留点神，是不是有人事先让他们做了准备。

下乡是为了听实话，知实情，所以，首先必须让群众有勇气说话，愿意说话。在宿迁，农民们不知道温家宝是副总理，所以敢在他面前反映问题；在安徽，农民们知道温家宝是总理，所以还敢在他面前反映问题。

群众向政府反映问题，虽然表现出来的是不满，但最根本的还是信任。讲第二个故事时，温总理说：“我心想这些事情确实不应该由我直接来解决，但我高兴的是，农民敢于向我说：总理我能提个问题不能？”这也是个提醒，我们的政府官员下乡时，首先要主动征询群众的意见，如果他们不敢说，那就得鼓励他们说。

从群众的角度看，说出来比憋在心里好。从政府的角度说，听到了比蒙在鼓里好。更重要的是，要想为群众着想，首先必须知道群众是怎么想的；要想为群众办事，首先必须知道群众有什么事。

下乡是领导干部的一项工作内容。但怎样才能使这项工作有价值，有效率，却并不那么简单。温家宝总理的故事给我们的启示是：一、除了事先安排的线路以外，还可以“随便转转”。政府官员们应该把“随便转转”过程中听到的见到的东西，当成下乡的“意外收获”，而不能当作“边角废料”。二、在群众生气的时候，不能是一脸的不高兴。政府官员们应该有这样一种涵养：听到表扬不至于洋洋自得，听到批评不至于怒气冲天。三、要始终保持一种为解决问题而来的姿态。不能一看了之，一转了之，否则下乡考察的干部就不会受到群众的欢迎。

（《甘肃日报》“兰山论语”专栏，2004 年 3 月 26 日）

哪些小事打动过你

上小学时写作文，总喜欢写又“远”又“大”的事。老师为启发我们写好作文，常常要问这样的问题：“哪些小事打动过你？”老师说，再小的事，如果打动过你，写出来就能打动别人；多大的事，如果没有打动过你，写出来就一定不会打动别人。

之所以突然想到这个问题，是因为温家宝总理的一席话。9月19日全国农村教育工作会议上，总理讲了他放心不下的“三件小事”，其中第二件事，说到甘肃的靖远县——

“1995年6月11日，我到甘肃省靖远县，那是一个贫困县。我走到一户农家，主妇双目失明，丈夫是个痴呆人。她身边有个六七岁的女孩儿，家里收拾得干干净净。这位主妇拉着我哭个不停。我问她有什么困难，她说，我希望我的孩子能上学，上希望小学。”

三件小事，前后相隔九年时间，最近的一件距今也有一年多时间。总理仍然记忆犹新，一定是因为这些小事打动了总理。所以，当总理满含深情地讲完这三件小事时，会场上的省长、部长和与会代表们都被深深地打动了。

领导干部到基层考察工作、调查研究，是深入实际、了解情况的有效途径，也是感受民间疾苦、倾听群众呼声的重要方式。但是，现在仍有个别一些领导干部的考察调研活动，并不是这样。要么浮光掠影，要么假模假样，虽然下到了最基层，但仍然主要热衷于听当地领导的汇报；虽然走进了群众的家门，但进谁的门仍然要事先去安排；虽然看到了群众生产生活中的种种困难，但在解决问题的过程中仍然要千方百计地去回避。群众的感觉是，他们坐在农村炕头上，说的仍然是讲话材料中的话；回到会议主席台上，念的仍然是早就写好的讲话稿。群众说:“下去等于没下去,下去不如不下去。”

为什么会是这样呢?第一,他们没有带着感情下去,没有带着感情去面对群众,自然也就不会被打动,不会带着感情回来,带着感情去为群众办事。第二,他们总觉得一户人家、一个村子的事都是小事,不值得亲自过问,也不值得记在心里。

讲完三个故事后,温总理说:“我们是共产党,我们的宗旨是实践‘三个代表’,执政为民。执政为民,就要想着广大群众,想着8亿农民,想着1亿6千万儿童的就学问题。现在,农村的情况让我们关注,农村的教育让我们关注,农村的孩子能否上好学,更让我们关注。”

作为一个领导干部,面对一件件小事的时候,一定要记着自己的身份和自己的职责。小事大事是相对的,小事背后往往是大事。大事面前不糊涂,小事面前也不能糊涂;只有办好了一件件小事,才有可能办好一件件大事。

作为一个领导干部,面对一件件小事的时候,一定要想到群众的心情和群众的处境。事关群众利益,小事也是大事。只有把一件件小事放在心上,才算把群众利益放在了心上;办好了一件件小事,就等于办好了一件件大事。

从广义上说,领导的讲话稿也是一种作文。要写好这篇作文,首先得扪心自问:“哪些小事打动过你?”只有如此,领导的讲话群众才爱听,讲话的精神群众才能领会。

从喻义上说,“执政为民”也是一篇大文章。要做好这篇大文章,同样得一日三省:“哪些小事打动过你?”只有情为民所系,也才能谈得上执政为民,谈得上实践“三个代表”。

群众是重感情的。如果对群众的事无动于衷,对群众的感情反应迟钝,就不会成为一个好干部,一个好领导。

(《甘肃日报》“兰山论语”专栏,2003年9月24日)

始终想到“最低”处

苏延花是兰州市一位普通市民，为了给瘫痪20多年的丈夫治病，欠下了几万元的债务。丈夫去世后，她和婆婆、女儿相依为命，靠几百元的最低生活保障金维持生活，虽然日子过得紧巴巴的，但对自己能享受低保政策一直心存感激。7月份，肉价涨得最快的时候，她对前去采访的记者说，她已经几个月没有买肉了：“肉价涨了，低保金能不能涨一点点呢？”

苏延花可能只是随便说说，但她没有想到，过了不多几天，甘肃省就做出决定，为确保困难群体享受救助水平不因物价上涨而降低，今后5个月，给城市低保对象每人每月增发15元的临时补贴（《甘肃日报》2007年8月16日）。又过了不多几天，国家发改委也表示，要根据经济发展和价格变化情况，及时调整最低工资和低保对象保障标准（《经济参考报》2007年8月30日）。

低保低保，保的是最低的生活标准。但是物价一涨，有些最低的东西就“保”不住了。为了平抑肉价，政府为能繁母猪保险提供了保费补贴；为了让困难群众能在肉价涨了以后仍能吃得起肉，政府为低保对象增加了临时补贴。表面上看起来，这一切好像只与钱有关。但是，政策能有如此鲜活的细节，却传达出了比钱更丰富的内涵，那就是党和政府一直把困难群体放在心上。

任何社会中，都有一些人难以照料自己；如果没有他人的关怀，他们就难以生存，也谈不上有尊严的生活。最低生活保障制度的建立，最低生活保障制度从城市到农村的延伸，最低生活保障标准的不断提高，从一个侧面表明，政府已经越来越主动地承担起了这种关怀的责任。

几年前，温家宝总理就说过：“世界上大多数是贫困人口，如果你懂得了穷人的经济学，那么你就会懂得经济学当中许多重要的原理。”要懂得穷人经济学，首先要不歧视穷人，要最大限度地关注他们的生存方式和生活状态；而穷人要不被歧视，就要想尽一切办法让他们能够维持最起码的日常生活。这是一个问题的两个方面，也是一个程序的两个步骤。没有前者，后者就可能被当作“施舍”；没有后者，前者就可能被指为“矫情”。只有两者充分结合起来，才是真正的尊重，真正的体恤。

从最低工资标准到最低生活保障制度，从廉租住房到助学贷款，从农民种粮补贴到农村医疗合作，一系列针对穷人、针对弱势群体的政策，都是在尊重前提下的体恤，在体恤基础上的尊重。这一切，不仅改变了“最低阶层”的生活现状，也深刻地改变了他们的生活心态。

群众利益是党的“最高利益”。始终想到“最低”处，始终看到“最低”处，让“最低阶层”享受到政策阳光，享受到发展成果，就是维护党的“最高利益”，就是实现党的“最高利益”。

人都会将心比心。如果一个需要关怀的人得不到关怀，他周围的人也会感到一种莫名的灰心；同样，如果一个需要关怀的人得到了关怀，即使与这个人不直接相关的人，也会感受到一种真切的抚慰。对“最低阶层”的关心，不仅温暖了困难群众，也温暖了他们的邻居，温暖了他们的亲戚朋友，温暖了他们周围所有的人。

这就是和谐，人的内心和谐，以及人与人之间的和谐。

每个人的内心和谐，是人与人之间和谐的基础；人与人之间的和谐，是社会和谐的标志。

（《甘肃日报》“兰山论语”专栏，2007 年 9 月 5 日，
获第十八届中国新闻奖二等奖）

做老百姓的“自己人”

在很多人的想象中，做信访工作，天天面对的是“找事”的群众，一定都有一些特别的“防护措施”。但是，在一位“编外信访干部”——吉林省委副秘书长陈淳那里，一切都显得十分简单：他的手机号码、住宅电话、办公室电话一律向上访群众公开，“老百姓有难事，24 小时可打他的电话”（《人民日报》2007 年 9 月 16 日）。

公开自己的电话，看起来是件小事，但有些信访干部做不到，有些领导干部也做不到。陈淳为什么能做得到呢？原因其实也很简单，那就是他一直想让老百姓把他当成“自己人”。有一年冬天，一个住宅小区的变压器坏了，电暖气供不上，夜里 12 点多，居民打电话向他反映情况，他在协调了安装单位后，迅速赶到现场。当时，气温已接近零下 30 摄氏度，他与小区居民一起守在施工现场。他说：“虽然我在现场没起什么作用，但你和老百姓在一起挨冻的本身，就让老百姓感到你是他们当中的自己人。”

只要愿意做老百姓的“自己人”，一切就会“简单”起来，也会“安全”起来。陈淳不仅公开了自己的电话号码，而且还对上访群众承诺，只要他有时间，“来一人见一人，来一百人见一百人；来一次见一次，来一百次见一百次。”

要让老百姓把你当作“自己人”，你首先要把老百姓当作自己人。什么是自己人，家里人就是最典型的“自己人”。如果一家人互相不公开电话号码，也就算不上“自己人”。为了进入“自己人”的状态，陈淳常问自己：“如果来上访的群众是我的父亲母亲，我会怎么对待？”一些干部之所以不向或不敢向老百姓公开自己的电话号码，就是怕老百姓找他，怕老百姓给他“找事”。其实，老百姓有“事”找你，说明他信任你，他把你当成了“自己人”。

要让老百姓把你当作“自己人”，你首先要把老百姓的事当作自己的事。老百姓图实惠，讲实在，无事不登三宝殿，万般无奈才求人。如果老百姓有事找到你，你东躲西藏，装聋作哑，就是没有把事当事，没有把老百姓的事当成自己的事。只要真心真意帮他们解决问题，即使问题一时半会儿解决不了，或者解决得不十分满意，他们也能理解，也会感激。

要让老百姓把你当作“自己人”，你首先要把老百姓的处境当作自己的处境。做群众工作，一个很重要的方面是沟通。要沟通，首先得理解；要理解，首先得了解。如果不了解老百姓的难处，就不会真正理解老百姓的态度；如果不理解老百姓的态度，就不可能与老百姓有真正的沟通。

“自己人”是一个综合标准，对一名干部、一名领导干部来说，能否让老百姓当作“自己人”，不仅能体现他的政治素质，衡量他的道德水平，甚至也能反映出他的业务能力。

老百姓心目中的“自己人”，必然是一个“好人”。如果他是一名信访干部，必然是一名好信访干部；如果他是一名领导干部，必然是一名好领导干部。

（《甘肃日报》“兰山论语”专栏，2007 年 10 月 15 日）

关于专家

最值得信任的人,就应该是最负责任的人

学术权威,守住自己的科学"良心"

针对一些学术机构和科技人员涉足商业炒作的行为,中国生化学会专门立了一个"家规",郑重申明:在商业活动中,"会员不能以学会名义表示意见或公开发表论文。学会在人民群众中有很高的声誉,以学会或专业委员会名义发表意见,有可能被认为是学界一致的看法,因而在社会上产生不良的导向"(《南方周末》2001 年 10 月 25 日)。

看到这个消息,我首先想到了"权威良心"问题。我认为,在科技界张扬"权威良心",就如同在政治上倡导清正廉洁。什么是"权威良心"? 简单地说,就是"该怎么说就怎么说,该怎么做就怎么做",而不是"要怎么说就怎么说,要怎么做就怎么做"。显然,前者遵循的是诚信原则,而后者服从的是利益原则。

有目共睹的是,在钱面前,一些作为"形象代言人"的娱乐界明星口无遮拦,置"形象"于不顾;而一些作为"商家后盾"的学界权威也言听计从,将"良心"弃诸脑后。一个说话有分量的人或机构,在商业诱惑面前,倘能尊重科学与事实,大致上说,就是守住了权威良心。

现在的电视广告中,穿白大褂,戴眼镜,包装成老专家、老学者、老教授的人越来越多了,有些甚至就是真的专家、学者或教授。而且,大概是吃人家的嘴软吧,有的还将我们看不懂的科学仪器搬上屏幕,演示给我们看,或者将我们听不懂的科学原理分析给我们听。而后,含蓄一点的,以很权威的口气,很专业的图像或语言,向电视观众展示或公布他们的科研成果;不够含蓄的,则直奔主题,像推销员一样亲自拿着某种产品,向消费者极力推荐。这种情况在生物医药领域尤其突出。甚至街头散发和张贴的壮阳药广告上,也有"老专家”、“老教授”的字样。假如真是这样，那么“权威”就不再是一种荣耀，而简直是一种难堪。

虽说科研机构和科研人员不等于科学，但对一般公众来说，能相信科研成果和科技人员，已经算是切切实实地维护科学的尊严了。我想，任何时候也不能把这种心理当作“迷信”吧。但是，一个值得思忖的问题是，如果“权威”们在用他们的言论支撑我们对科学的信念时，支撑他们的却不是科学精神，而是商业利润，那将会出现什么结果？

假冒伪劣商品多了，这和科技权威及机构越来越多地参与商业行为可能没有直接关系。但是，许多人，包括我个人，却因此开始动摇科技人员、鉴定机构以及学术成果在自己心目中的权威地位。

娱乐界的明星们涉足广告，已经受到公众的质疑，人们不是眼红他们挣钱容易，而是因为一些明星拿了钱以后言不由衷；学术机构和科技人员参与商业行为，正在打击公众对学术的信任，公众同样也不是嫌他们钱挣多了，而是因为有些权威见利忘义。

科研机构、科技人员的权威是靠科学树立起来的。人们相信科学，所以才相信他们。据报道，中国科协管理的一级学术团体就有约 200 个，二级的、三级的还不知道有多少。在绝大多数机构还没有“家规”，即使有类似生化学会那种“家规”也没有上升到法律层次的情况下，学术权威的言行还得靠自律。也就是说，在商业行为中，是借助科学引导人们，还是利用权威误导人们，都只能靠他们的良心。

起码，他们不应该成为伪劣商品的“托儿”。

当然，也不应该成为商业炒作的“招牌”。

同样，也不应该成为商业利润诱惑下的“失足者”。

（《中国青年报》“求实篇”专栏，2001 年 12 月 9 日，
原题《权威良心》）

经济学家到一块,争论就是必然的

萧伯纳说过一句话:“如果把所有的经济学家首尾相接排成一队,他们也得不出一个结论。”显然,萧伯纳的话中充满着嘲讽。但是,我正是从美国著名经济学家曼昆的著作中知道这句话的,而他引用这句话是为了说明一个道理:经济学家的观点总是不相同的。也就是说,经济学家到一块,争论是必然的。

3 月 4 日下午,温家宝总理到全国政协十届二次会议经济、农业界委员驻地,听取意见和建议。不料,几位经济学家就如何判断当前经济形势,在总理面前争论了起来。

经济学家吴敬琏说:“目前,中国经济存在‘过热’问题。”北京大学教授萧灼基几乎“针锋相对”,他认为,我国目前的经济增长是合理的、正常的,总体上不存在“过热”问题。吴敬琏表示:“‘GDP 崇拜’是很多问题的根源。”萧灼基马上反驳:“现在有一种否认 GDP 的倾向。”

林毅夫曾多次参加温家宝总理召集的经济学家座谈会,他说:“在会上,总理总是鼓励我们发表不同意见,甚至是争论。”

吴敬琏、萧灼基、林毅夫,还有厉以宁等许多著名经济学家在中国经济是否过热问题上的争议,只是经济学家众多分歧之冰山一角。尽管如此,政府仍然问计于经济学家,并鼓励他们发表不同意见,就有了更深的意义。

政府听取经济学家的分析和建议,是为了更好地决策。但这并不意味着,如果一个经济学家的建议未被采纳,这个经济学家就是没有意义的。事实上,情况可能正好相反:正是因为不同的经济学家有不同的观点,他们才有了单独存在的价值。有一句话叫做:有三个人发表意见,如果两个人的意见是一样的，那么其中必然有一个是多余的。

温家宝总理鼓励经济学家争论，就是让经济学家以经济学家的身份看问题，以经济学家的风格说话。能认真听取经济学家们发出的不同声音，不仅表明对经济学家的尊重，也表明了一种开放和宽容的姿态。

美国经济学家罗宾逊夫人说过一句话："我学习经济学，是为了不受经济学家的骗。"这句话的意思是，要听取经济学家的意见或建议，就必须先懂得经济学。

在实际生活中，不同的经济学家，总是提出不同的看法甚至相互矛盾的建议。要让他们的建议在决策中发挥作用，或者成为决策判断的某种依据，很重要的一点就是，决策者首先得有经济学家的头脑，或者就得像经济学家一样思考。能在经济学家们激烈的争论中保持镇定，起码也是一种自信的表现。

经济学家有一个很重要的角色，就是经常以政府"经济顾问"的身份在公众场所出现。其实，在市场经济比较成熟的国家，政府都有庞大的经济顾问委员会。但是，"经济顾问"存在的意义，并不在于只为政府制定的经济政策进行解释或辩护，尽管他们的解释总是那么权威，辩护总是那么有力。他们的最大作用，其实是提高政府在制定经济政策时的理性程度，同时对正在实行的经济政策进行理性分析。

不一定任何一个经济学家的建议都会体现在政府的经济政策中，但是，政府能认真听取并支持经济学家发出的各不相同甚至互相矛盾的声音，则一定会使政府的经济政策更加适合于经济规律和经济运行实际，也能使本土经济学家得到健康的成长。

（《东方早报》"早报短评"专栏，2004 年 3 月 12 日，
原题《让经济学家争论益处多》，有增改）

教授猜中试题,值不值得公开“祝贺”

亲戚朋友的孩子结婚,我们要去祝贺;别人的孩子考上大学,我们也要去祝贺。终于搬进新房子了,别人会向你祝贺;买彩票中大奖了,别人也会向你祝贺。

6月20日,浙江一著名大学校园的公告栏里,贴出了一纸特殊的“祝贺”红榜,文字不多,兹录于下:“祝贺:在本次四六级考试中,我部张博士命中作文原题,胡教授大范围命中词汇阅读原题。”落款是“浙大原创”。6月21日,多家媒体以图片的形式报道了这一稀罕的新闻。

看着那稀稀拉拉的几行字,我的第一个反应是,这兴许是个恶作剧。无论如何,这事都挺蹊跷。如果“祝贺”的内容属实,我能想象到祝贺者心里掩饰不住的喜悦,也不难想象出被祝贺者心里又有怎样一番洋洋自得的“成就感”。

博士、教授都是知识分子,一提起他们,我们想到的是学问、知识,想到的是学术、著作、科研成果之类。总之,我是怎么也难以将猜题、押题这种行为,如此直接而“喜剧”地与博士、教授等知识分子们结合在一起的。

我不得不又一次提到英语考试。关于英语考试,我从报纸杂志上看到过许多几于诅咒的文字,最恶毒的标题可能要算“狗日的英语”(这大概是一位英语考不及格或过不了关的人的“肮脏之言”)了,而最严重的主题则可能是“英语考试祸国殃民”(这是南开大学哲学系一位教师的观点)。我说的意思是,博士、教授之所以要热衷于猜题、押题,实在是因为英语太霸道了。

实话实说吧,在很多人心目中,英语并不是什么灵验的“试金石”,而是一块货真价实的“绊脚石”。寒窗苦读多少年,实际用处却少得可怜。也因此,在一定范围内,人们都是把英语当作“敌人”来对待的,所有的行动,目的只是为了如何攻克由它形成的“壁垒”,而不是如何借助它所蕴藏的“力量”。

态度决定一切,正是这种态度,决定了大学生或其他人的行为,也决定了某些博士、教授的行为。也就是说,谁能猜中英语试题,谁就是应试者心目中的“英雄”——有助于考生以更低的成本,获得优厚的回报。

同时,我也不得不再一次提起应试教育。从英语考试看,我的感觉是,应试教育不光小学有、中学有,大学或者成人教育更严重。不然,大学生就不会因为博士、教授命中考试题而为其张榜祝贺,博士、教授也不会以猜题、押题来体现自己的教学或辅导效果了。

事实上,在一些大学或其他场所,英语教学和辅导本身,在某种程度上就是为了应付各种各样的考试,而一些授课老师也就不由自主地要以猜题来验证自己在应试教育方面的水平。我甚至推测,为应对明年的英语考级,很有可能,会有更多的学子会“慕名”投奔到浙江这所大学的张博士和胡教授门下;而张博士和胡教授在参加英语考级的学生面前,也就会更有权威,更有号召力,更有发言权。

猜题、押题当然不能算是提高教学质量的方法,但是,在以考分决定成败的情况下,能猜中试题就意味着一种特殊的能力。所以,即使你不提倡,也仍然有人需要;即使你坚决反对,但仍然有人“祝贺”和佩服。

我认为,大学校园里出现这种“祝贺”公告,是对英语四六级考试的一种“挑衅”,甚至也可以说是一种“颠覆”。目前的英语考试制度把英语提高到了一个不恰当的位置,所以才有人采用非正常的手段来对付它。博士、教授的猜题、押题,不过是这块土壤上开出的一朵“小花”而已——一朵颇有几分讽刺意味的“花”,一朵值得我们反思的“花”。

(《工人日报》“新闻观察”栏目,2004 年 6 月 25 日,
原题《颇有几分讽刺意味的“祝贺”》)

可以保持沉默，但不可以当"思维懒汉"

专家预测，照目前的状况，今后20多年，我国养老资金缺口累计1.8万亿元左右，平均每年约700亿元。还是专家的测算，在我国，退休年龄每推迟一年，养老统筹基金可增收40亿元，减支160亿元，一反一正，就可以缓减养老基金缺口200多亿元。

正是因为上面的逻辑，延长退休年龄的主张从专家开始，不胫而走，成为最近一个时期以来的热门话题。但是，在我看来，这个看起来有点"现场办公"意思的解决方案，其实最多不过是"懒汉思维"的一个"范例"。为什么突然间，专家们会想到靠延长退休年龄解决养老金缺口问题呢？从此前的很多报道中，我终于找到了一个可能是最直接的原因，那就是"外国有先例"。有人说，"为了应对人口老龄化带来的养老金支付危机，大多数国家都选择了提高退休年龄的做法"；也有人说，"国际上推迟退休的趋势，构成了我国推迟退休年龄的可能性"。我不知道，这些"大多数国家"是哪些国家，也不知道这个"国际趋势"走到了什么程度，我只想问的是，在社会保险方面，这"大多数国家"和我们有多少相同之处，这个"国际趋势"会不会让我们水土不服？

国家权威部门随后的表态，成为"延长退休年龄"这个"懒汉思维"的终结者。但对这种"懒汉思维"我们仍值得警惕，仍有必要进行解剖。

第一，这是典型的"脚疼医脚"。

退休和就业问题，有时就像跷跷板，这一头要压下去，那一头就抬起来。为了减缓养老基金支付压力，我们可以选择延迟退休。但是，延迟退休年龄以后，就业压力增大怎么办？

有分析说，退休不等于赋闲，不少人退休后还会加入劳动力市场。但是，一则这个年龄的赋闲并不算是失业，二则这种“二次进入”更多的是自主就业。显然，在这两个方面，刚刚毕业的大学生并没有“优势”：他们没有那么好的心情“闲下来”，也没有更多的资本“闯出去”。

又有分析说，在一些领域，老年人和年轻人的工作层次不一样，不但不会发生冲突，而且还能相互补充。事实上是，对“退休”越在意、越看重的领域，比如有编制的部门和单位，老年人和年轻人的工作层次越不清晰，有时，甚至表现为“退一个进一个”的对应关系。

一个时期以来，为了“减员”，很多地方都制定了特别的“提前退休”方案，比如工龄30年以上“一刀切”。于是，一些年龄只有50岁甚至更小的人，在享受了一系列优惠政策以后，“告老”回家。一些企业和地方，甚至把这种有侵权之嫌的做法，当作一种促进就业的经验进行推广。现在，又提什么推迟退休，分明又把就业问题抛到九霄云外去了。

这没有什么奇怪的，如果“脚疼医脚”，那就必然会“手忙脚乱”。

第二，这是典型的“转嫁责任”。

退休年龄每推迟一年，可以弥补养老基金缺口200多亿元。我相信，这个数字及其来源是绝对真实的。但钱是算计不出来的，也不会从天上掉下来。总得有人把钱拿出来，才能堵住这个豁豁吧。

养老属于社会福利范畴。我国社会福利制度建立得迟，也不尽完善。加上人们的观念问题，在实行过程中，还打了许多折扣。养老资金出现缺口虽然是个问题，但也是正常的问题。是国家责任，国家财政就应当挺身而出，而不能转个弯子又推回给企业。

而且，在所推迟的时限内，企业所支出的不仅仅只是养老金，还有工资等等。也就是说，国家为了减缓一份压力，企业却要承担一份以上的压力。显然，这是一种不对等。我相信，企业宁肯在职工退休以后，“无条件”地续交养老金，也不愿意让职工推迟退休。这没有多少道理，只需要进行一番简单的计算就能知道。

这也不奇怪，如果想“转嫁责任”，那就必然会“不计其余”。

（《东方早报》“早报短评”专栏，2004年9月24日，
原题《不必另辟蹊径》）

关于用人

只要用在地方上，谁都可能是人才

白领泡沫与灰领紧缺

关于用人之道,美国著名汽车制造商福特有一个经典故事:20 世纪初,福特就计算出了 T 型车生产线总共需要 8000 多道工序。而且,他精确地知道,其中 949 道工序需要“强壮、灵活而且身体各方面都非常好”的成年男性承担,3338 道工序只需要“普通身体”的男工,剩下的则可由女工或年龄稍大的儿童来承担。

而且,他说:“我们发现 670 道工序可以由没有腿的人来完成,2637 道由一条腿的人,2 道由没有手的人,715 道由一只手的人,10 道由失明的人来承担。”

肯定有人对他的精明觉得不适,但却不得不佩服他的经济头脑:不同的人才,有不同的价格;需要什么样的人,就招聘什么样的人。大材小用不仅是对人才的浪费,而且也会提高企业的运作成本。

在我们身边,似乎正在发生相反的事情:相当一部分人找工作,都是被文凭的门槛卡在了外面;同时,相当一部分人靠文凭找到了工作,却做着与文凭很不相称的事情。

遍览人才招聘启事,遍观人才招聘会,你会发现用人单位打出的招牌中,差不多都有一个共同的特点。我的总结是“文凭越高越好”。“本科以上学历”、“硕士、博士优先”等短语,几乎成了用人单位的口头禅。

人们把高级管理人才叫做白领,把产业工人叫做蓝领,而把技师一类的人才叫做灰领。有了这种白领需求的暗示,文凭教育就成了一时之尚。于是,很多企业就把拥有更多的高文凭人才当作实力进行炫耀;于是,工商硕士就成了燎原之火;于是,很多人都以为戴上研究生的帽子就成了时代的宠儿。

市场是个比较公平的调节器。在市场的作用下，一些我们不愿意看到的结果终于出现了。12月初，《中国青年报》在头版连续报道的“找本科生硕士生易，寻高级技师难”的现象，是其中令人尴尬的情形之一。

前些年对高文凭人才的过分追捧，已经在人才市场上形成了一种“白领泡沫”。在我们身边，本科生找不到工作，或者说找不到适合于他们的工作，已经不是个别现象。而同时，市场需要的人才，却十分难得——“购买”灰领人才的预期长期疲软，已经导致相当一部分人对人才需求的形势形成了错误的判断。

需求预期只是灰领稀缺的原因之一。另一个原因是，灰领的“市场价格”长期低迷。而导致这个低迷的直接原因是，社会对文凭的“偏爱”。文凭，不仅在找工作时是一道“硬杠杠”，在评职称、涨工资时也是。而技能和能力等等，在文凭面前只能是“仅供参考”（不仅在企业界，在事业单位也是如此）。这有观念的原因，也有体制的原因。总而言之，却是蔑视效率的原因。

福特的用人之道，与其说是过于精明，还不如说是重视效率。

在一些企业和单位，技能型、操作型的人才，都与“最终产品”直接挂钩，说他们是挑大梁的一点不过。但是，作为人才，他们并不很值钱。体现在待遇上就是：要涨工资不容易，要评职称很困难。因为，他们的文凭不达标。

也因此，这几年，一边是持假文凭的人到处是，一边是混真文凭的人一大批。从经济学的角度讲，这和“找本科生硕士生易，寻高级技师难”的现象一样，都应该看成是市场对我们的一种惩罚。

（《中国青年报》“经济时评”专栏，2003年12月12日）

"单位人"也是"经济人"

2002年,中央电视台拍了一部专题片,叫做《人在单位》。其中有一集叫做《流动的故事》,记述了人才流动的无奈与艰难。这一集是在这样的解说词中结束的:"在多姿多彩的时代,如何建立人和单位之间的新型关系,拆除人才流动的屏障,最大限度地激活每个人的创造力,实现全社会人力资源的最佳配置,是改革中必须回答的问题。"

前两天,辽宁省倒是出台了一个《为振兴老工业基地服务的若干政策和措施》,是为一个巧妙的应答。而这种巧妙的回答,肯定会引出很多新的"流动的故事"。

单位是一个相对封闭的概念。在我们的脑海里,你是这个单位的人,就意味着确定了两个基本关系:一是要吃这个单位的饭,二是要干这个单位的活。这种关系的实质是:一个有单位的人即使无所事事,单位也要给他饭吃;或者,即使单位里的很多活无人干,也不会影响到任何一个人的吃饭。也就是说,在一个单位里,有的人可以没活干,有的活也可以没人干。但有一点却雷打不动:人人都是单位人,人人都吃单位饭。

细想起来,这也不只是单位本身的缺陷。问题的关键,可能在于单位用人的运行机制上。

辽宁省把新推出的事业单位人才租赁制度称作"人才智力柔性流动"。显然,以前也有流动,但却是刚性的。在刚性流动方式中,最重要的一个就是我们所熟悉的"调动"。一个单位的事要用另一个单位的人,这个单位的人想到另一个单位去做点事,正常的实现方式就是"调动"。

但是,你要的人你可以调,你调的人我却可以不放。所以,关于人才流动,有两个特别不友好的词,一个叫做“挖”,一个叫做“跳槽”。因为“挖”,一个单位与另一个单位不友好了;因为“跳槽”,一个单位人与他的单位不友好了。所以,“人才流动”,往往被称做“人才流失”。“进来不容易,出去不容易”,这就是调动。因为一个调动,不知道伤了多少人的心,破了多少人的财。

简单地说,调动是“计划”的,而租赁则是“市场”的。将单位人才租赁规范化、公开化,即是对市场的顺应,也是对市场的尊重。一项特定的任务,有时需要特定的人去完成。在一个单位,这种特定的任务可能经常有,也可能涉及许多领域,但单位不可能什么人都有。这有几层意思:一是一些人单位养不起,二是一些人单位挖不来,三是一些人单位没必要专门养。通过人才租赁的方式,可以使单位养不起、挖不来或没必要专门养的人,能被单位用得起,而且也更加划得来。即所谓“不求所有,但求所用”。

人们普遍能接受的观点是,人才的浪费是最大的浪费。如果一个单位存在人才闲置现象,这等于单位的资产正在流失。将闲置的人才租出去,就像将多余的钱和设备用于投资一样,可以使单位(出租者)和个人(被出租者)同时获益——单位之间协商租赁价格,出租单位与个人协商分成方式。这种经营人才的方式,不但可以使闲置人才变现,而且也更能体现出人才的使用价值。

对很多人来说,没个单位总觉得空荡荡的。但一个“单位人”,如果不与社会挂钩,单位也就成了一个个鸟笼子。所以,任何一个单位人,也都具有“社会人”的性质。同时,在市场经济面前,不论是单位人,还是社会人,都应该视为“经济人”。事实上,或明或暗,或多或少,在很多单位人身上,单位的约束力已开始减弱,有些甚至已经无效。通过市场的方式,让单位人走出单位,超越单位,实现“社会化”,不仅是单位职能的创新,而且也是经济理性的体现。

总有一些人往单位里挤,也总有一些人在单位之间跳来跳去。最重要的道理是,所有的人都想使自己的利益最大化。那么,最理智的态度就应该是,软化单位人的流动方式,为这种利益最大化的实现提供正常的渠道。

单位人实现了利益最大化,单位也就实现了利益最大化。

(《东方早报》“早报自由谈”栏目,2004 年 2 月 18 日)

以血取人，傲慢生偏见

聘人的条件真是越来越花哨了。招聘现场扔一把笤帚，你捡起来了就认为你有社会公德，否则就是公德意识缺失；两个人给一个凳子，你抢先一步坐上了就证明你有竞争意识，否则就不适宜在竞争行业工作。如此等等，都曾作为招聘单位设计的一道"关口"，卡住了许多求职的人。如今，花样又变了，看血型。

不久前，鞍山一家广告营销公司招聘营销部主管，一女青年认为自己的学历、专业等条件相符，便去应聘。谁料，只因她的血型是 B 型，就被公司拒之门外。主管招聘的负责人解释说，B 型血的人"缺乏独立思考的能力和对是非的判断力"，"没有团队精神"(《中国青年报》2001 年 12 月 16 日)。北京一家公司重金聘请销售总监和国内、国际市场销售经理，招聘广告中除要求应聘者有高学历、在大型企业工作多年的经验、出类拔萃的管理能力外，还有一个条件：血型为 O 型或 B 型(《中国青年报》2001 年 11 月 23 日)。类似的事在上海也发生过，一女青年应聘某外企客户经理，面试中，公司负责人对她的学历和现场表现都表示满意，结束面谈前，要求她在应试表上填写血型。庄小姐没有验过血型，便随手写下"AB 型"。谁知，就是这个"AB 型"使她落选了。公司人事经理告诉她，AB 型血的人"有情绪波动大的特点，较难与人相处"，所以不能胜任客户经理一职(《新闻晨报》2001 年 11 月 6 日)。

在鞍山那家公司看来，B 型血的人当不了营销部主任；北京那家公司则认为，A 型血的人当销售总监或销售经理肯定不称职；上海那家外企坚信，AB 型血的人当客户经理难以胜任。尽管招聘方有权决定用人条件，但社会各界仍把这种行为叫做"血型歧视"或"血型偏见"。

依血型用人,从科学的角度说不科学,从道德的角度说不道德,从时尚的角度说也不时尚。但为什么突然热起来了呢?我以为,是一种傲慢心态在起作用。就业似乎越来越难了,找工作正成为很多人的一项“工作”。于是,一些用人单位的自我感觉就越来越好。好到一定程度,就是傲慢,就是随心所欲,就是我说了算。于是,一些稀奇古怪的聘人招式便应运而生,其中充斥着偏见和歧视。

血型由不了自己,命运却掌握在自己手里。报上引权威人士的话说,“任何血型中都既有伟大的科学家、发明家、艺术家,也有历史的罪人”。这话我信,因为我家有“追星族”,歌星的资料有好多,我发现,同是歌星,有 A 型血的,有 B 型血的,有 AB 型血的,当然也有 O 型血的。于是我想,对 A 型血有偏见的人,或许也有本身就是 A 型血的,以此类推。

血型与性格的关系,正如性格与职业的关系一样,目前都没有科学结论,怎么就成了一些人用人的“理论依据”?我想起了伏尔泰,他认为,上帝虽不存在,但却具有实践意义,因此他说了一句广为人知的“名言”:“即使没有上帝,也必须捏造一个。”所谓的“以血取人”,正是一些傲慢者捏造的理论,虽然只是一种偏见,但确实具有“实践意义”,而且操作极其简单。

(《中国青年报》“求实篇”专栏,2002 年 1 月 8 日,
原题《傲慢生偏见》)

人才物美价廉不正常

11月5日、6日《中国青年报》长篇报告的标题让我为之一振:《中国告别人才物美价廉时代——不可阻挡的价值发现!》

关于人才使用,有两个观念似乎深入人心:能者多劳和物美价廉。很显然,在市场经济面前,在人才作为一种资源的背景下,二者特别是二者结合起来所透露出的信息,直接违背了市场规律,违背了资源利用最起码的趋势。

我想起去年的两则报道。沿海某地一所大学的数学系,从系主任到学术骨干,全是从兰州大学过去的。这是2001年3月8日《工人日报》上的消息。同一天的《经济参考报》上,也有一篇关于人才的报道,列举了三个例子:一、中国加入世贸组织以后,跨国公司已将中国保险业最顶尖的376名人才列在了准备"挖走"的名单上;二、外经贸部一位长期从事世贸研究的处长,被外国公司以100万元年薪"挖走";三、一家著名的调查公司向美国政府建议,要想最大限度地进入中国市场,最有效的办法就是控制中国的人才。为此,他们还列出了一份很详细的行业清单。

我注意到,报道在提及这些现象的时候,表现出的几乎是同一种心理:想尽一切办法,留住你的人才!这当然是对的。但这种心理实际上给我们提出了一个长期以来被忽略的问题:人才到底是谁的?人才的"物美价廉"是不是一种正常的经济现象?

最典型的例子是,出国留学的回来了,就算爱国;最常见的例子则是,人才从一个单位到另一个单位,从一地方到另一个地方,就说是"人才流失"。一个普遍的观点是,人才必须有所"归属"。

看来,人才"单位所有制"和"地方所有制"的观念依然根深蒂固。但一般来说,这种观念仍被认为是爱惜人才的表现。

而与之相应的一些事情,则让人另有所思。一种是,人才流动出去了,单位领导表示很惋惜,而外单位的人才流动进来了,他却可以到处表功;一种是,人才在单位的时候,没有人重用,甚至还被看不起,他提出要走的时候,才有人出来百般挽留,而且,那种挽留多是出于礼貌,甚至只是虚情假意;一种是,在一些单位,对招来的“女婿”百般宠爱,对自己的“儿子”则面目生冷,老百姓把这种现象叫做“招来女婿气死儿”。

在知识经济时代,许多地方已经把吸引人才当作一项持续发展的重要措施来实行了。感情留人,待遇留人,环境留人,事业留人,为了留住人才,可以说想尽了办法。但这并不意味着,人才流动是一种遗憾。

首先,中国加入世贸组织,意味着国际市场已经到了家门口。人才单位所有制或地方所有制就显得有些狭隘,说严重一点,甚至可以说是一种人才专制思想和人才本位主义思想,与市场竞争格局格格不入。

其次,人才本身有他自己的选择和追求。干事也罢,挣钱也罢,都是自我实现的途径。既然人才进来的门敞开着,人才出去的门也应该敞开着。

第三,留住人才、吸引人才的关键是如何使用人才。在我们身边,论资排辈、任人唯亲等现象还很普遍。人才在的时候没位置,等到有位置的时候人才已经走了。这种情况下,“出走”其实只是一种无奈的选择,并不像有些人认为的那样,是一种挑衅或背叛。

第四,有句俗话叫做“人挪活,树挪死”,还有一句叫做“人往高处走,水往低处流”。从人才本身来讲,他的流动可能会给他带来更好的生活、更好的未来;从人才的社会价值来说,到另一个岗位、另一个地方,也可能使他的才能得到更多的释放,为社会创造更多的财富。

如果说人才观要更新,那么,首先更新的应该是人才归属观。人才属于市场。只要树立起人才的市场意识,能者多劳与物美价廉组合而成的“理才观念”就会不辞而别,而人才的价值发现就是不可阻挡的历史取向。

(《中国青年报》“经济时评”专栏,2002 年 11 月 7 日)

管理就是把人用到地方上

美国著名汽车制造商福特曾说:“就像奶牛不需要多加乳头一样,我们的汽车也不需要多余的火花塞。”他的意思是说,在他的生产线上,不需要多余的工序,不需要多余的人。他的深层含义是,所谓的管理,其实就是用人。

经济界说他用“一种冷冰冰的眼光”,把“科学管理思想”应用到了生产过程中。有一个例子可以看成是一个极端:福特计算出T型车的生产总共需要8000多道工序,其中949道工序需要“强壮、灵活而且身体各方面都非常好”的成年男性承担,3338道工序只需要“普通身体”的男工,剩下的则可由女工或年龄稍大的儿童来承担。而且,“我们发现670道工序可以由没有腿的人来完成,2637道由一条腿的人,2道由没有手的人,75道由一只手的人,10道由失明的人来承担”。

有人认为这是对科学管理的贬低,但却不得不佩服他的精明:在他的生产线上,不允许人没事干,也不允许事没人干;没必要大材小用,也没必要赶鸭子上架。

“以人为本”,已经成为现代管理的主题了。但是,如果不知道生产经营过程需要多少个岗位,这些岗位上需要什么样的人,这些人的素质或条件必须达到什么样的底线,“以人为本”就会成为一句空话,或者成为某种无效益经营的托词。

生产线有它的无情的一面,从一个角度上说,生产线上工作的人,可以看成是机器的某种延伸(这不是对人的贬低,因为从另一个角度上说,机器则是人的功能的补充)。雷锋不是说“要做一颗永不生锈的螺丝钉”吗。螺丝钉精神实质上是一种岗位意识,而岗位意识的深入人心则源于现代“生产线”

管理。

在无情的管理之中,同样包含着利用和发挥人力资源的巨大空间。在一个生产线上、在一个企业里、在整个社会中,不同的人应该都能找到适合他的“工序”。是“英雄”,必有“用武之地”;不是“英雄”,也“天生我材必有用”。之所以想到这一点,是因为我注意到,现在一些企业的招工,不管什么岗位,一律一个杠杠,人要正年轻的,文凭要大本以上的,条件之苛刻,几乎和“征婚”相仿。我不是代表年龄大的说话,也不是代表文凭低的说话,我只是觉得,这种用人观实际上是不科学和不经济的,在某种意义上,也是不尊重知识、不尊重人格的表现。

从用人的角度上说,我认为,科学管理起码应包括四个方面的因素:一、干什么样的事,用什么样的人,这叫做“先定岗位后选人”;二、让所有的人干他力所能及的事,这叫做“把人放在地方上”;三、对所有的人都不应求全责备,这叫做“避过短处用长处”;四、让所有的人都有自己的责任,这叫做“人人肩上有担子”。

初听起来,好像很难做到,其实这不过是看着“流水线”开出来的清单。不管是福特时代说的“工序”,还是我们现在说的“程序”,如果岗位不会消失,管理就得始终盯住岗位。一个人的岗位意识,是判断他是否尽职的最重要的条件;一个人在岗位上的成就,是判断他是否成功的基本要素。

可以拒绝福特,但得承认,所有的事其实都有工序,所有的人其实都有岗位。让每个人干好自己分内的事,是维护社会秩序正常运转的基础,是自我价值得以实现的根本,也是管理者最大最明确的目标。

(《甘肃日报》“经济杂谈”栏目,2001 年 9 月 12 日,
原题《管理就是用人》)

关于管理

再细微的地方,也关乎执政的水平

请列出“其他”的清单

“其他”是个常用词。所以很少有人问过:“其他”到底是什么?最近看到一则报道,使我对“其他”二字警惕了起来。

赵东全是山东省菏泽市牡丹区法律援助中心的律师,2001 年 6 月 26 日,他在菏泽市邮政局中华东路营业厅交寄了一份特快专递邮件。赵按要求交纳 22 元费用后,营业厅为他出具的收据中标明:邮费 20 元,其他 2 元。赵不明白“其他 2 元”是什么钱,几次到当地邮局询问没有得到满意答复,自己多方查找资料也不得而知。去年 7 月,赵以自己的知情权被侵犯,一纸诉状将菏泽市邮政局中华东路营业厅和菏泽市邮政局、山东省邮政局告上法院。今年 8 月,法院在两次开庭之后,下达了判决书:中华东路营业厅收取的“其他 2 元”含有封套及详情单的成本价(按国家有关规定收取)这一合理部分,并自行举证了成本价为 1.56 元,其合法收费之外部分 0.44 元无合法依据,为不当得利。因此,判决该营业厅将其不当收费 0.44 元返还赵东全(《南方周末》2002 年 11 月 7 日)。

可能因为是律师,所以赵东全有这样的耐心和把握去打这样的官司。可能因为数额太小,更多的人认为打这样的官司并不值得。但正如赵东全所说,这场官司的意义在于——一些行业以“其他”名义收费的现象非常普遍,人们要关注的应该是怎样去规范其合法性和透明性。

注意一下很多的收款凭证或原始账单,都能见到“其他”这一栏。比如医院出具的出院结算细目,顾客埋单时饭店拿来的菜单,等等。一般人在交费前或后,最多也只要求看一下整个费用的“详情单”,却很少有人穷究“其他”的“详情”。

事实告诉我们，一些不正当的费用，正是借着“其他”二字，堂而皇之地走到了人们的面前。比如一些酒店对自带酒水收的“开瓶费”、一些服务场所莫名其妙的“加急费”、一些管理部门内部规定的“手续费”等等；就是一些学校的“学生收费手册”上，也常常有“其他”一栏。像中华东路营业厅收取的“其他”费用，算是比较隐蔽的一种，因为它本身含有合理的收费项目（封套及详情单的成本价），不合理的只是在数额上稍稍偏高了一些而已。所以，即使很认真的人，只要打听到“其他”收费的具体项目，也就作罢了；再往下追究的人，只是凤毛麟角。中华东路营业厅对邮政特快专递收取的“其他”费用，至少收了两年多了，赵东全是对此认真的“第一人”。

“其他”好像一个万能的箩筐，见什么可以装什么，装什么就能像什么。一位审计部门的朋友因此说，看一个单位或一个项目的资金使用情况，先查一查“其他”开支就能知其大略。“其他”是一个堂堂正正的词，但凭借它却可以瞒天过海，可以指黑为白；“其他”也是一个名正言顺的词，但它的背后却可能有不正之风，也可能有经济腐败。

不能说维权应该从“其他”开始，但赵东全的态度起码告诉我们：很多的“其他”正在堂而皇之地侵犯我们的权利。

不能说所有的“其他”都是“猫腻”，但事实一次一次提醒我们：很多的“其他”正充当着违法乱纪的避风港。

任何事情都怕“认真”二字。如果“其他”一栏是不可缺少的，那么，多问一声“其他”是什么，或许能让人知道更多的真相。

（《甘肃日报》“兰山论语”专栏，2002年2月2日，
原题《“其他”是什么》）

“本·拉丹”与“投机倒把”

福建一家啤酒厂生产的一种名为“本色拉丹”的啤酒，最近，在商标标识上出现了“一点”小小的变化。从媒体发表的瓶体照片上看，那个“色”字缩在了一个小小的圆点里，挤在“本”和“拉丹”之间，活脱脱一个间隔号（《中国青年报》2002年8月9日）。照片说明称：“如不细看，很容易读成‘本·拉丹’。”我的感觉则是，就是细看，也容易读成“本·拉丹”——可能是本·拉丹太“出名”了，也可能是商家太“精明”了。

工商部门称，目前，还没有人注册“本·拉丹”这个商标，而且，把一个恐怖分子的名字用做产品商标，显然不符合有关规定。但同时也承认，按现行产品质量法、新商标法等工商法规处罚，取证等工作存在困难。还好，原有工商法规中“投机倒把”这一条还没有废止，工商部门只好以涉嫌“投机倒把”对该酒厂进行了查处。

笔者查阅了1987年9月17日国务院颁布的《投机倒把行政处罚暂行条例》，从其列举的16项投机倒把行为中，我看不出哪一项是适用“本·拉丹”啤酒的。工商部门的认定，其根据极有可能是第11项：“其他扰乱社会主义经济秩序的投机倒把行为”。直言不讳地说，我从中隐隐感觉到一种莫名的尴尬与无奈。

在我生活的这个城市，“9·11”事件发生不久，街上就赫然出现了一个“本·拉登”牛肉面馆。还好，不等工商部门查处，新闻媒体即抢先曝光，可能是因为舆论的压力，“本·拉登”的牌子只挂了几天，就悄然消失了。看了查处“本·拉丹”啤酒的报道，我突然想，假如“本·拉登”牛肉面馆的老板对新闻媒体的报道不予理睬（新闻媒体不是执法机关），工商部门或其他任何部门还有没有一个有理、有力、有据的办法让人家换下牌子？

这里，我们不得不承认一点：法律不是万能的。“本·拉丹”现象其实更应该纳入文化范畴，当作一种素质问题进行考察。现在，大家都在讲企业文化和商业文化，但是企业界和商界的所作所为，有许多都是“没文化”的表现。比如，媒体曾经报道过的“二房佳酿”、“刘文彩臭豆腐”及“泡妞小食品”、“骚公鸡酒店”等等，包括“本·拉丹”啤酒在内，其实都包含一种不健康的心理预期和文化倾向。因此，与其说它违法乱纪（肯定能找出相关的法规条文），还不如说它文化缺位；说它扰乱市场秩序（也不难找到几条理由），还不如说它影响企业形象和社会文化取向。我以为，从文化的角度进行追究和处理，不但容易操作，也容易服人。

于是我想，既然法律有空子可钻，那么我们就得预备一个塞子准备封堵；既然法律不是万能的，那么我们就得准备好另外的武器。同时，也要意识到，市场是一个综合体，各个执法主体都可以有所作为，如果工商方面单独出面“力量不足”，还可以联合其他方面配合，比如文化部门。否则，执法就有可能陷入被动，而要争取主动就可能强词夺理，我行我素。

我不是替“本·拉丹”啤酒叫屈，但我觉得把他们的那“一点小动作”叫做“投机倒把”，仍然有些牵强附会。不知道立法者作何感想？

（《中国青年报》“经济时评”专栏，2002 年 8 月 12 日）

政策要定得实惠些

拖欠工资的事,现在好像已经不算什么事了。而追讨工资的事,反倒常常被人说起,有时还成为新闻追踪的题材。浙江省出台的《企业工资支付管理办法》,说到底还是与追讨工资有关。8 月 27 日《中国青年报》的报道直言不讳,说《办法》"给某些欠薪逃薪企业戴上了一道'紧箍咒'"。

从《办法》本身看,说"紧箍咒"一点也不过分。《办法》规定,企业克扣或者无故拖欠劳动者工资,未按照国家规定和劳动合同的约定支付劳动者延长工作时间的工资,以及低于当地最低工资标准支付劳动者工资的,劳动和社会保障部门将责令企业限期支付经济补偿金和赔偿金。经济补偿金相当于工资的 25%,而赔偿金则相当于工资和经济补偿金总和的 1 至 5 倍;对拒不支付劳动者工资、经济补偿金和赔偿金的,还将处以 5 万元以下的罚款,对其法定代表人或直接负责的主管人员则处以千元以上万元以下的罚款。作为一个劳动者,有这么硬的"后台",确实感到了一种力量。

但冷静思之,仍害怕空欢喜一场。

一、如果企业能支付得起,我认为,首先应该责令其限期支付所拖欠的工资,而不是经济补偿金和赔偿金。不是劳动者心软,也不是劳动者不懂得维护自身的权益,而是怕企业没钱支付,欠了工资再欠"偿金",让劳动者不知要什么好。

二、如果企业能支付得起,包括我在内,很多人甚至还希望企业把工资拖欠那么一段时间。算算账看:假如我月工资 500 元,拖欠一段时间后,可以拿到 125 元的经济补偿金,还可以拿到至少 625 元的赔偿金,即使不补发工资,两者相加也有 750 元。从投资的意义上说,收益高达 50%。说劳动者"想得美”也行，说劳动者“用心险恶”也行，其实就怕企业没钱支付，使劳动者一点实惠都没有，最终只空落个“坏名声”。

三、如果企业拒不支付劳动者工资、经济补偿金和赔偿金，那么处以6万元以下的罚款（企业5万元以下，责任人1万元以下）能干什么？够干什么？一罚了之，还是应该另启动一套更好的办法？罚款入库，还是分给被欠工资的劳动者？不是劳动者多管闲事，也不是劳动者喜欢“打破砂锅问到底”，劳动者凭劳动吃饭，就担心那点工资飞上天。而从一定角度上说，劳动者其实并不关心对欠薪企业惩罚与否或者怎么惩罚，只关心自己的劳动所得怎么到手。

我之所以说这话，是因为我隐隐地感觉到，我们在制定一些有关“钱”的政策时，老想着“有钱”时的情况，好像企业欠薪，肯定是“有钱不给”；接下来就是：你有钱不给，我就“处以罚款”。

欠薪问题有两个重要背景：一个是没钱，效益差，经费少等等；一个是就业难，大家总的感觉是，有个工作不容易，在单位面前都是弱者。前一个背景，决定了“不得不欠”；后一个背景，决定了“欠欠何妨”。两个结合起来，就是“好坏都欠”。所以，对欠薪问题应该客观分析，一要防有的单位“破罐子破摔”（银行的钱都敢赖，谁的钱不能赖），二要防有的单位“装模作样”（别人可以欠，我为什么要不欠）。总之，是不能以欠薪者为主体决定罚他与不罚他，而应该以劳动者利益为先，研究怎么才能为他们要回来。

我不知道浙江的具体情况，在有的省份，除了企业欠薪，有的行政事业单位欠薪也成顽疾。作为政府或执法单位，面对这种情况怎么办？总不能光管企业不管自己吧？总不能先给欠薪企业戴上“紧箍咒”，再给自己戴上“紧箍咒”吧？我之所以这么说，是因为我相信，行政事业单位欠薪，绝大多数是没有钱发，而不是有钱不发。

一句话，政策不在于多强硬，关键要实惠一些。

（《中国青年报》“经济时评”专栏，2002年8月28日）

民间文化的经济负担

由于职业原因，今年以来，笔者先后参加过好几个民间文化艺术节。而且，可能是受到启发或者是借鉴经验，一些地方筹办民间文化艺术节的信息仍时有耳闻。不管是地区一级办的，还是县一级办的，都有两个共同特点：一、名称很大，至少都要冠以“中国”字样；二、与经济关系亲密，从领导讲话到标语口号，从当地的宣传口径到各种形式的新闻报道，都被赋予振兴经济、启动旅游、吸引资金等使命。

笔者突然产生一个想法：民间文化的经济负担太重了。

我不反对“中国××之乡”的称谓，也不否认民间文化可以提高一个地方的知名度和吸引力。但是，明明是以经济为目的，却要把民间文化拉出来支差（前几年流行的说法叫“文化搭台”），起码是对民间文化的力量把握不准，有时甚至使我想起“傀儡”这个词。

另外，民间文化目前的处境，可以说是到了危险的时候。一方面受工业制品的冲击，其社会地位几乎被取而代之，一些民间文化品种已快到有名无实的地步了；另一方面，民间艺人青黄不接，断代现象十分严重，老一辈无力于此，新一辈则不屑于此，一些民间手艺已处于半搁浅状态。

但是，已经成为被拯救对象的民间文化，在一些地方正被充分利用起来以拯救地方经济。

我认为，起码，这是一种很天真的想法。不能否认，民间文化有一定的经济含量，比如民间剪纸可以出售，农村人绣的荷包可以卖给城里的孩子们，皮影戏班子在农闲时也可以吼几嗓子挣几个小钱，等等。但作为带动者或推动者，其本身应是强有力的。显然，民间文化不是这样一个角色。民间文化不但承载不起振兴一方经济的重负,而且还需要经济发展去带动它、振兴它。

在民间文化艺术节上签订的招商引资协议,能不能归之于民间文化的带动或推动作用?这是一个让人很尴尬并有点暧昧的问题。一、明明办的是民间文化艺术节,几乎无一例外,都要将经济成果作为其成功的标志。二、在一些地方,艺术节上签订的经济协议,其实都是早早谈好的,虽然在艺术节上签字,但与民间艺术的魅力和吸引力几无关联。办节办会需要钱,这是人所共知的事,如果没有点回报,面子上肯定过不去。招商引资协议就这样成了艺术节的主角,而民间文化则只需在节会经济上跑跑龙套了。

或曰,办民间文化艺术节正在于弘扬民间文化。这个初衷当然是有的,也是好的。但要知道,民间文化从来都是在沉默中兴起,在沉默中辉煌。我担心,在强烈的功利目的下,采取打强心针的方法,极有可能使民间文化变味或者串味。在民间艺术节上,我看到了艺术成分很低的民间作品,也看到了民间成分很低的艺术作品,甚至一些化学工业制品也堂而皇之地当作民间艺术品展出或出售。民间文化一旦失去自身的纯粹,就失去了魅力,不要说带动一方经济,自身也会成为濒危品种。

民间文化的经济负担太重了。民间文化可能会因此被压弯了腰,而靠民间文化振兴经济的愿望也可能会因此泡了汤。

(《中国青年报》“经济时评”专栏,2002年9月2日)

公章里面的环境

日前在杭州举办的“创业在杭州”大讨论活动中，杭州市委书记王国平在一次会议上披露：因为工程需要，有关建设单位要在解放路延伸工程段搭建一个临时的棚子。为这个临时工棚，不仅需要分管城建的市领导亲自出面，而且在相关部门之间足足盖了90多个公章（《经济时报》2002年12月19日）。无独有偶，在甘肃省开展的“三个环境”（投资环境、建设环境、干事创业环境）大讨论已经有一段时间以后，《工人日报》2002年12月18日也报道说，在兰州，一个建设项目的审批，从头到尾要盖58个公章，经169个人签字，正常速度需两年时间。

办一件事情，哪来那么多环节？圈外人感到不可理解，圈内人可能还会因为人们的不理解而有苦难言呢。一、他们是按程序办事。经办人不签字，副科长能签字吗？副科长不签字，科长能签字吗？于是，“环环相扣”就成了“步步为营”。但是说起来，每一环每一步都是很有必要的，比如外防“走后门”，内防“一支笔”；但这样走下去，从下一级到上一级，从这个部门到那个部门，公章一路盖过来，一月半月、一年半载的时间就过去了，你说“不够快”，他还说“不算慢”呢！二、他们是按权限办事。审批单位都是权力机构，审批人员都是有权在握。权力人之间、权力机关之间最忌讳的是什么？答案是“越权”。哪个人管哪个人的事，哪个部门管哪个部门的事，一不能跨越，二不能替代，三不能催促。所以，即使每一个签字的人、每一个盖章的单位都想快，也不会有人出面埋怨谁太慢。上门办事的人可以生气，但找不着对象，因为谁都会说不是我一个人或一个单位的事，甚至会说我比你还急呢。

所有的环节共同造成的结果，不可能由一个环节来承担责任，这是谁都明白的道理。《工人日报》的报道说:“这些审批项目是经过几轮清理后保留的,都是按有关法律执行的,因此,审批项目本身短期内不可能减少。”审批项目“一个也不能少”,就意味着签字的人还得那么多,盖公章的单位还得那么多,那么效率怎么提高?难道要靠人跑得快,章盖得麻利一些吗?

审批环节、签字人数减不下来,“公章旅行”、“签字长跑”的局面就无法扭转。而减不下来的真正原因,不是必不可少,而是权力分配难以平衡。

盖公章本来表示“可以通过”的意思,但盖公章的过程却酷似“一夫当关”。同时,也就出现了这样一种难堪的局面:谁都对结果不满意,但好像谁都不应该负责任。

这几年,各地都清理了很多审批事项。我有一个最基本的感觉:一项审批在没有清理之前,审批单位都认为是必不可少的;但真正清理了之后,所有人都觉得原来并没有那么玄。

我也知道,很多地方为提高办事效率,都实行了“一个窗口”对外的措施,或者说“联合办公”。其实,说穿了,很多情况下就是“集中起来盖公章”。我想,既然很多公章可以集中起来盖,为什么不能用一个公章来代替很多公章呢?

(《中国青年报》“经济时评”专栏,2002 年 12 月 30 日)

“参加重要会议”算什么待遇

对非公有制经济的态度，看来是越来越好了。但是，有些示好的方式，更像是对非公有制经济的误解。

《兰州晨报》2月24日报道，兰州市七里河区政府日前做出决定：今后，凡营业收入达5000万元以上的非公企业法人代表，都享有参加全区经济社会发展的重大会议和活动的权利。

报道分析，出台这一决定的背景是：2002年，全区财政收入的24%来自非公经济，尝到甜头的区政府，即做出此决定，“给非公经济人士和个体私营业主与国有、集体企业领导同等的国民待遇和政治待遇，尊重非公人士的劳动、人格、创造”。

区政府此举的目的不外乎向非公有制经济示好，以进一步促进非公有制经济的发展。

一个县级区政府的“重要会议”能重要到什么程度暂且不论，个体私营企业主对“重要会议”的态度是什么则是另一个问题。实际上，在很多地方，不管是国有、集体企业，还是私营、个体企业，每年都要收到好多会议通知，而且基本上都要求“主要负责同志”参加，应该算是“重要会议”了吧。但它们常常使“主要负责同志”只能疲于应付，有时甚至应付不过来。

七里河区政府的决定，首先给人的感觉是，当地非公经济人士以前很少参加区上的“重要会议”；其次，他们对参加区上的“重要会议”有一种强烈的要求。不能否认区里出台这一决定的初衷，但我对做出这个决定的前提表示质疑。这是其一。

其二，“参加区上的重要会议”会有什么好处呢？我想不外乎：一是能从中得到一些政府信息，因而可能在第一时间里获得一些发展机会；二是有和区上主要领导直接见面的可能，从而使自身或非公经济普遍遇到的一些问题得到及时反映并尽快解决。

但是，第一，既然是重要会议，参加会议的资格，就不能是经济指标一个杠杠，有时还必须通过选举，选举产生的代表才有资格参加会议；第二，一般说来，重要会议上的政府信息，都应当及时向社会公布，如果只向到会的一部分人透露，就会造成严重的机会不公；第三，如果政府领导是一种特殊的资源，那么就应当最大可能地实现共享。假如一些人经常找不着领导，而另一些人却被领导经常找，就会无形中形成一种心理失衡，引起不必要的揣测。

发展非公有制经济，需要一定的政策扶持和帮助，也需要良好的创业和发展环境。这一切，都需要政府承担起责任，需要政府做实实在在的工作。政府开会是为了解决问题，而不是为了摆场面。所以，允许参加哪一次会议，其本身并不能算作是给了什么待遇；参加会议者，也不是享受了什么权利。至于将其与“国民待遇和政治待遇”、“尊重劳动、人格、创造”等相提并论，就更有些玄之又玄了。

不过，如果算是一种“作秀”，那倒有点儿。但是，5000 万元的营业收入却不是一句话的事，“作秀”对它来说，只怕太轻描淡写了吧。

（《中国青年报》“经济时评”专栏，2003 年 2 月 25 日）

当停产令只是一张纸

矿难一个接一个发生,安全生产管理只得一次又一次紧螺丝。或者说,安全生产管理一次又一次紧螺丝,矿难仍然一个接一个发生。我不是悲观主义者,但面对安全生产管理与矿难之间猫捉老鼠一样的游戏,确实很难乐观起来。

最近发生在吕梁孟南庄煤矿的特大瓦斯爆炸事故,死亡人数已上升到62人了,另外10名被困井下的矿工至今尚未发现,估计生还希望渺茫(《中国青年报》2003年3月27日)。抢险工作仍在进行,"尊重生命"就这样清清楚楚地演化成为"寻找尸体"。

可能是吸取了南丹矿难的教训,在抢险环节,不论是地方政府,还是主管部门,他们的态度都是不容怀疑的。那种努力,那种不放弃一丝希望的执著,甚至还会让人生出些许感动。

人是感性的,也是理性的。从悲痛和感动中走出来之后,就会觉得事情并不是那么单纯。孟南庄矿难发生后,新华社首发的报道中,特别加了这样一个背景,"据了解,孟南庄煤矿生产许可证等四证齐全"。

我又想起甘肃小南沟矿难背后的一些"新闻":小南沟煤矿于2002年3月通过省、市、区、乡四级验收,属地方资源内的合法正在办证矿井。根据提取的有关煤矿安全监察的停产整顿通知单,该矿于2002年全年先后接到煤矿安全监察停产指令6份,区煤炭安全管理部门下达的停产通知7份(新华社兰州2003年1月8日电)。但是,煤矿一直"正常"生产着,直到矿难发生。

我还得提到黑龙江省宝兴矿难背后的一些"新闻":据调查,在事故发生前的70多分钟时间里,该矿安全监测系统曾10次发出过瓦斯浓度超标警告,其中最长的一次报警时间持续了5分多钟(新华社哈尔滨2月17日电)。

关乎人命的事，都是要追究责任的。所以，事故调查就显得至关重要。但事故并不是为调查而发生的，于是就会出现一些让人很难堪的细节。比如孟南庄煤矿的“四证齐全”，比如小南沟煤矿的“13 道停产令”，比如宝兴煤矿的“10 次警报”。

一些很难联系在一起的东西，就这样摆在了我们面前。对一般人来说，那只是事实；对另一些人来说，那却是证据。比如“四证齐全”就能证明有关方面在清理整顿煤矿生产秩序上已经做了许多工作，比如“13 道停产令”就能证明有关方面从源头上重视了煤矿安全生产，比如“10 次警报”就能证明有关方面狠抓了煤矿安全生产设施的具体落实。

现在都讲责任追究制度。说实话，几乎每一种责任追究制度都会让人望而生畏。或许正因为如此，一些人就会把承担责任的方式巧妙地转化成“推卸责任”。发证机关按程序发了证，监察部门按要求下达了停产令，这肯定算是尽了责任，也因此，就可以在追究责任的环节减轻甚至免除对他们的处罚。至于证发了以后有没有起作用，停产令下了以后有没有人理睬，警报响了以后会不会引起人的警觉，那可能都当作另外一件事或者别人的事对待了。结果是，责任人应该做的都做了，但不该发生的事情都发生了。

我们经常说“一纸什么一纸什么”，好像那“一纸”都很权威，其实不是那么回事。许多矿难背后都有很多做在纸上的工作，比如发证，比如下停产令。但是，如果那“一纸”真的被当成一张纸，当成样子货，当成摆设，不但一钱不值了，而且还会因此付出惨痛的代价。到了这个时候，我们能不能向上一级追究一下责任呢？

新华社关于小南沟矿难的报道中，有一句话是：“13 道停产令，没有挡住黑心矿主牟取暴利的欲望”。如果主管部门、地方政府仍然只在纸上做扎实的工作，那么，安全生产责任事故还会一次又一次发生，而承担责任的人也永远只是一个又一个“黑心矿主”。

我不是觉得不公，而是感到不完全合乎事实。

（《中国青年报》“经济时评”专栏，2003 年 3 月 28 日）

承认私了也是一种合法选择

一直受到质疑的私了，终于在北京市交通事故处理中占据了一席之地。

北京市交管局近日向社会发出公告，从4月15日起，在本市道路范围内，机动车之间发生的追尾等29种交通事故，只造成车辆损失，车辆还能继续行驶的，如果当事人之间对事故事实没有争议，完全可以自行协商，当场私了，并快速撤离交通事故现场。同时，交管部门确认，双方达成的《当事人自行解决交通事故协议书》，将成为向保险公司要求理赔以及协商不成向人民法院提起诉讼时的重要证据。

私了是民间解决纠纷的重要途径。虽然事实上大量存在，但在官方特别是法律界一直存有争议。北京市交管局公开倡导这种做法，其初衷主要是为了快速处理事故，缓解道路交通拥堵状况。但我认为，其更深远的意义在于彰显了行政执法的成本意识，体现了当事人降低处理事故成本的意向。

经济学上有一个概念，叫做沉没成本，即不可能收回，又不能改变事情发展方向，更不可能带来利润的费用。发生交通事故以后，一般情况下，当事人迅速报案，然后等待交警处理。在这个过程中，其实会发生很多成本，一种是双方当事人或者责任人必须承担一定的费用，二是交警赶到事故现场以及处理事故过程中的各种支出。同时，因为选择了公断，不论交警还是当事双方，都得耗费一定的时间和精力，也就是说，还得付出一定的机会成本。在具体的交通事故中，假如肇事责任一清二楚，车辆损害一清二楚，双方当事人对事故的处理结果也一清二楚，或者经过充分协商能够很容易地达成一致意见，那么上述的付出就是没有必要的。

民间在处理一些问题上，实际上要比行政途径和法律途径便捷得多、简单得多。现在，一些地方存在的问题是，一方面，大量很复杂的交通事故使有限的警力焦头烂额；另一方面，有限的警力又对一些很简单的交通事故不肯放手。怎样处理这一矛盾，是增加警力，还是下放权力？如果是前者，就意味着要继续提高执法成本；如果是后者，最明智的办法则是承认私了。

公断是讲究程序的。走完这些程序需要时间，需要精力，有时也需要费用。对于一些简单的诉求，这些程序本身就会使人望而生畏，让人敬而远之。有目共睹的是，一些纠纷在进入行政途径和法律途径以后，有时就不得不跑一趟马拉松（极端的例子是：有些人因为没有钱，所以打不起官司；有些人虽然能掏得起钱，但耗不住那么长时间）。所以，即使是有了结果，有时也是不经济的。私了没有过多的中间环节，双方直奔主题，看起来有些随意，实际上都心中有数，是一种真正的高效作业。在法治意识逐渐觉醒的背景下，私了仍然具有很强的诱惑力和生命力，关键之一在于它是经济的。

不论处理什么事，都提倡或主张通过执法机关，或者进入司法程序，显然是对法治的片面理解。比如一直被媒体炒作的“一元钱官司”，从一定意义上说，就是对法律的调戏——如果当事人愿意为此付出更多的成本，法院也不应该认为为此付出更多的成本是值得的。法律是解决问题的一种方式，人们对法律的尊重，在于法律对当事人的尊重，也在于法律对当事人的公正性和权威性。同样，私了也是解决问题的一种方式。而现在亟须的是，确定私了的适用范围、操作办法和法律地位，让私了有自己的空间。

如果说北京市公开提倡交通事故私了具有首创意义，那么我们就可以将这个首创一分为二：其一，彰显了执法的成本意识；其二，赋予了私了的证据价值。

（《中国青年报》“经济时评”专栏，2003年4月16日）

追究于“未然”时

在长沙还没有发现一例“非典”病例的时候，该市就有7名干部因防范“非典”不力被免职了。

来自新华社的消息称，这7名干部中，有卫生部门的5人，物价部门的2人。其中，长沙市疾病控制中心主任刘和平、党委书记林旗负领导责任，被组织部门免除职务；该中心消杀灭科主任李平非也因落实工作不到位被同时免职；两名负责接听热线电话的工作人员也因工作不力被免职。长沙市物价局12358价格投诉热线的两名工作人员，将咨询电话挂断玩电子游戏，也被免职。

被免职的人员中，职位最高的只是两位副处级干部。与前不久受处理的省部级领导相比，分量上显然差之远矣。但这次免职的意义，仍可谓“深远”而“现实”。

说起来，也没有什么特别的地方，只是因为这样的责任追究，从实质上体现了对“防患于未然”的强有力支持。

在很多情况下，人们总是把工作中存在的问题和缺陷首先与干部特别是领导干部联系起来，比如思想麻痹、行动拖沓、人员不守岗、工作不到位、措施不够实、力度不够大等等。所以，为了搞好工作，就有了各个层次的“责任制”和“领导责任制”，特别是“一把手负责制”。治理拖欠职工工资的、清理学校乱收费的、减轻农民负担的、遏制安全生产事故的、保护野生动物的、打击假冒伪劣产品的，等等等等，不一而足。而且，还有“责任追究制”在后面把关，有的甚至是“终身追究制”。但是，在说到如何落实这些制度时，大都会听到这样的措词：造成严重后果的，要追究有关人员和领导的责任。

毫不夸张地说，见了“严重后果”再追究责任，几乎成为处理干部特别是领导干部的一种默契。

也因此，所谓的“未雨绸缪”，所谓的“防患于未然”，在一些人那里，也就只是嘴上说说而已，或者说只是一次次地“强调”，一次次地“要求”，并不见得他们会真的当成一回事。只有到了“出事以后”，从责任人诚惶诚恐、忙前忙后、尽心尽力的样子，人们好像才感觉到他们真的理解了“人命关天”的意思。

也因此，在很多人的心目中，好像只有出了事，甚至死了人，才算有了“后果”或“严重后果”，才算有了处理责任人的“证据”；相反，如果不出什么事，或者侥幸不死人，那么，即使站在各种隐患面前，处理责任人时，仍好像“出师无名”，“制度”总是不那么理直气壮。这几年，频频发生的煤矿安全事故，无疑都是一个个“隐患”从幕后逐渐走到前台，演变出的“严重后果”。有目共睹的是，很多干部以至领导干部因此受了处分丢了官。但是，仔细想想，有几个责任人因为“安全隐患”受到了严肃处理？

在没有出现“后果”时，就开始严肃处理干部和领导干部，长沙市的做法可能还是个先例。这种把“隐患”当成“事故”对待的态度，也可能是“非典”疫情传播之非常时期所采取的非常对策，但毫无疑问，它所彰显的精神正是“对生命负责”，而不仅仅是“对死亡负责”。

不论是对待疾病，还是对待安全生产；不论是对天灾，还是对人祸，我们一直强调的是“预防为主”，一直说的是“隐患险于明火”。因此，就应该在“设防”阶段使用更多的心思和力量，在“未然”时期制定和动用更多的制度和纪律。同样，我们一直说要把工作做到前头，要把事故消灭在萌芽状态。因此，就应该把没有尽到责任的责任人处理在“后果”之前。

“非典”疫情终将过去，但作为老百姓，仍希望在人命关天的问题上，继续发扬广大这种“制人于事故之先”的追究制度。至少，它会让所有的责任人明白一个道理：“防患”并不意味着可以不负责任，“未然”也并不意味着无法追究责任。

（《甘肃日报》“兰山论语”专栏，2003 年 5 月 8 日）

翻过来,才能看到铜板的另一面

非典肆虐时期,《北京青年报》开辟了“非典时期”专版,并在全国范围内开展八类“火线征稿”。其中一类为“感谢非典”,其简短的征稿启事说:“中国人在骨子里是最长于辩证法的。非典,我们就不能把它从坏事变成好事?非典,给个人、家庭、单位、社会、政府……机制、道德、风气、伦理……带来了哪些积极的变化?”

应该说,这是一个很有意思的创意。但是,有意思的是,征稿启事所列举的诸多领域中,竟然没有“经济”这一块。我想,这一定是因为非典影响十分广泛,无法或没有必要一一列举出来的缘故吧。

“一个铜板总有两个面”,这是“坏事变成好事”的立论基础。能不能从这一面想到另一面,或者怎样从这一面翻到另一面,则是问题的关键。

非典突发,原有的市场供求格局在一定范围内被骤然打破,特别是口罩、消毒液、预防药物等等与非典防控直接相关的物资。可以说,很少有哪个时期,这些商品像非典时期这样走俏过;同样,也没有哪个时期,这些商品或这些商品的生产经营会暴露出如此多的问题。

将所有的问题合并起来,可以归为两个方面。一方面属于商业道德问题。比如粗制滥造的、以次充好的、哄抬价格的,甚至以谣言进行推销的。非典时期,人们都习惯上将这些行为斥之为“发国难财”。在常态下,则应该纳入市场秩序的范畴对待。

市场秩序一直在整顿,但一直阻力重重,效果也反反复复。但在非典蔓延的非常时期,特别是整顿与防治非典有关的市场秩序时,可能因为人命关天,也可能因为事关人人,这种阻力则明显削弱。重罚作为行政执法机关整顿市场秩序的利器，不仅被社会公众普遍认同，而且也使被罚者失去了狡赖的勇气。因此，如果能以非典时期为突破口，使以往一切整顿市场秩序的严厉措施成为理所当然，并理所当然地得到同样有效的落实，也不失为一种特殊收获。

另一方面属于市场规律问题。非典袭来，口罩等防护用品、消毒用品几乎一夜走俏。不能不说，这也是一种商机。面对“商机”，一些企业就慌不择食。拿口罩来说，有的企业新上口罩生产线，有的企业则突然转产口罩，结果口罩供大于求。据报道，截至5月11日，北京已经积压了100万只口罩(《文摘报》2003年5月25日)。在重庆，初步估计已有500万只口罩堆在库房(《经济参考报》2003年5月26日)。一些企业的美好愿望，也因此一时悬空。

应该承认，这其中都包含着美好的动机。在正常情况下，说他们违背市场规律，他们可能容易接受。而在非常时期，这种“指责”可能会伤害部分企业的感情。但是，一个最基本的道理是：非典已经给有些行业和企业造成了损失，也就不应该人为地再给另一些行业和企业造成损失。因此，对企业来说，非典时期也是考验其经济思维的特殊考场。如果能把这个考场中的题目延伸到非典后的市场中，当作一种基本功去修炼，从而提高其日常经济理性，也不失为一种意外所得。

非典是一场灾难。降低或弥补这场灾难的损失，不仅要在应对灾难的过程中，而且应在这场灾难过去之后。如果灾难发生了，如果灾难不可避免，那么提高以经济手段应对灾难的能力和在灾难中把握经济的能力，同时利用灾难的反作用力作用于灾难之后的经济，就应该是灾难给我们布置的课外作业。做好这些课外作业，应该视为灾难给我们的“回报”。

起码的是，经历了非典，就该因此长个记性。

重要的是，经历过非典，就绝不能一无所获。

因为，我们付出了很多。

(《甘肃日报》“经济杂谈”专栏，2003年5月29日，
原题《铜板的另一面》)

以罚治痰,就得让"吐夫"心疼

非典时期,随地吐痰行为成了众矢之的,"以罚治痰"随之隆重出场。

从最近的有关报道中,我搜索了部分城市对随地吐痰者执行的罚款标准(人们习惯上称之为"痰价"):高者如上海、长沙、深圳等,一口痰可以罚到200元;中者如北京、广州、杭州、兰州、南宁、厦门、武汉等,要罚到50元;低者如天津、南京等,也要罚到10元。

这样的开价高不高?说高也高,说低也低。因为罚款不是给商品定价,无关成本,也无关使用价值,只有一个标准仅供参考,那就是能不能让"吐夫"当时心疼,并成为心中永远的疼。

我所听到或看到的议论,还没有人直接否定罚款的功能。但有一个声音说:"罚款不是万能的。"千真万确,罚款确实不是万能的。但是除了罚款等具体措施以外,哪里有什么万能的手段?我希望,我的这种表述不会被理解为"以罚代教"和"以罚代管"。事实上,罚也是教和管的一种方式。说俗一些,所有的人都离钱比较近,所以经济手段可以在很多方面普遍有效。

说到罚款,新加坡可能是首屈一指的,不仅罚款名目很多,而且出手很重。比如随地吐痰者,要罚到1000新元(《环球时报》2003年5月20日)。1000新元什么概念?和美元比,1000新元约合550美元;在新加坡,一般人的月薪平均也就是1000新元左右。如果说新加坡良好的生活环境是罚出来的,很多人可能会提出质疑;但是,如果说新加坡人害怕罚款,恐怕没有人会否认。

在中国,随地吐痰可谓司空见惯。因吐痰而被罚款,也就显得有点另类。所以,尽管"以罚治痰"的条款在全国各地早已有之,但大多一阵风来,一阵风去。"吐夫"认为受罚只是自己运气不好,碰到了风头上;对其他人甚至受罚者来说,罚款仍然不能勾起内心的一点点怕意。

非典使大家对很多东西有了新的认识,"以罚治痰"也因此差不多成为时尚。

为形成"以罚治痰"的气候,广州市组织了2000多名城管综合执法队员上街执法。为把"以罚治痰"办成铁案,武汉、广州等地甚至动用了摄像机。为形成"以罚治痰"之合力,北京等地还专门开通了群众举报电话。力度之大,措施之得力,社会影响之广泛,不能说后无来者,起码是前无古人。

我对"以罚治痰"始终有乐观的预期。一、如果大家都心疼自己挣的钱,如果大家都承认挣钱不容易,如果大家都不愿意拿自己的钱出气,那么,就没有人会对一张张罚款单三心二意。二、如果不屈不挠不折不扣地一以贯之,一些人的侥幸心理就不会得逞,更多的人就会时刻保持高度的警觉,所有的人都会将这种警觉变成一种自觉。

因此,我认为,"以罚治痰"还应坚持三个原则:一、在不同的城市或地方,罚款标准不能过于悬殊。这可以让受罚者心理平衡。二、在一个城市或地方,罚款的标准不应该有弹性。这可以避免执法者"以痰徇私"。三、在罚款的同时,必须让吐痰者亲自按要求处理自己的痰迹。这可以提高教育和惩戒的效率。

有一个问题是无法回避的,而且可能作为受罚者拒罚的理由,这就是"痰到底应该吐在哪里"。随地吐痰是不卫生的,含在嘴里是卫生的吗?吐在手绢里装在身上是卫生的吗?最近上街,见到有人"自觉"地把痰吐到了垃圾箱里,这已经是做得不错的,但那是卫生的吗?或者,如有些人所说,在街道上摆放一些痰盂,让路人吐之,但那就是卫生的吗?

解决这个问题,可能又要牵扯到两个问题,一是我们(个人)应该确立怎样的"对痰态度",一是我们(政府)应该付出多少"治痰成本"。但我相信,问题已经摆到了桌面上,解决的日子也就不会太远了。而这个问题的解决,也可以看作是"以罚治痰"的附加值。

(《中国青年报》"经济时评"专栏,2003年6月3日,
原题《让"吐夫"心疼》)

小偷要发票的启示

这可能算是一个趣闻。6 月 1 日下午,一个李姓消费者到兰州一家超市购物。当他选购了价值 7.5 元的一块猪头肉后,随手将一块 2.1 元的猪肝塞进了猪头肉的包装中。他的企图很顺利地逃过了收银员的眼睛,却没有躲过保安的检查。作为小偷,他被请到了超市办公室。作为处罚,超市“没收”了他身上的 200 元钱。有趣的是,李某被罚了以后,坚持向超市工作人员索要罚款的发票。在几经努力而不得的情况下,李某向媒体热线进行了投诉,希望新闻单位帮他讨个公道(《西部商报》2003 年 6 月 2 日)。

媒体记者采访了有关律师和公安部门,他们都说超市的处罚行为应属违法,但没有对李某索要发票的行为作出评价。超市方面虽然承认自己没有罚款的权力,但又强调李某索要发票属于无理要求。超市有没有罚款的权力,是问题的一个方面;小偷应不应该要发票,则是问题的另一个方面。所以,我认为,记者并没有为小偷索要发票的行为讨来什么公道。说实话,正是这一点,让我有点小小的遗憾。

小偷小摸见不得人,索要发票却光明正大。而偷东西——遭罚款——要发票三者一旦组合起来,就构成了一个不大不小的尴尬。但是我认为,这不应该看成一个悖论,而应该看成几个不同的问题。

违法人员在遭遇经济处罚时,应不应该站出来维护自己的权利?目前,很多超市都有“偷一罚十”的内部规定,受罚者也不乏其人;面对经济处罚时,如果“小偷”能坚持索要发票,违法的处罚行为也将不会得逞。二、即使在执法机关依法进行经济处罚时,“小偷”仍能坚持索要发票,那么处罚所得也将不会落入个人腰包,或者被纳入小金库非法使用;实际上,少数执法单位之所以在有涉道德的领域(比如卖淫嫖娼)热衷于罚款,相当一部分原因就是相信受罚者不会主动索要发票。

卖淫嫖娼行为是遭遇罚款最多的领域之一,多年以来一直受到社会各界的质疑。但其质疑的焦点均在“罚款指标”、“只罚不管”等方面,并未涉及开具罚金发票的问题。

一般而言,以经济行为应对经济行为就是理性的,但这并不意味着理性行为就没有风险。在涉及道德问题的时候,这种风险还可能是双重的。假如一个人偷了超市的东西,或者有卖淫嫖娼行为,就有可能受到执法部门的罚款处理。如果索要发票是理性的,那么受罚者就可能面临以下两个方面的风险:一、加重处罚(比如增加罚金或附加其他处罚方式,让其弄巧成拙)。二、公开隐私(比如通知家人或所在单位,让其丢人现眼)。因此,小偷或卖淫嫖娼者遭遇罚款时,绝大多数只求一罚了之,并不在乎有没有发票,甚至连罚款者是谁都不再关心。但一系列问题也就随之而来:一是热衷罚款者越来越多(冒充的执法人员也常常得手);二是罚款的随意性越来越大(辅之以暴力行为者也偶有所闻);三是罚金数额及去向越来越模糊(没有凭证就只能是一本良心账)。

所以,从一定意义上说,小偷遭遇罚款并索要发票的行为是应该受到保护并值得提倡的。他们在当前对自己很不利、以后还有潜在风险的情况下,仍然理直气壮,表面上看是在维护自己的权利,实际上则是对“执罚者”强有力的监督。而一个执法者,更应该在所有的情境下,保持足够的理性。比如,在对小偷、卖淫嫖娼者罚款时,尤其应该更自觉、更主动地开具发票。

相信,没有人会因此认为我是支持小偷小摸和卖淫嫖娼行为的吧。我只是觉得,如果一个执法者对这样的受罚者使狠,执法就可能变成一种可怕的要挟。

小偷遭罚要发票,应该算是一个敏感的话题。如果我们的思维能因此在一些方面敏感起来,它就应该算是一个有意义的话题。

(《中国青年报》“经济时评”专栏,2003 年 6 月 5 日)

GDP 与做家务

国家统计局有关负责人在接受记者专访中举了一个例子:一位先生发现他雇佣的保姆勤劳、贤惠又可爱,最终娶她为妻。在此之前,他需要向保姆支付工资,因此,她所从事的做饭、清扫房间、照顾老人等活动理所当然地被计算到了 GDP 里面。但是,当娶保姆为妻后,她虽然从事同样的劳动,但雇佣关系不复存在,没有人再向她支付这部分劳动的报酬,她的所有活动也从此不再计入 GDP(《人民日报》2003 年 6 月 19 日)。

也就是说,从经济学的角度上看,保姆变成妻子,对国内生产总值来说,实际上是一种“损失”。

这使我想起了 1992 年获得诺贝尔经济学奖的美国经济学家加里·贝克的主张:“统计国内生产总值时,应该把家务的贡献也算在里面。”他认为,“由于做家务要花费相当长的时间,因此家庭所提供的服务和商品,应该是国家整体生产的重要部分。毕竟,请人来家里带小孩、打扫及煮饭的话,这些工作是会算在 GDP 数字里的;若是母亲自己来做,就不算在里面。”

在我们身边,家务劳动要么是家庭成员“业余时间”来做,要么就是由某一个成员专门来做。业余做家务的,算是对家庭“作贡献”;而专门做家务的,则可能被认为是“吃闲饭”。

我因此注意到,现行的 GDP 统计方法其实与绝大多数人的就业观念和思想观念不谋而合。一般人认为,在自己家里做家务决不能算是就业,只有走出家门,哪怕是到别人家里做家务,才算是有了一份工作。与此相对应,GDP 中,从来就不体现人们在自家做家务这部分劳动(哪怕是专职的家庭妇女也不例外);但如果出去当保姆,则一定会反映到 GDP 里面。

人们为什么要工作？我相信，很多人会说是为了养家糊口，维持生计。但是，得承认，也有很多人只是为了体现自己劳动的价值。加里·贝克说："如果把家务也算在GDP里头，那么留在家里照顾小孩并且做家务的男人或女人，都可以提高自己的自尊心。同时，这么做也可以把GDP增长的实际状况，更正确地反映出来。"

现在，人们都觉得工作越来越难找了。于是，社区或家政服务作为就业的一条重要途径，被经济学家和政府官员们常常提起。什么是社区服务和家政服务？说穿了就是替别人做家务。

人们的就业观念不可能一下子变过来，GDP的统计方法也不可能一下子变过来。所以，将一部分家务社会化，很有必要。特别是抚养子女、照顾老人，完全可以通过市场化的途径来解决。这样做，起码有两方面的好处：一、可以促进社会福利程度的提高，使经济发展在百姓日常生活中得到体现；二、当孩子被送到幼儿园、老人被送进养老院时，这部分家务劳动随即被转化成就业岗位，也当然会被计入GDP。

也就是说，如果大家都不愿意做自己的家务，或者，如果做自己的家务不被GDP所承认，那么就应该创造条件，让没有工作的人去做别人的家务，让社会承认他们对GDP的贡献。

经济学家和政府官员在社区服务和家政服务中寻找就业岗位的时候，也应该更加现实一些。毕竟，我们的公共福利事业还不是很发达，毕竟，把老人送进养老院也不能被更多的人所接受，所以，必须得高度关注"家内就业"现象。在就业形势越来越严峻的情况下，制定和出台"家内就业"的扶持和优惠政策，也并非多此一举。

我的结论是：家务劳动计不计入GDP，那是统计学上的事。但是，从就业方面来说，专门从事家务劳动的人，类于自谋职业，其经济和社会意义应该得到充分承认，并在公共政策上得到体现。

（《中国青年报》"经济时评"专栏，2003年7月7日）

"模糊"有时更准确

从7月1日起,《郑州市餐饮行业明码标价实施办法》开始施行。该市所有餐饮业经营者使用的老菜谱,被要求强制"变脸"——除了原来标明的菜名(品名)、规格和价格几项内容之外,还必须标明饭菜"主料及主要辅料重量"。比如一道"青椒肉丝",菜谱上就必须标明:青椒多少克、肉多少克。总之是,"严禁使用模糊字眼"(《中国青年报》2003年7月7日)。

物价部门说,这是为了消费者明明白白消费。消费者说,商家的欺诈行为因此应该有所收敛。但是,这一规定却难倒了郑州的大小饭店。让经营者为难的,不是因为规定得太模糊了,而是因为太精确了。

归纳经营者的说法,起码有三种情况让他们想不通、行不通:一、餐饮业经营者出售的饭菜,并不仅仅是将主料、辅料混合之后的产物,而且很多时候,饭菜主料和主要辅料的重量并不是决定饭菜价格的唯一内容。二、有些饭菜主料和主要辅料的重量很难标明,比如"麻辣鸡头",一盘8个,以数论价,可重量没法标,因为无法保证每个鸡头都一样大。三、有些菜主辅料成分比较复杂,比如"佛跳墙",主辅料加在一起有好几十种,如果全标齐了,那菜谱不成书了?

认真一想,一道菜也是个复杂事物。对于复杂事物,有一个很聪明的处理办法,这就是所谓的"模糊法"。

在日常生活中,我们常常会遇到这样一些事物,或者没有分明的数量界限,或者用很分明的数量去界定反而会更不准确。因此,就会动用一些模糊的词语来描述。比如小姑娘,比如漂亮的小姑娘。饭菜也一样,有时,说大盘、小盘要比说50克、30克更能让人明白是多是少。

商人是精明的。如果模糊不得的硬性规定让他们难以操作,他们就会改变或者模糊它然后再进行操作。我猜想,如果郑州的这一规定具有强制性,那么商人们可能会采取具有较大弹性的办法来缓冲。比如,针对一道菜主料及辅料的重量,他们可能标出一个跨度较大的区间,从而给自己留出操作上的余地。比如一道“青椒肉丝”,他们可能会标明:青椒 40 ~ 60 克,肉 30 ~ 50 克。

厨师不是流水线,没办法生产标准件。大厨师都是凭着感觉操作的,一盘菜需要多少肉,多少菜,多少配料,一把下去,或者一勺出来,有时就特别合适。所以,尽管餐饮业的产品(饭菜)最多、消费群体最大(食客)、消费行为无处不在,但相对来说,因为菜品主辅料数量不足或比例不当而引起的价格纠纷和投诉却微乎其微。

话说回来,即使菜谱上按要求标明主辅料的重量,厨师按规定进行操作,但是,面对一盘现成的菜,谁有本事运用计量工具和仪器,从汤汤水水中分清主料和辅料的分量是不是如其所示?物价部门做得到吗,其他部门做得到吗?

其实,餐饮业的饭菜价格已经放开,通过饭菜的重量对价格进行监控也就失去了基础。退一步说,如果物价部门真想在餐饮企业饭菜价格管理上有所作为,还应该采取具有柔性的模糊手段:与其要求标出菜品主辅料的重量,还不如要求其标出大中小盘的尺寸——因为后者更容易让消费者实施监督和考证;与其要求标出所有菜品主辅料的重量,还不如要求其标出诸如“雪山飞狐”等菜品中关键的主辅料名称——因为一些诗情画意的菜名常常让消费者搞不明白。

有道是一分钱一分货,所以人们对价格问题特别敏感,明码标价因此成为时尚。但是,郑州要求菜谱中“严禁使用模糊字眼”的做法,显然是对明码标价的误解——如果不是为了推销一种新印制的菜谱,那就是不知道一个道理:模糊,有时是为了更准确。

(《中国青年报》“经济时评”专栏,2003 年 7 月 9 日)

上游的态度

污染问题像一个巨大的阴影，笼罩在人类生活的上空。

我们生活中须臾不能离开的水，正在对我们的生活质量和生活信心进行着持续的威胁。

据报道，河南省所辖海河、黄河、淮河、长江 4 大水系中，44.7% 的河段水质低于国家规定的最低标准，已经丧失了任何使用功能；全省地下水监控的井位中，有 44.5% 的井位水质为较差和极差，已不适合饮用。

这还了得！河南省省长李成玉在日前召开的一次会议上，因此怒斥造成 4 大水系严重污染的企业，并动员全省向污染源宣战。河南省政府因此承诺，将于 2003 年 9 月 20 日之前，在全省范围内关闭、取缔和淘汰 988 家小造纸、小冶炼等污染企业（《人民日报》2003 年 7 月 11 日）。

水是流动的，于是有上游下游之分。上游下游又是相对的，对河流的尽头而言，任何一段河流都是上游。

4 大水系河南段的水质，其实并不仅仅是河南省内的污染企业造成的，上游肯定也有责任；同样，作为上游，河南省内的污染企业，并不仅仅是河南河段的污染源，对下游的污染也有不可推卸的责任。也因此，河南省对污染企业的态度，实际上应该成为所有上游的共同承诺。

就把河南的这种态度称为"上游态度"吧。

经过多年努力，我们的经济实力已经有了明显的壮大。不能否认的是，这其中也有污染企业的一份"功劳"。同样不能否认的是，在一些地方，污染企业仍然被当作经济支柱来对待。

为什么？不能不提起历史的和经济的原因。一、在经济不发达、科技不发达，或者还有意识不发达的背景下，人们往往会对一些事物失去判断，于是囫囵吞枣式的、饥不择食式的，甚至还有饮鸩止渴式的“发展思路”，就会大行其道；二、为了让当地的资源优势尽快变成经济优势，人们往往会在一些事情上抢占先机，于是小煤矿、小冶炼、小造纸等等，就会首当其冲。

回过头去看，我们可以把前者叫做“眼前利益”，把后者叫做“局部利益”。但是，当初，或者是“土法上马”，或者是“霸王硬上弓”，或者是“明知不可为而为之”，都可能被封为“有条件要上，没有条件创造条件也要上”的创业典范。

后面的情况，大家就不陌生了。河流不仅成为排污通道，甚至成为一些地方销毁污染证据的途径。“我是上游”是许多人一个重要的心理因素——我的行为，不会给自己造成严重后果；下游的后果，也未必会追究到我的头上。于是，谁都依赖河流，谁都对它漠不关心。上下游的纠纷，也因此越来越突出。

再后面的情况，大家也不陌生，这就是“先污染，后治理”。

环境是最大的福利。人们的理想是，经济越发达，福利就应该越好。所以，吃饱肚子的人，就开始考虑生活环境。因为人们不愿意过这样的生活：手头宽裕了，生活改善了，但却不得不因为空气和水而提心吊胆、小心谨慎地过日子。

事实是，因为水污染问题，人们已经开始提心吊胆了。

现在，有四个问题摆在我们面前：一、如果是上游，你污染了没有？二、如果污染了，你道歉了没有？三、如果道歉了，你承诺了没有？四、如果承诺了，你将如何兑现？

关于治理河流污染，并非只有河南有这样坚决的态度，也并非只有河南有这样明确的承诺。在各个水系、河段，都存在着不同程度的污染，或者说，都面临着不同程度的被污染的危险。水是可以流动的，因此河流是我们大家的，同样，水也可以蒸发然后下雨被我们利用，也可以渗入地下然后被我们开采。所以，正确的“上游态度”，应该是我们共同具有的品质。

大家都是上游，其实也意味着大家都是下游。上游的态度端正了，下游必然会因此受益。这是一种责任的公平，也是一种利益的公平。

（《中国青年报》“经济时评”专栏，2003 年 7 月 17 日）

救助不是另一种施舍

《城市生活无着的流浪乞讨人员救助管理办法》刚刚通过时，就有报道说，一些地方的流浪乞讨人员突然增多，一些地方的救助站（遣送站）已人满为患。于是，人们开始担心：救助办法会不会成为流浪乞讨的鼓励措施？

民政部7月21日公布了《城市生活无着的流浪乞讨人员救助管理办法实施细则》。我的感觉是，救助管理办法真正实施起来的话，首先会让很多人体会到，救助是政府对弱者的一种特殊待遇，而不是对他们的另一种施舍。因为，得到救助是有条件的——细则说，获得救助的人，必须是"因自身无力解决食宿，无亲友投靠，又不享受城市最低生活保障或者农村五保供养，正在城市流浪乞讨度日的人员"。

一个城市如果连一帮流浪乞丐人员都不能容忍，很难说这个城市是个文明的城市，这个城市里的人是些善良的人。但是，一些很直观的现象使我相信，流浪乞讨人员，其实并不都是一种人。

一、现在正值夏季，这个时候，大街上的流浪乞讨人员，显然要比寒冬腊月的时候多得多。这说明，他们中间的一些人，其实并不是无家可归，而只是外面好混，流浪或乞讨只是一种季节性的选择。

二、流浪乞讨人员的脸上，并不全是无奈。在乞丐们聚集的地方，甚至还能听到爽朗的笑声。这表明，流浪和乞讨也可以使一些人很知足，甚至自得其乐。

三、在流浪乞讨人员当中，有相当一部分人年轻力壮，以至让许多人产生不了同情感和怜悯心。这说明，他们中间的一些人，是完全可以通过正当的劳动维持基本生活的。选择流浪乞讨，要么是为了生活得比劳动者更好，要么就是不愿意比别人吃更多的苦受更多的累。

四、流浪和乞讨人员的构成中，除了孩子以外（有相当一部分是被迫的），最多的还是成年男子。这意味着，在同样的处境下，妇女们可能出于体质和胆量方面的考虑，选择了“劳动”，而男人们则凭着自己的性别优势，选择了“投机”。

一个文明的社会，首先应该善意地理解流浪乞讨人员，这也是“遣送”改为“救助”的基础。但同时，一个从弱者角度出台的措施，更要提防有人钻空子。如果骗子们以弱者的身份出现，那么，一则更容易让人上当，二则上当的都是善良的人。实际上，在城市里，我们每个人差不多都对乞丐施舍过，但我不能确定，有多少人骗取了我们的感情。

也正是那些伪装的流浪汉和乞丐们，使人们对施舍越来越出手谨慎。从这个角度上讲，审查流浪乞讨人员的资格，同样具有现实意义。

这也提醒我们，在实施《城市生活无着的流浪乞讨人员救助管理办法》的同时，还应该严厉打击那些假借流浪乞讨人员的名义，利用流浪乞讨人员的“形象”进行诈骗活动的不法分子。

救助是“免费的午餐”，受助者用不着买单。但是，这并不意味着吃了“免费的午餐”，还有“免费的晚餐”。说得明确些就是，救助站不是养老院，在那里，任何人都甭想占到任何便宜。也因此，即使救助办法实施以后，城市里一定还有流浪者和乞丐。

媒体上报道说，在一些地方，一名乞丐每天竟能入账200多元。因此有人说乞丐是“领子比黑领黑，收入比白领高”。在放弃了尊严的背景下，靠流浪乞讨度日，也应该算是“自食其力”。

社会对流浪乞讨人员是宽容的，政府对他们也充满了善意。我相信，救助办法可能会让流浪乞讨人员活得更容易些，但并不会因此而产生更多的流浪乞讨人员。因为，一般人并不希望自己沦落到被救助的地步；并不是所有的流浪乞讨者都能得到救助；救助不是“终身制”，谁也别想一劳永逸；更重要的是，如果说流浪乞讨者得到的是一种经营效益，那么，他们的机会成本则是自己的尊严。

（《中国青年报》“经济时评”专栏，2003年7月25日）

收费脱缰与预期失控

你不得不相信，在河南郑州，孩子上一个好一点的幼儿园，一年花的钱竟是上名牌大学的3倍左右。因此，今年秋季开学前，一项矛头直指幼儿园收费"项目繁多"、"乱收赞助费"等顽疾的改革，在郑州市全面展开(《中国青年报》2003年8月26日)。

其实，你也不得不相信，全国许多城市都和郑州差不多，学前教育收费一直在和高等教育收费"试比高"。

我认为，幼儿园收费之所以会"脱缰"，其深层原因是家长对幼儿教育的期望值"失控"。

孩子上幼儿园是为了什么？许多家长认为，在上幼儿园的几年里，要为孩子将来的学业、职业甚至事业开个好头，打下好基础。但是，家长并不知道孩子将来想干什么、能干什么、能干到什么程度。于是，就只好全面出击——在可能的情况下，首先要选好一点的幼儿园，其次还要选修许多额外的课程，再次还得想方设法和幼儿园方面搞好关系。

家长有了如此心理，幼儿园就可能趁势而上。高收费、乱收费因此屡屡得逞，年年攀升。

愿意花大价钱让孩子上幼儿园，应该视为一种投资行为。现在的问题是，家长对投资的预期过高了。为孩子投资，就像做期货生意，预期过低是没有信心去做的。幸好，几乎所有的家长都对孩子抱有无限的期望。特别是城里人，一心想让孩子在幼儿园时就表现出天才和全才的迹象来。比如，有些家长除了为孩子报幼儿园的特长班以外，还为孩子报了校外的特长班。既然家长们愿意给孩子加点课，幼儿园何不借加课收点钱？家长的投资心理，使幼儿园受到了启发,并最终成为高收费和乱收费的理由。

一个传统的中国人给孩子教育方面花钱,差不多是当作一种社会保障措施来对待的——"养儿防老"。家长的说法是,不能在孩子不懂事的时候,给孩子留下遗憾;而一个重要的潜在目的则是:孩子小的时候我无愧于他,那么我老的时候孩子就应该无愧于我了。因此,即使在孩子上幼儿园时花了许多冤枉钱,家长也不会为自己的行为感到后悔。

在这种背景下,家长就会一步一步地被幼儿园的收费项目"套牢"。比如特色教育费,第一年交了,第二年就很难放弃,即使第二年的费用比第一年高一些,即使第二年开始对投资回报有一点怀疑,也会选择继续。因为,一旦放弃,第一年所交的费用就等于一风吹了,用经济学家的话说,就是变成了"沉没成本"。

商人有一句话,叫做"只要盯住孩子和女人,就有赚不完的利润"。对幼儿园来说,如果进入了商人状态,那么只要盯住孩子,也就等于盯住了女人(在我的经验里,女性总是比男性更舍得在孩子学前教育方面投资)。

此次郑州市幼儿园收费管理改革的主要内容是,按照教育成本核算的原则,对每个幼儿园的收费标准进行分别核算和公布,并对公办幼儿园实行"分级定价"。政府部门的声音是,幼儿园收费为公益服务价格,应该让绝大多数家长承受得起;部分幼儿园的声音是,幼儿园品牌知名度有高有低,办学质量有好有次,应该让市场定价。

我注意到,《中国青年报》的报道说:改革引来了家长的一片叫好声。

希望规范收费的是家长,造成收费脱缰的也是家长。我的意思是,要让幼儿园收费真正降下来,家长必须先将对幼儿教育的预期降下来。否则,即使幼儿园降了收费标准,一些家长还想偷偷摸摸往高抬哩。

(《中国青年报》"经济时评"专栏,2003年8月29日)

市场不相信成本

从8月30日起,国家邮政局对国内特快专递邮件等邮政资费进行了调整。内容涉及三个方面:国内特快专递邮件资费起重、续重计费单位由200克调整为500克;续重部分由每个计费单位6元调整为按空间距离分区计费;国内邮政汇兑附言6个汉字以内免费,超过部分每字按0.10元收费。

国家邮政局称,调整后的资费采用的是国际通行的计费方式,调整后,特快专递邮件资费结构更加贴近市场。权威人士说,资费调整后,国内特快专递业务资费总体下调幅度约为10%,其中500克以上的邮件资费平均降幅在30%左右。

作为一个消费者,这可能是好多年来第一次听到邮资下调!同时,在邮资调整问题上,这也是第一次没有听到成本问题。

回忆一下邮资调整的历程是有很意思的。1990年平信资费从0.08元调整为0.20元,1996年平信资费第二次调至0.50元。那个时候,有一个说法是,这仍然远远低于成本。有关方面说,在中国,每封信平均要运行778公里,成本约0.80元。有关专家于是说,这种低于成本的运营直接影响着邮政企业的经营效益,并称,在我国邮政的巨额亏损中,由于邮政资费不合理的原因而导致的亏损占总额的大部分。

果然,到了1999年,邮电分营以后,平信资费再次上调,"定价"恰恰是0.80元。

这一次调整后,有两种声音较量了好长一段时间。一种声音是:尽管中国邮政的平信资费有所提高,但中国仍是世界上邮资最低的国家之一。这是以反映在货币上的资费水平进行横向比较的结果。另一种声音恰恰相反:这一调整,使我国的邮政资费达到了“世界领先水平”——一封平信的邮资相当于消费者平均月薪的1/1000,是日本的4倍,美国的8倍。

不久,邮政方面又一次以成本说事:以平信为例,目前邮资费用为每封0.80元,但实际成本为每封1.36元(一说为1.02元)。1998年,邮政系统全年亏损142亿元,业内人士还说,邮资费用偏低仍是导致邮政系统亏损的主要原因。

许多人因此预测,邮政资费不久又要上调了。不料,这一次听到的却是下调的消息,尽管不是平信。

我不知道是不是因为中国加入了世贸组织,这一次资费调整才采用了国际通行的计费方式。但是我知道,只有在垄断经营的前提下,经营者才能理直气壮地将“成本太高”作为涨价的理由。而且,事实上,在一段时间里,中国邮政的运营情况是,邮资越涨,亏损越高。1995年中国邮政亏损了40亿元,1998年亏损额却飙到了142亿元。

我也知道,在邮政还是亏损大户的时候,邮政职工其实一点儿也不亏。1997年的数字是,全国职工平均工资为6470元,而邮电行业为12056元。劳务支出是成本的重要组成部分。一方面,邮政职工工资并不低;另一方面,邮政系统职工人数也不少。

另一个背景是,因为通信技术、网络技术的迅速发展,传统邮政业务(送信)受到了前所未有的挑战和威胁。一个不争的事实是,我们很少写信了。但是,邮政系统仍然主要靠送信过日子。举一个简单的例子,过去,假如一个邮递员每天要送100封信,现在则只有50封信可送了,而他的工资却只增不减。

邮政成本应该是邮政系统内部讨论的话题,能不能降下来也是内部的事。给消费者讲成本过高,或者因为成本过高在市场面前诉苦,其实是很幼稚的,也是商人的一种忌讳。尤其是竞争对手知道内幕以后,一定会偷着乐的。

如果真正的竞争开始了,邮政资费价格战就可能打响,说“成本过高”就等于向对手服输,向消费者告别。此次下调资费,中国邮政可能要传达另一种信号:一、不向竞争对手示弱;二、向消费者示好。

(《中国青年报》“经济时评”专栏,2003年9月2日)

绿色 GDP 也是硬道理

不久前,我写过一篇短文《GDP 与做家务》。我的观点是:“家务劳动计不计入 GDP,那是统计学上的事;但是,从就业方面来说,专门从事家务劳动的人,其经济和社会意义却应该得到充分承认,并在公共政策上得到体现。”(《中国青年报》2003 年 7 月 7 日)

近日来,一个“绿色 GDP”的概念又在各种媒体上频频露脸。“绿色GDP”不是主张将一种东西计入 GDP,而是主张将另一种东西从 GDP 中剔除。这“另一种东西”就是“生态成本”,即经济发展对环境造成的污染和对自然资本的消耗。同样,我的观点是:“GDP 中扣不扣除生态成本,那是统计学上的事;但是,从可持续发展的角度来说,那些只顾眼前效益,不顾生态成本的开发项目,必须引起人们的高度警觉,并在公共政策上得到体现。”

“绿色 GDP”的升温源于一项怒江水电开发规划。一项怒江开发规划称,要在这条中国“最后的生态河流”上修 13 道大坝进行水电开发,从而引起众多专家的激烈批评。专家们的观点其实很简单:怒江开发规划必须计算生态成本(《中国青年报》2003 年 9 月 5 日)。

针对“怒江水电开发势在必行”的说法,众专家提出,不能片面强调西部水资源的能源价值,而忽视或掩盖水资源的生态价值、社会人文及经济可持续发展的综合价值。对于拥有世界上独一无二的生态价值的地区,衡量其经济发展,不能简单以传统的 GDP 计量方式考核。同时,计算 GDP,应该考虑环境和资源因素,引入“绿色 GDP”的概念。

“绿色 GDP”自然是一个很时尚也很诱人的名词,但是绝大部分地区并没有怒江那么多由绿色反射出的生态光环!我的担心是,是不是因为怒江众多的生态光环，才引来了众多专家和社会各界的生态关怀？因为我注意到，在一些生态已遭破坏、环境已受污染的地区，生态环境问题反而让人有些麻木了。

在生态最脆弱的地区，我们常见到的是：一方面，政府为改善生态环境高谈阔论，慷慨陈词，说是要注意“可持续发展”；另一方面却因“发展经济”而在生态问题上杀鸡取卵，说“发展才是硬道理”。

老百姓不是专家，但在生态问题上，有时竟然也有专家一般的见识。生态环境方面的纠纷以至诉讼屡屡见诸媒体，“主动”的一方往往是老百姓。但是，那不是因为他们有什么高明的地方，而是因为他们不堪其苦了。

云南大学亚洲国际河流中心主任何大明教授对怒江生态进行过多年的考察。他说，如果把生态打入成本，把资源与环境因素考虑进去，你就会发现，投入了10元钱，可能只赚回了几角钱。但是，在传统的统计中，GDP增长却是显而易见的。GDP意味着什么？在经济学家那里，只是一项经济活动指标，并不表示经济效益。但在一些政府官员那里，却成了一种政绩的标志。可以说，正是这种政绩观，将GDP推到了不适当的地位。

发展是硬道理，“绿色GDP”也是硬道理。

让人欣喜的是，怒江开发规划终于引发了众多专家对当地生态的关注，我想，即使怒江开发“势在必行”，“绿色GDP”的概念也一定会在开发过程中有所贯穿。同时，《海南日报》报道说，一项名为“中国热带森林环境价值核算和纳入国民经济核算体系的研究”正在海南开展，“绿色GDP”即将纳入海南省政府的统计公报。

但是，我仍然希望，“绿色GDP”不能只在绿色最多的地方才让人提起，也不能只在专家们关注的地方才让人提起。

（《中国青年报》“经济时评”专栏，2003年9月10日）

企业人头费与政府人情费

眼下的公共服务行业，好像正在刮一股“涨价风”。在我所在的兰州市，不久前，公交票价刚刚提了；紧接着，供热方面又以“运营成本过高，企业亏损严重”为由申请涨价，现在价格听证会已举行过了，我感到，涨价已是迟早的事。

在邻省，青海省西宁市也有差不多同样的事情发生。日前，西宁市公交公司提出申请，将学生IC卡票价由现行的每月20元，上调至30元。原因同样是运营成本过高，企业亏损扩大。同样，价格听证会也举行了，在一片争吵声中，提价的事还没有最后结果(《中国青年报》2003年9月23日)。

美国著名经济学家曼昆在他的《经济学原理》中提到“低档物品”时，所举的唯一一个例子，就是坐公交汽车。他说，当人们的收入减少时，一种物品的需求量却增加，这种物品就叫做低档物品。

显然，低档物品是穷人的消费品。

从政府的角度讲，只要关乎穷人的事，就不可避免地承载着一定的福利功能。同时，为了解决城市交通拥堵，消除安全隐患，公交车还被赋予了相当一部分社会功能。所以，公交涨价比民航涨价更能牵动社会神经。

公交公司作为一个企业，也想利益最大化。我们有理由怀疑公交公司提供的成本清单，但却没有理由让他们甘于清贫。从市场的角度说，只要有人坐，只要公交公司愿意，公交车的价格即使高于出租车，也不值得大惊小怪。问题是，公交公司自己能不能撑得下去。

价格是一把双刃剑，提价并不一定会有利可图。但是，必须明确，我们是在什么背景下讨论问题?

一、在一个垄断行业,我们无法判断它的成本到底是多少,到底能不能降下来。一些垄断行业的高成本通常是建立在过多的人员及其过高的薪酬之上,总是想方设法通过涨价解决"人头费"。所以,很多情况下,我们并不能准确判断其服务价格是高还是低,是该降还是该提。

在西宁,除公交公司外,还有两家企业在部分交叉线路运营。公交公司在名义上已经没有垄断地位,但是可能因为在线路上的优势,仍然有"独大"的迹象。独大者虽然不是垄断,但仍有操纵价格的可能。可能正因为这一点,西宁公交公司才有勇气以成本为理由申请提价。

二、如果要放开价格,那就必须引入真正的竞争。在有竞争存在的前提下,首先开打的可能就是价格战。2002 年,西宁公交公司开始实行 IC 卡刷卡乘车办法,成人刷卡每人次 0.8 元。另两家企业运营的公交线路上,每人次只需投币 0.5 元。因此,公交公司乘客资源大量流失。这个时候,不要说申请提价,就是让它提价,它也不会提。果然,不久,公交公司就将成人刷卡每人次从 0.8 元降至 0.6 元。

但是,现在的情况是,只有西宁公交公司在申请提价,而另外两家企业却保持沉默。于是,我们就要怀疑,公交公司的成本账能不能相信?它应该回头去降自己的成本,还是应该向政府申请提价?

三、如果政府想把城市公交当作一种福利,那么就得付出代价。付出代价的方式就是给公交企业实行财政补贴。在市场经济条件下,"政府请客,企业买单"只能使政府的角色和处境更加尴尬。按照现行的规定,不论单位或个人,要新购置一辆小汽车,都要缴纳 10% 的车辆购置附加费(税)。如果政府想在城市公交上"请客",那么这部分钱就应当补贴给公交企业。这也符合以车补车、以高补低的原则。

总之,企业的"人头费"不应当转嫁给消费者,而政府的"人情费"也不能转嫁给企业。

(《中国青年报》"经济时评"专栏,2003 年 9 月 30 日)

警惕尾随在项目之后的骗局

辽宁省本溪市公交总公司与香港万宝实业公司携手组建的合作企业——万宝出租车公司,在本溪市最大的广场举行开业庆典时,当地有关领导到现场发表讲话,称该公司是2001年本溪市最大的引资项目。因为有政府背景,许多人对万宝公司十分信赖。没想到,人们掏9万元购置了它的"捷达前卫半选(简)"型车以后,没跑多长时间,就浑身毛病,故障频出,几成一堆"废铁"(《中国青年报》2003年10月14日)。

谁都猜出来了,这是一个骗局。

诚实的人是相似的,而骗子的伎俩则各有不同。我不想提醒人们如何防止被人骗,只想问一句:政府牵线的引资项目,为什么会是骗局?

如果说政府故意设局,一定会有人大呼冤枉。但是,我们又不得不在政府那里寻找原因。

现在,几乎每一个地方都提出了"项目带动战略",就是依靠项目建设的牵引作用,带动整个经济的发展。可惜的是,项目不是说有就能有的,也不是有项目就能产生带动作用的。那得靠钱,得靠有钱人来投资。于是地方又不得不千方百计去招商引资。大概是有些急了,在招商引资过程中,政府就常常越俎代庖。比如各级政府主办形形色色的经贸节会,比如各级政府领导出席各种各样的招商项目签约仪式。可能正因为这一点,一些客商就揣摸到了一些地方或政府领导在政绩上的心思。事实证明,商人们是不难找到可钻的空子的。于是,政府就被卷进去了。

几年前,我所在的城市推出了一条过境公路项目。不久,这条被称作"南山公路"的项目终于引来了投资者。值得提醒的是,不论是先前的签字仪式,还是后来的开工典礼,均有不止一位政府官员出席。由于职业原因,我也有幸参加了开工仪式,并作为知情者向众多咨询者介绍项目情况。但是,自开工仪式以后,这条公路就没有了下文。当时在开工仪式上整装待发的大型设备,还有穿戴整齐的施工队伍,仅仅风光了个把钟头,就成了历史。四五年过去了,再也没有人提起这条路,也没有人提起这个招商引资项目。

让人难堪的事情其实不止这一类。在一些洽谈会、交易会上,很多与“招商引资项目”有关的事情,也让人哭笑不得。一些项目开工很长一段时间了,居然还要拿到签约台上过一回堂;一些项目刚刚下了这个签约台,又很快上了另一个签约台;一些项目已经和这个客商签了,接着又要和另一个客商签。后续的故事是:一、一些官员一听出席项目签字仪式,就有些不好意思了,但还得硬着头皮上,赔着笑脸签。二、可能是因为利益关系,客商之间甚至会因为一个项目互相指斥,说对方是骗子。三、老百姓逐渐习惯了场面上的东西,把一些签字仪式称作“项目秀”,把一些招商引资项目叫做“政绩的道具”。

精明的商人们是不会吃亏的。但是,所有的成本都得有人来承担。这个人是谁呢?我不得不再一次提到政府。比如一些有名无实的经贸节会,比如一些短腿或短命的招商引资项目,毫无疑问,都得有人去埋单。

所以,本溪万宝事件的一个情节就不难理解了。2002 年 10 月,就在承租人对万宝公司的资信表示怀疑并打算就此交涉时,万宝公司却在一夜之间消失了。该公司在门口只留下一张公告:有事请找市长。这是一种商人的幽默。

但是,政府说,我们也受骗了。同样受骗的政府,这个时候一定十分尴尬。但是,尴尬的处境不能抵消应该承担的责任,受骗的事实也不能成为推脱责任的理由。

因此,在“项目”面前,政府也应三思而引,三思而签。否则,骗局就会尾随项目而来。要做到这一点,其实也不难,就是把经济的交给经济,把市场的交给市场,把商人的交给商人。

(《中国青年报》“经济时评”专栏,2003 年 10 月 15 日,
原题《尾随项目的骗局》)

“最低工资”的动机与效果

甘肃省新近调整的最低工资标准,将于明年开始执行。提高后的最低工资标准是:一类地区340元,二类地区320元,三类地区300元。和现行的最低工资标准相比,不同类别地区分别增加了60元(《甘肃日报》2003年11月6日)。

不论什么时候,在工资问题上,“涨”总是好事情。卖者总想得到更高的价格,这是经济学家考察市场现象时一个最基本的假设。但是,最低工资提高到多少,才能让劳务出卖者觉得是好事,却不是一件容易判断的事。

举个例子说,假如在兰州市劳务市场上,340元的工资招不到任何一个工人;或者说,在任何一个用工单位,雇工的工资都超过了340元,那么,将最低工资标准提高到340元就没有任何意义。因为劳务的均衡价格已经超过了最低工资标准线。

毫无疑问,最低工资保障制度是保护劳务出卖者的。为什么要有“保护价”?是因为市场价格偏低。由谁来保护?毫无疑问是由政府。就像粮食最低保护价,是政府保护种粮者的一样。

但我感觉到,甘肃新调整的最低工资标准中,一二类地区(属于城市范围)的标准仍然有些低(虽然三类地区相对有点高),可能对城市用工者没有多少约束力。我担心,出卖劳务的人拿着它,并不能从购买劳务的人那里得到什么好处;相反,购买劳务的人拿着它,还可能会对出卖劳务的人不利。

在兰州,我所接触和了解的农村打工者,比如到小餐馆里端盘子的,应该算是收入最低的人群了,但他们的工资待遇,每月包吃包住起码也有三四百元。尽管住的条件差些,吃的标准低些,但如果要把吃、住都折成钱,也不是一个小数目。毕竟,如果要说工资的话,这些费用仍然是可以算进去的。

劳务市场的总体形势是供大于求。对于有文化、有技术的求职者,最低工资标准显然是无意义的。和最低工资密切相关的求职人群,其实就是进城务工的农民。他们求职心切,对他们实行保护理所应当。但是,如果最低工资偏低,用工者就会以最低工资雇用新来的求职者,从而使原来的有职者失业。这样做的一个后果是,劳务价格会在整体上有所下降。

实行最低工资制度并不断调整最低工资标准,是政府保护穷人和急着出卖劳务的人的一个比较好的措施,但政府的反应往往滞后于市场。因此,最低工资的具体标准,并不总是与市场形势相"适应"。最低工资达到怎样的高度才算是比较恰当呢?我觉得,从收入最低人群的角度说,必须让他们感觉到两点:一、最低工资标准的实行,不会威胁到他们现在的工作;二、提高最低工资标准,就意味着要给他们涨工资。

世界上许多国家都有法定的最低工资标准,主要目的是维护劳务市场上的公平。但是,在经济学家那里,关于最低工资制度从来没有形成过一致意见。我国人口众多,尤其是农村剩余劳动力缺少出路,所以,许多地方都把"廉价的劳动力"当成一种优势资源来看待。

在这种背景下,实行最低工资制度,显然有着现实的意义。同时,也提出了一个更现实的课题:多高的"最低工资",才能保护"廉价劳动力"的利益?

解决了这个问题之后,还有更要紧的事情要做,那就是完善劳动用工制度和薪酬发放制度。

我们知道,因为没有签订劳务用工合同,一些务工者并没有得到用工者当初承诺的工资报酬;同样,因为缺乏必要的监督措施,一些用工者经常性地拖欠务工者的工资。毫不夸张地说,这两方面给务工者所带来的伤害和引起的社会问题,并不比过低的劳务价格所带来的少。

(《中国青年报》"经济时评"专栏,2003年11月11日)

市场是敏感的，也是有力量的

据新华社报道，从秋收时节开始，连续多年负增长的粮油价格突然上涨。

各个渠道的资料表明，这次粮油价格上涨幅度在10%至20%之间，并引起了一系列连锁反应。从粮油价格开始，到肉蛋禽奶等其他食品，再到化肥农药，与“农”字有关的东西差不多都沾了点光。

从上涨的速度来说，这个幅度算是比较大的，因为很多人可能没有想到粮油价格会上涨。但从粮食价格的背景来说，这个幅度并不是很大，因为上涨后的价格水平只相当于1998年的85%，与2000年的粮价基本持平。

这次涨价不是因为粮食总体短缺（官方的说法是“恢复性增长”），也不是因为政府插手干预。所以，涨价让很多人，特别是关注“三农”的人，特别是农业地区的人，特别是农民为之一震。我因此想到了两点：

一、市场是敏感的。今年，部分粮油产区出现大面积减产，但总体而言，还不至于使供给成为问题。在我所在的甘肃，粮食仍然算得上是个丰收年。很多人虽然知道别的地方粮食减产了，但并没有意识到这会影响到身边的粮价。

但是，市场感觉到了，并很快做出了反应。在兰州，市民的早餐习惯上都是一碗牛肉面。有一天早上，突然有人说牛肉面涨价了：原来一碗两块钱，现在涨成了两块五……

二、市场是有力量的。多年来，粮价一直在低位上运行。从保护农民利益的角度出发，政府想了许多办法，但总是不见效果，而且经常把政府“套牢”。2001年以来，国家逐渐放开粮价。不料，正如《南方周末》援引的一位米厂厂长的说法：这一次，市场完成了国家几年来一直想做而没有做到的事情。

美国经济学家曼昆在他的著作中，一直不厌其烦地给人们灌输一个观点：市场通常是组织经济活动的一种好办法。分析此次粮价上涨现象，似乎还可以得出一个附加结论：市场也是组织经济活动的一种有力量的办法。

粮油价格偏低，严重挫伤了农民的积极性。我曾经听到过农民的两种说法：一、要不是我们没有钱，我们也不会种粮食；二、要是粮食值点钱，我们也不会去打工。可以说，这是“谷贱伤农”的最好注脚。但粮油需求是缺乏弹性的，而且，多年来粮油市场一直是供大于求。所以，要让粮油价格涨起来，实在不是一件容易的事。这一点，也让做粮油生意的大小商人们伤透了脑筋。

其实，我想说的是：面对粮油价格上涨，政府千万别出面干预！有两个重要的背景还得提起：一、这几年，谁都知道粮油价格偏低，但很多人并不知道有多低。我和农民一起掐着指头算过，在很多情况下，特别是干旱山区，粮油价格其实是低于成本在市场上运行的。而且，农民们没有把自己的劳动力成本算进去。二、近年来，各个地区都致力于农业结构的调整，粮油种植比重已逐步趋于合理。我想，调整的最终目的之一，就是通过市场的作用让粮油升值。

市场是敏感的，是有力量的，而且还要相信，市场是公平的。粮油价格上涨了，但不可能一直往上涨，更不可能一直以如此快的速度往上涨。进入10月份，各地粮油价格增幅已趋于缓和，人们对粮油价格的反应也趋于缓和了。很多人已经明白了：抢购并不会额外节省多少，而囤积也不会额外得到多少。

有波动才是市场，有市场就会波动。可以说，在价格的作用下，粮油产品这一次算是真正经历了一次市场波动。

（《中国青年报》“经济时评”专栏，2003年11月21日，
原题《市场的敏感与力量》）

经营权与车份儿钱

有些不相容的东西,往往会在人们没有任何准备的时候不期而遇。

12 月 28 日,兰州市 2003 年出租车经营权有偿出让公开竞投大会出现不得已的一幕:为争得两组共 250 辆出租车 10 年时间的经营权,在 30 轮竞投之后,仍有 20 位竞投人热情不减,争相举牌;而这个时候,每辆出租车的“经营权”已高达 15 万元,比起拍价 5.4 万元高出近两倍。

拍卖是最市场化的一种做法,基本规矩是能拍多高拍多高,所以可能有最低限价(起拍价),却没有最高限价。但这次拍卖有些例外:一、到了第 11 轮竞投,每辆出租车的经营价格达到 11 万元,拍卖师就开始提醒竞投者,应注意投资风险,理性竞投;二、到了第 30 轮的时候,还有 20 个竞投人举牌,有关方面协商确定,以此次叫价每辆 15 万元的价格作为封顶价,终止竞投;三、有关方面同时决定,在最后一次应投的 20 位竞投人中,采取“抓阄”的办法确定最终经营者,结果两家企业“轻松中标”(《兰州晨报》2003 年 12 月 29 日)。

以这种方式结束拍卖,可能要算最好的策略。但以拍卖而始,以抓阄而终,多少让人有些尴尬。应该说,这是一次不太成功的拍卖,同时也不是一次很成功的抓阄。既然是拍卖,就应该以出钱多少论英雄。既然要抓阄,就应该以运气好坏定赢输。我的意思是,既然到了第 11 轮竞投的时候,就提醒竞投者要注意投资风险(没有委托人的主张,拍卖师是不敢在拍卖过程中说这种话的,所以这应该视为委托人的态度),那么起码就应该在这个时候抓阄;如果要确定拍卖的最高限价,那么这个价格也应该在拍卖开始时公布(竞投到了第 30 轮才确定封顶价,等于此前拍卖的不是出租车经营权,而是抓阄权,这对已被淘汰的竞投者来说是一种不公平);如果要考虑经营者的经营风险,那么就应该在全面把握出租车公司、出租车司机的利润空间及双方利益关系的基础上,再采取恰当的方式控制风险的发生和转嫁。

知道人们最怕的是什么吗?一句话,最怕的就是经营者高价获得的“经营权”最终转换成出租车司机的“车份儿钱”。

通过拍卖的方式有偿出让出租车经营权,是很多城市普遍采取的办法。一些地方已经将此作为“经营城市”的一种经验在推广。但是,因为过高的车份儿钱,许多地方的出租车司机已经苦不堪言,所以,很多地方已经开始反思出租车经营权拍卖的利弊得失。

我经常打的,从的哥的姐们那里,常常能听到关于车份儿钱的议论。我有两个担心:一个是,因为份儿钱,出租车司机得用更长的时间去跑车,这可能影响到行车安全;另一个是,因为份儿钱,更多的人可能去跑黑车,这可能影响到竞争秩序。

在出租车行业竞争十分激烈的情况下,我觉得应该从两个方面去寻找解决问题的线索:第一,如果采取拍卖的办法有偿出让出租车经营权,那么就应该对出租车司机承担的车份儿钱实行最高限价。这样一来,就不必在拍卖的时候提醒经营风险,也不必确定拍卖封顶价。出租车公司简单一算,就可以决定在什么时候退出。因为,没有一个出租车公司愿意赔上老本去做生意。第二,如果无法对车份儿钱实行最高限价,那么,就应该反过来想想,出租车公司到底有没有存在的必要?这就是说,能不能直接面向出租车司机拍卖出租车经营权?在其他行业,个体经营者可以单独进入市场,在出租车行业为什么不行?

出租车是流动的城市名片。这意味着,“经营”它的时候,还要想到另外一个问题:它的油水是很有限的。

(《中国青年报》“经济时评”专栏,2003 年 12 月 31 日)

管得少才能管得好

1月9日早上,央视经济频道的“第一时间”主持人在谈到“振兴东北”的话题时,说到了两个地方官员办公室所挂的条幅:一官员挂的是“先天下人忧而忧”,另一官员挂的则是“官以不扰民为优”。主持人说,管得最少的政府才是管得最好的政府。同时说,东北三省的领导也意识到了这一点,都表示要进一步转变政府职能,在服务上狠下工夫。

当天的《中国青年报》也报道说,由原上海市经委和市商委合并后新组建的上海市经委一亮相,就对外宣布要转变职能:今后,上海市经委将只管产业而不再管理企业。经委主任徐建国说,市经委的新使命是:实现从管企业到服务产业发展,从管理国有企业到服务全社会企业,从工商分开到工商合一的转变。

政府的力量被认为是一只看得见的手,同时也被认为是一只强有力的手。首先要肯定,这只手绝不是多余的。同时,也得承认,如果这只手伸得太长,就会显得有些多余。所以,要评价这只手,重要的是要看这只手在做什么,在怎么做。

一说转变政府职能,必然会提到服务。其实,即使在职能仍然没有转变的一些地方政府那里,服务也一而再再而三地被提起。而且,即使是被公众认为扰民的一些政府行为中,服务也是其行为的理由。

所以,在转变政府职能,塑造服务型政府的时候,还必须走出“服务”的误区。

首先,服务是一个政治概念,也是一个经济概念。在涉及市场、事关经济的时候,我们应该将服务与经济联系起来。现在很多官员都说要为市场经济服务，但身在市场中的企业家和个体户们总有人认为，走在仕途上的人，说的都是官话。这可能是他们先前的经验。但是，在眼下，如果我们的政府机构不改变政绩观，“政府服务于经济”也就只能是场面上的一种“应酬”了。

再者，如果政府服务职能的实现方式仍然是一种管理行为（典型的说法是“管理就是服务”），如果政府机构在企业面前，在任何时候都站在管理者的立场上，以管理者的身份出现，那肯定会在一些时候显得与服务不协调。服务应该以服务对象的意志为转移，需要你就服务，不需要你就不能服务——管理者的态度再好，也不能叫做服务，因为它带有一定的强制性。

第三，政府应该和市场保持一定的距离，或者至少应该站在市场的边线以外。如果赤膊进入市场，就不可能为市场服务。政府的服务，一不要承担商场服务员之于顾客的那种服务，二也不要承担商场经理之于商场服务员那种服务。政府的服务不应该带有直接的利益关系，同时也不能有太具体的服务对象。

值得一提的是，政府总是在国有企业中最有可能插手，最有可能发挥作用。因为一来国有企业是政府的，所以插起手来比较方便；二来国有企业不是企业家的，所以企业也不会太坚决地拒绝政府插手。如果是私营企业，政府插手就不是那么容易了。因为政府不可能对私营企业的亏损负责，而私营企业家也不指望从政府那里得到什么额外的收益。

关于市场经济的成熟程度，有很多衡量指标。其中最重要的，就是政府在经济运行过程中所起的作用有多大。可以说，一个大包大揽的政府必然是一个低效率的政府；而一个低效率的政府也必然会使经济低效率运转。

要让政府管得少一些，并不是那么容易。政府除了转化职能、调整职能结构、减少管理“供给”以外，最根本的还是要全面推进产权制度改革，特别是要对“一股独大”的国企产权结构进行脱胎换骨的调整，因为这可以大大减少企业对政府的依赖，从源头上降低企业对政府管理的“需求”。

需求少了，供给必然会做出反应。市场规律在与市场有关的问题上，处处都可以体现出来。

（《中国青年报》“经济时评”专栏，2004 年 1 月 13 日）

假的太多，是因为“真的太重要”

据6月16日《中国青年报》，从去年开始，深圳市对全市干部学历、学位情况进行检查和清理。到目前，深圳市人才市场文凭验证中心已查验44200多人，800多份“问题学历”显出原形，其中假学历（学位）证书107份，非学历（学位）证书719份。

千万不要说“触目惊心”，因为报道还说，该中心验证出假文凭的比例已呈下降趋势，两年前是12%左右，现在已下降到6%左右了。

为什么“问题文凭”那么多？简单一点说，是因为文凭太重要了。

文凭能重要到什么程度？夸张一点说，有个高学历的文凭甚至可以通吃。

找工作时文凭是个硬杠杠，评职称时文凭是个硬杠杠，调工资时文凭是个硬杠杠，提拔时文凭也是个硬杠杠。在有些场合，文凭就是门票，没有文凭，你就进不了门，登不了堂，入不了室；在有些场合，文凭就是机会，没有文凭，某种幸运就会转瞬即逝，某种际遇就会擦肩而过，某种待遇就会失之交臂。

没文凭的人怎么办？文凭低的人怎么办？拥有一张真正的文凭并非轻而易举，你得有足够的心劲去学习，你得有相当的时间作保障，你得达到与文凭相称的水平。所有这些，对于一个已经上班的人，一个已经上了点年纪的人，或者一个已经有一官半职的人来说，真是谈何容易！

于是，有人就想到了“买文凭”。买有两种途径：一种是买“假文凭”。从“证贩子”那里“办”出来的文凭，就属于这一类。一种是买“真文凭”。从某些成人院校或成人班里“混”出来的文凭，就属于这一类。前一种叫做真的

“假文凭”,后一种叫做假的“真文凭”。

开始查处假文凭已经有几年时间了,但大街小巷的“办证”小广告依然一茬接一茬,这般那般的文凭“生产车间”依然遍地开花。只要文凭的背后是超值的利益,那么假文凭就会有超常的市场需求。

其实,并不是所有持假文凭的人都是水平不行,而是在一些时候,他们即使有真水平但没有文凭也不行。弄假文凭的人,有些实在是逼得没有办法了。

以“德能勤绩”选人用人一直叫得很响,但按“德能勤绩”选人用人操作起来“很不方便”,于是,就有了许多简单的“硬指标”。文凭是一个,外语成绩也是一个。但是,要文凭可以不管专业,要外语成绩可以不管有用无用。既然如此,有些情况下,真文凭和假文凭、懂外语和不懂外语在实际工作中就没有什么区别。

因此,假文凭才能蒙混过关,找“枪手”考出来的外语成绩也漏不了馅。查处假文凭、假外语成绩可能是为了维护一种公平,但有关方面为什么不想一想,以文凭丈量人、把外语成绩设置成一个必要条件,又造成了多少不公平?

6 月 16 日的《中国青年报》还有三则与文凭相关的报道:一则是,海南省党校违规发出数千张文凭被查处。一则是,中央党校的文凭越发越严,学员缺课两三次就可能被取消学位申请资格。一则是,不再把文凭作为选拔干部的绝对标准,是杜绝文凭注水现象的政策导向。

我之所以要按这样的顺序排列这三条消息,是因为这正好能代表我对假文凭的态度:假文凭必须要查,要查假文凭必须严格控制真文凭,要杜绝假文凭则必须改变文凭绝对重要的政策导向。

外语成绩太重要了,虚假的外语成绩就会盛行——因为有利益驱动,因为划得来冒险。真文凭太重要了,假文凭就会盛行——卖的人得到的是利,买的人得到的则不仅仅是利。道理就是这么简单。

(《工人日报》“钟鼓篇”专栏,2004 年 6 月 25 日)

为什么谁都不说“热”

日前,著名经济学家樊纲到兰州参加中国首届西部企业发展与经理人高峰论坛。当地一家媒体就“经济过热”问题采访他时,他说出了一个非常有趣的现象:“从全国来看,没有哪个地方政府会说自己的经济过热。”

为什么?他是这样分析的,因为东部省份由于经济基础相对雄厚,投资者蜂拥而至,必然会拉动经济的过热增长,他们认为这样的热不算热。而中央的东北振兴战略起步不久,这里的地方政府会认为我们还没有发展,你为什么说我们的经济过热,因此他们也有加快经济步伐的强烈愿望。而西部省份则认为,我们的西部大开发,还没有怎么开发,我们的经济水平还远远落后于发达地区,我们不加速发展怎么行?

做出“经济过热”的判断,是基于对全国总体情况的判断,比如电煤紧缺,比如开发区泛滥,比如钢铁、电解铝行业盲目上项目等等。确实,也并不是每个地方都占全了这些“热源”。因此,电煤相对不紧缺的省份,即使多建几个开发区,也会说自己不存在过热现象;而开发区建得少的地方,即使多上了几个钢铁和电解铝项目,同样会说自己的经济不过热;而没有上钢铁和电解铝项目的地方,即使电煤紧缺,甚至还会说自己的经济有些偏冷。显然,问题出在了“平均”上。但是,就一个地方而言,少建了几个开发区并不能冲抵多建的电解铝项目,没有电解铝项目就可以冲抵泛滥的开发区;而就全国而言,并不是每个地方都应该有电解铝项目,都适宜于建开发区。

同时,“经济过热”和“经济增长过快”也不是一个概念。前者只是一种趋势,后果要在几年之后才能显现出来;后者则是一种结果,马上就能找出好多权威的统计数据来。但是,许多地方在判断当地经济是否过热时,都抬出了今年上半年或去年,甚至前年的投资规模和经济增长幅度。发展较快的地方说自己的基数大,发展较慢的地方则说自己的差距大,总之,都是通过现成的数据来说明未来的问题:要么不热,要么热也是正常的。

提出“经济过热”的目的,仍然是为了更快并更有质量的发展。所以说,过热所涉及的仍然是一个结构调整的问题。从小处说,开发区有些要保留有些就要撤,钢铁和电解铝项目有些要上有些就要砍。地方政府之所以不愿意说当地经济过热,实际上是为了保项目或争项目——要撤开发区撤别人的,要上项目上我的。

在许多场合,都能听到一种声音,那就是“投资拉动型经济”。从经济学的角度讲,投资可以更迅速地拉动经济,但却无法保证经济的持续增长。地方政府过多地强调“投资拉动型经济”,目的就是为了给某些不合理的投资戴上一顶符合经济规律的帽子。几乎到处都能看到的“烂尾楼”、“空壳开发区”和“半拉子工程”,都曾经拉动过经济的增长,但有多少人注意到经济因此所遭受的损失?

地方政府不愿意承认当地有“经济过热”现象,与中央进行利益“博弈”,从根本上说,还是“GDP 主义”在作怪。而“GDP 主义”背后就是“地方英雄主义”或“个人英雄主义”。也就是说,只要能让当地 GDP 增长得更快一些,地方政府就可以不考虑国家经济为此付出的代价;只有当地 GDP 增长得更快一些,地方政府才能感觉到成就感。

在注意到宏观调控取得成果的同时,还应该注意到另一个现象,那就是“经济过热”现象正在往下延伸。一些人总认为,“经济过热”只与大地方、大项目有关,因此就做出判断,小地方、小项目就正好可以钻空子了。据报道,因为电力短缺,各地就饥不择食,国家产业政策限制甚至准备淘汰的小发电大有卷土重来之势。而这些小发电,两三年后,可能就成了宏观调控的目标。

这个现象不警惕,新一轮“过热”在不久的将来就会到来。“投资过热—通货膨胀—治理整顿”的恶性循环就会重演。而且,因为层次更深,调控也将更难。

(《东方早报》“早报自由谈”专栏,2004 年 8 月 24 日,署名陇东人)

有多少乞讨者愿意“打工”

我一直认为，眼下的乞讨者，除很少一部分属于生活无着以外，大多数其实是把乞讨当成了一种生活方式：有的以放弃尊严为代价，获取安逸；有的以流浪乞讨做掩护，诈取财富。

对于前者，我们应该尊重他们的选择，起码，他们的存在，还代表着一个城市的善良；对于后者，我们则应该以法而治，毕竟，任何人都应该遵守并且需要最起码的生活秩序。

自从收容站改为救助站以后，整个社会对流浪乞讨者的关怀是越来越“人文”了。近日，深圳市民政局在回复该市人大代表《关于尽快在深圳市对流浪乞讨者实施综合治理的议案》时表示，要建立公共劳动形式的社会救助体系，即政府和管理部门提供一些如清扫街道、运送垃圾、环境卫生、公共服务等方面的公共劳动机会，引导、劝说乞讨人员放弃乞讨来从事这种劳动，获得相应的劳动报酬，以打工收入维持基本生活（《中国青年报》2004 年 8 月 3 日）。

毫无疑问，这是一个既充满善意又渴望秩序的创意。但是，引导乞讨者“打工”的设想仍然太浪漫了一些。

首先，对大多数流浪乞讨者来说，“以劳取酬”或者“劳动光荣”的观念并不适合于他们。可以说，正是为了“不劳而获”，他们才选择了乞讨。同时，对不愿意靠劳动吃饭的人提供劳动机会，也不符合政府的就业政策。

其次，正如人们所知道的那样，很多乞讨者并不是为了维持生计，而是为了“发财致富”。所以，对他们而言，最根本的不是“岗位”问题，而是“待遇”问题。如果对报酬不满意，他们就不会珍惜“岗位”。我猜想，最低工资对他们并没有多少诱惑，而且政府也不会拿出更多的钱“请”他们劳动。

第三，并不是所有的乞讨者都适宜于劳动。大家所见到的乞讨者，不是老者，就是病者，或者是被一些人操纵的儿童，他们多是没有劳动能力的人。没有劳动能力的人，就不属于失业范畴，那么就业岗位对于他们来说，也就没有任何意义。

现在，全国各地就业和再就业形势都非常严峻，有工作能力、愿意工作、一直在苦苦找工作还没有找到工作的人，何止千万。他们才是真正需要政府提供工作岗位的人。

在深圳，我不知道清扫街道、运送垃圾等岗位是不是很宽松，也不知道乞讨人员中有多少是当地人。但是我知道，到深圳找一份工作其实并不容易，而给外地乞讨者提供一个工作岗位也不太好操作。我的担心是，如果有人特别是外来人口通过正常渠道找不到工作的话，他们就可能会选择乞讨，通过乞讨这块跳板实现就业。

我们不应该把人想得太狡猾，也不应该把事情总往坏处想，但是，作为一项公共政策，必须具备最起码的严密性和可操作性。否则，再“人文”的政策，都只能是一只好看的花瓶。

（《中国青年报》“经济时评”专栏，2004 年 8 月 4 日）

节约是清洁的“近义词”

当我们的生活水平已经达到一定程度,或者说,当我们已经进入一个物质较为丰富的现代商业社会的时候,“节约”却成了一个热门话题。

甘肃省已将5000千瓦以下高耗能、高污染的39家铁合金企业列入淘汰名单,并运用经济杠杆,对其强制执行差别电价。今年每千瓦时加价0.15元,明年起每千瓦时加价0.20元(《甘肃日报》2007年6月11日)。山西省则计划在年内淘汰高耗能、高污染炼铁能力1000万吨以上、焦炭产能859万吨、水泥行业落后产能200万吨,电石和铁合金淘汰产能51万吨,5年内淘汰千亿元的“黑色GDP”(《经济参考报》2007年6月12日)。

当“高耗能”与“高污染”走得如此近的时候,“节能”与“减排”才会联系得如此密切。“节约”也因此被赋予了新的意义:如果说“浪费”仍然是它的反义词的话,那么,“清洁”就应该包括在它的近义词之内。

不得不承认,我们的生活渐渐好起来了,收入渐渐高起来了。但是,喝上清洁的水,吸上清洁的空气,这个本来不是问题的问题却成了一个大问题。

问题从何而来?我们首先想到的肯定是污染。但只要再追究一步,就会涉及到浪费。

落后的生产工艺,首先有着一张吞噬能源的大口,而后那张大口就开始源源不断地吐出脏气污水;土法上马的小冶炼厂、小水泥厂,首先是资源得不到充分利用,而后就是制造相当充分的污染。

企业的高消耗是一种浪费,个人的过度消费也是一种浪费。高消耗制造了过多的污染,过度消费也制造了过多的污染。

过度包装首先是一种浪费行为,同时很快会转化成一种污染行为。包装越精美,产生的垃圾也越多;奢侈性消费首先是一种浪费行为,同时很快会转化成一种污染行为。汽车越高档,排放的尾气也越多。

喝纯净水不是解决饮水安全问题的根本办法,空气净化器也不是解决空气污染问题的根本办法。当清洁的空气、清洁的水、清洁的食品、清洁的环境成为一种奢求的时候,就应该以一种特别的思路,清点我们的行为。

消费欲望的膨胀,会导致更多的浪费,也会导致更多的污染。但是,又有多少人愿意节制自己的消费冲动?

对 GDP 的盲目追求,会导致更多的浪费,也会导致更多的污染。但是,又有多少地方愿意反省自己的"GDP 崇拜"?

很久以前,有一个观念深入人心:浪费就是犯罪。那个时候,物质生活极度贫乏,节约,更多地是为了维系眼下的生活。现在,人们不再吃了上顿想下顿了,节约,更多地则是基于对未来生活质量的考量。

节约是一种清醒,是一种远见。

重复使用是一种节约行为,也是一种环保行为。少用一次性塑料袋,拒绝一次性筷子,就等于减少垃圾,等于保护生态。

循环利用是一种节约行为,也是一种环保行为。废气废水废渣的回收利用,不仅是对资源的珍爱,也是对环境的珍爱。

改善生态,保护环境,是一项非常复杂的工程。但是,也有最简单的实现途径,那就是节约:人人有所作为,处处有所作为。

一个更节约的社会,一定是一个更清洁的社会。

(《甘肃日报》"兰山论语"专栏,2007 年 6 月 23 日)

关于人生

生活包括很多精彩，也包括很多无奈

“杀熟”现象,挑战互信基础

十几年前,周围许多人下海经商,于是到熟人那里买东西,几乎成了我的一种消费观念。后根据自己的经历,我曾在报上发表过几则“生活忠告”,其中有一则的标题是“不要到熟人店铺买东西”。大意是,到熟人那里买东西,起码有两大坏处:一是没有足够的勇气杀价,人家说按进价卖给你,你就不好怀疑,所以往往“以占便宜的方式吃亏”;二是明知上了当挨了宰,又碍于情面,没法去理论,所以往往有气装作肚子疼。

六七年前,到处办“保安培训班”,招生简章天花乱坠。贫困地区的一些青年以为是天赐良机,一个接一个从农村涌入城市,梦想着将来也穿上制服,在城里谋一份工作,改变自己的命运。但这之间,却发生了许多让人伤心的事。这是来自我的家乡甘肃环县山区的真实故事:堂弟经不住一个远方亲戚孩子的鼓动,家里借了几千块钱,送他到西安去“学习”。但没过几天,堂弟就摇身一变,成了保安学校“招生办”的人,跑回来“大量招生”。结果表弟去了,好几个或远或近的亲戚、邻居也把孩子交给了他。又过了不长一段时间,后去的几个也回来“招生”了,瞄准的同样还是熟人。据说,他们的“待遇”,就是从亲自招的“学员”身上“提成”出来的;而所谓的“保安学校”,只不过是一个“严肃”的壳子而已,结业分配等等承诺也只是一句美丽的谎言。

明知是骗人,他还得去骗,因为他被人骗了——这是他的解释。而当初,很多人之所以不惜血本,敢把孩子送出家门,却是因为熟人这一层关系。

最近几年,传销发疯似的闯入我们的生活。传销的产品如何是一回事,传销链的形成又是一回事。不得不承认,目前流行的传销方式,一个最值得注意的现象,就是“熟人相见,分外眼红”:为了能使自己“致富”,不惜拉同事、同学、朋友、亲戚下水，随便把哪个传销商提起来，都能牵动一连串熟人的神经。这是一种很典型的“杀熟”现象。“杀熟”现象能发展到这一步，也可以说是相当成熟了。（按：五年前，本栏曾刊出泉明的《“杀熟”一说》。如果说当时此风不过是起于青萍之末，那么如今早已愈演愈烈了。——编者）

在中国，有一句话叫做“熟人好办事”。不论怎么说，它都代表着一种很重要的信任结构。在人与人的交往中，从近到远，从亲到疏，从熟悉到陌生，不可否认，总会表现出不同层次的信任度。有什么事，我们总是先找最近、最亲、最熟的人诉说，然后寻求解决的办法。家庭成员之间、同事之间、同学之间、朋友之间、邻居之间相互交往的事实也证明，熟识本身就是一种重要的道德基础和信任资源。人们在日常生活中，之所以非常重视熟人之间的关系，就在于它可以增加人们处世的安全感和对社会的信任感。中国人民大学社会学系副教授郑也夫在谈到传销现象时说，杀熟对道德的最大伤害，就是对我国社会这种信任结构的打击，使人与人之间失去了最起码的信任支点。可以说，一个人出于纯粹的个人利益而开始“杀熟”，就是开始摧毁自己最基本的道德基础。

其实，“杀熟”之所以会得逞，利用的也是熟人之间的这种互相信任的关系。从这里，我似乎感觉到了一种凶险，一种从来没有过的恐慌。我当然不会去搞传销，再熟的人拉我，无论什么“洗脑式”的培训，都不会使我动心。但传销绝不会是“杀熟”的最后一招儿。

我不仅担心有一天我会被熟人宰一刀，也担心有一天我向熟人借钱时，他们会怀疑我一借不还；更担心，有一天当我很热情地为熟人提供帮助时，会被他们怀疑成“黄鼠狼给鸡拜年，没安好心”。

（《中国青年报》“求实篇”专栏，1998 年 5 月 6 日，
原题《“杀熟”现象》）

“资源”的性质变了,“开发”的性质就变了

中国有句俗话:“林子大了,什么鸟都有。”说这种话,是因为看了7月24日《中国青年报》上的一篇报道。长春市一所中学的班主任老师徐佰英,从1996年开始陆续向本班40名学生的家长“单线联系”借钱,累计达到18万元之巨。但家长们彼此并不知道给“徐老师”借了钱,一直到后来,徐老师因为“拿了人家的嘴软”,受到班里一名男生“你自己借钱不还,凭什么总管别人”的反批评后,经过其他学生和家长的“交流”,才捅破了那层纸。家长们联合起来讨债,肯定是徐老师没有想到的,所以很快她就卷款“失踪”了。班主任向家长借钱,起码有两大优势:第一,孩子的前途和命运掌握在班主任手中,家长谁敢不借?第二,老师自古以来就是一种值得信任的形象,有什么不敢借的?这篇报道使我想起某城市一中学曾经提出的开发“家长资源”的概念,而徐老师的“事迹”则使我进一步感到,这一提法不仅“新颖”,而且操作起来也很“方便”。

不久前到某地采访,该地一名领导告诉我,他们正在编印当地在外地和上级部门工作的人的名册,并明确提出是为了挖掘“老乡资源”。“老乡见老乡,两眼泪汪汪。”不管是激动还是伤心,互相之间能以眼泪为媒介表达感情,说明关系非同一般。但是,当老乡作为“资源”被列入开发“项目”时,就意味着要充当另一种角色。比如,跑项目就找当官的老乡,拉赞助就找办厂的老乡,给上级领导送东西时就找给他当秘书的老乡,和上级领导直接说不上话时就找给他开车的老乡……反正只要是老乡,只要想办法开发,不管是干什么的,都有他独特的“使用价值”。难怪我一直听人说,他的老婆跟谁谁谁的老婆是一个县上的人,他的老家和谁谁谁的中学同学的老家相距不到100

米……

我想,既然“老乡”可以作为一种“资源”,同学、同事、亲戚、朋友等等成为“资源”也就顺理成章。回过头说,家长能成为班主任的资源,汽车司机也就可以变成交警的资源,部下也就可以变成领导的资源。

什么是资源?在现实面前,人的认识常常落在后面,辞典总是显得很无奈。刚刚说了徐老师对“家长资源”的成功开发,现在一想,又觉得她更值得自豪的,还应该算她对“班主任资源”的成功利用,如果她认识不到自己“资源”的价值,家长的“资源”对她来说就没有实际价值。老乡之间也一样,说“我是你老乡”时是在开发“我”的“资源”,说“你是我老乡”时是在开发“你”的“资源”,翻过去倒过来说就是双方互为资源而又可以互相开发。

不知道是别人开发他自己的资源,还是别人开发我的资源,也不知道是开发什么资源,我突然感到我也吃过“资源开发者”的小亏:曾经给别人担过保,却把自己保得一时狼狈不堪;别人借我的钱还了他的债,我却拉下一屁股债还不了。逼得没办法,只好修正了自己的“为人之道”:永远不再为别人担保什么,不管对方说得多么可怜或严肃;给有些人借钱时,首先不考虑借不借,而是考虑他借的数量我能不能送得起。

这只是自己为自己负责,但我“负责”不了别人。一些人还在一心一意地“开发”着别人的资源,同时,一些人也把并不属于他个人的东西大大方方地当作自己的“资源”任人“开发”。世界真大,谁能负责得了?

(《中国青年报》“求实篇”专栏,1998 年 9 月 15 日,
原题《“资源”新概念》)

“冒充”坏人,等于给坏人“扬名”

一位朋友要单独出一回远门,担心被人骗被人欺被人偷被人抢,于是广泛咨询深入思考,最后制定的“策略”便是冒充“坏人”:他仿照社会上那些二流子、三棱子们的穿着打扮先把自己稍微“包装”一下,又以那些地痞、流氓的言谈举止为“榜样”,塑造自己的“形象”。尽管一路上心里发虚,“冒充”得也很不到位,但实际效果却使他深感“坏人”之“意义”。

好人怕坏人的现象,已经是无须也不能讳言的事了。坏人为什么敢在光天化日之下作恶行凶,我想并不是因为他们自觉强大,而是他们掌握了还不能叫做“坏人”的围观者甚至被害者对他们在心理上的一种无形甚至无由的畏惧感;见义勇为者的缺稀,最直接的原因恐怕也不能说是人的正义感的丧失,更多的可能就是人们见了坏人以后所产生出来的一种“后怕”的抑制作用。

其实,坏人“怕”的也是坏人。一些较大的舞厅、录像厅、卡拉OK厅等娱乐场所所配置“治保员”,其中有的就是由在当地有一定“影响”的“黑道”人物充当的。这种“靠黑吃黑”、“以毒攻毒”的举措是万般无奈的,但不能不说也有其“可行性”:只有刁徒才能对刁徒形成威胁,只有刁徒才能在刁徒中树立起“威信”。这是个让人惊心的“道理”。

既然好人怕坏人,坏人也怕坏人,那么,冒充“坏人”也就有了最起码的“实惠”——没几个人敢打你的坏主意;而且,如果愿意的话,还有可能保护几个好人或者弱者免受欺负。

报纸上曾经披露过南方某城市有人高价出售刑满释放证的事。对于判刑“改造”归来的人,我们不能笼而统之地继续叫他们“坏人”,但是,如果他们中有人想继续以自己曾经的“坏”来炫耀他的“厉害”，那么出示这种证件无疑就会让人刮目相看，而不是“坏人”的人拿上这个东西冒充起“坏人”来，当然也不会引起别人的怀疑；拿上这个东西去干坏事时，其功效我想也不会比假军人证、假警察证逊色多少。

问题是，“坏人”为何会有如此大的“权威”性？思之有三：其一，坏人敢说敢做，不顾自己和别人的死活，出手毒辣，很容易给人一个“下马威”。其二，坏人“群体意识”极强，往往一呼百应，既能“有福同享”，更能“有难同当”；与之一对一可以不怕，当其群起而攻之时我们就不得不怕了。其三，坏人不甘吃亏；当面吃一点亏，他准会让对方吃两点亏。我们常常见到的情况是，如果坏人胜了，自然会扬长而去；如果败了，就会留下一句“你等着……”总之只要和坏人较量，吃不了“眼前亏”，也得有“后顾之忧”，而所谓的“好人”，就与之不可同日而语了：或缩手缩脚、怕狼怕虎总给人一个软蛋的样子；或各顾各，一人受难，一群人旁观，给人的感觉是个散摊子；或息事宁人，多大的亏都吃得了，多大的气都咽得下去，给人的印象是“宽宏大量好欺负”。

“好人”冒充“坏人”是很不正常的，要解决这个问题，重任只能落在好人身上。起码要做到决不去冒充“坏人”来保护自己，因为那样的同时也就等于给“坏人”壮了威扬了名长了志气。

（《甘肃日报》“嘈嘈切切”专栏，2000 年 8 月 23 日，
原题《关于“冒充”坏人》）

“知识”是“经济”的本钱

“读史使人明智,读诗使人聪慧,演算使人精密,哲理使人深刻,道德使人高尚,逻辑修辞使人善辩。”培根是以一个哲学家的眼光来论读书的,但是,读书不只是哲学范畴的事,在社会生活的任何一个方面,读书都是一个有着永恒魅力的话题。

温州人以会赚钱闻名,但赚了钱之后,却想到了读书。《光明日报》报道说,温州市从1996年起实施的“书架子工程”,与当初的“米袋子工程”、“菜篮子工程”一样深入人心。现在的温州,城里有读书协会,农村有读书沙龙。评选藏书家,举办读书节,有关书的活动频繁开展;以读书为荣,以赠书为贵,已经成为温州人的新时尚。读书的价值在哪里?温州一位出租车司机说得好:“一个人不读书,就好像做生意没本钱。”一个生意人不经意间说的话,很巧妙地将“知识”和“经济”结合了起来。如果说培根的话是“务虚”的,那么这位出租车司机的话就是“务实”的。

我们把知识叫做精神财富,把读书当作文化生活,现在看来,知识在作为精神财富的同时,也是物质财富的基础;读书作为文化生活的同时,也是日常生活的灵魂。知识就是力量,科技是第一生产力,其中就包含着一个重要观念:读书不同于娱乐,它的目的不是“解困”,而是“蓄能”;同样,我们很难想象,一个不读书的人,会是一个有修养的人;一个没有知识的人,会是一个有品位的人。

从某种角度上说,读书往往具有这样的双重功能:穷人因此而“富”,富人因此而“贵”。许多统计资料都显示,文化程度的高低,不但与就业程度保持一致,而且与收入水平保持同步;日常生活中,我们同时也能够体会到,有的人不是很富但情趣盎然,有的人腰缠万贯却一副穷相。这透露了一个重要的信息,不论素质还是气质,不论看得见、摸得着的还是感觉中的、印象中的,很多用来评判人的标准,都与读书的关系越来越密切了。

近几年,大商场在卖品牌商品的同时,也开设了精品图书专柜;大城市商业超市越办越多的同时,图书超市也开始亮相。这是一种协调发展的格局。当图书渗透到琳琅满目的商品中去的时候,不仅表明图书本身已走向市场,而且和几年前书店改办商店的情形相比,显然也意味着书的地位在市场经济中的回归。

书香本身就很诱人,读书其实是一种精神。书可以增添一份情趣,增添一份清静。如果读书成为时尚,周围就会少一种浮躁,少一些恶俗。雅致、沉静、幽默、风趣等等,对于一个不读书或者耻于读书的人来说,几乎是不相干的,而且他甚至不能判断什么是粗俗、无趣、卑劣和空虚。“把无聊当有趣”的人,不是真正的读书人;“视儒雅为软弱”的人,谁会把他当作读书人?

“少壮不努力,老大徒伤悲”,如果限于读书,就未免有些悲观。一个人面无菜色了,如果想革除言行中的俗气,囊中不羞涩了,如果想填补脑中的空白,读书不仅是良方,而且为时未晚。同样,如果想从根本上改善自己的处境,或者更长远地规划自己的未来,早一点读书就会早一点主动。

读书本身是一种高尚的生活,也是一个人享受高尚生活的条件。没上过学念过书,被认为是一个人一辈子最大的缺憾之一;而拒绝读书、蔑视读书的人,不论他多么有钱有势,也不会被人仰望。

“问渠那得清如许,为有源头活水来。”这句诗原本是朱熹看书时的“偶得”,但同样能说明:读书不是附庸风雅,不是装饰门面,而是很内在的东西。

读书或许不是真正的“利润”,但确确实实是“本钱”。而且,在知识经济时代,作为“本钱”的效应,同时会得到更明显的体现。

(《甘肃日报》“兰山论语”专栏,2000 年 10 月 16 日,
原题《读书与本钱》)

正因为忙，所以要闲一会儿

人最怕一直闲着。生闲气，说闲话，吃闲饭，操闲心，出闲力，管闲事，都不是什么好词。人也最怕一直忙着。昏头昏脑，毛手毛脚，颠三倒四，丢东落西，似乎都是因为忙。

“闲一会儿”是可能的，也是科学的。

机器不能让它一直运行，人跑得时间太长了就会倒不过脚。什么东西，都得有忙的时候，也得有闲的时候。或者，这一部分忙的时候，那一部分就得闲着。车轮子转的时候轴不能转，庄稼收了让庄稼地歇歇茬。

农村人说，老天真是有眼，什么时候让你耕你就得耕，什么时候让你种你就得种，什么时候让你闲着，你就坐在那儿，看着就行了。陶渊明回到田园以后，农忙的时候肯定很忙，但农闲的时候肯定闲着；即使在农忙的时候，他也会给自己安排一点闲时间。不然，他怎么会在东篱下采菊的时候，还能很悠然地看到南山？

闲一会儿，不仅仅具有休息的意义，还具有审美的意义。

美国加州州立大学心理学教授罗伯特·列文在他的《时间地图》里说：“无所事事是否就是浪费时间，总是有事做是否被认为更加地浪费时间？”确实，一直忙着的人，有时让我很羡慕，有时却让我很同情。

每个人可能都有过这样的体会，有些不该发生的事发生以后，都会埋怨自己为什么当初要多说那一句话，多走那两步路，多结交那三个人：如果那个时候闲着，这个时候不是什么事都没有吗？

如果人生是一幅画，闲的那一会儿，就是其中的留白；如果人生是一首歌，闲的那一会儿就是其中的休止符。

生活的节奏越来越快了,需要做的事情好像也越来越多。我们互相见面时也都喜欢问:“最近又在忙什么?”在我们的潜意识里,人活着似乎天天都得有点事干。这是不是一种误会呢?据说在文莱,人们打招呼时更喜欢问:“今天没有什么事吧?”在他们看来,除非你自己说你很忙,没有人会说你有做不完的事。

有趣的是,事情往往不招自来。你什么事都不考虑,终于还是有什么事发生。所以闲一会儿,其实也是为忙做准备。对一个人来说,“主动上门”让你做的事已经足够了,再加上那些必须得做的事,人差不多都在满负荷运转。

闲一会儿,其实弥足珍贵。有些很重要的事情,比如检查身体之类,我们老是自我安慰,等闲了再说吧,可是却一直忙着。事不由人,这仅仅是忙的一个方面。另一个方面,可能是不由自主。很多事情,不去理它,也不会有什么后果,但我们总是想得很严重,好像不做就过不去,就没法交代。

闲是争取来的。该不做的事情不要做,该做的事情不要拖,能一天做完的事不要安排两天。就像房间布置一样,不需要的东西不要买,不常用的东西摞起来,不能用的东西清理掉,房子里的空间就会多一些。要知道,空间才是属于人的。

闲也不仅是时间上的问题。这几年比较流行的“简单生活”,其目标直指“闲适”。把生活的标准降一格,把自己的目标低一档,你就能体会到“心闲”是一种多么美妙的境界。

“闲着也是闲着”,这话有一小半是对的,有一大半是不对的。“最近有点烦”,可能是因为闲,更可能是因为忙。闲不住的人,可能找一些很无聊的事去做;太忙碌的人,可能做着很多一些很无聊的事。

应该特别佩服那些能一直忙着的人,更应该佩服那些能忙中偷闲的人。

忙着而没有怨言,非得长时间的修炼而不能;闲着而不觉空虚,同样是一种生活的功夫。

人为了活着,为了活出点意义来,四处奔波,上下求索,忙是必然的。但是,我们不是无头的苍蝇,闲一会儿,不但能为我们达到目的省一点气力,而且本身也是我们追求的目的之一。

确实,人有时会很忙,因此闲也就会更加珍贵。

(《甘肃日报》“五味子”专栏,2000 年 11 月 6 日,
原题《闲一会儿》)

“绿色”空气,不该是氧吧里生产出来的

到超市里买东西,见一种包装新鲜的方便面,随手拿了两包放进小推车里。服务小姐很热情地过来说,如果一次买三包,就可以参加一次抽奖。于是又拿了一包。那一天运气很不错,一伸手就是特等奖,服务小姐说,本来一天只有一个特等奖,又出来一个,所以得请示一下厂家。小姐打完电话,很乐观地说厂家讲信誉,180 多元钱的东西,抽出几个兑几个。

有奖销售本是老把戏,但那一天的奖品很新颖,叫什么“家庭氧吧”。说明书上讲,它可以制造出一种叫做“负氧离子”的东西,对于改善空气质量极有效果,外包装上有一行很抢眼的文字:“把森林带回家。”而且盒子里还配有一袋花瓣,据说放在“氧吧”的一个特定的地方,还可以使室内“充满芳香”。回到家里,一时好奇,把各种功能都摆弄了一通。我注意到,那些花瓣所散发出来的香气,并不是花瓣固有的那一种,倒很像某些廉价的香水。花瓣如果有那么浓的香味,空气还不把人熏倒。“负氧离子”肯定是看不到的,但我也没有感觉到“负氧离子”进入口腔和鼻腔到底是什么滋味。我甚至不相信它能产生什么“负氧离子”,而且还能改善家里的空气质量。所以,此后我就只把它当作台灯用了——灯罩是乳白色的,开口朝上,比家里原有的那台省眼睛多了。

“家庭氧吧”放在桌子上,常常引起我对“呼吸”的思考。过去,我只知道在医院里,或者在一些特殊环境里,才用得上氧气瓶,以帮助危重病人呼吸。后来,街道有了“氧吧”,也可以“泡”的,但我没有去过。今年高考期间,我从报纸上看到,在很多地方,考生出了考场进“氧吧”,竟成一时之尚,很多“氧吧”也因此生意兴隆。后来,就碰上了“家庭氧吧”,我相信,商家之所以将目

光盯住它,是因为抓住了人的“呼吸”。

呼吸,一个多么简单的现象。孩子还没有生下来的时候,就学会了呼吸。人进入梦乡后,被人杀了都可能不知道,但他还知道正常地呼吸。任何一个生命体,都有其各自不同的呼吸系统,可以说,在呼吸面前,一切动物,包括人,都是平等的。呼吸之所以是简单的现象,还因为空气不需要掏钱。经济学书上讲,它不是商品。但是,既然制造出了专门供人“呼吸”的东西,既然有人盯住人的呼吸赚钱,说明空气已经非同寻常了。

跟人吃新鲜蔬菜、喝新鲜牛奶一样,人们也希望呼吸到新鲜空气。但新鲜空气确实是越来越少了,就跟没受过污染的水越来越少了一样。喝纯净水,其实是没有办法的办法,因为纯净水虽然纯净,但并不是自然的。老话说“水至清则无鱼”,不知道纯净水之于人会是什么后果。“家庭氧吧”也罢,街道“氧吧”也罢,可能有一些作用(戴口罩也有作用),但不是解决问题的办法——不像喝水,一大杯下肚,起码能抵挡几个小时,呼吸一时一刻都离不开,空气又时时处处都存在着,而且再污浊的空气你也没法躲——呼吸时时有,而“氧吧”不时时有啊!

市场经济条件下,商人是最敏感的动物。他们善于开发新产品,也善于包装老产品。可能是“化学”的东西把人整怕了,商人们于是抓紧机遇,开发了许多“绿色”的东西——绿色食品,绿色材料,绿色读物。我家刚刚买来的一瓶“洁厕净”,也标明是“绿色产品”。

没有污染的空气就该叫“绿色空气”了吧。看着“家庭氧吧”,我就想着,什么时候空气真的能变成“绿色”了,那该多好啊!

(《中国青年报》“求实篇”专栏,2000 年 12 月 6 日,
原题《“绿色”空气》)

让孩子像孩子

不久前，女儿所在的小学举行班级文艺会演。女儿所在的班，表演的是舞蹈，结果轻轻松松得了一等奖，女儿作为其中的一员，自然兴奋不已。同级的另一个班表演的也是舞蹈，结果却名落孙山，女儿不知道原因，只说掌声没有她们的多。

观众中有一半是家长。妻子应学校的要求，代表我观看了全部演出。妻子说，平心而论，两个班的孩子表演得都不错。她说，女儿所在的班之所以得奖，原因是乐曲选得好，是儿歌，所以表演节目的孩子都像孩子；另一个班之所以名落孙山，则是因为乐曲选得不好，是李玟的《魔镜》，孩子演的节目，给人的感觉不像孩子演的。

老师们或许都知道，李玟是目前正走红的"国际巨星"，在娱乐报道中，出镜见报率都很高，有的甚至还将其列为世界上最性感的歌星之一。家里有她的歌碟，她唱的《魔镜》我听过，曲子似乎有点颤颤悠悠，词只记住了几句。印象最深的一句是："男人到底要什么，魔镜魔镜告诉我。"答案好像是"天使的脸蛋，魔鬼的身材"。我不知道一群三年级的小女孩，伴随着这首歌曲跳出的舞会是什么风格。但退一步想，即使不像李玟那么"摆动"，这样的歌词与孩子联系在一起，仍让人觉得不是滋味。

我不是说，正因为李玟走红，所以她们的老师才选中了她唱的这首歌曲；也不是说，李玟或者李玟唱的这首歌本身有什么不妥。但是，如果在挑选歌曲的时候，她们的老师只要听过一遍《魔镜》，选中的也不应该是它。道理很简单，它不那么适合儿童，与儿童搭配起来不像。

儿童歌舞萎缩，是一个值得注意的现象。几年前，圈里圈外都有人大声疾呼过。从现在的情况看，好像没有什么根本的改观。而眼下的许多事情，又让人不得不注意另一个现象，那就是，儿童歌舞成人化，或者说，把本是成人的东西让孩子们去“反串”。日常生活中，电视节目里，幼儿园孩子唱“只盼日头落西山头，让你亲个够”，小学孩子像模像样地表演《大花轿》，都已经不是什么新鲜事了。

与此相类似的是，某些地方的电视“搞笑节目”，为了追求“轰动效应”，或者“现场气氛”，甚至还请一些四五岁左右的小嘉宾，专门问一些关于大男大女的问题。不用说，孩子们的回答以及为回答问题而思索的过程，就特别“可笑”。于是，现场观众和主持人也就前仰后合，很自然地开怀大笑。拉丁舞被中国大众接受，时间并没有多长，但急性子的大人们还处在启蒙阶段时，就开始向孩子们传授，君不见，一些文艺晚会中不是有儿童成双成对地表演拉丁舞吗？儿童拉丁舞大赛在国内不是已经有一些规模和影响了吗？得承认，在这些方面，四十岁左右这一代的步子是迟了一些，但在下一代中，推进的速度却出奇地快。

不管是情爱话题，还是拉丁舞，在我的概念中，都应该是成人圈子中的事。我不是保守，而是觉得要有分寸。

一方面，应该让孩子更快地成长；另一方面，还得让孩子像孩子。这不是一件很难的事，但要做到，却必须很用心。大人们首先应该学会发现，发现孩子们的智慧和孩子式的幽默；必须懂得孩子们的方式，交流情感的方式和传达思想的方式。还应该创造一些孩子适宜的东西，比如儿童歌舞；应该尊重孩子们的天性，起码不要攫取他们的童真，来为大人们制造“欢乐”。

（《中国青年报》“求实篇”专栏，2001 年 10 月 29 日）

让大人像大人

有一天看电视娱乐节目，一位年近半百（或许年过半百，谁知道呢）的女嘉宾，竟然脱口说出一句话："我们女孩子……"不知道是牙酸还是肉麻，我突然觉得有一种无言的难受。虽然与明星们隔着一层不可逾越的荧屏，仍然好像正与她面对面。

信不信由你，大人们的"孩子化"现象正在蔓延。

有句话说："苦可以忍，唯酸不可以忍；疼可以忍，唯麻不可以忍。"这种大人们的"装嫩"行为，有时真让人不堪忍受。

以前听说，女人的年龄是个秘密。现在有一种提法，说人的年龄也是一种隐私。我承认，刺探人的年龄，特别是女人的年龄，尤其是敏感时期的年龄，有时不够文明，因为这很容易伤了对方的面子。这种推断的前提是，人都希望年轻，或者说，都希望比自己的实际年龄看上去年轻。于是，有一种恭维人的方式，就是把年龄往小说。

这没有错。不过，我却有过一次不尴不尬的遭遇。几年前，我与几个朋友一块吃饭，同桌有两位朋友新带来的女士。互相寒暄后，她们问我多大年纪。因为是朋友的朋友，所以就无所顾忌，开玩笑说五十八了。谁知女士们很认真，她们相互交换了一下眼色，其中一个有点惊讶地说，不可能，最多也就四十七八吧。其实，那一年，我才三十三四岁。到现在，很多朋友见了我，还把我叫"五十八岁的老汉子"。

这或许能算一个反面的例子——有时候，你自己的面相，要比你的实际年龄老一些。这提醒我们，"装嫩"很容易露馅。

一般来说，我觉得，称作"男孩"或"女孩"比较恰当的人应具备两个条件，一个是年龄应在二十岁以下，最多不超过二十五岁；二是还没有结婚。不知道是时尚，还是其他什么原因，现在又兴起了一组词："男生"、"女生"。我无法判断"孩"与"生"在年龄上的界限，但总的来说，二者指的都应该是带有"娃娃气"的年轻人。

不幸的是，这些词却常常用在一些满脸沧桑的大人们身上，而最不幸的，就是以"孩"或"生"自称。这种现象是不是可以叫做"年龄秀"？

农村人看得透，老了，变"丑"了，就说"人老出鳖"，说得不怎么自信，但感觉很洒脱。外国有一个女影星，害怕老了以后丑得见不得人。有一天，她穿上最好的衣服，化上最好的妆，然后喝下大量的安眠药，睡到床上等死。并留言，要给影迷们留下一个"永远美好"的形象。谁知药性发作后，她难受得无以自持，连滚带爬，一把鼻涕一把泪，结果留下一个"永远不美好"的形象。

其实，从人生的不同时期看，孩子有孩子之美，青年有青年之美，中年有中年之美，老年也有老年之美。思想上如果转不过这个弯子，就极易做出格的事。

退一步说，事业多大，名气多大，有时还可以掺掺水分（比如炒作炒作）；年龄多大，最好实来实去。在年龄上"作秀"，也许不牵扯素质，也无关道德，更不算违法乱纪，但就是遭人排斥，甚至嗤之以鼻。

大人"装嫩"，不像富人哭穷，也不像贪官扮廉，不是为了掩人耳目，完全是为了满足自我感觉。在很多时候，你没有办法说"不"；当然，在更多时候，你也没办法说"是"。

孩子应该像孩子，大人也应该像大人。

（《中国青年报》"求实篇"专栏，2002 年 11 月 26 日）

给你待遇，可能是给你压力

儿子参加高考，我总想为他做点什么。比如提前几天就批发了几箱牛奶，比如每天下班时总买个西瓜什么的。但牛奶都是大家一起喝，西瓜也是全家共同吃，所以儿子并没有感觉到什么特殊待遇。

开考那一天，我思考再三，决定专门打的送他到考点。一路上，我装着满不在乎的样子，说了些冷静、放松、镇定、沉着之类的话。儿子没有表示认同，也没有表示反对。但下车时，他却特别叮咛我，不要来接他。考完回到家里，又提出不要再送他："坐公交车才一块钱，打的来回得花十几块钱。"接下来的两门考试，他都是坐公交车去，走着回来。而且，与平时完全不一样，考试期间他没有要过一次零花钱。最后一门考试，在妻子的再三暗示下，我又一次坚持送了他一回。一路上，我没有说一句有关考试的话。我不想惹他烦，但他却好像很烦，车还不到考点，就急着要司机把车停在路边，叫我直接回去。

为什么平时总要"待遇"，关键时刻却竭力拒绝呢？就我自己来说，表面上看起来比平时还轻松，但实际上却暗藏着很功利的目的：希望能考上，最好考个好学校。从儿子的角度来说，给他的待遇越好，就意味着对他的期望越高；他越是坦然接受这些待遇，就越是强化我心中的期望。待遇变成了压力。

这使我想起每年高考的社会环境。一些工地被勒令停工，一些区域被设为禁鸣区，电力部门承诺正常供电，交警部门保证交通畅通。我所在的这个城市，今年还开通了"高考专线车"、"高考招手停"；公安部门为给考生提供方便，表示"高考遇急可拨 110"。

对高考太轻描淡写，肯定有违人们的心理。但对高考过分关注，对考生过度关心，则无异于集体施压。从儿子的处境出发，假如我是一个考生，我也很可能拒绝来自各方面的种种特殊礼遇。只有对自己在很多方面的表现有足够把握,享受起某些待遇来才会心安理得。

待遇问题历来都是最受人重视的问题。有了工作,就会想到薪水;有了资历,就会想到职位;副职干几年,就会想到正职;科长当几年,就会想到处长。或者,当了官的,还想着发财;配了车的,还想着配秘书;快退休的,还想着搭最后一班车,等等。某些人在某些特殊时期甚至会说这样的话:"只要给我个待遇就行了,其他什么要求我都没有。"人们往往只想到提高自己的待遇,却很少想到待遇背后是什么。

高考分数公布了,儿子没有考好。我没有勇气说我曾经如何如何关心他,不过,我可以鼓励他继续努力,也可以提醒自己不要过分关心他。我不能让儿子感觉到我还记着曾经给他的待遇,也不能让他感觉到我借此给他施加压力。

和儿子一起经历了高考,我对待遇问题似乎有了特别的理解——"待遇"像只烫手的山芋,要待遇的人,只想着那点甜头,却想不到还要因此受些苦头。

人们对"待遇"为什么会有不同的态度?我知道——不敢要待遇的人,是因为他怀疑自己吃不了那份苦,承担不起那份责任;总是要待遇的人,是因为他相信自己不需要吃那份苦,或者将那份责任转嫁给别人。

(《中国青年报》"求实篇"专栏,2002 年 8 月 7 日,
原题《待遇与压力》)

担心可能多余,但一定有其理由

有些事情,发生在别人身上,可能是一种态度;发生在自己身上,可能完全是另一种态度。

儿子的自行车在学校里丢了。他找到校长,说自行车是在学校校园里丢的,学校要承担一定的责任。在校长给我打电话通报这个情况之前,我什么也不知道,不知道儿子丢了自行车,也不知道他去和校长理论。校长打电话问我:要求学校赔偿是儿子的意思,还是家长的意思?我说,我还不知道他丢了自行车,意思是我不是“主谋”。话一出口,又想,是不是把我开脱了,儿子却陷进去了。于是,又对校长分析:儿子刚刚丢了一辆自行车,我很严肃地批评了他;现在又丢了,可能是不敢跟家里说,才找学校的。意思是,儿子不是故意跟学校过不去。

放下电话,就感到自己有点窝囊。儿子向学校要求赔偿,尽管事情有待调查,但也没有错呀!我担心什么,我的态度为什么会如此暧昧?

我为自己找了很多理由。一、学校既然如此问我,可能已经对儿子的行为有了反感;如果我支持儿子,我担心学校会对儿子采取“行动”——虽胜犹败的事,不是很多吗?二、学校既然还要问我,或许已经考虑到儿子“年轻”,如果我也支持儿子,不但可能会使儿子丧失一次“机会”,还可能使我在校长眼里也显得“老不成熟”。学校关系学生的前途,学生与学校冲突,作为家长,谁没有这样那样的担心?

车子丢了,总得买。妻子于是领着儿子上市场。我定的标准是“便宜一些的”,我担心再丢。便宜的新车子儿子看不上,于是上旧车市场。儿子突然发现,他刚刚丢的车子就在那里。经过一番讨价还价,70 块钱买回了一个月前300块钱买的车子。

儿子好像很高兴的样子，似乎真的捡了个便宜。我则想到了另外一个问题。为什么车子刚丢了的时候，儿子的法律观念如此强烈；到了市场上，发现了自己被偷的车子，却没有想到报警？

我也想，如果那一天是我领着儿子去买车子，我会不会找警察？

现在我不得不承认：我不会！如果报警，我担心有理说不清——那个旧自行车市场，有关方面已宣布取缔好几次了，但事实证明仍然存在着，说明他们有一定“实力”；我还担心警察会让我们提供许多证据，还会多次取证——配合调查是当事人的义务，但没完没了的麻烦，有时会让人难以承受。在这样的情况下，有多少人会“勇往直前”，会“义无反顾”？

这样想问题的时候，其实我也很矛盾——我是不是一个没有正义感的人，是不是一个胆小怕事的人，是不是一个软弱无能的人？

我始终认为，作为一个普通人，我在很多场合都处于弱势。在学校面前，为孩子的学习或者前途着想，作为家长不得不想开一些，想得“更远一些”；一个旧自行车违法交易场所，连执法机关都不怎么放在眼里，一个普通人也就只能“忍气吞声”了。

因为这次切身经历，我更加理解了一个处于弱势的人的思想和行为，同时也开始为“弱者”设计理想的情景。比如，出了医患纠纷，医院方面能不能更主动一些承担责任，或者事故处理者能不能站在患者的角度考虑问题；消费者买了假冒伪劣产品，商家能不能知错即改，痛痛快快退赔，管理部门在让消费者“擦亮眼睛”的同时，能不能更多地提醒商家“心不要太黑”。

作为个体的人，啥事儿都考虑成本，考虑后果，考虑投入与产出比。所以有些担心不怎么“尊严”，但却很“实用”。

当然，大家都渴望既有“尊严”而又很“实用”地办一切事情。

（《中国青年报》“求实篇”专栏，2002年11月5日，
原题《担心的理由》）

新“路不拾遗”,影射社会戒备心理

最近看的两本经济学书中,都讲到同一个故事:两个经济学家在街道散步,年轻的经济学家突然发现大街上有一张100美元的钞票,便对年老的经济学家说:“那不是一张100美元的钞票吗?”年老的经济学家很有把握地说:“肯定是假的,不然早就被人捡走了。”年轻的经济学家觉得很有道理。于是两个人就像什么事都没有发生一样继续散步去了。

这个故事很经典,但肯定是经济学家虚构的。它要说明的是新古典主义经济学派的观点:市场是最有效率的,这种效率可以保证市场时时“出清”。用一位经济学家的话说就是:谈判桌上不会有剩下的钱,马路上也不会有没人捡的钱。

先放下经济学不说。经济学家虚构的故事,在现实生活中却常常发生。

星期天,妻子领着女儿去练舞蹈。回家的路上,女儿(可能像那个年轻的经济学家一样)突然发现马路上有几十块钱,就悄悄地指给妻子看。妻子(可能像那个老经济学家一样)态度坚决地提醒女儿:这钱不能捡。

回家以后,妻子和女儿讲这个故事给我听。我很仔细地问她们为什么不捡钱。有意思的是,和经济学家的判断完全不一样,她们都认为钱不是假的。她们不捡钱的理由是:一、当时马路上人来人往,不可能只有她们两个人看到了钱。其他人不捡肯定是有原因的,所以她们也不能捡这个钱。二、钱可能不是别人无意丢的,而是有人故意扔的。她们不知道故意扔钱的人会设置什么圈套,但她们非常害怕上了别人的圈套。

第一种心态显然是一种从众心理:别人做的我们就做,别人不做的我们就不做。第二种心态是一种戒备心理:什么好事都可以没有,但千万不能引火烧身。

如果不上纲上线，我认为，这两种心态不仅是非常理性的，而且也是非常敏感的。

几年前，我也走在大街上，前面一个急匆匆赶路的小伙子，从包里掏东西时掉下来一沓东西。虽然我在省城工作好几年了，但看起来仍然是个乡下人，不过，在城里上演的这一套我知道得多了。我不但知道那是一捆假钱，而且知道该怎么对待它。我很从容地走近，然后很不屑地将那捆假钱一脚踢开。小伙子回头一看，大概很失望吧，所以掉过头来，自己捡了起来。当时，我的想法是，为什么偏偏看中了我？

但是，乡里人总是被骗子盯梢。我曾经遇见的那一套，就没有被我的两个小老乡识破。他们是来省城上学的。刚下了班车，就拾到一捆钱，于是两个小伙子围了上来。结果，几千块现钱换来的只是一沓用假币包装得整整齐齐的报纸片。据说，当时的交易非常顺利。但交易刚刚完成，我的老乡就觉得其中有诈。他们很快报了案，也很快就丧失了信心。那一年，他们两个中的一个学费是我借给的。从此以后，我就用这一事实，教育和警告我的妻子、孩子和我的亲戚朋友：不要随便捡马路上的钱！

中国有一个成语，叫做“路不拾遗”，意思是掉在路上的东西没有人去捡。为什么？不是不敢，而是等着丢东西的人返回去找。可见，“路不拾遗”是一种民风至淳至朴的象征。

妻子和女儿所经历的，看起来也颇像“路不拾遗”，但味道已经完全不是从前的了，不妨叫做新“路不拾遗”。

给新古典主义经济学派编的故事，可能有一点讽刺的意味。但妻子和女儿见钱不捡，却完全是一种无奈的选择，也是一种聪明的选择。这与钱捡起来怎么处理没有关系。

其实，在日常生活中，人们在很多方面表现出来的态度，都有这种新“路不拾遗”的影子：有些人就是不领受陌生美女不明不白抛来的媚眼，有些人就是不理睬陌生人无缘无故派送的大奖，有些人就是对商人们不时推出的特别让利活动没有热情。没有别的原因，就是怕落入陷阱。

（《中国青年报》“求实篇”专栏，2004年2月17日，原题《新“路不拾遗”》）

“知道分子”与知识分子

几天前逛新华书店，见到一本《2004 语录》的书。开本别致，装帧精美。翻看内容，也多有提神处。但是，套在封面上的一条纸带上面的一句话打消了我买书的念头，那句话是：“40 位知道分子联手选编、点评……”

什么是“知道分子”？此前我没有听过，于是，就轻易地认为是“知识分子”之误。就是因为这四个字，使我对该书的权威性产生怀疑。

仅仅过了一两天，我就看到一篇题为《知识分子与“知道分子”》的文章，这才知道，“知道分子”已经是一个现成的词了。上网一查，我甚至都有些惭愧了，“知道分子”简直就是一个流行词了！关于“知道分子”的文章铺天盖地，关于“知道分子”的论坛人满为患，关于“知道分子”的年度人物评奖也盛装出炉了……

但是，只要稍加注意就可以看到，在很多场合，“知识分子”与“知道分子”好像都是混为一谈的。我想，之所以选择“知道分子”，只是因为它是个“新词”，适合于网上人说，适合于“新新人类”说，也适合于包装和营销。

出于对知识分子的崇敬，我始终觉得，这两个词应该有各自的内涵，应该适用于不同的场合。

我的直觉是：写书的人应该是知识分子，只能编书的人则是“知道分子”（编书有时甚至可以与知识无关）；试图回答没有确定答案问题的人是知识分子，而适合在电视台“知识抢答”游戏中获大奖的人则是“知道分子”（有时，不知道也能回答正确）。也就是说，知识分子不仅“拥有”一些东西，而且还“生产”一些东西；“知道分子”虽然“拥有”很多东西，但却一点东西都不“生产”。

“知道分子”的出现与壮大，可能与电脑有关，更准确地说，与电脑强大的搜索功能有关。任何不知道的东西，只要在电脑上输入几个相关的字，答案就会成群结队地出现在你面前——有了电脑，什么东西不知道？有了电脑，谁不能成为“知道分子”？

让人担心的是，现在，很多知识分子正在“知道分子化”，而一些“知道分子”却正在打“知识分子牌”。在传统观念里，知识分子的一个基本的特征就是能写文章，或者更准确地说，是能写论文（或许正因为如此，各种职称评定对论文的要求都是一道硬杠杠）。但是，现在如果要拿论文来衡量什么，那就有些幼稚了。现在不少论文差不多是从与思维无关的工业流水线上生产出来的。用不着东摘西抄，只要用一下电脑的“复制”和“粘贴”功能，一切就能迎刃而解。知识分子读书，不是为了引用；而到了引用的时候，还得要翻一下书或笔记。“知道分子”则不然，他不读书也能很准确地引用，甚至能一本一本地出书。

在电脑时代，难道写作不再神圣、著作不再神圣了吗？在“知道分子”流行时代，难道知识不再神圣、思想不再神圣了吗？

如果说“知道分子”打“知识分子牌”是一种投机的话，那么知识分子“知道分子化”则是一种堕落。

（《工人日报》“钟鼓篇”专栏，2005年3月1日）

调侃结巴,别把刻薄当幽默

星期天看电视,央视文艺频道正在播一台文艺晚会,我又一次看到相声演员“幽口吃之默”:甲以“声乐教授”自居,说他能在1分钟之内,把任何人培养成歌唱家。乙说,结巴磕子行不行。甲解释了磕巴也叫口吃、结巴等等之后,举出了几首“适合”磕巴唱的歌曲,并一一进行了演示。在演示谢东唱的《笑脸》时,故意把“常常地想,现在的你”两句中有休止效果的停顿,处理成口吃患者说话时语塞的样子,并费劲地翻了翻白眼。在演示台湾歌手许效舜唱的《不老的爸爸》和赵传唱的《我是一只小小鸟》时,则把“爸爸爸爸爸爸爸爸可爱的爸爸,爸爸爸爸爸爸爸爸不老的爸爸”和“我是一只小小小小鸟,想要飞呀却飞也飞不高”中的重复,处理得好像结巴吐字困难造成的效果一样,并表现出痛苦的神情。毫无疑问,正是在这些地方,观众都以阵阵热烈掌声来回报。

拿口吃开玩笑,在相声、小品节目中时有所见,但公开批评者并不多。我想,这可能有两方面的原因:一方面,不口吃的人可能感觉不到其中的难堪,所以不可能有感而发;另一方面,口吃的人如果出面质疑可能会使自己更加难堪,所以可能有感而不发。这种情况的一再延续,实际上构成了一种放纵,相声、小品于是更加兴奋,更加放肆。

口吃是一种病,是一种缺陷。在说话正常的人面前,口吃患者都会产生强烈的自卑心理。正常的人,应该给他们更多的理解和同情。特别是从事语言艺术的人,特别是在公共娱乐节目中,甚至应该“为卑者讳”。这种要求可能有些过分,但也应该算是一种人文关怀吧。

1999年初,崔永元在一次“实话实说”节目中,对一位说话结巴的观众说了一句“考播音系呀”,引起了现场一片哄笑,但他可能没有注意到那位观众的窘迫。后来这位观众专门写了一篇文章,提醒崔永元“别把刻薄当幽默”。崔永元在他的《不过如此》一书中,专门为此“反省”:“一个电视节目,有笑声意味着放松、灵动、可视性强。但比起人的尊严来,这些要素一钱不值。”同时,向这位观众郑重地说了一句“对不起,请原谅”。

正像崔永元所说,“实话实说”是谈话节目,他的那一句闯祸的话可能只是“顺嘴而出”。但是,相声或小品节目,都是事先写好,事先排好的。从某种角度上说,这些节目对口吃患者的嘲笑,应该算是一种“预谋”。

结巴说话困难,所以说话少而谨慎。他们对待说话的这种态度,其实是一种提示:所有“口头方便”的人,其实都不应该信口开河,起码在提到口吃患者时不要那么随便。

电视剧《浪漫的事》中,有个男孩子叫王勇敢,小时候被拐卖到陕北,后来找到了,回了城,上了小学,但仍然是一腔陕北话。有一天,他和同学打了架,而且不愿意承认错误,被老师留了下来。母亲去学校接他时,他仍然一脸怒气,一脸正气。回家的路上,母亲问他:“谁先动的手?”

“我!”

“为什么?”

“他学我说话哩!”

口吃的“幽默”从哪里来,其实就是学口吃患者说话。在娱乐节目中,为了某种效果,甚至还要更夸张一些,更绘声绘色一些。虽然口吃患者不至于因此出手打人,但相声和小品演员们一定要知道,他们内心的愤怒和王勇敢一样。

(《甘肃日报》“一家言”专栏,2006年6月12日,
原题《口吃幽默吗?》)

外语再重要，也只是一种工具

对于外国人来说，汉语就是他们的外语。

毫无疑问，汉语已经成为一门重要的“外语”。

英国《泰晤士报》2007 年举办过为期 10 天的“中国周”，并在头版显著位置连续 4 天出现大字号的汉字，甚至还刊登有关中国历史文化的小测验，激发读者学习汉语的兴趣。在《泰晤士报》网站“中国周”专题的一段音频中，主编罗伯特·汤姆森还用中文引用毛泽东的名言“好好学习，天天向上”，来鼓励读者积极学习汉语，他说：“汉语在某种程度上对您和您的家人都有用。”

法国《费加罗报》也登过一篇文章，号召人们“快快学中文”。文章认为，中文正在成为居世界首位的语言，是第一商务语言。而且还列举了学中文的十大理由，并用在中国发展的法国人的亲身经历来印证——学中文帮助做生意：“想要在商务市场和谈判桌上坚持下来，最好能懂些中文”；在中国，会讲英语的人不多：“会说英语毫无用处，不会中文寸步难行。”

在意大利，我遇见很多向中国人叫卖小商品的黑人朋友，大概是为了表示和中国人友好，他们总是用中文说这个“马马虎虎”，那个“马马虎虎”。但是，在罗马，我遇见一名卖打火机的黑人，当他用中文向我们说“打火机”的时候，我学着他的腔调说“马马虎虎”，谁知他一个劲地摇摇头：“打火机，不马马虎虎。”可见他并不是不会说“马马虎虎”，只是因为懂了“马马虎虎”的意思，觉得这个时候并不需要说“马马虎虎”。

这一切，除了说明汉语也是一门重要“外语”以外，还说明一个更重要的道理：学习它，是因为需要它。

对于中国人来说，学习任何一门重要的外语，首先也应该有某种需要。

如果一个中国人生活在英国,即使没有任何人催促,他也会自觉地学习英语;相反,如果一个英国人掌握了英语就可以很好地工作、很好地生活的话,他也没有什么动力去学习西班牙语。

在法国记联访问时,我提了一个问题:英语的影响越来越大,汉语也一样。关于记者的评价或者晋级,汉语或其他外语的水平会不会作为一种条件?回答是:很偶尔才是评价记者的一项条件:如果要派你到中国任驻地记者,你的汉语水平当然是一个重要条件。我其实更注意他的言下之意:如果一个记者的工作中不需要外语,为什么要把外语作为评价记者的一项条件呢?

所以,我很赞赏这样的态度:外语对你重要到什么程度,你就应该重视到什么程度。言下之意是:如果可以确认外语对你毫无用处,你在外语上面下工夫就毫无必要。

在英国的几天,虽然晚上看报纸看不懂,看电视听不懂,但我从来没有觉得有什么不一样。这个时候,我并不需要和只会说英语的人交流。白天,当我需要和只说英语的人交流的时候,中学时候学过的"你好"、"谢谢"、"再见"等几个词就已经足够了。

在法国《费加罗报》"参加"编前会的时候,我没有听懂人家一句话,但我仍然在我的笔记本上写下了这样的话:"虽然什么都听不懂,但决没有激起我学习法语的欲望。"这个时候,听懂了也没有资格发表什么意见;而当我可以发表意见的时候,我们请的翻译可以很专业地替我表达。

任何一种语言都是一种工具,正像任何一种工具都是为了生产一样。如果只重视工具,而不重视生产,更多的工具可能就是更多的摆设。

这也等于说,作为一个中国人,特别是在中国从事文字工作的中国人,如果对中文采取马马虎虎的态度,却是完全不能令人容忍的。

(《甘肃日报》"手记"专栏,2008 年 1 月 8 日,
原题《关于外语》)

在任何现场,都没有“如果”

奥运会一开赛,遭遇“如果”的事情太多了——

如果谭宗亮的第一枪打中的是8.9环而不是7.9环,或者,如果最后一枪打中的是10.2环而不是9.2环,他就没有必要在拿到铜牌之后,依然要说自己没有失利,依然要笑得像拿到金牌一样灿烂。相反,他可能会痛痛快快地哭出声来,毕竟,他已经是奥运会的“四朝元老”了。

如果朱启南超水平地发挥,或者,如果印度神童宾德拉没有超水平地发挥,朱启南就不会在得了银牌之后仍然痛哭流涕。但是,他仍然可以在拿了金牌之后,说他在拿了银牌之后说过的话:“自己的目标就是金牌,从未想过拿了银牌或铜牌该怎么办。”毕竟,宾德拉在拿了金牌之后说的话是:“我没有想过冠军……”

不仅在射击场上,在任何一个项目上,出现任何一个结果,都会产生各种各样的“如果”。

不能说这样的“如果”没有理由,它可能出于惋惜,也可能出于生气。但这样的“如果”完全是一厢情愿,甚至还带有一点点残酷、一点点外行。

正常水平,应该是一个运动员对自己的最高要求。但是,任何一个运动员的“意外”表现,都应该成为奥运的题中之义。包括“意外的胜利”,也包括“意外的失败”。这种意外,其实于无形中增加了奥运的悬念。

平常心态,应该是一个观众对自己的最低要求。但是,任何一名观众所表现出来的“激情”,都应该算作奥运的组成部分。假如没有那些如痴如醉的观众,运动员们肯定会失去相当一部分精神动力。

可以和运动员一起笑,也可以和运动员一起哭。在奥运赛场上,并不总是“笑比哭好”;在观众席上,则常常是“以哭代笑”。

但是,我们不应该一次次地“如果”——

谁都希望中国男足争点气,但是,没有人去想象中国队会成为世界强队。假如有人敢说“如果……中国队就会拿到铜牌”,那他一定会很不好意思。

中国男篮自从有了姚明、王治郅等等,许多人就开始幻想。但是,假如有人说“如果……中国队就可以和美国‘梦八’抗衡”,那他一定会受到大家的一致嘲笑。

奥运竞争是激烈的,但却大公无私。

任何人的胜利,都是体育的胜利;任何人的失败,都不是体育的失败。

而许多的“如果”,其实都包含了一点点自私。

奥运值得回味,但魅力却在“现场”。

任何人的胜利,都胜在现场;任何人的失败,都败在现场。

而许多的“如果”,其实都设计了一点点假现场。

(《甘肃日报》奥运特刊,“视点”专栏,2008 年 8 月 15 日
原题《没有“如果”》)

装鸡蛋的篮子与篮子里的鸡蛋

可能是中国加入了 WTO，我意识到人们对索罗斯的态度变了。1997 年的亚洲金融危机刚刚发生后，大家都叫他“金融大鳄”。现在开始改口了，报刊上甚至称他为“国际经济天才”，似乎同意了索罗斯自己的说法：“我必须承认我算得上世界最伟大的投资经理人。”

关于投资，普通人常说的一句话是：“不把所有的鸡蛋放在一个篮子里。”“伟大”的索罗斯其实也主张这种普通的投资观念。他说：“分散投资是最保险的投资方法，即使有了差错，也不会使你一下子变成穷光蛋。”1987 年 10 月，索罗斯认为东京股票市场会很快崩溃，因而把几十亿美元从那里转移到了华尔街，孰料华尔街股市却先于东京股市而崩溃，他的量子基金因此损失了 3000 万美元。但由于他在其他金融市场和股票类别上赢利，基金净值反而增加了 14.7%，达到 18 亿美元。一个篮子漏了底，其他篮子里却拾进了很多鸡蛋，这次损失并没有使索罗斯伤筋动骨。

但是，决不能认为索罗斯是一个“保守”的人。虽然他“不把所有的鸡蛋放在一个篮子里”，但也“不把十个鸡蛋放在十个篮子里”。他认为，“把十个鸡蛋放在十个地方是愚蠢的，一不留神，这些鸡蛋就会一个一个被人拿走”。分散投资风险，自然也分散了投资力量。索罗斯的投资总是有侧重的，对明显看好的股票，他会集中力量进行“攻击”；对还处于模糊状态的股票，则出手谨慎，只是略做投资。1992 年 9 月 22 日，他集中了 100 亿美元资金攻击英镑，一次获利 10 亿美元，成为世界股市投资的经典战例。

把“鸡蛋”放在“篮子”里，是投资。把鸡蛋放在几个篮子里，一个篮子里放几个鸡蛋，则是投资的技巧。这种投资技巧的根据是什么？

所有的投资都是为了回报，同样，所有的投资都有风险。投资风险的制造者之一，就是索罗斯说的"不确定性"。

索罗斯在股市伸缩自如，游刃有余，但并非勇往直前，更非无往不胜。1998年，东南亚市场成功炒作之后，索罗斯乘胜杀入俄罗斯市场，就是这一次，他的量子基金赔了近20亿美元。1999年1月1日，欧元启动，索罗斯心花怒放，没想到欧元一路疲软，一年多时间里，索罗斯为此损失了10亿美元。所以，他在说"我必须承认我算得上世界最伟大的投资经理人"的同时，还要"但是"一下："我能保持这种地位多久，则是另一回事了。"

我不喜欢有些媒体对索罗斯"失手"采取的讽刺挖苦的态度，因为我承认索罗斯不但是能输得起的人，而且他有输的思想准备，最重要的是他仍然是赢家。其一，索罗斯的"篮子"里有足够多的"鸡蛋"，他有抵御风险的资本；其二，索罗斯的"鸡蛋"是从"篮子"里掉下去的，从一定意义上说，他付出的"代价"不仅是正常的，也可能是不可避免的。

"回报"是"风险"孕育的胎儿，而"代价"则是"回报"的副产品。只知道把鸡蛋放在篮子里是不够的，放在几个篮子里，一个篮子放几个才是最重要的。这不仅适用于股市投资，也适用于家庭理财；不仅对个人投资有意义，对企业的生产经营也有启发。

——想着一下子成为大富翁的人，最容易一下子成为穷光蛋；想着一下子抱回一个金娃娃的人，则最有可能一下子抱住一块顽石；同样，到处伸手的人，最有可能徒手而归；到处涉足的人，则最有可能无功而返。

（《甘肃日报》"经济杂谈"专栏，2002年8月10日，
原题《篮子与鸡蛋》）

在市场面前，要像商人一样思考

由八位年轻的经济学者组成的“博士咖啡”正在尝试着经营自己。他们在打出“博士咖啡”的品牌后，又在他们的网站上发出帖子，正式向外界寻求合作，“希望能找到一个优秀的代理人，来经营我们的学问以及产品，同时希望有投资者以‘博士咖啡’的品牌来与他们进行更广泛的商业合作”。

我读过很多“博士咖啡”的文章，他们的笔触几乎涉及社会生活的各个方面。同时，我也注意到了一些“经营”的迹象。比如，不论是谁，在他的文章的某个地方，总标有“博士咖啡”字样；另外，除署名以外，总要在某个地方，标明作者的头衔。我的理解是，“博士”二字是为了展示自己的权威性，而“咖啡”二字则是为了表明他们的亲和力。他们是在整体推销。

这使我想起了“世界三大男高音”。大家都知道，相比通俗唱法，美声唱法属阳春白雪，很难在市场上产生轰动效应。但帕瓦罗蒂、多明戈、卡拉雷斯世界三大男高音以组合的形式出现时，情形却很不一样。他们在北京紫禁城举办的广场音乐会，吸引了数万名观众，盛况空前。据我所知，他们在圣保罗、巴黎、汉城、横滨等地举行的演唱会，均获得了巨大成功。现在，只要一提“三高”，市场就会兴奋，以至有人称他们为“赚钱机器”。

我读过一篇关于三大男高音的文章，大意说帕瓦罗蒂游刃有余，声音富于穿透力；多明戈声音不畅，总像喉咙里有些痰；卡拉雷斯声音干涩，让人觉得很吃力。不过，圈内圈外都承认，他们三个人的组合是最好的。这不仅因为三个人的实力，而且应该归功于市场运作方式，是这种方式使原本只在专业领域负有盛名的歌唱家，成了演出市场上走红的“美声之星”。“博士咖啡”组合，是学者运作市场的一种形式，因为他们“愿意把自己的作品视为迎合市场需求的产品”。

在市场面前,谁都不应该羞于谈钱。但是,对于学者而言,关于钱的事,也可以交给别人去谈。这也许是“博士咖啡”公开寻找代理人的重要背景吧。对“博士咖啡”而言,这是扬长避短;从现代经营的意义上说,则是产销分开。不过,最重要的是,他们开始像商人一样思考问题了!“博士咖啡”虽然不仅仅是希望多赚一些稿费,但从他们赚稿费的方式中,我们也能得到很多启示:

一、很多著名学者尽管在学术领域著作等身,但在大众传媒上却听不到他们的声音。这意味着,他们的学术成果流通不畅,甚至被闲置起来了。“博士咖啡”的意义在于,学问应该交给市场去检验,学问的价值应拿到市场上去实现。

二、知识本身也是一种商业产品。这应该是“知识经济”最基础的观念,也可能是最难被人接受的一种观念。只有把知识当作商品去经营,学者们才能将自身引入鲜活的市场,然后市场化。

三、学者也可以像通俗歌星那样,以某种方式先包装起来,再打入市场。也就是说,学者要敢于让自己先俗下来,然后再通过自己的产品使消费者雅起来。

我曾经写过一篇文章,题目是《逛市场的知识分子》,大意是知识分子无论如何也离不开市场。如今,“博士咖啡”已经像商人一样思考问题了,这起码表明,知识分子在市场面前,还能更主动。

当他们走向市场前沿的时候,他们就成为市场的一部分了。

(《中国青年报》“经济时评”专栏,2002年11月28日,
原题《像商人一样思考》)

关于传媒

以公众的视角，向公众传达有价值的信息

无聊的采访，造就无聊的“新闻”

最近，又有一篇巩俐访谈见诸一家大报。为了能让大家“再睹为快”，引开头一段如下。

记者：最近，我刚刚采访过你婚变传闻的男主角何洋，他予以否认。现在见到你，自然也想问问你本人对所谓“婚变”的看法。

巩俐：我觉得这个传言很无聊，我根本不愿意去理会，有关这方面的传闻传来传去多时了，所以也觉得不痛不痒，都皮了，无所谓了。

记者：前不久，媒体还传出你与《漂亮妈妈》一片的内地导演孙周有绯闻。

巩俐：对此我都没有兴趣辟谣了，只能一笑置之。

记者：另外还有香港传媒从业者近日来电询问你是否自杀啦。

巩俐：实在无聊。（苦笑）

我不是替巩俐说话，但这一次她确实没说错。对于她，特别是对于广大读者，这些事情实在都是些无聊的事情。但巩俐没有说完全，其实这样的采访也是无聊的采访，这样的记者也是无聊的记者（当然，如果她知道这样的对话也能上报，她所不知道的“无聊”，也应包括报纸的版面）。

对于这样的采访，我觉得实在没有什么高明处。第一问是彼处碰了屁股，此处又碰了一鼻子灰；第二问是炒别人的剩饭，还讨了个没趣；第三问，说严重点，是自己先制造或传播一个谣言，然后再拿出来让人家证实，这已经有些缺德了。

这还不够无聊吗？西方新闻界有一句名言：“别人把你从门里赶出来，你要想办法从窗子里爬进去。”而我们有些所谓“娱记”的表现，则可以概括为：“当没有新闻的时候，你要有本事制造新闻。”或者：“有这回事你要能写成新闻,没有这回事你也要能写成新闻。”如果说“门里出来,窗子进去”还含着一种竞业精神的话,那么以这种精神去采访这种无聊的事,就是一种变态的“敬业”。此所谓“无聊对无聊”。

作为一个记者,应该有这样一种直觉:当采访对象对你提出的问题(不论以自己的名义,还是以别人的名义)感到无聊时,你就应该认为你正进行一次无聊的采访。没有这样一种直觉,当记者,特别是所谓的“娱记”,有时就会自己降低了自己的品位,自己撕碎了自己的尊严。

同样,对于媒体而言,拒绝无聊的最好办法,就是不登这种无聊的“新闻”。但是,好多媒体,一方面发表文章声讨这种无聊化倾向,另一方面,对这种无聊的东西又没有丝毫的拒绝。明星的绯闻,几成一些报刊娱乐新闻的“主旋律”;而在绯闻过去以后,又挖空心思以别的方式进行炒作。

这样的新闻,往往配有大幅照片,拟有抢眼标题,不但块头大,而且也很醒目,但内容或者几近于无,或者无中生有,只不过“泡沫新闻”而已。虽然这种东西能“一下子抓住读者”,但作为传媒,更多地还要考虑抓住读者以后,给他们什么。掌握不住这一点,就是极端的不负责任,就是严重的失职。

(《中国记者》“一得录”专栏,1999 年第 11 期,
原题《无聊对无聊》)

虚假的眼泪，增强不了感染力

无原则地利用眼泪的“功能”来增强新闻报道的感染力，已经成为一些记者的积习了。于是，新闻的“感染力”有了，而眼泪的“真实性”却远走高飞了。

在贵州警方不久前的一次解救被拐妇女行动中，一些曾被强迫卖淫的被拐女在回贵阳的火车上就向护送干警表示，如果下车有人拍照、录像，他们就自杀。但是火车刚停到贵阳，一群记者不知从哪个角落里突然就冲了出来，镁光灯、话筒、笔记本、采访机等等，瞬间就包围了她们。大概是为了躲开记者们的“袭击”吧，有人命令她们蹲在地上。于是，她们蹲在地上，并把头埋在两腿之间。在这个时候，有人开始啜泣了。一个被拐女后来说：“我们都到这种地步了，怎么有脸上报纸上电视，他们（记者）就不可怜可怜我们？”（《南方周末》2000 年 4 月 21 日）

应不应该如此“抓新闻”，暂且不论。我想说的是，本来，好些被拐女是不想回家的，她们觉得在家乡已无脸见人。《南方周末》的随行记者说，一路上，干警们苦口婆心才使她们恢复了一丝尊严，结果却“被镁光灯熔化了”。但是，当地媒体的报道中，被拐女们这种惶恐而无助的啜泣，却被形容成“感动的眼泪”。

“感动的眼泪”，这是多大的误解啊。改变眼泪的“性质”，就等于改变了新闻的“味道”。虽然这不是“假新闻”，但对新闻真实性的伤害却几乎是致命的。如果没有《南方周末》记者的全程跟踪报道，我们这些读者谁能不相信那是“感动的眼泪”？毕竟，她们回家了。

我说“无原则”地利用眼泪，绝不是耸人听闻。1999 年 4 月，湖北省丹江口市闵家沟村党支部书记闵德伟去世了。很快，闵德伟就成了当地的“楷模”,闵家沟这个贫困村也因此成了远近闻名的“小康村”。排戏、出书、巡回演讲,新闻宣传,热闹非凡。但是,很快就被证实,闵德伟是个假典型。村民说,闵德伟是村里一霸,“他死了,对老百姓来说是好事”。《中国青年报》2000年3月22日用了一个整版的篇幅终于撕开了这个“世纪末的弥天大谎”。针对当地媒体的报道,一个村民的话让我羞愧万分:“我们村一共才800多人,报道上却说1000多人都为闵德伟哭昏了头。”而其中几个与眼泪有关的情节的“来历”,更让人无法容忍。

——一位村民讲述了她母亲为闵德伟“表演”的事:“那天她正在菜园子里种地,有人来叫她,说记者来了,让她去哭,我妈就去了。我回去问我妈,你当时是咋哭的?她说,我想着咱家在闵家沟这么多年挺苦的,就哭开了。我说闵德伟啥人,你还哭他?我妈说,哭完之后,还给了50元钱,哭一回不冤。”

——“有电视台记者来采访,村里叫来两个村民,其中一个年纪较大。记者说,老同志,你按一锅旱烟,装满些。老人照办了。在抽烟时,记者又说,老同志,你的眼上有渣子,你拨拉一下。老人就用手擦。记者说,还没擦掉。于是老人又擦。这样拍下之后,就成了闵德伟死后,老党员哭得很痛心的镜头。”

同样,要不是《中国青年报》的“后续”新闻,闵德伟的“事迹”报道中的“眼泪”,绝对会让我和当初丹江口市的许多人一样,感动乃至流泪的。因为,在安排“眼泪戏”之前,还有许许多多的“事实”做铺垫。

真实的眼泪是清澈透明的。作为一个普通人,我没有勇气说“我不相信眼泪”;作为一个记者,也不敢说“新闻,让眼泪走开”。但是,新闻不是演戏,记者不是导演,眼泪也就不应该成为道具。一些记者总是把眼泪当成一种特殊的新闻资源,进行着“非法的开采”。有眼泪要用,没有眼泪创造眼泪也要用;能用的眼泪要用,不能用的眼泪改造之后也要用。于是,一些眼泪变成了一种“装饰材料”,变成了一种“混浊的水”,“热泪盈眶”和“泣不成声”等等一而再再而三地包装着“真实的谎言”。眼泪是感情强烈的符号,所以更能感染人。但是,有很多次,正是在这种被“感染”的过程中,我被实实在在地“欺骗”了。

用眼泪造假是对人的感情的亵渎和玷污,用眼泪煽情是最可恶的一种炒作。如果眼泪不会在新闻报道中消失，那么，透过“眼泪”，就能看出一个记者的工作作风，也能看出新闻媒体的一种品格。

（《中国记者》“一得录”专栏，2000 年第 7 期，
原题《眼泪的真实性》）

“本报讯”也是文章，写好它并不容易

记者之间以“写本报讯”互相自谦，差不多已是一个“惯例”。自己也曾如此，所以见怪不怪。最近看了两本书，都说到新闻语言，我才突然意识到这个“惯例”中隐藏着一个错误的信息：“本报讯”不难写，写“本报讯”没意思。

我看的一本书是《董桥小品》。这些小品都是董先生在报纸上发表过的，差不多全部是关于语言的，其中一大部分谈新闻语言。在谈及施蛰存的一篇文章中，说施老先生曾有过“古有春秋笔法，今有官僚词汇”的话，并列举了施先生看不惯的一些官僚词汇，计有“有一定的贡献”、“基本上是正确的”、“可能有些问题”、“有相当的影响”、“在很大程度上”等等。董桥先生联系到报纸上的新闻作品，然后说：“新闻单位对语文的建树和摧毁，真的是‘有一定贡献’、‘有相当的影响’。”作为一个记者，读到这里，真的是无地自容。

另一本书是姜德明先生的《闲人闲话》。在写叶圣陶先生时，提到一件小事：1950年国庆后，姜先生见到叶先生时，叶先生就讲到了“写话”，并举了报纸上国庆报道中的一个例子。他说：“新闻中讲游行队伍里的人群把纸花抛向天空，这是不准确的，最多只能抛过头顶，怎么能说天空呢？”叶老认真的样子，历历在目，让我感到有些“怯”。

大家写大家，所言皆小事。读这样的文章，真的是如沐春风。但掩卷思之，则惶恐不安。新闻作品中，施蛰存先生所谓的“官僚词汇”，叶圣陶先生所谓的“言过其实”，简直是比比皆是。但包括自己在内，有时很多记者却见怪不怪，甚至在别人讽刺这就是“新闻语言”时，仍面无愧色。

袁枚有一首诗，专门说遣词造句：“爱好由来落笔难，一诗千改始心安；阿婆还是初笄女，头未梳成不许看。”意思是，哪怕像白头阿婆一样的文坛老手，也不能失去少女心态，一定要把自己的文章收拾干净，再出来见人。新闻是要出来见人的，收拾好了再见报，是一种对自己负责、对读者尊重的态度。

说锤炼文字、修改文章，包括新闻记者在内，没有人认为有什么不对的地方。问题是，很多人，包括一些新闻工作者在内，认为新闻作品，特别是"本报讯"不是文章。既然不是"文章"，凑合凑合，也就算任务完成了。于是，官话套话应运而生。

从一定意义上讲，新闻确实有其"速朽"的一面。但正因为如此，所以应该活得更精彩。它不像文学作品，没有重新修订的机会，也没有重新修订的必要。一旦见报，白纸黑字，一锤定音。

古人说："文章千古事，得失寸心知。"新闻作品中，之所以充满"官僚语言"，处处"言过其实"，除了部分记者和通讯员们驾驭语言的能力不强以外，最重要的原因恐怕是心态问题，或许他们本来就没有把新闻当"文章"写。即使读者中有人把"本报讯"不当文章看，我觉得有很大一部分责任应该归之于记者把"本报讯"写得没有文章味。

"本报讯"也是文章，写好"本报讯"更不容易。一走进新闻界的门槛，就应该树立这个观念。没有这个观念，新闻事业就会失去神圣性。必然的，新闻语言就会成为"官僚"的化身，就会成为形容词的"俘虏"。

（《中国记者》"一得录"专栏，2001年第2期，
原题《"本报讯"也是文章》）

广告面前，舆论监督应该挺直“腰杆”

不久前，我接触过一位跑“社会新闻”的记者，在提起舆论监督的时候，他说了一句顺口溜：“舆论监督的腰杆子软，受不住广告的一扁担。”自己身在新闻单位，不由一阵伤感。

没有搞过舆论监督的人，可能不知道舆论监督有多难。记者采访时，这里踢过去，那里踢过来，这里脸难看，那里话难听。但是，说心里话，采访的难度其实都不算问题。最大的问题是，在自己单位的广告客户面前，所有的付出都可能一笔勾销。

有人说，新闻记者是“无冕之王”，在一些时候，这确实满足了相当一部分记者的“虚荣心”。但从另一个角度上说，广告又是新闻媒体的“衣食父母”，所以在很多时候，这也确实让新闻工作者很丢“面子”。背后的事情，其实不说也清楚。

近几年，社会上似乎有一种倾向，人们遇到不平，或者到处申诉无果时，都愿意找媒体，希望通过“曝光”的方式找回失去的尊严。不管这是一种什么心理，但起码说明舆论监督在人们心目中代表着一种骨气和力量。

但是，在另一条“战线”上，情况就没有这么简单。比如，应该“曝光”的单位恰好是新闻媒体的广告客户或者说“财源”，曝他们的光会有助于树立媒体的形象，也有助于增加其社会影响，但最现实的是，这同样也可能失去一些现成的广告收入。

媒体要靠广告吃饭，再加上媒体竞争激烈，一方面广告决定媒体的“生存质量”，另一方面广告又越来越成为媒体的“稀缺资源”。新闻媒体在为提高发行量、扩大社会影响而冥思苦想的同时，不得不为拉住广告客户、增加广告收入而绞尽脑汁。毫无疑问,这之间肯定会有冲突。如何解决这个问题,可以说是仁者见仁,智者见智。跑新闻的可能说,一个因广告而失去了尊严的新闻媒体,还会担当起舆论监督的神圣职责吗?但是,拉广告的马上就会说,一个没有广告支持的新闻媒体,不知道还能撑多久?

现在的媒体广告确实不好做,所以才叫“拉广告”。你不“拉”,他不来;“拉”来了,还能推走吗?为什么有些媒体在处理批评报道的时候,会如此小心翼翼,缩手缩脚,一个很重要的原因就在这里。而一些媒体,特别是小报小刊为了求生存,往往会倒过来运用这条“游戏规则”:先找好“监督”对象,然后写批评报道,然后以批评稿威胁之,然后再以不登批评报道为条件拉对方的广告,或者向对方索要好处。这样的事时有发生,很多人也承认这是新闻队伍不纯洁的重要表征之一,但却很少有人想过深层次的原因。

在新闻单位工作的人,谁都知道广告的分量。但是,一份报刊如果被广告“利诱”得没有了原则,没有了形象,没有了品牌,没有了读者,不要说人家掏钱做广告,就是免费给人家刊登,人家也不一定愿意。商家们不相信有“免费的午餐”,但知道无缘无故的廉价背后必有“阴谋”。从另一个角度说,作为媒体,该批评的因为广告而装聋作哑,其实就等于“缴枪”,靠“投降”笼络住了一个广告客户却失去了自己的原则,失去了自己的读者,不知道这之间是怎样一种利害关系?如果舆论不监督广告客户,只监督不做广告的“客户”,不知道这能不能算是一种不公?

广告有广告的分量,舆论有舆论的力量,两者共存于媒体上,但并不存在“等价交换”原则。所有的交换,都只能说是广告对舆论监督的廉价“收购”。请一定记住:赖以刊登广告的新闻媒体,是因为新闻才成为媒体的。这话听起来有些咬文嚼字,但事实就是这样,而且就是这样简单。所有的广告,都只能靠“新闻”去吸引,而不是去“交换”。

什么时候,舆论监督的“腰杆”能在广告这根“扁担”面前挺直,那才算是真正有骨气的新闻媒体;同样,什么时候不再需要舆论监督“屈服”而广告收入同样能“天天向上”,那才算是真正有生气的新闻媒体!

(《中国记者》“一得录”专栏,2001 年第 8 期,
原题《腰杆与扁担》)

有人说当记者好，
可能是一些记者没当好

每每说起我是记者时，都会有不少人说“当记者还是好”。

当记者有什么好呢？自思之，不外乎四点：一、到处采访，能结识很多人，也能增加许多社会经验；二、因为发稿子，名字经常在报上出现，和很多行业相比，容易混个脸熟；三、不敢自称人类灵魂的工程师，但起码算个脑力劳动者，也许可以放在“白领”与“蓝领”之间，充个社会中层；四、由于工作性质，行动较为自由，不像流水线上的工人，非得“人在岗位”不可。

但旁观者并不这么认为。他们所说的“好”，其实另有含义。仅我“听得懂”的，就可以归纳出以下四条：一、今天这里请，明天那里请，赶不完的场子，泡不完的会。（没有人说记者官僚，但和官僚也差不多了。）二、采访一趟，好吃好喝一来回，说不定还有或多或少的“红包”相送。（算不上腐败，和腐败差不了多远了。）三、受了气，吃了亏，或者下不了台，脱不了手时，可以表明身份，以“曝光”相胁，或许可以摆平。（没什么特权，和搞特权的人有点像了。）四，找人办事，请人帮忙，不必出钱出物，出一篇对口味的报道即可打通关节。（没有人说这是送礼行贿，和送礼行贿区别不大了。）

假记者时有出现，假报道层出不穷，从深层次说，都与这些有关。曾有报道说，一假记者天天出入大宾馆，见会就开，领了纪念品就走，不几年就成了不大不小的暴发户。或问，为什么没有早发现？答曰：一、假记者比真记者还像记者；二、办会者宁肯信其真不肯信其假。

我也遇到过假记者，但如果不是他当着我的面，说他是我单位的记者，谁会知道他是假的？邀请记者的以为一家媒体来了两个记者，冒充记者的以为

没有人敢说他是假记者。假记者为什么层出不穷？千头万绪，最后归入一点，那就是为了骗钱，或曰捞好处。有的以处理群众来信或群众上访为由，到处调查问题，以发批评报道或内参为砝码，给地方或单位领导施加压力，以期"私了"；有的到处搜罗获奖名单，然后以宣传先进、报道典型为名，找上门来，死缠硬磨，以期"上钩"。花样可能还有许多，但无非运用两个武器：一是以"舆论监督"吓人，二是以"正面宣传"诱人。若心想事成，多少能弄几个钱；退而求其次，也能混个吃喝玩。

前些天，在县上工作的老同学到省城办事，一见面，又说"当记者还是好"。不知为什么，我突然觉得有些"不光彩"。果然，谈话中，听说一些记者到基层，处处摆谱，处处要架子，陪得有一定的级别，住得上一定的档次。虽然下面的人很不满意，但一般都得满足他们的要求。

于是，我懂了，人们之所以说"当记者还是好"，在一定意义上，其实是说一些记者当得不怎么好；而假记者之盛行，其重要的根源正在于一些真记者不那么纯粹。

（《中国记者》"一得录"专栏，2002 年第 7 期，
原题《当记者有什么好》）

甘当"万金油",就可能常说"外行话"

著名经济学家梁小民先生在他的随笔集《小民说话》中,说到一家大报上关于经济学的一些"外行话"。在一篇关于《郑州试办农副产品期货市场》的报道中,记者对他所谓的期货交易描述为:"产前先签订所交易的商品合同,将收获后才进行的现货交易变为产前、产中销售。"梁先生说:"现在谁都知道这只是批发市场的一种形式——远期交易,并不是期货交易。"还是这家大报,在报道对进口大片实行价格限制时,竟将此举称之为"加强宏观调控"。梁先生说:"对某种物品或劳务的限价并不是宏观调控,仅仅是微观经济政策的一种——价格管制。"显然,记者又将完全相对的两个概念搞混了。

我在一家省级党报工作,负责经济口的新闻报道。看了梁先生的文章,几乎冒汗。我的报道中,虽然没有出现上面说到的外行话,但我不敢肯定,是否说过其他方面的外行话。

记者往往称自己是"万金油",意思是啥都懂一点。一个时期,我也以此来自谦。但到后来,我发现,很少有人认为"万金油"代表着一种能力,所以就越来越没有胆量以此谦虚了。

得承认,媒体也是把双刃剑。正确的东西会因此产生更大的正向效应,错误的东西则会因此产生更大的负面影响。对于一个记者来说,出彩的东西会因媒体更出彩,丢人的事情则会因媒体而更丢人。由于记者在话语权上的优势,很多人都可能把他们当成专家。同时,在一定意义上,不仅记者,而且媒体,也都不自觉地在利用这种虚拟的权威。殊不知,正因为媒体特殊的"放大功能",也更容易暴露记者的软肋。

作为一个负责任的记者或媒体,其实应该越发小心谨慎。这不是要记者们都练就一身样样精通的功夫，也不是主张记者墨守成规。实际上，一个样样精通的记者并不见得能发挥出什么优势，一个墨守成规的记者也并不见得能达到“但求无过”的目的。在媒体竞争日益激烈的背景下，要当一个好记者，只有一个途径，那就是不断缩小涉猎范围，并选定一个专业领域，钻进去，努力把自己造就成一个专家。作为记者，如果不懂经济就不要去跑经济，如果不懂体育就不要去跑体育，这不仅是自知之明，也是对人负责。再退一步，有句俗话叫做“现蒸现卖”，意思是，不会的你可以马上去学，不懂的你可以马上去问。只要不自以为是，只要不想当然，也不致出现梁先生所说的大洋相。“万金油”的优势是什么地方都能抹，但最大的缺陷是，什么病也治不了。如果甘当“万金油”，那就只能当平庸的记者；如果尽说“外行话”，那就当不了记者。

记者不仅只需要文字功夫，也不仅只需要新闻知识，还需要相当的专业知识。我认为，在提倡“作家型记者”的同时，还要进一步提倡“专家型记者”。

（《中国记者》“一得录”专栏，2003 年第 12 期，
原题《“万金油”与“外行话”》）

舆论监督存在的意义，就是让社会保持“痛感”

《焦点访谈》是因为舆论监督才成为央视名牌栏目的，敬一丹则是因为《焦点访谈》才成为名牌主持人的。关于《焦点访谈》，敬一丹曾说过一句话：“《焦点访谈》是让社会保持痛感。我们社会不能麻木到连痛感都没有了。”（新华社北京2004年3月8日电）

可能有人不知道，敬一丹说这句话有两个重要的背景：一、1998年的时候，央视《焦点访谈》舆论监督内容的节目占到全年节目的47%。但到了2002年，这一比例已下降到了17%。二、2004年初，在中央领导的支持下，《焦点访谈》提出将继续加大舆论监督力度，要实现舆论监督内容创纪录的“50%”。

作为一个主持人，敬一丹说，当听到有人说“不爱看《焦点访谈》了”的时候，她心里很难过，“人家不是对一个电视栏目的失望，而是对整个中国舆论监督的怀疑和失望”。在今年“两会”上，当听到温家宝总理政府工作报告中关于“要接受新闻舆论和社会公众监督”的内容时，有报道说，“敬一丹感到十分欣慰”。

其实，“让社会保持痛感”是《焦点访谈》存在的意义，也是舆论监督存在的意义。同时，真正的舆论监督，还有另一个重要功能，这就是让老百姓能从中感到一丝快感。老百姓之所以爱看《焦点访谈》，就是因为“舆论监督”是以他们的视点进行观察，然后是站在他们的立场上说话。也因此，媒体对假冒伪劣产品和贪污腐败现象进行曝光，本身就能使老百姓感到痛快淋漓。

正像一个人因为某个部位的疼痛会知道自己身体有某种疾病一样，通过舆论监督把某些方面的丑陋现象和某些人的丑恶行径揭示出来，也能使我们的社会肌体因痛感而保持最起码的清醒。同时，也能使受伤害、受损失的社会公众感到一丝欣慰——善良的人们始终相信，知道有病是治病的基本前提。

如果说舆论监督会使我们保持痛感，那么它就可能使我们对自身的疾患保持必要的警惕，并积极寻求救治的良方。相反，讳病忌医或麻木不仁，只能把自己推向无可救药的地步。

几年前，我写过一篇随笔《疼痛》。其中有这样一段话：“疼痛不但提醒我们什么时候受伤了，同时会阻止我们受更大的伤害；不仅会告诉我们正处在或大或小的危险之中，同时也引导医生用最恰当的方式去解除这种危险。无痛病人之所以是危险的，因为这不但会使病人自己失去警觉，而且会使医生丧失寻常的审慎。”这段话曾被多处引用，而且，在一家出版社将这篇随笔收入一本集子的时候，也给这本集子取名为《疼痛》。

据说，麻风病人就是因为失去痛感，才使自己一直处于危险境地中的。如果一个医生能唤起麻风病人的痛感，那一定是他们获得新生的开端。

舆论监督再有力量，也不可能把所有丑陋现象、丑恶行径展示出来，也不可能使展示出来的所有丑陋现象和丑恶行径都得到应得的惩治，但是，它的意义正在于提供一种痛感使社会保持清醒，也在于提供一种快感使公众产生信心。

进行舆论监督，是一个媒体义不容辞的责任。能正确对待舆论监督，则是一个有责任的政府应有的态度。《焦点访谈》要实现舆论监督内容达到创纪录的“50%”，各个媒体要加大舆论监督的力度，不仅需要媒体本身付出更大的努力，也需要政府和全社会的理解和支持，为舆论监督创造一个良好的社会环境。

我想用《疼痛》中的一句话结束这篇短文：“如果说疼痛是一种危险‘信号’的话，那么无痛就是一种无信号的‘危险’。”

（《中国记者》“一得录”专栏，2004 年第 4 期，
原题《让社会保持“痛感”》）

有些事儿该理，有些事儿不该理

成都有个老中医，把自己关在玻璃房子里，声称要挑战极限，绝食48天。过了48天，他从那个房子里出来后，即向外界宣布"挑战成功"。在这整个过程中，以及此前此后，好多媒体都给予了极大的关注，或跟踪报道，或连发评论，好像真的发生了一件什么大事儿。

这事过去很多天以后，有媒体问科学院院士何祚庥："您关注这件事吗？"

何祚庥说："何祚庥不关注他（指那个老中医），你们也不要这么关注他！"

"为什么不关注呢？""你越关注他越来劲，媒体少关注就好了！这事出来后，好多人找到我，要何祚庥说话，何祚庥就是不说。你说得越多他越来劲，说什么都一样。都不理他，他自己就没劲儿了。"（《新京报》2004年6月9日）

媒体之所以这样问何祚庥，大概有两个原因：一、可能已经感觉到"绝食四十八天"是伪科学（何祚庥也说这"当然不可能"）；二、何祚庥因为反伪科学而闻名于世（虽然何祚庥说反伪科学不是他的本行，是副业）。一个以反伪科学而闻名的科学家，不但表示自己对"绝食48天"这样的"疑似伪科学"主人公"不关注"，而且规劝媒体也不要关注他，这不仅是要体现一种冷静的科学态度，而且是基于现实的经验。

伪科学要打扮成科学的模样，很重要的一个环节，就是想让更多的人当真。而一个最简便的办法，就是先把它弄成一个新闻事件，设法让各种媒体感兴趣，借媒体之力扩大社会影响。往往，很多媒体就进了圈套中了计。而且，往往你有策划我有点子，这家支持那家反对，要热闹好一阵子。但是，有一点媒体可能忽视了，那就是无论你持怎样的态度，人家始终是焦点，你一直在围着人家转。而且，人家所需要的，仅仅就是这样一种被世人关注的角色。至于说好说坏，反倒是其次的事。

这就是所谓的炒作。

炒作是一种商业行为。不管炒作什么（一种产品或者某个人物，陈年旧事或者绯闻隐私），不论以何种方式炒作（惹人骂或者找人夸，打官司或者什么“秀”），最终都是为了名和钱。但是，如果没有媒体的参与和关注，仅仅凭江湖上那种原始的吆喝，炒作也就不会有太大的效果。

得承认，在很多时候，一些人在利用媒体的时候，实际上也在钻媒体的空子。

伪科学之类之所以看中媒体，一则因为媒体有一定威信，二则因为媒体传播面广速度快，但更重要的是，他们也知道在媒体竞争日益激烈的情况下，媒体特别是都市报都在急着找新闻。所以，常常会出现这样的情况：当媒体为自己抓到了抢眼的新闻而沾沾自喜的时候，被报道者则为自己成功地利用了媒体而暗自高兴呢。这并不是“双赢”，而是人家赢了双份。赢走了媒体的公信力，也包括媒体的广告效应。

所以，针对“绝食48天事件”的有关报道，何祚庥才说：“媒体在其中有责任，我觉得应该点名批评第一个关注的报纸，批评当地宣传部门，批评当地都市报。”媒体不是伪科学的托儿，也不是庸俗文化的帮手。但每一次伪科学的流行，每一次娱乐界的炒作，媒体都是推波助澜者。

既然“你越关注他，他就越来劲儿”，既然“都不理他了，他就没劲儿了”，那为什么要关注“他”呢，为什么要理“他”呢？人们常说什么什么事情“引起了媒体的广泛关注”，但媒体应该知道：对有些事情来说，你越是关注，可能与你关注的目的就越是遥远。

（《中国记者》“一得录”专栏，2004年第7期，
原题《有些事儿就该不理》）

“骚扰型”的记者，是生活中“多余的人”

只有14岁，只接受过一个月的学校教育——兰州少年王大可，今年初参加北京大学硕士研究生考试，一路过关斩将，终于成为北大数学科学学院的一名研究生。异于常人的经历，自然会吸引众人的目光，当地都市报纸争先恐后地刊发了一系列报道。

记者抓住了一则新闻，读者满足了一份好奇心，一直低调的王大可却有些不耐烦了。9月5日，王大可到北京大学报到，他拒绝接受采访，一再表示希望媒体能够远离他：“我不想让大家都认识我，我只想专心学习。”但是，9月6日北大开学的第一天，仍然有记者追到了北大校园。下面是这位记者采写的报道：

“6日下午，记者在北大校医院见到了刚刚结束体检的王大可。大可个子不高，留着小男孩惯常的平头，很瘦弱，再加上一副金丝边框眼镜，更显得文静。但当记者站到他面前，表明身份，希望能跟他聊几句时，没有任何先兆，大可竟然撒腿就跑，一边跑还一边回头看，看记者是否追上他了。

“6日傍晚，经过多时的守候，记者终于在大可的寝室见到了王大可和他的父亲。警惕性极高的大可一见有陌生人进来，就立刻躲进了寝室内的卫生间。直到采访结束时，大可在洗手间里大声喊道：‘我每天要学11个小时，很辛苦，你们不要再来找我了！’情绪很激动。”（《城市快报》2004年9月7日）

作为一名记者，把一个涉世未深的少年逼到这一步，确实超出了很多人的想象。王大可不是公众人物，既不属于“公开”的范畴，也不属于“监督”的对象。但是，记者总认为自己有采访他的自由，却没有想到他也有不接受采访的自由。一些“娱记”之所以遭人反感，正是因为这一点。但是，“娱记”的一些采访和报道风格,正在向非娱乐界延伸和渗透。

王大可一见记者"撒腿就跑",说明他已经很怕记者了;而宁肯"躲进卫生间"也不想见记者,说明他已经不堪记者之烦。到了这一步,记者首先应该清楚自己已经成为一个"不受欢迎的人",但是,谁能想到记者还能津津有味地把这些描写出来。这些描写可能要表明某种真实性,但却完全没有新闻价值。我作为一个记者,除了佩服这位同行的勇气外,还能感觉到他的无趣。

记者被一些人称为"无冕之王",是一种抬举。对此,记者应有所把持。对于"乔装打扮"的腐败分子,对于作恶多端的黑恶势力,对于隐瞒灾难事故的"官商联盟",对于生产销售假冒伪劣产品的不法商贩,如果记者能穷追不舍,卧底蹲守,以至戳穿真相,那才算得是真正的敬业,真正的勇敢。如果将普通人逼得无处藏身,无路可逃,而且还自以为执著,那就大异其趣了。小小少年王大可的"遭遇",甚至会让我想到一个词:骚扰型记者。

大人和孩子不一样,人和人的性格不一样。有些人天生喜欢抛头露面,有些人永远都不爱出风头。有些人喜好张扬,有些人则喜欢安静。我想,一个14岁的少年,在人们把他当作"神童"的时候,他仍然能(自觉不自觉地)保持低调,不说是少年老成,起码也算难能可贵。

媒体多了,竞争激烈了,当记者也难了。一些事情会被记者"改造"成新闻,而一些新闻则会被媒体竞相"炒作"。在这种背景下,如果说"无孔不入"多少还能体现记者职业特点的话,那么"强行介入"则只能说明记者在自恃某种"霸权"。当记者自恃某种"霸权"走进我们的生活中时,事实上他就成了一种"多余的人":他想见的人不想见他,见了他的人想尽快支走他。到了这一步,记者也就失去了很大一部分意义。危险的是,一些记者却一直在这方面寻找自己的价值。

(《中国记者》"一得录"专栏,2004年第10期,
原题《莫做"骚扰型"记者》)

记者可以暗访,但不可以成为新闻的主角

我们经常会在都市类报纸上看到这样的社会新闻:记者以消费者身份进入娱乐场合,然后要求各种各样的"特殊服务",经过斗智斗勇,最终一一达到"目的"。而且,这样的报道还有一个特点,就是对整个"采访过程"交代细致,并对结果充满着"引蛇出洞"的成就感。(我不知道有没有未得逞的,如果要把未得逞的过程也写成报道,是不是会略带"出师不利"的悲伤?)

在这样的报道中,也常常会出现一个词语——"暗访"。意思是,那不仅是敬业的表现,也是正义的行动。但这种新闻却忽略了一个重要的关系:不论是"明访"还是"暗访",新闻的主角都不应该是记者。但是,类似的新闻从头到尾都是记者一手操作出来的。如果把这种新闻比成一出戏,那么记者既是编剧,也是导演,而且还是主角。有些时候,甚至还是观众,因为他常常要站出来说几句采访之苦之累的话。

这种新闻之所以流行起来,一个重要的原因是满足部分读者的猎奇心理。而一些媒体之所以对此理直气壮,则是因为这种新闻可以挂靠在"舆论监督"名下。正是因为有"舆论监督"撑腰,一些记者才可以很正当地进入一些很不正当的场合,很理直气壮地提出一些不该理直气壮的要求。

在暗访中,记者常常要以"消费者的身份"出现。但是,实际上,记者也完全可以是消费者。所以,记者"以消费者的身份"进入某些场合时,就可能包括两种完全不同的取向:一种是去"暗访"的,一种则是去"消费"的。问题是,暗访时,他可以伪装成"消费者";但消费时,他并不以"记者的身份"出现。我们并不是要求记者在任何场合都要亮明身份,但这种"两可性"实际上预留出了一个很大的"回旋余地"——假如是去"娱乐场所"消费的,那么如

果消费过程一切顺利,他就可能不写报道;如果消费过程出现纠纷(比如一杯饮料要价108元),他就可能写出一篇“暗访报道”来。而这样的一篇报道,可以同时兼备两种功能:一可以将别人“描黑”,二可以将自己“洗白”。可见,这是一种进退自如、攻守两便的方式(正是因为这种两面性,一些记者才以曝光相威胁,而以不曝光接受好处)。

“做”这样的新闻,本身还具有“引诱”的性质。任何人都有逐利性,即使在一些守法经营的场所,如果消费者有某种非法的要求,经营者也可能突破防线,一步步滑向深渊。即使在一些非法经营场所,采取这种操作方式,“引诱”的作用也仍然存在,因为经营者只知道你是一个消费者,他会把你的行为看成是“市场需求”在增加。

从新闻的角度上说,任何新闻都是一个“事件”。这个事件可能“发生”在记者身上,但却不应该由记者“生产”出来。我非常同意一句话“‘记者’就是记的人”。所谓“记的人”,就是只能作为事件的旁观者。如果自己是主角,那么就可能对事件的过程有所取舍,有时甚至是有所操纵,从而改变整个事件的性质。也就是说,如果你是记者,那么,有新闻,你就记下来;没有新闻,你就不能亲自出马弄一个“新闻”再记下来。

新闻发生不发生与记者无关,与记者有关的只是能不能见诸媒体。可见,作为记者,“暗访”只是不得已而为之,太过主动,就有想当“新闻主角”之嫌,有时甚至会被指认为“私仇公报”。

记者当新闻主角,并不仅仅局限于都市报,也不局限于所谓的“负面报道”。如果一个媒体不够“严肃”,如果一个记者不够“本分”,那么任何时候,记者都可能以新闻主角的身份出现在自己的报道中。但要知道,这种“绝对现场”而且“百分百独家”的报道,实际上是对新闻的背叛。

(《中国记者》“一得录”专栏,2005年第6期,
原题《记者不是新闻的主角》)

亚军就是亚军,记者何必屡屡"叫屈"

8月份,刘翔参加了两次重大的国际赛事,而且取得了不错的战绩。但在媒体的报道中,每一次都要提到两个字——"屈居"。

8月17日,在赫尔辛基世界田径锦标赛男子110米栏比赛中,法国选手杜库里以13秒07夺得金牌,刘翔以13秒08夺得银牌。媒体报道空前一致:刘翔以0.01秒之差"屈居亚军"。

8月19日,在国际田联黄金联赛苏黎世大奖赛男子110米栏比赛中,美国选手阿诺德以13秒03的成绩夺得金牌,刘翔以13秒12的成绩获得银牌。媒体报道同样众口一词:刘翔"屈居第二"。

尽管"屈居"可能只是脱口而出,但不可否认,在记者的潜意识中,仍然认为以很小的差距"输掉",就一定是一件很委屈的事。其实,更多的时候,这只是记者的"一厢情愿"。

首先,差距再小,也得承认。2004年7月2日,在罗马举行的国际田径黄金联赛男子110米栏比赛中,刘翔与美国选手阿兰·约翰逊并驾齐驱,同时冲过终点,成绩均为13秒11。但录像显示,约翰逊有效部位率先过线,刘翔因此获得第二名。当时,虽有媒体报道说,刘翔是"零差距"屈居亚军。但根据规则,"零差距"中其实也有差距。

其次,所谓的"差距小",可能只是局外人的想当然。自从英国名将科林·杰克逊1993年创造了男子110米栏12秒91的世界纪录以后,10年间也没有人超出0.01秒。2004年雅典奥运会上,刘翔才平了这个世界纪录。可见,0.01秒的差距其实并不算小。

再次,虽然夺冠是每个选手的心愿,但既然是竞技,那就不可能每次都心想事成,更不可能一劳永逸。8 月 17 日,法国选手杜库里刚刚以 13 秒 07,领先刘翔 0.01 秒夺得金牌;两天以后,在苏黎世大奖赛上,就以 13 秒 23 的成绩,差距刘翔 0.11 秒名列第三。

由记者所说的“屈居”,我想起刘翔的师妹、女子 110 栏运动员冯云讲的一个细节:在 8 月 17 日的比赛中,刘翔刚一冲出跑道,一些记者就在看台上狂叫,他们以为刘翔拿第一了。但当他们得知刘翔是第二名后,都没有声音了。对此,她愤愤不平地说:“第二名怎么了,第二名也是胜利。0.01 秒的差距根本就不算输。”

记者的现场表现,可能正是其“屈居”不离口的背景。但是,从刘翔的现场表现看,他始终没有一点“委屈”的样子,从看成绩牌,到上领奖台,他一直都满面笑容。他甚至还说:“我以为自己前三都进不去了。”中国代表团领队余维力对刘翔的评价也是“很满意”:“不光是我满意,我们整个代表团都满意。”

当事人、局中人都非常满意,作为旁观者的记者何必为之叫“屈”呢——说他们瞧不起亚军,轻看第二名,可能有些用词过重。但一定是有原因的:要么是外行心态使然,要么就是自以为是心理作祟。

生活是个竞技场,社会是个大竞技场。竞争无时不有,输赢无处不在。但愿在记者的日常词汇里,能少一些“屈居亚军”,多一些“喜获第二”、“荣列第三”、“喜居第四”。或者作为旁观者,如果不能准确把握当事人和局中人的心态,那就不要盲目使用形容词,那样可能会更像记者的表述方式。

(《中国记者》“一得录”专栏,2005 年第 9 期,
原题《何必屡屡“叫屈”》)

“榜”风盛行之下，媒体要小心迷失自我

眼下正是“榜”风盛行。从歌曲排行榜到歌星排行榜，从小说排行榜到期刊排行榜，从电影排行榜到大学排行榜，从汽车排行榜到企业排行榜，从美女排行榜到帅哥排行榜，从流行语排行榜到收视率排行榜，无所不及，无奇不有。

每一个排行榜出来，多多少少都会有些“反应”，就像一种新产品或者一种产品的新一代推向市场后一样。流行歌曲排行榜出来，娱乐版、娱乐频道就能热闹好几天；楼市排行榜出来，媒体上的房产广告就能多几成。最具轰动效应的可能要算中国富豪排行榜了。一是几家争着排，胡润排了一个，《福布斯》也排一个出来挑战，虽大同小异，但亦有“谁最权威”之争。二是富豪榜出笼后，又有“富豪慈善榜”作为“副榜”来凑热闹，有人甚至建言再排个“富豪纳税榜”，弄得富豪们提心吊胆，不知所措。更有意思的是，富豪榜一俟亮相，时评文章就一拥而上，有的猜测钱从何来，有的分析利往何去，富豪们则如坐针毡，无计可施。

以排榜出名的“福布斯”打入中国以后，好像并不甘心只吃“富豪榜”这一碗饭，最近又发布2005年“中国大陆最佳商业城市排行榜”。同样，不仅入围前10名的城市异常兴奋，进入100名的城市也表现得特别激动。从地方报纸的版面上，就能清清楚楚地感觉到这一点。

排行榜何以如此走俏？娱乐版、娱乐频道如果不排歌曲排行榜，就不能引起歌星的关注；没有歌星的关注，娱乐版和娱乐频道在“道”上就没有号召力。同样，一个歌星如果不能经常地在这个榜那个榜中露脸，就不会引起歌迷的注意；没有歌迷的注意，歌星在“道”上也就没有影响力。于是，大学之

间，争着上就业率排行榜；企业之间，争着上品牌排行榜，如此等等。

但事情并不止于张榜之前，热闹其实在出榜之后。想上榜的上不了榜，可能就要提出质疑，甚至讨说法（比如一档电视节目之于收视率排行榜）；而不想上榜的上了榜，则可能有口难辩，只能“沉默是金”（比如一些富豪之于富豪排行榜）。可以说，排行榜差不多都是与争议相伴而行的。

但千万不要以为有了争议，排行榜就没有了权威。事实上，大多数排行榜根本就不追求什么权威性。从某种角度上说，它们追求的可能正是没完没了的“争议”，就像一些明星公开自己的绯闻以获得更多的议论一样。而媒体的积极介入，不仅为这种没完没了、无是无非的争议提供了场所，也企图为自身赢得更多的眼球和人气。

排榜者的目的是自娱以娱人，所以会把过程弄得神神秘秘，像真的一样。观众或读者不明就里，往往被排榜者一次次“忽悠”，因而逐渐失去判断，成为各种排行榜的奴隶。一些人专看上榜的书，一些人只喜欢上榜的牌子；一些人一听上榜的歌就叫好，一些人一看上榜的电影就称绝。

所以，很多排行榜的后面，其实都有一种“商业阴谋”。只不过，更多的时候，这种“阴谋”都被看客们或者媒体们制造的无端的热闹冲淡了。

其实，我们并不知道排榜者有没有排榜的资格，也不知道排榜者和上榜者是什么关系。但是，我们仍能明显地感觉到，有些排行榜是没事找事，而有些排行榜则是此事彼做——比如，有的排行榜就是炒“冷米饭”，有的排行榜则是排榜者和上榜者共同合作的“成果”而已。可惜的是，差不多每个榜出炉的时候，都是媒体们首先“起哄”，给人的感觉，好像已经等得太久了一样。

这不仅是媒体的自我迷失，同样，也会使更多的人因此迷失自我。

（《中国记者》“一得录”专栏，2005 年第 12 期，
原题《小心迷失在“榜”中》）

新闻是文字产品，新闻写作是“手艺活儿”

著名文学评论家李陀先生最近在《读书》杂志上发表一篇文章说，文学写作首先是个“手艺活儿”。所以，每当他遇到一篇新小说时，常常不是从头读起，而是从随便翻到的一页读起，从这种随意的阅读里先感受一下写作的“手艺”如何，看它是不是一件好活儿；如果是，再仔细从头读起，如果感觉不好，就放一放以后再说。

李陀先生是在评论格非小说《戒指花》时说这番话的。恰好，这部小说是以新闻界为题材的。李陀先生说，小说中，“作家的愤怒，还有和这愤怒相伴随的绝望和抑郁，全都化作了一根芒刺，直接刺向今天也深深陷入腐败泥沼的媒体和新闻界”。

正因为如此，我才由文学作品想到了新闻作品，由李陀先生的小说读法，想到了新闻读法。

新闻写作与文学写作虽然不是一回事，但同样属于文字产品。因此，我们也完全有理由说，新闻写作首先也是个“手艺活儿”。如果从这个立场出发，人们很自然就要问一个问题：现在的新闻作品，特别是报纸上的新闻作品，有多少能让读者感受到写作的“手艺”呢？换句话说，有多少新闻作品能够经得起李陀先生“读小说法”的检验呢？

新闻成为产业以后，报纸如雨后春笋，一拨一拨生长出来。好多人都有一个感觉，那就是谁都能当记者（我想，假记者之盛行，恐怕与此也不无关系）。一个最直观的现象就是，新闻产品越来越粗糙了，越来越不耐读了。

一般人的阅读习惯，都是从头读起。正是这一点，常常被一些投机取巧的人钻了空子。所以，相当一部分文字记者，都注重在导语部分下功夫，对主体部分则敷衍了事。用其极者，甚至只一门心思“做”标题，至于正文，则或抄或搬，应付差事。或许，他们一开始就是这样预想的：现在已经没有多少人能耐住性子，把一篇新闻报道从头读到尾了；即使有耐心看完全文的人，一字一句者又有几个？所以，我们看到的标题，常常不是为了“点睛”，而是为了制造“噱头”；导语也不是什么“凤头”，而是一顶花哨的“帽子”。所谓的“过度包装”，一定有什么东西要掩盖。也因此，标题越玄乎的，可能正文越没有什么看头；导语越煽情的，可能后面越一点情趣都没有。

一些刺激的书名和开头漂亮的小说，常常让读者上当。所以，李陀先生的读小说法，在很大程度上，是逼出来的。这种“从随便翻到的一页读起”的办法，相当于质监部门的“随机抽查”，虽然不能发现全部问题，但对于那些单靠“外包装”，尤其是那些浑水摸鱼者而言，仍不失为一种有效率的检验方法。

记者常常说，新闻作品是速朽的文字。与其说这是一种自谦，还不如说这是一种托词。意思是，新闻写作，其实没有必要那么认真。这也就等于不打自招：我没有把新闻写作当作一种“手艺活儿”。

都说纸质媒体面临着前所未有的冲击，但文字仍然有着无法替代的魅力，只是读新闻的人可能越来越挑剔，像李陀先生读小说那样读新闻的人，也许就会出现。如果写新闻的人不在文字上下工夫，或者说不在所有的文字上下工夫，那就等于自暴自弃，对电视、网络等现代传媒而言，甚至可以说是“主动投降”！

（《中国记者》“一得录”专栏，2006年第3期，
原题《新闻写作也是“手艺活儿”》）

“扭”不是记者的功夫，而是新闻的暴力

在一本文摘杂志上看过一篇小品文，是写新闻媒体或者新闻记者的。大意是：一个在街上卖水果的中年人，被电视记者“相中”了，于是成了采访对象。但是，采访只有一次，他的形象却在电视上出现了很多次——

第一次，是关于水果收成的报道。汉子愁眉不展，抱怨说今年的水果太多了，但报道的主题却是“今年水果大丰收”。

第二次，是关于城市形象的报道。因为汉子的摊位摆得确实不是地方，所以播音员就说“乱摆地摊儿影响市容”云云。

第三次，是关于市民素质的报道。因为恰好是炎热的夏季，那汉子也恰好光着膀子，所以自然就成了举止不文明的典型。

第四次，是关于旧城改造的报道。因为那汉子摆地摊的地方环境不太好，所以播音员说：“过去，我们就生活在这种脏乱差的地方……”

第五次，是关于下岗职工的报道。不知那汉子是不是下岗职工，但在报道中，他却成了下岗职工自谋生路、自食其力的榜样。

一个镜头为何能如此多用？我想到了一个词——扭。

在新闻界，“扭”一定不是一个陌生的词。刚刚从事新闻工作的人，差不多都听到过一些“过来人”的指点：“扭一扭。”而一些经常扭新闻的记者，甚至会把扭当成一种职业功夫。什么叫扭，说穿了，就是根据需要，对素材或主题进行倾向性加工。比如，一个地方的经济发展了，就可以扭到许多角度上，可以归之于领导决策，可以归之于能人带动，可以归之于乡风淳朴，可以归之于政策宽松，可以归之于循环经济，也可以归之于环境保护。哪个方面的“宣传”最需要，就可以往哪个方向上扭。在实际新闻报道中，GDP 似乎就是上文

提到的那个汉子，一会儿用在这里，一会儿用在那里，在不同的场合频繁现身，而且“看上去很美”。

有了这个“扭”，一切都可能变得非常“方便”：不论多么长远的规划，不论多么艰巨的任务，只要一提出来，新闻媒体中马上就可以有“成就报道”。“科学发展观”提出来以后，坚持科学发展的典型报道马上就成了一些媒体的重头戏；“建设新农村”提出来以后，一个个新农村建设的带头人也立即就从媒体上脱颖而出了。

扭可能是为了应付某种局面，也可能是为了迎合某种形势，大致都有一些不得不如此的理由。但从新闻的角度上说，扭完全可以算作一种“暴力行为”。扭则“曲”，扭则“伤”，扭出来的新闻，可能很“像”，可能很“适合”，但一定是变形的，或者是病态的。所谓的虚假报道，其中一定有扭的成分；所谓的片面报道，也一定采取了扭的办法。

新闻行业有新闻行业的职业道德，而不扭，可能是最内在的内容之一。

（《中国记者》“一得录”专栏，2006年第9期，
原题《“扭”是一种新闻暴力》）

“正反新闻”不是两条新闻，而是一种新闻事故

9月11日，各大媒体刊登消息称，随着一系列土地调控政策的出台，土地“闸门”将进一步收紧，受此影响，我国土地价格预计提高近50%。地价关涉房价，这一消息立即引发各界强烈反响，9月12日，相关时评就铺天盖地而来。而差不多同时，国土资源部就出来辟谣说：“地价将涨50%纯属误读！”原来，价格上涨50%只是针对原来低价出让的工业用地而言，房地产用地出让价格仍与目前水平基本持平。

同是9月11日，《河南商报》报道，招行行长马蔚华将于招行H股成功上市之后，以800万元人民币年薪毫无悬念地成为内地薪酬最高的银行行长。但第二天，《北京晨报》即刊登招行总行方面的声音：招行从未发布过该消息。

稍早一点，建行加薪的报道也如出一辙。8月底，全国各大媒体报道称，建行董事长郭树清透露，今年，建行将提高员工薪酬30%。消息一出，立即招来社会各界的强烈质疑。还没等人反应过来，建行方面就出来否认：“我们没有这样的计划，今后在正常情况下，也不可能有这样的计划。”

我把这样的消息叫做“正反新闻”。这种现象，在娱乐新闻中尤为多见，而且更为夸张。今天报道某个明星有了女朋友，明天的同一个版面上，同一个记者又可能写一篇否定的消息，说昨天的报道纯属谣传。这其中可能有明星们的炒作。所以，正也罢，反也罢，对于报道者来说，其实都是一回事。但是，你会发现，“娱编”也好，“娱记”也好，出了这样的“新闻事故”，却没有一点不好意思，像什么事都没有发生一样，如此“正反新闻”还是充斥着娱乐版。不知道是习以为常了，还是麻木不仁了。

地价涨50%，薪水加30%，这是大事情，也是敏感事情，小则影响人的情

绪，大则影响股市行情，万万游戏不得。我相信，这样的新闻应该不是炒作出来的。但之所以白纸黑字地出来了，肯定有着很“充分”的原因。这可能不外乎两种：一是想高人一筹，因为“抓”到这样的新闻确实不容易；二是想先人一步，因为“快”就意味着“独家报道”。

从新闻记者的角度看，这好像没有什么错，甚至可以说是一种敬业；但正是这种包含着“敬业”因素的心态，导致了对新闻本质的忽视。在这种抢抓意识的驱使下，道听途说的就可能写成有根有据的，片言只语的可能写成有前有后的；还在酝酿过程中的可能写成箭在弦上的，还属于私人意见的可能写成非常权威的；看到一个影子可能写成一个魔鬼，听到一点风声可能写成一场暴雨……

这样的“正新闻”出来，如果责任在媒体或记者一方，按照“新闻道德”，其实是应该发更正的。但我们看到的常常是，新闻“主人公”或相关方面为此所作的辟谣，又会成为一条新的“新闻线索”，一篇“反新闻”又会顺理成章地见诸报端！

“正反新闻”不是新闻术语，但对新闻的嘲讽却不言自明。而且，受嘲讽的并不是某一个记者，而是整个新闻界。感觉不到这一点，就可能失去一个新闻工作者最基本的价值判断。

（《中国记者》“一得录”专栏，2006年第11期，
原题《“正反新闻”是一种事故》）

滥用自己的影响力,是媒体的危险游戏

受一家企业之邀,我曾到北京参加过一次“中国××人物”的“颁奖盛典”。其实,所谓“盛典”,参加者不过一百来人,主席台上没有一个“重量级”人物,主席台下除了获奖者,就是获奖者的“亲友团”;而真正的“主办”,则是一家报社下属的一家杂志社,而且有拉大旗之嫌,因为那家报社的名字一直写在或说在那家杂志社名字的前面。与我坐在一起的媒体中人,都觉得十分滑稽:一家并没有多少影响力的杂志,居然可以主持评选带有“中国”字号的“十大新闻人物”、“十大创新人物”、“百名杰出人物”等等有影响力的奖项!

最近,在北京一家杂志社举办的“十大杰出管理人物”颁奖典礼上,国内一知名化妆品企业的总裁助理也对此流露出:“类似这种奖项,总裁一年要被评上十几个,实在是没有时间亲自出席,只能让我来代领。”

有媒体报道,去年年底,昆明两家都市类报纸各联合了一家网站,同时在头版头条位置推出了本土企业品牌评选活动,一个号称“引爆150家云南标杆品牌巅峰对决”,一个自谓“云南有史以来最丰盛的品牌盛宴”;A报将评出“领袖”、“杰出”、“新锐”、“传统”、“公益”等50个“兴滇品牌”,B报将评出“功勋”、“卓越”、“潮流”、“历史”、“慈善”等50家“领袖企业”。

两家报纸都是广告、专题一齐上阵,专家、学者纷纷捧场。但众多企业却眼花缭乱,一头雾水:到底该参加那个评选?而权衡的结果,则往往是“一个都不能少”。他们并不是为了获奖,而是为了平衡某种关系。

不论多大的媒体,都具有一定社会影响力。

没有社会影响力的媒体,几乎无法生存。同时,为了生存得更好一些,媒体就想着要利用自己的影响力。组织各种各样的评选活动,正是媒体对自身影响力的开发利用。

影响力是媒体的一种稀缺资源，和其他任何资源一样，开发利用都应该遵循适度的原则。所谓适度，就是有多大的影响力做多大的事，做多大的事就要有多大的影响力。对自然资源的过度开发，可能导致生态恶化；对影响力资源的过度开发，则可能导致影响力衰竭。

现在，针对企业或企业家的评选颁奖活动，差不多成了一个产业。媒体在其中的作用，从开始的推波助澜（你评选，我炒作），已经演化成了赤膊上阵（我炒作，我评选），整个过程都充满着浓厚的商业气息。要得奖得缴参评费，要得大奖得缴赞助费；要得奖得做广告，要得大奖得连续做广告。因此，由好多媒体主办的评选颁奖活动，实际上都是由该媒体的广告部"主办"的。

知道了媒体为何热衷于评奖，就应该知道，这样的评奖并没有什么权威性可言。作为主办方的媒体可能会表现出很权威的样子，但内心却十分空虚。不然，为什么总是把颁奖典礼放在开重要会议的地方举行，而结果却只租了其中的一个小厅；为什么总要承诺有重要领导参加颁奖典礼，而结果却常常落空？

心虚意味着力不从心。这个"力"，就是媒体的影响力。作为媒体，不仅要修炼自己的影响力，也要爱护自己的影响力。不加节制地滥用影响力，是一种真正危险的游戏，必然导致媒体公信力的丧失。

公信力的丧失，则是媒体的灭顶之灾。

（《中国记者》"一得录"专栏，2007 年第 4 期，
原题《滥用影响力是危险的游戏》）

是“行业记者”，就得有“行业态度”

美国俄亥俄州立大学历史系教授约翰·C.伯纳姆写了一本书，叫做《科学是怎样败给迷信的》。他在对美国200多年的科普史进行梳理后，得出了一个让人吃惊的结论：“在大众层面上，科学实际上已经被迷信打败了。”

同样让人吃惊的是，他认为，这其中的罪魁祸首之一，便是科学记者。

除了使用“苍白无力”、“支离破碎”等贬义词外，他对科学新闻表现出了极大轻蔑。他说，“媒体赢家往往是那些最上镜的或能说会道的，或者是两者兼备的，或者是那些跟媒体最合作而不典型的研究人员”，而真正有价值的科学发现却往往被新闻记者冷落。他同时认为，科学新闻大多讲述一个个孤立的事实，并且在报道中忽略了事件的科学背景，这更使得科学本身在大众层面上和巫术无异。这位教授的话或许显得极端，但引发了我们的思考。

任何一名记者，即使不是专门的科学记者，在面对伯纳姆教授的“冷嘲热讽”时，可能都会不自觉地“对号入座”。被他讽刺的科学记者和科学新闻，在任何一个行业记者身上和行业新闻中都能找到蛛丝马迹。

但是，伯纳姆教授更多地只谈到了科学记者对科学的“非科学报道”，却很少谈到对非科学的“科学报道”。如果说前者把科学巫术化了，那么后者则把巫术科学化了。曾经的“水变油”、“永动机”，曾经的“核酸营养”、“鸡血疗法”等等，这些非科学的东西，之所以会风靡一时，甚至让人走火入魔，除了一些商人的狡猾之外，更重要的恐怕是，它们都曾经以科学的面孔在媒体上出现过。

我们得承认，对科学成果的判断，相当多的人都对媒体有一定的依赖性。如果媒体把一个非科学的东西包装成科学的模样，很多人就会失去警惕，信以为真。

但是，时过境迁之后，人们大多会谈到科学家的“道德问题”，而很少谈到记者的“科学问题”。所以，“科学记者不科学”的现象依然处于人们的视线之外。而同时，文化记者不文化，经济记者不经济的现象，更是屡见不鲜。原因同样是，一些文化记者盯的不是真正的文化现象，而是文化的商业化形态；一些经济记者盯的不是真正的经济问题，而是经济的政绩化表现。所以，很多媒体的文化版上并没有多少文化，经济版上也没有多少经济。

记者都有自己的分工，于是有了科学记者和文化记者之分，有了经济记者和军事记者之别。科学记者不可能都有很高的科学水平，但必须要有足够的科学态度；经济记者不可能都是经济学家，但必须要有足够的经济理性。“行业记者”如果没有“行业态度”，就难免被伯纳姆教授一样的“行业人士”瞧不起。

记者从来都不是纯粹的“写作者”。如果仅仅为了表现自己的写作能力，如果仅仅为了吸引眼球，那么把科学描绘成巫术，把经济塑造成单纯的 GDP，其实是非常容易的。同样，如果让一个不明真相的人，相信你“写出来”的东西是真的，其实也非常容易。

当然，这是非常危险的。

（《中国记者》“一得录”专栏，2007 年第 9 期，
原题《记者的“行业态度”》）

真正的倾听，才是真正的采访

李普先生的女儿李抗美在最近一期《随笔》杂志上发表了一篇文章，标题是《父亲是记者》。其中说到一件往事，提到了“采访状态”这个词，让人感到一种新鲜。1993年冬天，李普先生带着女儿去看望夏衍先生。谈话过程中女儿说起张爱玲，夏衍于是讲到1950年邀请张爱玲参加上海市第一届文代会的事。回家路上，李普对女儿说：“今天夏公谈到张爱玲的事，你就可以写一篇很好的访谈文章。”在女儿心里，父亲之所以这么说，可能有两个原因：一是“当时肯定把我当成记者了”；二是在谈话时，父亲已经进入了“采访状态”。

什么是采访状态？

李普先生是我国著名记者，他的作品影响了一代又一代新闻工作者。但是，他自己说，他并不是一个好的提问者；但他的女儿说，他绝对是个很好的“听者”。在与女儿交谈时，“爸爸‘听’的那份真诚和兴趣，……让我觉得面前是一位认真采访我的记者”。

记者们往往以为，一句接一句的追问更像是一个记者，但在旁观者甚至被采访者心目中，认认真真地倾听其实更有记者风范。

记者按字面意思，就是“记的人”。记的前提，首先是听，而不是问。听符合记者的旁观者角色，也符合记者的被动者身份；问往往带有主动的意思，有时甚至带有引导的意思。一些记者采访时盛气凌人甚至咄咄逼人的提问，其实过分强调了记者在新闻中的主动意识，过分突出了记者在采访中的主角地位。

如果说问是重要的，那么，问就一定要在听之后。没听清楚的，需要补充的，可以一问再问；先入为主的，涉及隐私的，问就是多余的，甚至是别有用心的。那种随意打断被采访者的叙述，或者以审讯者的架势对被采访者的逼问，只能算是一种典型的伪采访状态。

这种伪采访状态，可以用一个词来概括，那就是“采访姿态”。采访姿态只是为了表现记者的“自觉意识”，或者说强调记者的“职业形象”。所以，有的记者问的时候很卖力，但写稿子的时候却应付差事；有的记者采访的时候问得很多，但写出来的稿子却并无多少新闻价值。

倾听，是一种尊重，也是一种谦虚。不管采访对象是什么人，你问得太多了，他就会“问一句说一句”；你问得太势利了，他就会“顾左右而言他”。但是，只要你愿意听，他就愿意对你说话；只要你愿意听他把话说完，他就愿意对你说更多的话。采访的目的，不就是为了从当事人那里得到更多的信息吗？

一名记者，只要在状态中，其实时时处处都可以采访。有时可以不问，有时也可以不拿出采访本，有时甚至不需要让人知道你是记者。

（《中国记者》“一得录”专栏，2008年第6期，
原题《记者的“采访状态”》）

越专业的记者,越有可能成为名记者

这几年,看了许多杂七杂八的书。其中有两本关于动物的书,使我经常想起一个问题:记者能当到什么程度?

这两本书,一本是《野兽之美》,作者是美国《纽约时报》科普专栏作家纳塔莉·安吉尔。一本是《野马的低语》,作者是《新疆都市消费晨报》首席记者江南。

将这两本书并列起来,并不全是因为这两本书都是写动物的,更重要的是因为这两本书都是记者写的,而且都写得如此动人、如此专业。

可能正因为这一点,纳塔莉·安吉尔不仅获得过普利策新闻奖,也获得过美国科学进步协会奖;同样,江南不仅获得过中国新闻奖,也获得过“地球奖”。记者经常被人或褒或贬地叫做“万金油”,意思是“什么都知道一点,什么就知道一点”。显然,写《野兽之美》的记者和写《野马的低语》的记者,与“万金油”们截然不同。

我想说的是,纳塔莉·安吉尔和江南都是记者,但他们都把记者当成了专家。

不同的记者,可能对自己的人生目标有不同设计。但毫无疑问,能在写新闻的过程中,逐渐成为某一个方面的专家,是越来越挑剔的媒体受众对记者的期望。

我所谓的专家,有两层意思,一是有专家态度,一是有专家水平。但是,二者又融为一体。没有专家的态度,就不会有专家的水平;有了专家的水平,还得有专家的态度。

肤浅,是很多新闻报道的通病。说了的,大家都能想得到;大家都想知道的，没人说。要找原因，可能很多，但有一点是肯定的：或者没有专家态度，或者没有专家水平。你没有像专家那样的探究精神，怎么能写出大家想知道的东西；你没有专家那样的知识储备，怎么能写出大家想知道的东西？

从记者的角度看《野兽之美》和《野马的低语》，看着看着，就会从大量难得的细节中，联想到作者艰难的采访过程；也能从作者艰难的采访中，联想到专家独到的观察视角。

现在的读者，知识水平越来越高，很大一部分读者本身就是专家。这就意味着，如果把所有的读者合起来的话，读者就应该视为一个什么都知道、什么都想知道的“人”。

一个记者，要无所不知是不可能的，但完全可以对某一个方面知道得更多一些。“术业有专攻”，也应该成为一个记者最起码的态度。读者们总是喜欢看与自己兴趣或专业有关的报道，同样，他们总对与自己专业或兴趣有关的报道要求更高。正是这一点，给记者成为专家提供了有利的机会——只要专其一，就会赢得读者。在与行业通讯员交流时，我也曾把记者比喻成“技工”，意思也一样，有一技之长，就可以养家糊口。这同时也意味着，当所有的“技工”加起来的时候，一定是一个有专家水平的团队。

你可以专于动物，也可以专于植物；可以专于经济，也可以专于股票。我想说的是，越专的记者，才越有可能成为名记者。

（《中国记者》“一得录”专栏，2008年第12期，
原题《记者能当到什么程度》）

先保证数字纯粹，再设法用数字说话

农村老家来了亲戚，我请他到外面吃饭，饭桌上谈起他家里的情况：全家四口人，去年，儿子到南方打工，过年时带回了4000多块钱；他在当地抽空出去干点杂活，零零星星挣了近2000块钱……

他说的意思是，打工比种地来钱快，他家和村里其他农户一样，真正的劳力都出去打工了。

事后，我把这些情况说给我的记者同行听。不料，却成了大家开玩笑的由头。有人说，劳务收入成了他家的增收支柱，从事劳务经济的人口占到了全家总人口的50%；有人说，在金融危机的不利形势下，他家劳务收入仍然保持增长势头，并顺利突破6000元大关；有人说，据统计，他家打工人口的平均收入超过3000元，而年轻人的收入是中老年人收入的两倍……

这不是拿农村人开玩笑，而是拿新闻人开玩笑。

用数字说话，是新闻界常用的术语。在强调准确性的时候用数字说话，在强调真实性的时候用数字说话，在强调权威性的时候也用数字说话。有时，用得不好意思了，常常会说一句："数字是枯燥的，但是……""但是"什么呢？在新闻作品中，"但是"后面常常要列举"生动的事实"。在记者们闲谈中，"但是"后面则可能是这样一些带有自嘲性质的玩笑。

事情为什么会这样呢？

首先，数字的来源可能存在问题。

某些数字可能是"倒推"出来的。比如农民人均纯收入，很多地方都是按照年初的目标推算出来的。也就是说，先有增长的百分数，后有收入的具体数。

比如固定资产投资规模，在一些地方就像弹簧一样，只要项目开了工，要多少就能“统计”多少；即使项目不见踪影，也能“统计”出不少的前期投资。

其次，数字的选择可能存在问题。

农民使用数字，是为了“更具体”地说明自己的情况。但某些村组干部、县乡领导使用数字，可能是为了“更有利于”说明自己的政绩。所以，在一些情况下，他们喜欢用平均数；在另一些情况下，他们则喜欢用最高数。

如果不全面地理解这些数字之间的关系，数字在说明一些问题的同时，也可能掩盖一些问题。

再次，数字的处理可能存在问题。

我们每天都会见到很多数字，但必须承认，相当一部分数字我们没有办法验证。这就给使用数字的人提供了一个“技术处理”的机会。

所有这些问题，其实都会反映在新闻媒体上。甚至可以说，正因为媒体片面强调用数字说话，一些人才学会了使用数字的技巧。而对数字的过分发掘，也成了一些记者表现策划水平的一种方式。拿一户农民的“劳务经济”说事，不仅以夸张的方式暴露了记者在使用数字时存在的问题，也从侧面暴露了记者对这种现象见怪不怪的态度。

用数字说话，本来是一种科学态度。但是，如果数字本身不过硬，用数字说话的人就是自欺欺人；如果使用数字的人不纯粹，用数字说出来的话就是自说自话。

（《中国记者》“一得录”专栏，2009 年第 3 期，
原题《数字和用数字说话的人》）

放下架势，才能真正融入新闻

前几天，和基层通讯员聊起假记者时，听到了一个很新鲜的说法：假记者之所以吃得开，是因为假记者的架势更像真记者！

说者无意，听者有心。我马上想到另外一个问题：如果真记者没有那些“架势”，假记者的架势又怎么会更像真记者呢？

所谓“架势”，多半是指那些好看而不实用的“花拳绣腿”。比如武状元，功夫不如人，但动作却十分花哨。外人看起来，简直“十分了得”。

比如采访普通群众时，不是问很严肃的问题，就是很严肃地问问题，看起来一本正经，实际上故弄玄虚；比如采访一些“大场面”时，不是跑前跑后，就是窜来窜去，自己可能觉得风光无限，别人可能认为是无所顾忌；比如采访社会新闻时，不是居高临下，就是横冲直撞，让人很难判断是自己先怕了，还是让别人后怕。

不仅采访过程中，新闻作品中也有体现。有一次，为行业通讯员讲课时，我曾用四句话描述新闻写作中存在的一些程式：标题朗朗上口，但云遮雾罩；内容千真万确，但像做报告；语言绘声绘色，但拿腔拿调；结构严丝合缝，但像个圈套。现在说起“架势”，我觉得，这正好可以归于其中。任何一个新闻工作者，大概都不止十次见到过“彩旗飘飘，锣鼓阵阵”式的新闻导语吧，都不止百次见到过“从讲政治的高度出发”一类的新闻背景吧……有些话更离奇，比如在通讯的结尾，居然还要写上“我相信，这里的明天会更加美好”之类的演讲用语。从一个角度说，这是“自讨有趣”；从另一个角度说，这就是“自摆架势”。

更多时候，这些架势只是习惯使然，背后并没有什么不可告人的目的，但一旦成为习惯了,就很容易当成经验,甚至自以为是。

很多记者其实都有过这样的想法:采访时要有个记者的“样子”,写出来的新闻要有个作品的“样子”。而结果往往是,只注意了“样子”,却忽略了“根子”。

本来只是按套路走,但给人的感觉是装模作样;本来是按惯例办,但给人的感觉则是哗众取宠。如果记者们能真正进入读者的角色、进入阅读的状态,或者作为一个被采访者、作为一个采访现场的旁观者,也许马上就能感觉到,这些形形色色的架势,是多么低级,是多么地让人不好意思。

假记者不是真记者,所以总是缺少底气,为了更像真记者,也就只好在这些“架势”上做文章,在这些“皮毛”上下工夫。

假记者盛行,问题不在真记者,但放下架势,却应该成为真记者们共同面对的课题。甚至,这也应该成为记者们关注民情、贴近民生最实际的步骤。

记者放下架势,才能真正融入新闻;新闻放下架势,才能真正融入读者。

(《中国记者》“一得录”专栏,2009 年第 5 期,
原题《放下架势》)

没有不好的回答，只有不好的提问

我是看了《朱镕基答记者问》发行量超过100万册的消息后，才专门买回来看的。朱镕基总理答记者问时所表现出的自信、睿智和幽默，我已经在电视上领略过很多次了，我阅读的注意力其实集中在另外一个方面：那些记者们，是以怎样的心情、怎样的方式、怎样的状态向总理提问的？

得到的结论，出乎我预料，仍然是三个词：自信、睿智和幽默。

2000年9月，日本经济学家宫崎勇和日本广播协会主持人国谷裕子采访朱镕基总理时，一开始就向朱总理提了三个技术性的请求：第一，由于这个采访将向日本全国播出，希望你每次讲话尽量短一些；第二，为使这个节目显得不那么生硬，请允许我称呼你“朱镕基总理”……

1999年3月，在九届全国人大二次会议记者招待会上，意大利一家报社记者首先向朱总理提问：“有人认为，10年以后世界会有三种大货币，美元、欧元，还有一个不知道是亚洲的日元还是人民币？你觉得人民币有这个可能吗？”

1999年4月，美国有线电视新闻网记者伍德拉夫采访朱镕基总理时，第一个问题是：“在你访问美国之前，你说自己是一个普通的中国人，但脾气不好。我的第一个问题是：这次世贸组织问题没有达成协议，你现在是不是想发脾气？”

我相信，《朱镕基答记者问》的绝大多数读者都是为了看“答”的。但是，毫无疑问，这是一本“问”出来的书。在以同样的心态和兴趣看了“问”后，我想这样表述我的读后感：因为有自信、睿智和幽默的提问，所以才有自信、睿智和幽默的回答。

提问是记者的基本功。能不能提出有质量的问题，能不能有质量地提出问题；能不能与采访对象建立一种互相交流的关系，能不能与采访现场保持一种和谐的气氛；能不能调动被采访者的兴趣，都能看出一个记者的功夫。

我们经常听到的是记者对某些地方官员的抱怨，比如推三阻四不愿意接受记者采访，比如态度冷淡经常凌驾于记者之上，比如回答生硬与讲话差不多一样，等等。但是，在很多例行记者招待会、新闻发布会上，很多记者的提问也常常不着边际，有些记者的提问已经类于自出洋相，个别记者的提问甚至成为新闻界同行的笑资。

记者是“记”的人，但并非没有能动性。从某种角度上说，政府官员都是重要的新闻资源。有些时候，他们会主动将一些事告诉媒体。但更多时候，需要媒体记者去开发。这个开发的过程，就是发挥能动性的过程，其实就是提问的过程。问得好，有源源不断的新闻；问不好，就只能接连不断地碰壁。

一定要相信，自信、睿智、幽默的人，更愿意与自信、睿智、幽默的人对话。

所有的记者，不可能都是自信、睿智和幽默的人。但是，当你议论一个人在接受采访时所表现出来的欠缺时，一定要想一想，是不是因为你的欠缺才导致了对方的欠缺？

你想要得到一些什么，你必须首先应该知道一些什么；你想要采访对象轻松下来，你必须首先轻松下来；你想要采访对象以他自己的方式回答，你必须首先以你自己的方式提问……这些，都是作为一名记者应该知道的常识，而自信、睿智、幽默也在其中了。

是记者，首先就要有这样的意识：没有不好的回答，只有不好的提问。

（《中国记者》“一得录”专栏，2009 年第 11 期）

媒体有自己的定位，但新闻却是给所有人看的

任何一家媒体，现在都特别注重给自己定位。比如，报纸是办给哪些人看的，就应该针对哪些人做新闻；栏目是针对哪些人开的，就应该针对哪些人说话。这一点当然没错。传媒竞争越激烈，就越要有针对性的产品；产品越要有针对性，就越要细分消费者。

不久前，读到周泽雄先生一篇谈“文章”的文章，从另外一个角度表达了同样的意思：“在现实中，文人学者执笔，总有自己的假想读者，就像商人总有自己的目标客户，写给某类读者，一般也就等于把另一些读者排除在外。”但是，让我最感兴趣的却是接下来的一段话：“但高明的文字是这样：作者虽有自己的目标读者，却也随时准备面对所有读者……所以，哪怕假想读者是个位数，作品仍不惮于向计划外的高明之士敞开，才是真正可敬的文字品格，每一位不甘下乘的作者，都应具此一股底气。”他同时列举了很多大家的例子，说明这一问题：安徒生的童话是写给孩子的，然成年人要读，安徒生绝不会心生怯意……为什么？因为他知道，他的童话不可避免地要面对大人们，而且大人们很可能还是第一读者。

但是，很多媒体的定位，实际上等于给自己设定了一个小圈子，好像目标读者是谁，就只有谁去看；其他人说三道四，都可以听而不见。有的机关报，定位特别明确，精力特别集中，显然是要全心全意让“目标读者”满意，但许多计划外读者却常常表示“惨不忍读”；有的都市报也一样，记者绞尽脑汁，编辑冥思苦想，显然是在尽心尽力让“目标读者”喜欢，但目标外读者却常常感慨“不忍卒读”。

而往往，这样的媒体常常自以为是，机关报称都市报庸俗不堪，都市报称

机关报装腔作势。在这种情况下,不同定位的媒体之间常常以“我们是办给谁谁谁看的”来自我辩护,或者自我解嘲。似乎有了自己的定位,就可以心安理得甚至心满意足地放弃目标外的读者。或者认为,只有如此,不同性质的媒体才可以和平共处,相得益彰。不幸的是,以这种心态经营的媒体,常常会陷入两头受气、四面楚歌的尴尬境地。

媒体给自己定位,应该是一种自觉的市场分工。从媒体自身经营智慧上说,是为了避免过度竞争;从整个传媒生态环境上说,有利于维护竞争秩序。但是,“定位”不是画地为牢,有了“定位”也不会立地成佛。如果只想讨好一部分人,另一部分人就未必会说好;如果只想迎合一部分人,另一部分人就不再会欢迎。退一步说,即使当时说好、当面欢迎,这样的文字也算不上“高明的文字”,这样的媒体也算不上“高明的媒体”。

谁都说好、谁都欢迎很难,但这并不意味着从一开始就应该把谁排除在外。

新闻是给所有人看的。新闻媒体应该有这样的行业自觉,新闻人也应该有这样的职业自信,不论你确定的市场定位是什么,不论你设定的目标读者是谁。

(《中国记者》“一得录”专栏,2010 年第 4 期,
原题《也说定位》)

拿“非典”作乐，等于犯老百姓的忌

4月24日，好多媒体都登了一则消息：著名导演谢飞因患非典型肺炎住了院。报道说，谢飞非常乐观，自己称已闯过发病期第一关，如果能闯过高烧这一关，就是胜利。

正钦佩谢导的乐观时，在另一张报纸上又看见一行大标题：透视“非典型”歌手。我心里一紧：是不是很多歌手都得了非典型肺炎？

接下来，却叫人哭笑不得。原来，那只是娱记的一种表达方式。报道只关乎歌手，而无关乎非典型肺炎。报道有一段提示文字，不妨抄下来，让大家看看：

“提起‘非典型’，人们马上会联想到致命的非典型肺炎！事实上，致命的非典型又岂止肺炎？还有一类病菌叫‘非典型歌手’，也就是‘全能艺人’，他们的夺命程度极度神奇，一个眼神，一开口，哪怕一个笑容就把Fans迷死。受感染的人分布全球各个角落。目前，还没有疫苗预防‘非典型歌手’。传染性极强，你身边的人随时能感染上……”

进入“非典型歌手”之列的有梁朝伟、赵薇、周迅、刘德华、蔡卓妍。报道一一列举了每个“非典型歌手”的学名、杀伤力、必杀技、病原、受感染地区、类型和特征。

能在没新闻的地方找出新闻，能把用滥了的文字写得活蹦乱跳，能始终紧跟时尚的节拍，这是娱记的特殊本领。同样作为一个新闻工作者，常常自愧弗如。

但是，不客气地说，相当一部分娱记总是有些不严肃。无休无止的炒作，无根无据的传言，没完没了的隐私，没头没脑的情变，确实让人有些烦了。但一般来说,无聊也罢,庸俗也罢,只是烦烦而已,因为他们的报道还没有与大众情绪形成大的冲突。

将娱乐与非典型肺炎联系到一起,性质就不一样了。

突如其来的非典型肺炎,对人们的生活构成了不小的威胁,也在人们的心理上造成了浓重的阴影。虽不敢说"谈非色变",但一提非典型肺炎,人们马上就会警觉起来。它成了人们心中的一种痛。

想想,拿非典型肺炎来娱乐,或者说,将非典型肺炎和娱乐扯在一起,会有娱乐效果吗?——我想,首先那些歌手会觉得很不愉快;然后,像我这样的读者,也会觉得很不是滋味。

这就叫犯忌讳。不是犯了尊者的忌讳,而是犯了老百姓的忌讳。

老百姓没什么讲究,习惯与人同乐同悲。也就是人们常说的,需要"照顾情绪"。上纲上线地说,也可以称作"顺应民意"吧。非典是目前全国的"一号病",其传播和蔓延牵动了所有人的神经,有些媒体甚至将其称作一次"国难",全国上下都把抗击非典当作一次没有硝烟的战争来对待。这个时候,如果还拿非典型肺炎来娱乐,我觉得有些心态不正常。如果用他们的话说,就是"非典型心态"了。

娱乐是为了让人高兴,让人心情愉快。因此,首先得看清场合,得顾及人们的心理。如果只图自己娱乐,或者只以自己的方式来对待娱乐,就会适得其反,甚至引起众怒。

近日上网聊天,也发现了好几个与非典有关的名字,"非典爱情"、"我是非典"等等,不一而足。将非典引入网名,想来仍是娱乐娱乐,但也让人觉得很不舒服。

相信这不是所有人的感觉,也相信这不是我一个人的感觉。

(《中国青年报》"求实篇"专栏,2003年5月14日,
原题《岂能以非典作乐》)

马赛克是善意的，但不能解决一切问题

差不多每一天，我们都能看到“马赛克”。就是那种蒙在图片或图像上面，有意让人看不清对象——主要是人的面部，或者人的眼睛——的那种隐隐约约的方格子。

据我的观察，使用马赛克的主要目的大概有三：一是体现对当事人安全的保护。二是体现对当事人名誉的保护。三是体现对当事人隐私的保护。比如有知情者出面揭露腐败分子的劣迹，或者出面指示制假贩假的窝点时；比如违法犯罪案件中涉及到的未成年人，或者扫黄打非时在娱乐场所抓到“三陪小姐”时；比如涉及艾滋病等性病患者，或者面部严重伤残者时，在相关的电视画面上，或者在报纸、杂志的图片中，都会用到马赛克。

首先要明确，马赛克是一种特别善意的技术。但同时也得承认，马赛克并不能解决一切问题。

《北京青年报》上有一则报道：今年 4 月 7 日，上海一所中学在午间播放了一盘录像带，录像带的内容都是在校学生一些不文明的行为。高三一名男生韦刚（化名）和女朋友搂抱、接吻的镜头也被公之于全校学生眼前。虽然画面上打了马赛克，但熟悉的同学还是立即认出了他们。下课后，开始有其他班级的同学跑到门口，认识韦刚的，就过来当个笑话说两句；不认识韦刚的，则站在门口指指点点。他们因此承受了巨大的压力，甚至产生过以死抗争的念头。这不是马赛克的无奈，而是使用马赛克的人的尴尬。

马赛克如薄纱一样若隐若现，遮住当事人的眼睛，甚至遮住当事人的面部，其实并不能保证别人认不出来。特别是在电视画面中，马赛克的移动常常在速度上比人物的活动慢一拍，人已经在画面中暴露了，马赛克才追上去遮掩,效果当然是欲遮还漏。加上照片说明和电视解说的提示,特别是在电视同期声的“配合”下,马赛克技术之于当事人的熟人来说,几乎是白费功夫。

而且,因为马赛克的使用,还可能调动起一部分人的猎奇心理。我就见过,很多人遇见经过马赛克处理的画面时,都会不自觉地与画面拉开一段距离去观察。

如果说猎奇心理是“人性的弱点”,那么调动人的猎奇心理就是“有弱点的人性”。去年发生的香港《东周刊》裸照事件之所以引起人们的普遍关注,大概正源于此。尽管登在封面上的女星被虐裸照经过马赛克处理,内文的报道中也未指名道姓,但凭着那张照片和对这位女星的背景介绍,人们很快就知道她是谁了。《东周刊》的小聪明,最终也将自己的前途断送了。

不得不承认,马赛克正在被滥用。一个重要的标志是,一些不应该在媒体上出现的人物图像,在马赛克的掩护下大行其道。为什么会如此呢?一则可能是为了迎合“读图时代”的时尚,二则可能为了证明自己有“现场资料”,三则可能因为这样的画面本身能够“吸引眼球”。

所以,在很多情况下,马赛克都是被媒体或其他传播途径当作打“擦边球”的工具来使用的。使用马赛克,只是想让某些不宜公开露面的人物亮相,借此迎合某种阅读和观赏趣味。所以,从主观上讲,使用者是想通过马赛克“公开”,而不是借马赛克“保密”;或者只是为了在遇到“麻烦”时有更多的托词,而不是真正考虑当事人可能会遇到的“麻烦”。

用在图像中的马赛克和文字表述中的“某”字一样,都具有某种特殊的功能。特别是大众传媒,客观地说,都少不了,但不客气地说,也都用得不太好。

我的态度是:一、有些画面,即使使用了马赛克也没有必要公之于众,否则就可能是哗众取宠或别有用心;二、有些画面,仅仅使用了马赛克还远远不够,因为声音、背影和眼睛、面孔一样,也是一个人的重要标识。三、有些画面,完全没有必要使用马赛克,比如人体艺术照片(新浪网曾用马赛克将汤加丽人体艺术照片中的敏感部位进行了遮掩,因而引起摄影作者的诉讼)。

马赛克应该与人性和人文为伴,与理解和尊重相随。

(《东方早报》“早报自由谈”专栏,2003年8月29日,
原题《马赛克的“尴尬”》)

新闻线人不是记者，但他也吃新闻的饭

可能与我的职业有关，职业新闻线人阿小的事抢先进入了我的视线。《中国青年报》11 月 24 日的报道说，阿小是个乡下人，只有初中文化程度，到昆明的时间也不长，现在在昆明市中心商业区以卖报为生。但是，在他的收入中，卖报已经不是主要来源了。每个月，他向各个媒体提供新闻线索的收入平均都在三四百元。我突然冒出一个想法：阿小其实也算是一个新闻工作者，因为他吃的也是新闻的饭。

兰州的经济不算太发达，但报业竞争却十分激烈，十几种报纸以不同的或相近的风格在市场上互相拼杀。报纸多了，竞争激烈了，记者的需求量就上升了。兰州曾流传过一个笑话：如果你下岗了，如果你还没有找到工作，如果你找工作非常困难，就来当记者吧。这个笑话大概包括两个意思：一是，现在各家报社的用人机制都特别灵活，想当记者的人其实都可以去试一试。二是，记者作为一种产品，似乎还有点供不应求。

用经济学家的话来说，记者供不应求，记者的替代品就会走俏。谁有可能成为记者的替代品呢？新闻线人如昆明的阿小算是一种。他们走街串巷，无意中就能掌握很多即时发生的社会新闻线索。

不久前，甘肃境内发生了一次地震，我还没有任何感觉的时候，就有人打电话告诉我，他有一个重要的新闻线索。我能感觉到他有点急，但他非得要问清楚给不给奖励后，才肯告诉我发生了什么事。我所在的报社还没有设立线索奖，我如实告诉了他。他很失望也有点生气地对我说：“刚刚地震了，你们不报道吗？”我知道他是好心，所以很客气地给他提供了当地两家报纸的新闻热线电话。

我不知道这位热心人最终拿到线索奖了没有，但这件事让我感觉到了媒体竞争所产生的效应。而且，确确实实，这件事还让我感到一种莫名的惭愧。我觉得我没有人家的新闻敏感性，也没有人家的市场敏感性。更重要的是，他能把新闻敏感性和市场敏感性很好地结合起来，而这种结合会产生银子！

现在已经不是记者好当不好当的问题了，而是一家媒体能不能存在下去的问题。所以，对市场比较敏感的媒体，都会盯住那些对新闻比较敏感的"自由人"；同样，那些对市场比较敏感的"自由人"，也会盯着对新闻比较敏感的媒体。据报道，北京主要都市类报纸的热线新闻中，有80%来自于线人的报料。可以说，新闻线人作为一个特殊的职业群体，已在都市类报纸的激烈竞争中粉墨登场了。

媒体对线人的开发利用，实质上也是一种低成本的用人谋略。如果省去了记者盲目寻找线索的成本，也就等于提高了记者的使用效率；同样，如果考虑新闻线人所做的工作和带来的收益，报社也起码省下了一笔相当可观的人头费。

新闻线人会不会抢走一部分记者的饭碗，这个问题我并不感兴趣。我的注意力在于，报纸市场化以后，却给另外一部分人提供了饭碗。干上这一行不足一年的阿小，每个月可以有三四百元的收入；而在报业竞争已经白热化的沿海地区，一条重要的新闻线索就可以使报料人有数百元甚至上千元的进项。

这几年，不知道涌现出了多少种新的职业。之所以称一些人为自由职业者，其实是因为我们不能准确地概括出他们是干什么的。但有一点是肯定的，这些职业的产生，都有一定的市场需求作坚强后盾。

我想说的是：干什么活儿都能挣钱，关键在于你愿不愿意到市场中去找活儿，愿不愿意干那些你从来没有干过的活儿。乡下来的阿小可以吃上"新闻"这口饭，城里的下岗职工为什么没有吃上？初中文化程度的阿小居然吃上了"新闻"这口饭，高中甚至大专毕业的人为什么还有很多仍然赋闲在家？

关键的是，只要你进入市场，你就会知道什么是需求和供给；只要你知道需求和供给，你就能知道如何去经营自己。

（《中国青年报》"经济时评"专栏，2003年11月28日）

时评应该有“由头”，但不应该是“制造”出来的

端午节过了，但端午节期间的一则“新闻”所引发的时评仍在继续。

端午节那天，我收到一则手机短信：“屈原是谁？一学生答，是歌手，唱《离骚》；一答是厨师，包粽子；一答是医生，屈大夫。”手机短信的“性质”人所共知，所以我对此并没有太认真。

端午节后的一天，早上上班前照例看电视。在央视一档读报节目中，主持人介绍了某报一则关于端午节的时评。时评说了些什么我都忘了，但时评的“由头”我却记在了心里：“某地教师问中学生屈原是谁，学生 A 答，屈原是歌手，他唱过《离骚》；B 曰，屈原乃厨师，他发明了粽子；而 C 则说，屈原是医生，不然怎么称他为‘大夫’……”虽然时评作者将此归为“趣闻”，但时评的性质，却使我对此当起真来。

可能是注意力太集中了，后来几天，我不经意间看到好几篇以此为“由头”的时评，而对其叙述的方式也越来越像“新闻事实”。中国新闻网摘编的一则时评是这样叙述的：“报载南京某中学的音乐课上，老师问学生，知道屈原是谁的人请举手，全班三十多人当中只有 3 个人举手。第一位同学回答说，屈原是一位歌手，他唱过《离骚》这首歌；第二位同学回答说，屈原是一个医生，大家都叫他大夫；第三位说屈原是一位厨师，我们现在吃的粽子是他发明的。”

既然是“报载”，我的第一个念头就是想知道载于何报。我终于查到了这则“新闻”的出处。6 月 10 日，南京《现代快报》一则消息说：南京某中学的叶海露老师向记者讲述了一个真实的故事：上周，初一年级某班的音乐课上，叶

老师问同学，知道屈原的请举手？全班30个同学中只有3个人举手。第一位同学回答说：屈原是个歌手，他唱过《离骚》；第二位同学回答说：屈原是个厨师，他发明了粽子；第三位同学说：屈原是个医生，大家都管他叫大夫。

虽然新闻要素样样俱全，而且强调是“真实故事”，但我仍然对其真实性表示怀疑：30名同学中，只有3名同学知道屈原，而且知道的是三个不同的屈原，或者各知道屈原的一个侧面，事实会有如此戏剧性？三种回答虽然很荒唐，但联想如此丰富，构思如此巧妙，不知道屈原的人岂能有如此想象力！至于音乐老师何以问学生历史或语文知识、记者何以对南京和叶老师实行“实名制”而在“中学”前冠以“某”字等等，也都不必深究。

后来的一个发现，似乎可以作为我怀疑的证据。在一家笑话网站上，我找到一则题为《屈原医生》的小笑话。全文是：“历史课堂上，老师问一个学生：‘屈原是什么人？’‘是医生。’学生回答。‘胡说！’‘怎么胡说呢，书上说他是大夫嘛！’”从网站上看，这个笑话起码出现在六七个月以前，也就是说，它完全有可能成为那则“新闻”的蓝本。或者，“南京某中学的叶老师”只是叙述了一则笑话，而记者则把它改造成了新闻。

我之所以对此耿耿于怀，并不是为中学生打抱不平，我只是不相信中学生有这样的“创造力”，更不愿意看到“创作”出来的“新闻”牵着时评的鼻子走。

近年来，时评盛行。既以“时”命之，“评”者也就必须是“快手”。所以一方面，对于刚刚见之于媒体的新闻，时评家们往往来不及判断虚实，一律当真；另一方面，大概因为灵感消耗过多，所以见了此等有刺激性的“新闻”，就不会轻易放过。

因为把“屈原是谁”的笑话当成了新闻，时评作者们或为学生们的学识叹息，或为中国传统文化的命运担忧，虽也步步为营，环环相扣，但给人的感觉仍然是“发功”发错了地方。

即使是同一个“由头”，时评的观点也不尽相同。但不管如何，必须首先对“由头”有所判断。否则，越用心，就越让人觉得无心；越用力，就越让人觉得无力。

（《中国青年报》“青年话题”，2005年6月23日，
原题《“时评由头”是这样造出来的》）

可以激动,但不要太激动了

2月10日晚,在东京举行的东亚足球锦标赛中,中国队3∶0战胜了32年从未战胜过的韩国队,这似乎让中国人出了一口恶气。在媒体刊发的《沉默中的惊人爆发 血性国足打破恐韩历史》的评论中,一开头就是:"不在沉默中爆发,就在沉默中灭亡!身处质疑、批评、丑闻的漩涡之中的中国足球队,在2月10日晚爆发出惊人的战斗力,以一种充满血性的方式打破了32年国际A级赛事不胜韩国队的耻辱记录。"接下来的几段,激情依然在延续:"而中国男足正是……在几乎身处绝境的情况下打出了32年以来对韩国队最不可思议的表现:3∶0的结果加上积极的比赛过程,以及邓卓翔羞辱对方整条后防线后取得的那记进球,中国队甚至让现场的中国球迷送上了'我爱你'这样多年未见的呐喊。"

从来都说要有体育精神,我们的足球队有吗,我们的记者们有吗?我们一直认为我们能赢得了韩国队,所以才认为韩国队赢了我们是我们的耻辱;我们一直认为赢不了韩国队是我们的耻辱,所以才认为我们赢了韩国队就是对韩国队的"羞辱"。这是一种什么逻辑,这是一种气量?文章到后来,终于冷静下来了,承认足球比赛具有偶然性,承认韩国队朴智星、李青龙、朴周永等在国外效力的主力球星缺阵,也承认韩国队在阵地进攻的组织上仍体现出超出中国队一截的水准,但确实有些迟了。

这一切,都让人想起央视原著名体育节目主持人黄健翔的那次激情解说。比如:"伟大的意大利的左后卫!他继承了意大利的光荣的传统。法切蒂、卡布里尼、马尔蒂尼在这一刻灵魂附体!"比如:"球进啦!比赛结束了!意大利队获得了胜利,淘汰了澳大利亚队。他们没有再一次倒在希丁克的球队面前,伟大的意大利!”体育得有激情,看体育比赛得有激情,作为一名体育记者或解说员自然也得有激情。但既然是记者,就应该比观众或者球迷多一点自制力。在写稿子的时候,你不再是一名痴狂的球迷;在解说的时候,你不再是一名纯粹的观众。而且,即使你是一名观众、一名球迷,你也更应该懂得什么叫体育精神,什么叫竞赛文化。

面对激动人心的体育比赛,面对任何一种让人激动的场面,作为记者,可以欣喜若狂,但不能犯晕;可以兴高采烈,但不能失态。

关于新闻报道,过去说“少用形容词”,我理解有两个层次,一个是少用,一个是用的时候要小心。现在似乎还应该再加上一句“少用感叹号”。我的意思有两个,一个是少激动,一个是激动的时候要小心。

(《中国青年报》“青年话题”,2010 年 2 月 12 日,
原题《记者哥哥,不要太激动了》)